经典传家

经典回到生活　阅读从心开始

经典传家

『经典传家』丛书遴选了清代《四库全书》的精华，而且每一种书在注释、译文、解读等方面做了大量的、扎实的工作。

——傅璇琮

国学就是中国人的学问。『经典传家』是一套非常适合大众阅读的国学经典丛书。国学的传承和发展迫切需要好的大众读本。

——毛佩琦

《四库全书》浩如烟海，真正的必读经典就这百余部。

——任德山

国学是相互通融的，切忌断章或是割裂。今人只有从《周易》等原始经典入手，才能真正找到进入国学的门径。

——刘君祖

经典传家系列丛书

图解纳兰词

纳兰性德 著

崇贤书院 释译

黄山书社

《纳兰词》阅读指南

随文注音、注释

对生僻字、多音字、古今异读字进行标注，对生僻字词和典故进行准确、翔实的释意，务求使读者获得流畅的阅读体验。

精美版画 古朴典雅

大量精美古朴的版画，配合语言优美的图说，完美展现词中意境，令读者身临其境般地体会词人丰富的内心世界。

词　解

- 翻译、解释全文。
- 以优美的笔触，白话的语言，重现《纳兰词》。
- 帮助读者更好地理解原文。

精美插图

- 古朴精美，令人赏心悦目。
- 以文释图，通俗易懂。
- 图文配合，相得益彰。

词语注释

- 详尽、精确地解释生僻词语。
- 扫除阅读障碍，有效帮助读者阅读。
- 注重词中用典处的深度解读。

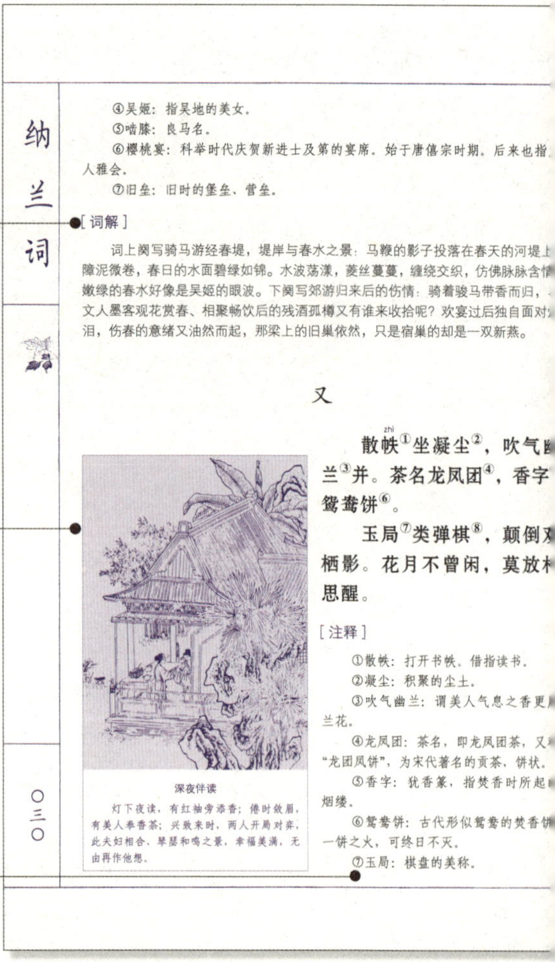
纳兰词

④吴姬：指吴地的美女。
⑤啮膝：良马名。
⑥樱桃宴：科举时代庆贺新进士及第的宴席。始于唐僖宗时期。后来也指
人雅会。
⑦旧垒：旧时的堡垒、营垒。

[词解]

词上阕写骑马游经春堤，堤岸与春水之景：马鞭的影子投落在春天的河堤上
障泥微卷，春日的水面碧绿如锦。水波荡漾，菱丝蔓蔓，缠绕交织，仿佛脉脉含情
嫩绿的春水好像是吴姬的眼波。下阕写郊游归来后的伤情：骑着骏马带香而归，
文人墨客观花赏春、相聚畅饮后的残酒孤樽又有谁来收拾呢？欢宴过后独自面对
泪，伤春的意绪又油然而起，那梁上的旧巢依然，只是宿巢的却是一双新燕。

又

散帙（zhì）①坐凝尘②，吹气
兰③并。茶名龙凤团④，香字
鸳鸯饼⑥。
玉局⑦类弹棋⑧，颠倒
栖影。花月不曾闲，莫放
思醒。

深夜伴读

灯下夜读，有红袖旁添香；倦时敛眉，有美人奉香茶；兴致来时，两人开局对弈，此夫妇相合，琴瑟和鸣之景，幸福美满，无由再作他想。

[注释]

①散帙：打开书帙。借指读书。
②凝尘：积聚的尘土。
③吹气幽兰：谓美人气息之香更
兰花。
④龙凤团：茶名，即龙凤团茶，又
"龙团凤饼"，为宋代著名的贡茶，饼状。
⑤香字：犹香篆，指焚香时所起
烟缕。
⑥鸳鸯饼：古代形似鸳鸯的焚香
一饼之火，可终日不灭。
⑦玉局：棋盘的美称。

〇三〇

《纳兰词》阅读指南

词解词评 加深理解

词解以白话文形式翻译原文。词评均出自名家之手，令读者除欣赏《纳兰词》的优美动人之处外，更能获得名家指点，一举两得。

词人逸事 重现历史

详细介绍作者创作时的心态和历史背景，使读者窥得盛世王朝背后词人的寂寥心情，展示其丰富细腻的内心世界。

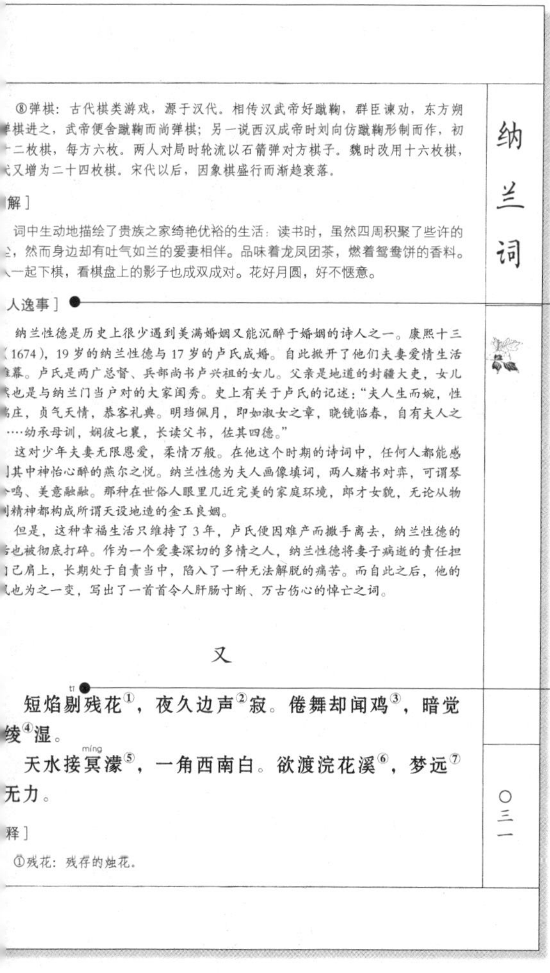

⑧弹棋：古代棋类游戏，源于汉代。相传汉武帝好蹴鞠，群臣谏劝，东方朔
弹棋进之，武帝便舍蹴鞠而尚弹棋；另一说西汉成帝时刘向仿蹴鞠形制而作，初
十二枚棋，每方六枚。两人对局时轮流以石箭弹对方棋子。魏时改用十六枚棋，
代又增为二十四枚棋。宋代以后，因象棋盛行而渐趋衰落。

解］

词中生动地描绘了贵族之家绮艳优裕的生活：读书时，虽然四周积聚了些许的
，然而身边却有吐气如兰的爱妻相伴。品味着龙凤团茶，燃着鸳鸯饼的香料。
一起下棋，看棋盘上的影子也成双成对。花好月圆，好不惬意。

人逸事］

纳兰性德是历史上很少遇到美满婚姻又能沉醉于婚姻的诗人之一。康熙十三
（1674），19岁的纳兰性德与17岁的卢氏成婚。自此掀开了他们夫妻爱情生活
幕。卢氏是两广总督、兵部尚书卢兴祖的女儿。父亲是地道的封疆大吏，女儿
也是与纳兰门当户对的大家闺秀。史上有关于卢氏的记述："夫人生而婉，性
庄，贞气天情，恭客礼典。明珰佩月，即如淑女之章，晓镜临春，自有夫人之
……幼承母训，娴彼七襄，长读父书，佐其四德。"

这对少年夫妻无限恩爱，柔情万般。在他这个时期的诗词中，任何人都能感
其中神怡心醉的燕尔之悦。纳兰性德为夫人画像填词，两人赌书对弈，可谓琴
鸣、美意融融。那种在世俗人眼里几近完美的家庭环境，郎才女貌，无论从物
精神都构成所谓天设地造的金玉良姻。

但是，这种幸福生活只维持了3年，卢氏便因难产而撒手离去，纳兰性德的
也被彻底打碎。作为一个爱妻深切的多情之人，纳兰性德将妻子病逝的责任担
己肩上，长期处于自责当中，陷入了一种无法解脱的痛苦。而自此之后，他的
也为之一变，写出了一首首令人肝肠寸断、万古伤心的悼亡之词。

又

短焰剔(tī)残花①，夜久边声②寂。倦舞却闻鸡③，暗觉
绫④湿。

天水接冥(míng)濛⑤，一角西南白。欲渡浣花溪⑥，梦远⑦
无力。

释］

①残花：残存的烛花。

纳兰词

〇三一

词人逸事

- 介绍词人的创作背景。
- 拓展知识面。
- 从侧面展现当时社会现状。

精确注音

- 侧重生僻字、多音字、古今异读字的标注。
- 同一字反复注音，以便读者加深印象，减少错读、误读。
- 体验流畅的阅读感受。

总序

国学是什么？简单说，就是中国人之所以成为中国人的学问。因此，国学不仅包括数千年积累流传下来的经典，比如“四书五经”、《老子》《庄子》《孙子》《史记》《汉书》、唐诗、宋词，也包含研究中国人思维方式、生活方式、行为方式乃至娱乐方式的各种学问。广言之，国学研究的对象不仅包括文献，也包括实物；不仅包括物质文化遗产，也包括非物质文化遗产，如我国各民族的建筑、服饰、饮食、音乐、绘画、医药、戏曲等等。

国学是不断丰富、不断发展的学问。上面说的从“四书五经”到唐诗、宋词就是一个不断丰富发展的过程。近代以来，国学的研究范围还在不断地扩大，比如敦煌学、甲骨学，是随着有关文物的出土而兴起的；比如红学，是随着文学理论和学术风气的发展变化而兴起和发展的。随着时间的推移和学术的进步，必将有更多的学问被纳入国学研究的范围。

数千年来，中国人做学问形成了自己独特的理论和方法，比如思想理论、史学理论、文学理论，以及训诂学、考据学、音韵学等等。但这些理论和方法并不是一成不变的。比如，在史学研究领域，由于地下文物的出土，王国维等人提出了以地下文物与传世文献相补充互证的“二重证据法”。近代以来，西风劲吹。国人主动借鉴西方学术研究的理论和方法，研究中国学问。王国维借鉴尼采的哲学理论研究中国的文学戏剧，胡适以杜威的实验主义研究中国的“国故”。国学从来没有拒绝外国学问的融合，佛教传入中国后，经过改造，形成了中国独特的佛学、因明学；自明朝末年西学传入中国后，中国的天文学、数学等就已经融入了西学的因素。马克思主义传入中国后，不少人用马克思主义理论研究中国历史文化，它们自然也成为了国学的一部分。因此，国学又是开放的、随时代而进步的。那么，当今我们研究、振兴国学，不允许也不应该倒退，不允许也不应该僵化。

然而，国学又是与西学明显区分的。国学是西学的对应物，是与西学完全不同的学术体系。在近代，西学挟坚船利炮强势进入中国之后，中国人还视自我，对于中国固有之学问的称呼出现了中学、国故学、国粹、国学这样的名称。面对“帝国主义”的强大，中国人自愧不如，一方面拼命地学习、引进西学，另一方面拼命地贬低、抛弃国学。虽然也有一些人，如张之洞为保护中华文化之根本，提出“中学为体，西学为用”，如胡适，提出“整理国故”，以“再造文明”“建立民族自信心”，但其声音终被时代所淹没。国学一再被严重曲解和轻视，造成了中国历史文化的大断裂。也许，这一历史过程是必然的。但回顾过去，中国在走向独立富强的过程中，国学所付出的代价实在太大、太惨重了。

新中国成立后，饱受屈辱的中国人从此站立了起来，民族自信心大大加强，但没有能够及时认识到国学在新时代的重要性，甚至仅存的一点点国学遗产也进一步成为被抛弃的对象。改革开放三十年之后，走向富强的国人终于幡然醒悟，保护和振兴国学逐渐成为全民的共识。一个强大的自立于世界民族之林的国家，必然要有与之相匹配的伟大的民族文化。中国人，从领导者、学术界到普通百姓，都在重新发现国学的现代价值。同时，在走向全球化的进程中，东西方各国也把目光投向了中国。中国学问，中国的一切都在被重新评价。中国不仅为了自身的建设和发展需要从传统文化中汲取智慧，而且也面临着以优秀的中华文化向全人类贡献智慧的责任和挑战。

那么，这套经典传家丛书的编纂就是可喜的，编纂者的初衷和努力就是可敬的。希望这套丛书能发挥点滴作用，如同涓涓细水与千百万有志者的努力一道汇成大潮，去迎接中华民族的伟大复兴！

是为序。

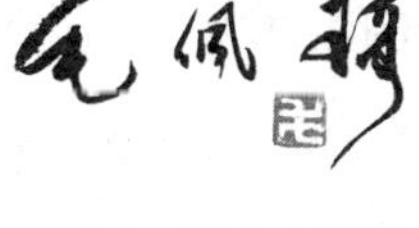

二〇一五年五月

前言

在三百多年前的康乾盛世，在安乐升平的背景下，一名男子手拈着翠翘，在花前月下、大漠天涯，低声吟唱着忧伤，然后转身离去，只留给我们一个伤感的背影。

这个人就是纳兰性德，一个“千古伤心”的词人。

纳兰性德生于 1655 年，满族人，字容若，号楞伽山人，是清代最为著名的词人之一。纳兰性德少年聪颖，读书过目即能成诵，继承满人习武传统，精于骑射。在书法、绘画、音乐方面均有一定造诣。康熙十五年中进士，授三等侍卫，不久晋升为一等，武官正三品，后升为一品。纳兰性德落拓不羁的性格，以及天生超逸脱俗的禀赋，加之才华出众，功名轻取的潇洒，与他出身豪门，钟鸣鼎食，入值宫禁，金阶玉堂，平步宦海的前程，构成一种常人难以体察的矛盾感受和无形的心理冲突；加之爱妻早亡，后续难圆旧时梦，文学挚友的聚散，使他无法摆脱内心深处的困惑与悲观；对职业的厌倦，对富贵的轻看，对仕途的不屑，使他对凡能轻取的身外之物无心一顾，但对世俗所不能接受的爱情，对心与境和谐的状态，他却流连向往……康熙二十四年（1685 年）仲夏，纳兰性德抱病与好友一聚，一醉，一咏三叹，然后便一病不起，七日后，于五月三十日溘然而逝，当天正是他的结发妻子卢氏逝世的八周年忌日。

纳兰性德的诗词不但在清代文坛享有很高的声誉，在整个中国文学史上，也以“纳兰词”在词坛占有光彩夺目的一席之地。《纳兰词》开始名为《侧帽集》，后借“如人饮水，冷暖自知”之意，名为《饮水词》，现存 348 首，哀感顽艳，有南唐后主遗风，悼亡词情真意切，痛彻肺腑，令人不忍卒读。当时盛传，“家家争唱《饮水词》，纳兰心事几人知”。王国维有评：

“纳兰性德以自然之眼观物，以自然之舌言情。”“北宋以来，一人而已。”朱祖谋云：“八百年来无此作者。”谭献云：“以成容若之贵……而作词皆幽艳哀断，所谓别有怀抱者也。”

品读纳兰性德的诗句，在我们的意识深处，与自身的情绪融合，凝成一声叹息，在某个时刻，脱口而出。君不见，灯下独坐，思念前缘时常轻叹一句“当时只道是寻常”；君不见，当麻木的指尖已触不到那曾经的温暖之时，会讪讪地说句“人生若只如初见”；君不见，秋风飘零、秋雨萧瑟的时节，亦有人吟道“风也萧萧，雨也萧萧，瘦尽灯花又一宵”……

为了帮助读者更加清晰地解读《纳兰词》，编者们在每一篇词后都注有词解，以优美流畅的语句和极富韵味的语言风格，诠释纳兰公子的怅惘与深情。部分词还配有古今文学大家针对本词的评价，以权威的声音帮助读者赏析《纳兰词》。本书最具特色的部分是在部分词集中穿插有“词人逸事”，不仅可以了解纳兰公子的生平，更可以略窥大清王朝盛世繁华的背后文人墨客官场失意、壮志难酬的悲凉与苦寂。

本书为了还原真实的纳兰性德，在《纳兰词》的最后我们选录了《纳兰性德哀词·诔词·祭文·挽诗·挽词》《纳兰性德词集评》《纳兰性德集序跋汇编》。将世人对纳兰性德其人、其词的评价捧于读者眼前，让读者了解一个真实客观的风流词人。

纳兰公子的心事，唯有细细品读才能知晓。读者可以找个天气晴朗的日子，走进他的故居，看看他亲手种下的夜合，泡上一壶香茗，伴着幽幽茶香，悠然地走进他的心门。

崇賢書院

目录

梦江南

江南忆，鸾辂(lù)①此经过。一掬胭脂②沉碧甃(zhòu)③，四围亭壁幛红罗④。消息⑤暑风多。

[注释]

①鸾辂：天子王侯所乘之车。《吕氏春秋·孟春纪》："天子居青阳左个。乘鸾辂，驾苍龙。"高诱注："辂，车也。鸾鸟在衡，和在轼，鸣相应和。后世不能复致，铸铜为之，饰以金，谓之鸾辂也。"

②胭脂：指胭脂井，即南朝陈景阳宫的景阳井，故址在今南京市，隋兵南下，陈后主与妃张丽华、孔贵嫔并投此井，故又名辱井，井有石栏，呈红色，好事者附会为胭脂所染，呼为胭脂井。

③碧甃：青绿色的井壁，借指井。

④红罗：红色的轻软丝织品。

⑤消息：变化。

[词解]

这首词写过南朝陈宫时的感受：回忆江南之行，皇帝曾游幸过那里。当年陈后主与其张、孔二妃洒泪投井，虽已成为历史的陈迹，然诚可哀悯。亭壁四围挂起了红罗幛，以遮蔽江南多变的暑风。

又

春去也，人在画楼①东。芳草绿黏(nián)天一角，落花红沁(qìn)水三弓②。好景共谁同？

[注释]

①画楼：雕饰华丽的楼房。

②弓：旧时丈量地亩用的器具和计算单位。

[词解]

这首词为伤春之作：春天离开了，伤春的人只能在画楼上凭栏远望。碧绿的芳草连到了天边，飘落的红花覆盖在茫茫的水面上。这美丽的春色能和谁共同游赏呢？

又

江南好，建业旧长安①。紫盖②忽临双鹢(yì)③渡，翠华④争拥六龙⑤看。雄丽却高寒⑥。

［注释］

①建业：古县名。东汉建安十七年（212）孙权改秣陵县设置，治所在今南京市，南京曾为东吴、东晋、宋、齐、梁、陈、南唐、明等八代王朝的都城，故称“旧长安”。

②紫盖：紫色车盖，帝王仪仗之一，借指帝王车驾。

③双鹢：船头绘有鹢鸟图像的船。此处指皇帝的游船。

④翠华：天子仪仗中以翠羽为饰的旗帜或车盖，为御车或帝王的代称。

⑤六龙：古代天子的车驾为六匹马，马八尺称龙，为天子车驾的代称。

⑥高寒：地势高而寒冷，或指清高。

［词解］

这首词咏建业的雄丽：江南美好，建业的繁华如同是长安一样。忽然迎来了皇帝的驾临，百姓欢呼围观，场面甚是壮观，景色雄丽中透着高处不胜寒的落寞。

江南忆

“江南”，这二字本就是遐想之源，“杏花烟雨”“姑苏灯火”“三秋桂子”“十里荷花”……在人心中不停盘桓，可是，江南的美，怕是只有到了实地才能更深切地领悟到。

［词人逸事］

康熙二十三年（1684）九月末至十一月末，康熙帝巡行江南，纳兰性德扈驾前往，第一次来到这个风景秀丽的地方。先后到达南京、苏州、无锡、扬州、镇江等地。他被江南的美丽景色和历史文化深深地吸引，江南的气质与这位才华横溢的贵胄公子无比契合。于是纳兰性德一连写下了十首《梦江南》，这组词歌颂了江南美景，也表现出了词人对这种小桥流水的闲逸生活的向往。

又

江南好，城阙(què)①尚嵯峨(cuó)②。故物③陵前惟石马④，遗踪⑤陌

上[6]有铜驼[7]。《玉树》[8]夜深歌。

［注释］

①城阙：城市，特指京城的城郭宫阙。

②嵯峨：形容山势高峻。

③故物：旧物，前人遗物。

④石马：石雕的马，古时多列于帝王及贵官墓前。这里指前代帝王陵墓前的石刻。

⑤遗踪：旧址，陈迹。

⑥陌上：路上。

⑦铜驼：铜铸的骆驼，多置于宫门寝殿之前。这里指铜驼街，在今河南洛阳古洛阳城中，以道旁曾有汉铸铜驼两尊相对而得名，为古代著名的繁华区域，后以之代指游冶之地或繁华之地。

⑧玉树：乐府吴声歌曲名，南朝陈后主所作歌曲《玉树后庭花》的简称，被视做亡国之音。这里泛指柔美的曲调。

［词解］

这首词吟咏南京城的宫阙、皇陵和街市：江南多么美好，那城郭宫阙依然高耸。那孝陵前的石马，宫门两旁的铜驼，深夜的轻歌曼舞，这些前代的遗踪还依稀可见，当日繁华的盛景仍仿佛集于眼前。

又

江南好，怀古意谁传？燕子矶[1]头红蓼(liǎo)[2]月，乌衣巷[3]口绿杨烟。风景忆当年。

［注释］

①燕子矶：地名，在江苏南京东北郊观音门外，突出的岩石屹立长江边，三面悬绝，宛如飞燕，故名。

②红蓼：蓼的一种，多生水边，花呈淡红色。

月夜怀古意

遥望明月、怀古追思是人之常态，尤其是在人间仙境的江南。乌衣巷口杨柳依依，燕子矶头明月皎皎，对此如何不感慨万千？

③乌衣巷：地名，在今江苏南京，是东晋士族名门的聚居区。晋宋时期王、谢等名门望族住于此。

[词解]

这首词借历史遗迹发吊古之情：江南多么美好，这怀古之意谁能来传达呢？那燕子矶边升起的明月，乌衣巷口如烟的杨柳，风景如同千百年前一样啊！

又

江南好，虎阜[1]晚秋天。山水总归诗格[2]秀，笙(shēng)箫[3]恰称语音圆。谁在木兰船[4]？

[注释]

①虎阜：虎丘，山名。在江苏苏州市西北，亦名“海涌山”，唐时因避讳曾改称武丘或兽丘，后复旧称，相传吴王阖闾葬此。汉袁康《越绝书·外传记·吴地传》：“阖闾冢在阊门外，名虎丘……葬三日而白虎居上，故号为虎丘。”其上有虎丘塔、云岩寺、剑池、千人石等名胜古迹。

②诗格：诗的风格，此处指山水极富诗情画意。

③笙箫：笙和箫，泛指管乐器。

④木兰船：木兰舟。南朝梁刘孝威《采莲曲》：“金桨木兰船，戏采江南莲。”

[词解]

这首词描绘的是苏州虎丘的美景：江南多么美好，正是虎丘美丽的晚秋时节。山水如画，诗情画意，笙箫之音与柔美圆润的吴语相融合，煞是动听。远处又划来一叶兰舟，坐在上面的人会是谁呢？

又

江南好，真个[1]到梁溪[2]。一幅云林[3]高士[4]画，数行泉石[5]故人题。还似梦游非？

[注释]

①真个：的确，真的。

②梁溪：水名，在今江苏无锡市西。古时水道极窄，梁时疏浚，故名。

③云林：元代画家倪瓒的别号。纳兰性德好友严绳孙擅长画山水，此处借指严绳孙。

④高士：品行高尚的人，超脱世俗的人，多指隐士。

⑤泉石：指山水。

［词解］

这首词赞美无锡梁溪的风景如画：江南多么美好，如今真的来到了梁溪。曾经看到过严绳孙的一幅描绘梁溪的画，画中又有故人的题字，使人感觉仿佛真的到了梁溪。如今眼前这美景到底是真是幻呢？

又

江南好，水是二泉①清。味永出山那得浊(zhuó)，名高②有锡更谁争，何必让中泠(líng)③。

［注释］

①二泉：指无锡惠山泉，又名“陆子泉”，因其有“天下第二泉”之称，故名。

②名高：崇高的声誉，名声显赫。

③中泠：泉名，即中泠泉。在今江苏镇江西北金山下的长江中。今江岸沙涨，泉已没沙中。相传其水烹茶最佳，有“天下第一泉”之称。宋苏轼《游金山寺》云：“中泠南畔石盘陁，古来出没随涛波。”

［词解］

这首词赞美无锡惠山泉水清味永：江南多么美好，二泉的水最为清澈。泉出于深山，隽永清甜，名满天下，其美名在无锡早就为人所知，他物不能与之相比，何必非要屈居于中泠泉之下呢？

又

江南好，佳丽①数维扬②。自是琼(qióng)花③偏得月，那应金粉④不兼香。谁与话清凉⑤。

［注释］

①佳丽：美丽。

②维扬：扬州的别称。《尚书·禹贡》谓“淮海惟扬州”，《毛诗》将“惟”字作“维”，后因截取二字以为名。

③琼花：一种珍贵的花，扬州琼花为绝世之珍，叶柔而莹泽，花色微黄而有香味，有“维扬一枝花，四海无同类”一说。宋宋敏求《春明退朝录》卷下：“扬州后土庙有琼花一株，或云自唐所植，即李卫公所谓玉蕊花也。”宋淳熙以后，多为聚八仙（八仙花）接木移植。此花虽无古琼花异香芳郁，但树姿与花形皆似古时之琼花。

④金粉：黄色的花粉。这里指琼花。

⑤清凉：凉而使人清爽。

［词解］

这首词描绘扬州的琼花之美：江南多么美好啊，好花就数扬州的琼花最美。那美丽的琼花偏又得到明月的眷顾，美丽的花蕊自然饱含宜人清香，谁来诉说这清凉芳香呢？

又

江南好，铁瓮[1]古南徐[2]。立马[3]江山千里目，射蛟(jiāo)[4]风雨百灵趋[5]。北顾[6]更踌躇(chóu chú)。

［注释］

①铁瓮：铁瓮城，江苏镇江古城名，三国时孙权所建。宋王令《忆润州葛使君》云：“金山寺近尘埃绝，铁瓮城深气象雄。”

②南徐：古州名。东晋置徐州于京口城，南朝宋改称“南徐”，即今江苏镇江，历齐梁陈至隋开皇年间废。

③立马：骑在站立不动的马上，驻马。

④射蛟：指汉武帝射获江蛟之事。《汉书·武帝纪》：“（元封）五年冬，行南巡狩……自寻阳浮江，亲射蛟江中，获之。”

北固山放怀

“何处望神州？满眼风光北固楼。”自古及今，北固楼一直是各方人士留恋之地，在历史长廊中掀起金戈铁马的广阔画卷。站在北固山上遥望神州大地，何人心中不起雄心壮志？

唐李白《永王东巡歌》之九："祖龙浮海不成桥，汉武寻阳空射蛟。"后诗文中作为颂扬帝王勇武的典故。

⑤百灵：各种神灵。《文选·班固〈东都赋〉》："礼神祇，怀百灵。"李善注："《毛诗》曰：'怀柔百神。'"

⑥北顾：山名，即北固山，在江苏镇江市区东北江滨。有南、中、北三峰，三面临长江，形势险固，故称"北固"。有"京口第一山"之称。南朝梁武帝曾登此山，挥笔写下"此乃天下第一江山也"的题词。后改名"北顾"。

［词解］

这首词借历史遗迹写镇江美景：江南多么美好，那镇江的铁瓮城闻名遐迩。立马于北顾山上，极目远眺，面对大江而遥想古代帝王勇武的霸业，何等的雄奇伟岸，令人踌躇满志！

又

江南好，一片妙高[1]云。砚(yàn)北峰峦米外史[2]，屏间楼阁李将军[3]，金碧矗(chù)斜曛(xūn)[4]。

［注释］

①妙高：妙高峰，在江苏镇江金山的最高处，顶上有坪如台，名妙高台，一名"晒台"。

②米外史：宋代书画家米芾，别号海岳外史，故称。

③李将军：李思训，唐宗室，人称"大李将军"，善画山水树石，笔力遒劲，后人画着色山水多取其法。

④斜曛：落日的余晖。

［词解］

这首词赞美了镇江的风光如画：江南多么美好，那妙高峰上浮云缭绕。妙高峰之风景美妙如米芾画中的峰峦，金山上的佛寺斜矗在夕阳之中更显金碧辉煌，如同出自大李将军之手的画卷。

江南

"丽日迟迟，和风习习"，江南明山秀水在和煦春阳中更加妩媚，让人不忍看，又不舍得挪开眼。纳兰虽想日日共此山水，远离黑暗官场，但心知这是不可能的，唯有趁眼前尽情悠游。

又

江南好，何处异京华[①]？香散翠帘[②]多在水，绿残红叶胜于花。无事[③]避风沙。

[注释]

①京华：国都，京城。

②翠帘：绿色的帘幕。

③无事：无须，没有必要。

[词解]

这首词总写江南的美好：江南是多么美好啊，与京城有什么区别呢？风光秀丽，山明水秀，气候宜人，无须躲避北方那令人生厌的风沙。

[词人逸事]

纳兰性德生性喜近自然，没有人身自由的侍卫生活违背他笃爱自由的个性，在仕途实现不了抱负的情况下，醉心泉石的志趣便日益强烈。对功名的淡泊，也与他目睹官场的险恶昏暗有关，朝中朋党倾轧，小人往往以迎合得志，英才却失意落魄，这些使年轻正直的纳兰性德十分失望，他在诗中婉转地批评封建君主用人的不当，惋惜才能之士的潦倒。纳兰性德虽事亲至孝，却不愿在这些方面效法其父，他不肯摧眉折腰以求晋升，对父亲的弄权敛财显然也是不认同的。

康熙二十三年（1684），极度厌倦侍从生活的纳兰性德扈驾南巡，为江南秀丽山水所倾倒，更坚定了引退田园的决心，除写出大量描绘江南景色的诗词外，他还写信给生平第一知己顾贞观，吐露其心灵深处的强烈愿望："恒抱影于林泉，遂忘情于轩冕，是吾愿也，然不敢必也。悠悠此心，惟子知之。"

又

新来[①]好，唱得虎头词[②]。一片冷香惟有梦，十分清瘦更无诗[③]。标格[④]早梅知。

[注释]

①新来：新近，近来。

②虎头词：指好友顾贞观客居苏州时所填之词。虎头，晋代画家顾恺之小字

虎头，顾贞观与之同姓，这里借指顾贞观。

③“一片”二句：此二句借用顾贞观《浣溪沙·梅》词，云：“物外幽情世外姿，冻云深护最高枝。小楼风月独醒时。一片冷香惟有梦，十分清瘦更无诗。待他移影说相思。”冷香，指清香的花，这里指梅花的清香。

④标格：风范，品格。

[词解]

这首词借用顾贞观的词赞美其品格：近来心情很好，闲来吟诵你的词句。那咏梅的词句冷香、清瘦，不正是你的写照吗，大约这些均已被那有知有灵的梅花领会了。

[词评]

以梁汾咏梅句喻梁汾词。赏会若斯，岂易得之并世。

——况周颐《蕙风词话》续编

又

宿双林禅院①有感

心灰尽，有发未全僧。风雨消磨生死别，似曾相识只孤檠(qíng)②，情在不能醒。

摇落③后，清吹④那堪听。淅沥暗飘金井⑤叶，乍闻风定又钟声，薄福荐⑥倾城⑦。

愁怀难解

独自一人，独坐窗前，独望一川烟水，满腔愁绪无处抒。心中所爱，或生离，或死别，沧海桑田，往昔种种美景，最后都将成空。

[注释]

①双林禅院：指今山西平遥西南七公里处双林寺内之禅院。双林寺内东轴线上有禅院、经房、僧舍等。

②孤檠：孤灯。

③摇落：凋残，零落。

④清吹：清风，此指秋风。

⑤金井：井栏上有雕饰的井。一般用以指宫庭园林里的井，也指墓穴或骨瓮。

⑥荐：进献，送上。

⑦倾城：形容女子艳丽，貌倾全城。

[词解]

心如死灰，除了蓄发之外，已经与僧人无异。只因生离死别，在那似曾相识的孤灯之下，愁情萦怀，梦不能醒。花朵凋零之后，即使清风再怎么吹拂，也将无动于衷。雨声淅沥，落叶飘零于金井，忽然间听到风停后传来的一阵钟声，自己福分太浅，纵有如花美眷、可意情人，却也常在生离死别中。

又

挑灯[1]坐，坐久忆年时。薄雾笼花娇欲泣，夜深微月下杨枝[2]。催道太眠迟。

憔悴(qiáo cuì)去，此恨有谁知？天上人间俱怅望[3]，经声佛火[4]两凄迷[5]。未梦已先疑。

[注释]

①挑灯：拨动灯火，点灯。亦指在灯下。
②杨枝：杨柳的枝条。
③怅望：惆怅地看望或想望。
④佛火：指供佛的油灯香烛之火。
⑤凄迷：景物凄凉迷茫。

[词解]

这首词为伤悼亡妻之作，回忆起去年此时来，耳中所听、眼中所见都是凄迷之情景，更增添了惆怅：坐在灯下，回想陈年旧事。薄雾之下花影朦胧，夜已深沉，月亮也已经落下杨柳枝头，听你催促我不要睡得太晚，那样的情景历历在目。而今你却已经离去，心中无限忧恨又有谁能知道？你我天人永隔，相互怅惘，在这经声佛火中不胜凄迷，如此光景是梦是幻，还没睡去却已经分不清了。

又

昏鸦[1]尽，小立恨因谁？急雪乍(zhà)翻香阁[2]絮，轻风吹到胆瓶[3]梅。心字[4]已成灰。

［注释］

①昏鸦：黄昏时天空飞过的乌鸦群。

②香阁：古代青年女子居住的内室。

③胆瓶：长颈大腹的花瓶，因形如悬胆而得名。

④心字：心字香，一种炉香名。明杨慎《词品·心字香》："范石湖《骖鸾录》云：'番禺人作心字香，用素馨茉莉半开者着净器中，以沉香薄劈层层相间，密封之，日一易，不待花蔫，花过香成。'所谓心字香者，以香末萦篆成心字也。"

［词解］

黄昏时分乌鸦都飞尽了，我却独自站在那里，心中的怨恨都是为谁而生呢？风乍起，香阁前的柳絮犹如急雪般翻飞，晚风轻轻地吹拂着胆瓶里盛开的梅花。再看那心字香已经默默地燃成灰烬。

这是一首写爱情的词作。抒写的是凄苦、孤独、幽怨的相思之情，结句更是意存双关，心字香的燃尽不仅是实景的描画，更隐喻了词者心已成灰的伤感。

［词评］

（容若）诗有开元风格。作长短句，跌宕流连以写其所难言。

——韩慕庐

（容若）好观北宋之作，不喜南渡诸家，而清新秀隽，自然超逸。

——徐健庵

容若词，一种凄惋处，令人不能卒读，人言愁我始欲愁。

——顾梁汾

［词人逸事］

纳兰性德出身显赫。父亲明珠，官至大学士、太傅，是康熙初期的四权相之一，母亲是努尔哈赤的孙女、英亲王阿济格之女爱新觉罗氏。纳兰性德更是一位俊秀飘逸、放荡不羁、功名利禄皆唾手可得的贵公子。尽管如此，这位贵公子的一生中也有真正的向往和遗憾。相传，他有位青梅竹马的表妹，并且将表妹视为红颜知己，然而造化弄人，这位才色双绝的表妹却被选进皇宫，成了康熙的妃子。爱情一时间化为泡影，使得重情的纳兰性德痛苦万分。为了能再见表妹一面，纳兰性德不顾杀头的危险，在国丧时装扮成每日进宫诵经的喇嘛混入宫中，隔着宫廷的帷幔与表妹匆匆见了一面，然而却连一句话都没能说上。纳兰性德带着无限遗憾怅然而去，在他的爱情词中总是透着无尽的伤感和酸楚！

赤枣子

惊晓漏，护春眠。格外娇慵只自怜。寄语酿花[1]风日好，绿窗来与上琴弦。

[注释]

①酿花：催花绽放。

[词解]

此词以少女的口吻抒写春日的慵懒与娇憨。清晨，滴漏声将春睡的佳人惊醒，但佳人却依然贪睡。娇慵倦怠又暗生自怜。寄语给那催促鲜花盛开的和风丽日，到我的绿窗边上来与我一起拨弄琴弦。

忆王孙

西风一夜剪芭蕉。满眼芳菲总寂寥？强把心情付浊醪(láo)[1]。读《离骚》，洗尽秋江日夜潮。

[注释]

①浊醪：浊酒。醪，带糟的酒。

[词解]

秋风起，一夜之间吹散了芭蕉叶。在这萧瑟的清秋，满眼的芳菲消歇，怎能不倍感寂寞寥落？一壶浊酒固然可以勉强浇愁、暂时解忧。然而这愁情似江潮般滚滚而来且绵绵不绝，酒又岂能解怀，唯有读《离骚》来抒发怀思了。

又

暗怜双绁[1]郁金香[2]。欲梦天涯思转长。几夜东风昨夜霜。减容光[3]，莫为繁花又断肠。

[注释]

①綦：拴，缚，此处谓两花相并。

②郁金香：供观赏的多年生草本植物，叶阔披针形，有白粉，花色艳丽，花瓣呈倒卵形，结蒴果。

③容光：脸上的光彩。

[词解]

那成双成对的郁金香不由得让人生起怀人之思，梦断天涯，相思百转。但几夜的风霜，又将那美丽的容光消减了，因此不要再为繁花凋残而徒增烦恼了。

又

刺桐[1]花下是儿家[2]。已拆秋千未采茶。睡起重寻好梦赊[3]。忆交加[4]，倚(yǐ)着闲窗数落花。

[注释]

①刺桐：树名。亦称"海桐""木芙蓉"。落叶乔木，花、叶可供观赏，因枝干间有圆锥形棘刺，故名。

②儿家：古代年轻女子对其家的自称，犹言我家。

③赊：渺茫，稀少。

④交加：交错，错杂。此处谓男女相偎，亲密无间。

[词解]

那刺桐花下就是我家。现在庭院里的秋千已经被拆了，但是还没有开始采茶。梦中你我相互偎依，亲密无间，睡醒之后回想梦里情景，只觉好梦渺茫。春梦易醒，只好依着窗子无聊地数着落花。

春日怀人

春风习习，空中溢满花香，蝶舞蜂绕，女子心中萌萌欲动，无奈，相思虽重，却只能在梦中相见。梦醒后，百无聊赖，只有独坐窗前，闲数落花。

玉连环影

（按此调谱律不载，或亦自度曲）

何处①？几叶萧萧雨。湿尽檐花②，花底人无语。掩屏山③，玉炉寒。谁见两眉愁聚依阑(lán)干④。

［注释］

①何处：何时。古诗文中表示询问时间的用语。
②檐花：屋檐之下的鲜花。
③屏山：屏风，因屏风曲折若重山叠嶂，或屏风上绘有山水图画等而得名。
④阑干：同“栏干”，即栏杆。

［词解］

是什么时候，下起了淅淅沥沥的小雨？屋檐下的花朵都已被雨水打湿，然而花底下的人却默默无语。轻轻地将屏风掩紧，玉炉中所焚之香也已燃尽。谁能看到有个人正满含哀愁、深锁双眉，独自倚靠在栏杆边上呢？

［词人逸事］

纳兰性德是个多情之人，对所爱之人往往用情很深。在与相恋的表妹失之交臂后，17 岁的纳兰性德娶两广总督、兵部尚书卢兴祖之女卢氏为妻。少年夫妻无限恩爱，可惜好景不长。美好的生活只过了短短三年，爱妻便香消玉殒了。那种“曾经沧海难为水，除却巫山不是云”的深厚情感一直使纳兰性德无法自拔。情发怎会无端？又有谁能理解他这满怀的凄楚与旷世的寂寞呢？

又

才睡。愁压衾(qīn)花①碎。细数更筹②，眼看银虫③坠。梦难凭，讯难真。只是赚④伊终日两眉颦(pín)⑤。

［注释］

①衾花：织印在衾被上的花卉图案。
②更筹：古代夜间报更用的计时竹签，借指时间。
③银虫：比喻灯花。

④赚：赚得，赢得。

⑤颦：皱眉。

［词解］

这首词写相思之情：才要睡下，却发现愁绪沉重，仿佛要将被子上的花也要压碎了。数着手中的更筹，看着灯花坠落。你音讯全无，连在梦中也难觅踪影，离愁难以释怀，只好整日相思、皱眉了。

遐方怨

欹角枕[1]，掩红窗。梦到江南，伊家博山[2]沉水香[3]。浣裙[4]归，晚坐思量。轻烟笼浅黛（dài）[5]，月茫茫。

［注释］

①欹角枕：斜靠着枕头。欹，通“倚”，斜倚、斜靠。角枕，角制的或用角装饰的枕头。

②博山：博山炉的简称，一种香炉。因炉盖上的造型似传闻中的海中名山博山而得名。一说像华山，因秦昭王与天神博于此，故名。通常作为名贵香炉的代称。

③沉水香：沉香，指用沉香制作的香。

④浣裙：浣衣，洗衣。

⑤浅黛：用青黛淡画的眉毛。黛，古代女子用以画眉的青黑色颜料。

［词解］

斜靠在枕头上，虚掩上红色的窗子，就这样悠悠地睡着了。睡梦中依稀来到江南她的家中，闻到了久违的博山炉中散发出的沉水香的香气。而她刚刚洗衣归来，独自静静地坐在那里入神地思量着什么。袅袅青烟笼罩着她淡愁轻锁的眉尖，抬眼望去，天空已是月色茫茫。

烛影摇红

相思苦，离愁丝丝压人胸，难以入眠。怔怔对着烛火，灯花一寸一寸长，一段一段坠落。

诉衷情

闺愁无绪

“独自莫凭栏”，凭栏所见，也只是无边无际的山水，心中那人，更在千山之外，不过多生愁绪。

冷落绣衾谁与伴？倚香篝（gōu）①。春睡起，斜日照梳头。欲写两眉愁，休休②。远山残翠收③，莫登楼。

[注释]

①香篝：古代室内焚香所用的熏笼。

②“欲写”二句：意思是本来想要画眉，然而却双眉愁锁，算了还是不画了。休休，不要，不用，表示禁止或劝阻。

③“远山”句：意为远处山峦的翠色消散了。收，消失，消散。

[词解]

这首词抒写闺阁少妇的春愁春感：寂寞孤枕，谁与共眠？唯有独自斜倚熏笼。春睡醒来依然慵懒无聊，头不想梳，眉不想描。春日迟迟，薄暮将至，远处的山峦也收起了那抹翠色。此情此景切莫登高凭眺，否则也只能是徒增感伤而已。

如梦令

正是辘（lù）轳金井①，满砌落花红冷。蓦地一相逢，心事眼波难定。谁省，谁省，从此簟（diàn）纹②灯影。

[注释]

①辘轳金井：装有辘轳和精美栏杆的水井。辘轳，古代安置在井上用来汲水的起重装置。金井，指设有金碧辉煌的雕栏之井，多用于宫廷或富贵之家。

②簟纹：指竹席之纹络，此处借指孤眠幽独之景况。

[词解]

这首小令像是纳兰因追忆往日的恋人，深深怀念那一段美好的恋情而作。正是在有一架汲水辘轳的金井边上，满地的落花是多么令人怅惘。蓦然见到她那可爱的模样，心事靠着眼波来传达，给人一种捉摸不定的幻想。有谁知道她的心思呢？有谁知道她的心思呢？从此以后灯光烛影下，只剩下孤独寂寞的一个人。

［词人逸事］

谢章铤《赌棋山庄词话》云："容若妇沈宛，字御蝉，浙江乌程人，著有《选梦词》……丰神不减夫婿。"丁绍仪《听秋声馆词话》云："往见蒋氏《词选》录吴兴女史沈御蝉《选梦词》，谓是侍卫妾。"《历代妇女著作考》称，沈宛"长白进士成容若妻"。《全清词钞》称，沈宛，"字御蝉，浙江吴兴人，纳兰成德室，有《选梦词》"等。

沈宛是纳兰性德的好友从南方带来的一位汉家才女。一位是倾慕汉家文化的忧郁词人，一位是出身书香门第的聪慧才女，两个志趣相投、互相倾慕的青年男女从开始的鸿雁传情，到最终走到一起。这使得一种重新觅到红颜知己的幸福感再一次回到纳兰性德身上。那颗因为孤寂而苦闷疲惫的心一下子又年轻起来。然而这次婚姻却没有得到家庭的祝福，因为明珠的反对，二人婚后的日子乐少苦多，一年之后，沈宛带着身孕返回家乡，而不久纳兰性德的寒疾发作，在无限的遗恨中闭上了他的双眼。

又

黄叶青苔①归路，屧②粉衣香何处？消息竟沉沉，今夜相思几许。秋雨，秋雨，一半因风吹去。

［注释］

①青苔：阴湿地方生长的绿色苔藓。

②屧：本意为鞋子的木底，这里与"衣"字皆以衣物代指情人。

［词解］

这是一首写给恋人的相思之作：黄叶和青苔铺满了回去的路，原来我们相约幽会的地方如今在哪里呢？你离去后音讯全无，平添了今夜无限的相思之苦。窗外秋雨，一半已经被风吹去。

又

纤月黄昏庭院，语密翻教醉浅。知否那人心，旧恨

新欢相半。谁见，谁见，珊枕①泪痕红泫（xuàn）②。

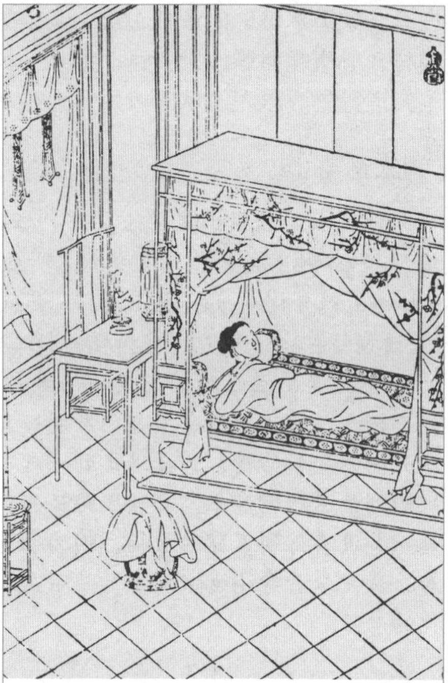

弃妇肠断

山盟海誓犹在耳边，脉脉温情仍旧近旁，但回首却不见良人。残月冷照，无人可诉，“但见新人笑，哪闻旧人哭？”万般委屈也只有独自饮泣。

［注释］

①珊枕：珊瑚枕。珊瑚多红色，因此这里指的是红色枕头。

②红泫：红色眼泪，因为女子脸上敷胭脂，所以流下的眼泪是红色的。

［词解］

一弯残月升起在黄昏的庭院，那喋喋的情话，缠绵的絮语，反而驱散了深浓的醉意。那人的所思所想是否有人明了？旧时的遗恨与新近的欢乐错综交织。有谁看见了？有谁看见了？那珊瑚枕上的人儿幽独孤单，以泪洗面，难以成眠。

［词人逸事］

纳兰性德将情投意合的沈宛接来京城，并安置在德胜门内。由于沈宛的身份和血统，她不能名正言顺地进入纳兰府。他们只能保持着没有名分的关系，过着情人式的生活。但是从两人的诗词中，可以看得出他们心灵之间那种相知相怜的默契。这段时间的纳兰性德心灵得到了抚慰，快乐似乎又重新回到了他的身上。然而好景不长，由于家庭的反对，半年后，沈宛含泪返回江南，纳兰性德也突发寒疾而怅然离开人世，留下孤独无靠的沈宛和他的遗腹子。有情人终不成眷属，留下一段让人叹息、辛酸的风流憾事。相传这个遗腹子被生了下来，就是纳兰性德的第三个儿子，名叫富森，而富森在70岁时，还被乾隆邀请参加太上皇所设的“千叟宴”。

又

木叶纷纷归路，残月晓风何处。消息半浮沉，今夜相思几许。秋雨，秋雨，一半西风吹去。

[词解]

来时的小道上，枯叶纷纷飘落。 是否在某一个地方同样有着弯弯的残月和初秋清晨的寒风，而我所牵挂的人正在那里。消息断断续续、时有时无，使得这样的夜晚，更增添了我对她的想念。秋雨啊，秋雨，如我的心一般愁苦，一半已经被西风吹走，追随远方的人而去。

又

万帐穹(qióng)庐①人醉，星影摇摇欲坠。归梦隔狼河②，又被河声搅碎。还睡，还睡，解道醒来无味。

[注释]

①穹庐：古代游牧民族居住的毡帐。

②狼河：白狼河，今辽宁大凌河。

[词解]

这首词为塞外纪行抒怀之作：边塞的战场上，千万顶帐篷散落其中。空中群星，闪烁如钻，仿佛摇摇欲坠，征人也已经沉醉其中。沉沉美梦中，又回到了日夜思念的家园，见到了为自己寒窗苦守的妻子。可惜好梦易碎，战场边的白狼河浊浪滔滔，轰鸣的水声将好梦搅碎，起身想细细回味那梦中情景，可那情那景已随梦一齐消逝，让人来不及找寻。再回味也是空自惆怅，不如重回已经微凉的衾被，继续睡去，希望还可以回到刚才的梦中。

[词人逸事]

清朝以武立国，对八旗子弟而言，习武是本业，骑射功夫绝不可荒废。纳兰性德虽以文章得名，却以武职任官。康熙欣赏他文武兼备，若按文官品阶，由进士入翰林院为庶吉士，或实授县令，只得七品。因而任命他为三等侍卫，正五品。因此，纳兰性德虽以“词名”流传后世。在当时，却以武职立功边疆——北方的梭罗、打虎儿诸部，时顺时叛，令清廷头痛不已。为阻止沙俄的南侵，于康熙二十一年（1682）派都统郎坦、彭春、萨布素等 180 人，以狩猎为名，沿黑龙江行围，达雅克萨，探敌虚实，测水陆信道，进行战略侦察。纳兰性德即在其列，他奉命出塞，勘察地理形势，详细记录，以为日后用兵参考。并因此行辛劳，拔擢至一等侍卫、三品武官。这一份记录，在后来与沙俄一战中，发挥了极大作用。而这段经历成为他生命中的一段华彩。

这首《如梦令》正是作于康熙二十一年（1682）二月，奉命出塞侦察之时。

3年后，清军调集军队，水陆并进，与沙俄进行了史称“雅克萨之战”的反击战。该战役取得胜利，迫使沙俄在于清有利的条件下，签订了《中俄尼布楚条约》，阻止了沙俄向南扩张。只可惜，捷报传来时，纳兰性德已因病去世了。康熙特意遣宫使灵前哭告梭罗输款之功，以表扬他的勋劳，朱彝尊并有挽诗记此哀荣。

步出军帐

边塞风光伟岸，不同于江南的旖旎秀美，自有一种博大壮阔，身处其间，心胸不觉也豁然开朗。纳兰面对千丈穹庐，闪烁明星，自然也豪情勃发。

天仙子

梦里蘼芜(mí wú)[①]青一剪，玉郎[②]经岁音书远。暗钟[③]明月不归来，梁上燕，轻罗扇[④]。好风又落桃花片。

［注释］

①蘼芜：又名“蕲茝”“薇芜”“江蓠”据辞书解释，苗似芎䓖，叶似当归，香气似白芷，是一种香草。叶子风干可以做香料，亦可以作为香囊的填充物。古人相信蘼芜可使妇人多子。然而在古诗词中蘼芜一词多与夫妻分离或闺怨有关。《玉台新咏·古诗》中有：“上山采蘼芜，下山逢故夫。”

②玉郎：古代对男子的美称，也可为女子对丈夫或者情人的爱称。

③暗钟：昏暗夜晚里的钟声。

④轻罗扇：质地极薄的纱制成的扇子，多为女子夏天纳凉所用。

［词解］

此篇以闺中妇人的口吻表达了孤寂哀伤的伤春伤别情怀，表达了寂寞深闺的孤寂之情：梦中所见到的是一片齐整的青青蘼芜，而我的情郎却音信全无。深夜的钟声响起，已是明月当空，可是他却还不归来。梁上的燕子都已归巢，而我却只能空摇着手中的团扇，看着春风吹落的片片桃花。

又

好在软绡①红泪积，漏痕②斜罥(juàn)③菱丝④碧。古钗⑤封寄玉关⑥秋，天咫尺⑦，人南北。不信鸳鸯头不白。

[注释]

①软绡：轻纱，一种柔软轻薄的丝织品。此处指轻薄柔软的丝质衣物。

②漏痕：草书的一种笔法，谓行笔须藏锋。宋姜夔《续书谱》："草书用笔，如折钗股，如屋漏痕。"

③斜罥：斜挂着。

④菱丝：菱蔓。

⑤古钗：亦作古钗脚。比喻书法笔力遒劲。

⑥玉关：玉门关，代指遥远的征戍之地。

⑦咫尺：周制八寸为咫，十寸为尺，谓接近或刚满一尺。形容距离近。

[词解]

此词有拟古意味。浑朴古拙，深致动人，委婉地表达了乡关之思及词人对爱妻的深情怀念：泪水洒下湿了衣衫，草字行行，犹如斜挂着的菱蔓。一封书信遥寄千里之外的征人，天涯咫尺，人各南北，如此愁思即使朝夕相伴的鸳鸯见了也会愁白青丝！

[词评]

小令之作，"虽小却好，虽好却小"。

——刘熙载《词概》

又

渌水亭①秋夜

水浴凉蟾②风入袂(mèi)，鱼鳞蹙(cù)损金波③碎。好天良夜④酒盈樽，心自醉，愁难睡。西南月落城乌起。

[注释]

①渌水亭：纳兰性德家中的池畔园亭。纳兰性德在《渌水亭宴集诗序》中这

晨起独坐

良人远行，女子独守空闺，思念离人，一夜无眠。清晨独坐，见院子里黄花满地，寒意袭人，更觉凄楚难耐。

样描绘："予家，象近魁三，天临尺五。墙依绣堞，云影周遭，门俯银塘，烟波滉漾。蛟潭雾尽，晴分太液池光；鹤渚秋清，翠写景山峰色。云兴霞蔚，芙蓉映碧叶田田；雁宿凫栖，秔稻动香风冉冉。设有乘槎使至，还同河汉之皋，倘闻鼓枻歌来，便是沧浪之澳。若使坐对亭前渌水，俱生泛宅之思，闲观槛外清涟，自动浮家之想。"生动地描画出当日渌水塘、渌水亭的胜景。

②凉蟾：指水中秋月。

③金波：指水中反射着耀眼光芒的月光。

④好天良夜：好时光，好日子。

[词解]

此篇是对渌水亭秋夜美景的描摹：水中月色浮动，清风吹起衣袖，鱼儿来回游动搅碎了池中的月色。面对如此良辰美景自当对酒当歌，然而心虽醉了，愁绪却难以释怀，眼看着月亮落下，城墙上的乌鸦飞起，又是一个不眠之夜。

[词人逸事]

纳兰性德的府邸在今北京什刹海后海，现在为宋庆龄纪念馆及中华人民共和国卫生部之所在。词中所描绘的渌水亭如今已经荡然无存。然而当年这里却是纳兰性德读书、写作、会客的地方。他短短一生高朋满座、著述丰厚，有《通志堂诗集》5卷、《文》5卷、《渌水亭杂识》5卷；还有《全唐诗选》《词的正略》；与友人合订《大易集解萃言》80卷、《陈氏礼记集说补正》32卷；刻有《通志堂九经解》1860卷。

又

月落城乌①啼未了，起来翻为无眠早。薄霜庭院怯(qiè)生衣②，心悄悄，红阑(lán)绕，此情待共谁人晓？

[注释]

①城乌：城墙上的乌鸦。

②生衣：夏衣。

[词解]

这首词抒写相思孤寂的情怀：清晓月落，城乌遍啼，早早起床是因为一夜无眠。庭院里一层薄霜，凉意袭人，夏衣已不胜其寒。心中寂寞索然，这份情思又有谁能够知晓呢？

江城子

咏史

湿云①全压数峰低。影凄迷，望中疑。非雾非烟，神女②欲来时。若问生涯原是梦，除梦里，没人知。

[注释]

①湿云：湿度大的云，指云中满含雨水。

②神女：谓巫山神女。《文选·宋玉〈高唐赋〉序》："昔者先王尝游高唐，怠而昼寝，梦见一妇人曰：'妾，巫山之女也。'"李善注引《襄阳耆旧记》："赤帝女曰姚姬（一作'瑶姬'），未行而卒，葬于巫山之阳，故曰巫山之女。楚怀王游于高唐，昼寝梦见与神遇，自称是巫山之女。"又《神女赋》序："楚襄王与宋玉游于云梦之浦，使玉赋高唐之事，其夜王寝，果梦与神女遇，其状甚丽，王异之，明日以白玉。"

巫山神女

巫山神女之事，旖旎迷幻，一再为世人所咏。神女虽有意，襄王却无心，最终两人仍旧仙凡陌路。但日后梦中再相遇，其情凄凉悱恻。

[词解]

此篇咏史之作突出的是词人的心灵感受，借男女情事，慨叹世间一切的美好皆如梦幻，稍纵即逝，突出了如梦之感的情感体验。第一句用景语，含有如梦如幻之感。又以凄迷的感受来承接，更添了梦幻之意。其后用楚襄王梦神女的典故，进一步烘托梦幻般的感受。最后道出这种感受只有自己能够感知得到，透露出一种凄迷寂寞、悲凉伤感的心情。

[词评]

巫嵩之类。

——《毛泽东读文史古籍批语集》

[词人逸事]

纳兰性德天资聪颖，读书过目不忘。几岁便练习骑射，文武兼备。17岁的纳兰性德入太学读书，得到国子监祭酒徐文元赏识，并推荐给其兄内阁学士礼部侍郎徐乾学。纳兰性德18岁参加顺天府乡试，中举人，然而在19岁会试时却因病没能参加殿试。而后数年中他更加发奋研读，并在两年内主持编纂了一部1792卷编名为《通志堂经解》的儒学汇编，深受康熙赏识。他又于家中渌水亭畔，用三四年时间将搜读经史过程中的见闻和学友传述记录整理成文，编成4卷集《渌水亭杂识》，其中包含历史、地理、天文、历算、佛学、音乐、文学、考证等多方面知识。22岁时，他再次参加进士考试，并以优异成绩考中二甲第七名。康熙皇帝授予其三等侍卫官职，以后升为二等，再升为一等。扈驾随行，每在身边，足见康熙对他的喜爱。

长相思

山一程，水一程。身向榆关①那畔（pàn）②行，夜深千帐灯。
风一更，雪一更。聒（guō）③碎乡心④梦不成，故园无此声。

[注释]

①榆关：山海关，古称“渝关”“临榆关”“临渝关”，明改为今名，其地古有渝水，县与关都以水得名。在今河北秦皇岛。

②那畔：那边。

③聒：吵闹之声。

④乡心：思念家乡的心情。

[词解]

这是词人随驾出关的感受：一程又一程的山水从眼前流过，我们正一点一点地向关外行进，夜深了，部队安营扎寨，千万盏烛火从行军帐中透出来，景色煞为壮观。夜半风雪交加，搅碎了我那颗思乡之心，家乡的庭园里是听不到这种声音的啊！

[词评]

"纳兰小词，丰神迥绝"，"尤工写塞外荒寒之景，殆扈从时所身历，故言之亲切如此。"

——蔡篙云《柯亭词论》

"明月照积雪""大江流日夜""中天悬明月""长河落日圆"，此种境界，可谓千古壮观。求之于词，唯纳兰容若塞上之作，如《长相思》之"夜深千帐灯"，《如梦令》之"万帐穹庐人醉，星影摇摇欲坠"差近之。

——王国维《人间词话》

容若豪宕之作，往往只得半阕，后半即衰飒气弱。如《长相思·山一程》《采桑子·丁零词》皆如是。

——赵秀亭《纳兰丛话》(续)

"夜深千帐灯"是壮丽的，但千帐灯下照着无眠的万颗乡心，又是怎样情味？一暖一寒，两相对照，写尽了自己厌于扈从的情怀。

——严迪昌《清词史》

风雪又三更

"五月天山雪，无花只有寒。"二三月的塞北，寒冷凛冽自不必说，风雪连天，透骨寒凉。惯处优渥之境，当此寒苦，自是极度艰难，夜不能寐，辗转思乡。

唐诗里有绝句《从军行》，用简短的篇幅来描写边塞风光、将士们的生活和情怀，向来受到传诵。词里写这种题材的比较少见，这首词恰好是小令(简短篇幅的词)当中的《从军行》。

——于在春《清词百首》

纳兰性德在清康熙二十一年(1682)三月，随从皇帝东巡，出山海关。此词当作于这一时期。上片从白天行军写到晚上驻扎；下片写在营中卧听风雪的吼叫，思乡之情甚切。其中"夜深千帐灯"一句，取景新颖豪壮，深受王国维赞赏。

——黄天骥《纳兰性德和他的词》

[词人逸事]

纳兰性德作为皇帝身边的御前侍卫，以英俊威武的武官身份参与风流斯文的诗文之事。他随皇帝南巡北狩，游历四方，奉命参与重要的战略侦察，随皇上唱和诗词，译制著述，因称圣意，多次受到恩赏，是人们羡慕的文武兼备的少年英才，帝王器重的随身近臣，前途无量的达官显贵。然而他却对自己的扈从生涯十分厌倦，不时在词作中体现出乡关之思和怨尤之情。

清康熙二十一年(1682)二月十五日，康熙因云南平定，出关东巡，祭告奉天祖陵。纳兰性德随从康熙帝诣永陵、福陵、昭陵告祭，二十三日出山海关，三月的天气仍是风雪迷漫，显出了塞上的苦寒。身为满洲贵胄的纳兰性德，当此之时夜不能寐，风雪凄凄，思乡之情油然而生。他不禁想起了北京什刹海后海家中的温暖和温馨，于是写下了这篇千古佳作。

相见欢

微云一抹①遥峰，冷溶溶。恰与个人清晓画眉同。
红蜡泪，青绫②被，水沉③浓。却向黄茅野店④听西风。

［注释］

①微云一抹：一片微云。
②青绫：青色的有花纹的丝织物，古时贵族常用以制被服帷帐。
③水沉：水沉香，用沉香制成的香。这里指这种香点燃时所生的烟或香气。
④黄茅野店：黄茅驿，指荒村野店。

［词解］

此篇大约作于出使途中，抒写对妻子的思念：微云下一片冷森森的远山，此情此景恰与她清晓所画的眉形相类，这怎能不叫我泛起对她无尽的思念呢？曾几何时，她独偎红烛，青绫被冷，沉香缭绕。而我却身在远方，停宿黄茅野店，耳畔是西风猎猎，又如何不伤感寂寞呢！

又

落花如梦凄迷①，麝(shè)烟②微。又是夕阳潜下小楼西。
愁无限，消瘦尽，有谁知。闲教玉笼鹦鹉念郎诗③。

［注释］

①凄迷：形容景物凄凉迷茫。这里指悲伤怅惘。
②麝烟：焚烧麝香所散发的烟气。
③闲教玉笼鹦鹉念郎诗：此句化柳永“却傍金笼共鹦鹉，念粉郎言语”之句而来。

［词解］

词中通过对环境氛围的渲染、动作的描绘、心理的刻画，塑造了闺中女子伤春念远的形象：眼前落花如梦幻般凄凉迷茫，麝香的烟气袅袅升起，又是一个夕阳西下的黄昏。无限的愁思、衣带渐宽的消瘦，这些又有谁知晓呢？寂寞无聊无处排遣，只好教笼中的鹦鹉来念你曾为我写下的诗句。

昭君怨

深禁[1]好春谁惜，薄暮[2]瑶阶[3]伫(zhù)立。别院管弦声[4]，不分明。

又是梨花欲谢，绣被春寒今夜。寂寞锁朱门，梦承恩[5]。

[注释]

①深禁：深宫。禁，帝王之宫殿。

②薄暮：傍晚，太阳快落山的时候。

③瑶阶：玉砌的台阶，亦用为石阶的美称。这里指宫中的阶砌。

④管弦声：音乐声。

⑤承恩：蒙受恩泽，谓被君王宠幸。

[词解]

借"宫禁"中一女子的形象抒写其相思相恋的苦情：在这深宫之中，大好的春光有谁会来怜惜？淡淡的余晖下太阳已经落山，我独自在这深宫的台阶上伫立。耳中恍惚传来其他院落的音乐声。今年的梨花又要谢了，而我依然是孤枕难眠。寂寞将这朱红的大门深锁，蒙受皇恩只是梦里才有的事罢了。

又

暮雨[1]丝丝吹湿，倦柳愁荷风急。瘦骨不禁秋，总成愁。

别有心情怎说，未是诉愁时节。谯(qiáo)鼓[2]已三更，梦须成。

雨打残荷

“秋风秋雨愁煞人”，何况心上人远行，只有自己一人经受这无边的风雨。风雨过后，更显心中愁苦无际。

[注释]

①暮雨：傍晚的雨。

②谯鼓：谯楼更鼓。

[词解]

傍晚的小雨将四周打湿，园中的柳树与荷花在疾风中摇曳。瘦弱的身形怎能禁得起秋雨的洗礼，愁苦之情油然而起。然而别有的心情又从何说起呢？我又绝非单纯为秋风秋雨而伤怀。夜已三更，唯有去梦中消解了。

酒泉子

谢却荼蘼（mí）①，一片月明如水。篆（zhuàn）香②消，犹未睡，早鸦啼。

嫩寒③无赖④罗衣薄，休傍阑干角。最愁人，灯欲落，雁还飞。

[注释]

①荼蘼：落叶或半常绿蔓生小灌木，攀缘茎，茎绿色，茎上有钩状的刺，上面有多数侧脉，致成皱纹。夏季开白花。

②篆香：盘香，形如“篆”字，故名。

③嫩寒：轻寒，微寒。

④无赖：无奈。

[词解]

在那一片月明如水的夜里，白色的荼蘼花凋谢了。篆香已经燃尽，可是我还没有睡着，早起的乌鸦已经开始啼叫，又是一夜不成眠。丝丝的寒冷透过微薄的锦衣，不要再倚靠栏杆远望了。那灯要燃尽，鸿雁犹飞的情景是最让人伤怀的啊！

生查子

东风不解愁，偷展湘裙[1]衩。独夜背纱笼[2]，影著纤腰[3]画。

爇(ruò)尽水沉烟[4]，露滴鸳鸯瓦[5]。花骨[6]冷宜香，小立樱桃下。

[注释]

①湘裙：指用湘地丝绸制作的裙子。

②纱笼：纱制的灯笼。

③纤腰：细腰。

④水沉烟：沉香在燃烧。水沉，水沉香，沉香。

⑤鸳鸯瓦：指成对的瓦。

⑥花骨：花骨朵，花蕾。

[词解]

这一首小词写女子怀春：正在伤怀时，不解风情的春风偏偏吹来，轻轻展开了她的裙衩。在寂寞的夜里，只有在灯前顾影自怜了。沉香燃尽，连烟气也已消散，露珠滴落在成对的鸳鸯瓦上，为何只有我形单影只？夜来天寒露冷，而花蕾却发出宜人的香气，只好小立于樱桃树之下聊以自慰。

又

鞭影[1]落春堤，绿锦障泥[2]卷。脉(mò)脉逗菱丝，嫩水[3]吴姬[4]眼。

啮(niè)膝[5]带香归，谁整樱桃宴[6]？蜡泪恼东风，旧垒[7]眠新燕。

[注释]

①鞭影：马鞭的影子。

②障泥：马鞯。垂于马腹两侧，用于遮挡泥土的东西。

③嫩水：指春水。

④吴姬：指吴地的美女。

⑤啮膝：良马名。

⑥樱桃宴：科举时代庆贺新进士及第的宴席。始于唐僖宗时期。后来也指文人雅会。

⑦旧垒：旧时的堡垒、营垒。

[词解]

词上阕写骑马游经春堤，堤岸与春水之景：马鞭的影子投落在春天的河堤上，障泥微卷，春日的水面碧绿如锦。水波荡漾，菱丝蔓蔓，缠绕交织，仿佛脉脉含情，嫩绿的春水好像是吴姬的眼波。下阕写郊游归来后的伤情：骑着骏马带香而归，与文人墨客观花赏春、相聚畅饮后的残酒孤樽又有谁来收拾呢？欢宴过后独自面对烛泪，伤春的意绪又油然而起，那梁上的旧巢依然，只是宿巢的却是一双新燕。

又

散帙(zhì)①坐凝尘②，吹气幽兰③并。茶名龙凤团④，香字⑤鸳鸯饼⑥。

玉局⑦类弹棋⑧，颠倒双栖影。花月不曾闲，莫放相思醒。

深夜伴读

灯下夜读，有红袖旁添香；倦时敛眉，有美人奉香茶；兴致来时，两人开局对弈，此夫妇相合、琴瑟和鸣之景，幸福美满，无由再作他想。

[注释]

①散帙：打开书帙。借指读书。

②凝尘：积聚的尘土。

③吹气幽兰：谓美人气息之香更胜兰花。

④龙凤团：茶名，即龙凤团茶，又称“龙团凤饼”，为宋代著名的贡茶，饼状。

⑤香字：犹香篆，指焚香时所起的烟缕。

⑥鸳鸯饼：古代形似鸳鸯的焚香饼，一饼之火，可终日不灭。

⑦玉局：棋盘的美称。

⑧弹棋：古代棋类游戏，源于汉代。相传汉武帝好蹴鞠，群臣谏劝，东方朔以弹棋进之，武帝便舍蹴鞠而尚弹棋；另一说西汉成帝时刘向仿蹴鞠形制而作，初用十二枚棋，每方六枚。两人对局时轮流以石箭弹对方棋子。魏时改用十六枚棋，唐代又增为二十四枚棋。宋代以后，因象棋盛行而渐趋衰落。

［词解］

词中生动地描绘了贵族之家绮艳优裕的生活：读书时，虽然四周积聚了些许的微尘，然而身边却有吐气如兰的爱妻相伴。品味着龙凤团茶，燃着鸳鸯饼的香料。两人一起下棋，看棋盘上的影子也成双成对。花好月圆，好不惬意。

［词人逸事］

纳兰性德是历史上很少遇到美满婚姻又能沉醉于婚姻的诗人之一。康熙十三年（1674），19 岁的纳兰性德与 17 岁的卢氏成婚。自此掀开了他们夫妻爱情生活的帷幕。卢氏是两广总督、兵部尚书卢兴祖的女儿。父亲是地道的封疆大吏，女儿自然也是与纳兰门当户对的大家闺秀。史上有关于卢氏的记述：“夫人生而婉，性本端庄，贞气天情，恭客礼典。明珰佩月，即如淑女之章，晓镜临春，自有夫人之法……幼承母训，娴彼七襄，长读父书，佐其四德。”

这对少年夫妻无限恩爱，柔情万般。在他这个时期的诗词中，任何人都能感受到其中神怡心醉的燕尔之悦。纳兰性德为夫人画像填词，两人赌书对弈，可谓琴瑟合鸣、美意融融。那种在世俗人眼里几近完美的家庭环境，郎才女貌，无论从物质到精神都构成所谓天设地造的金玉良姻。

但是，这种幸福生活只维持了 3 年，卢氏便因难产而撒手离去，纳兰性德的生活也被彻底打碎。作为一个爱妻深切的多情之人，纳兰性德将妻子病逝的责任担在自己肩上，长期处于自责当中，陷入了一种无法解脱的痛苦。而自此之后，他的词风也为之一变，写出了一首首令人肝肠寸断、万古伤心的悼亡之词。

又

短焰剔(tī)残花①，夜久边声②寂。倦舞却闻鸡③，暗觉青绫④湿。

天水接冥(míng)濛⑤，一角西南白。欲渡浣花溪⑥，梦远⑦轻无力。

［注释］

①残花：残存的烛花。

②边声：指边境上的羌管、胡笳、画角等声音。

③“倦舞”句：引用闻鸡起舞的典故。《晋书·祖逖传》：“（祖逖）与司空刘琨俱为司州主簿，情好绸缪，共被同寝。中夜闻荒鸡鸣，蹴琨觉曰：‘此非恶声也。’因起舞。”比喻有志报国的人及时奋起。这里则谓倦于起舞却偏偏“闻鸡”的矛盾心理。

④青绫：青色的有花纹的丝织物。古代贵族常以之制被服帷帐等。

⑤冥濛：幽暗，不明。

⑥浣花溪：又名濯锦江、百花潭。在四川成都西郊，为锦江支流。溪旁有杜甫故居浣花草堂。

⑦梦远：指思念远方人的梦。

［词解］

词人身处边地，在夜色中徘徊，离别的忧愁升起，愁肠百转，难以成眠。词的上阕将闻鸡起舞的典故反用，表现出词人深藏的隐怨。下阕用浪漫的笔调抒写梦中的情景，表达了怨情与离忧交织的愁绪，想要归去的美好愿望变得如此无力。

又

惆怅（chóuchàng）彩云飞①，碧落②知何许。不见合欢花③，空倚（yǐ）相思树④。

总是别时情，那得分明语。判得⑤最长宵，数尽厌厌⑥雨。

［注释］

①彩云飞：彩云飞逝。

②碧落：道家称东方第一层天，碧霞满空，叫作“碧落”。后泛指天上（天空）。

③合欢花：别名“夜合树”“绒花树”“乌绒树”，落叶乔木，树皮灰色，羽状复叶，小叶对生，白天对开，夜间合拢。

④相思树：相传为战国宋康王的舍人韩凭和他的妻子何氏所化生。据晋干宝《搜神记》卷十一载，宋康王舍人韩凭妻何氏貌美，康王夺之，并囚凭。凭自杀，何氏投台而死，遗书愿以尸骨与凭合葬。王怒，弗听，使里人埋之，两坟相望。不久，二冢之端各生大梓木，屈体相就，根交于下，枝错于上。又有鸳鸯雌雄各一，

常栖树上，交颈悲鸣。宋人哀之，遂号其木曰“相思树”。后以象征忠贞不渝的爱情。

⑤判得：心甘情愿地。

⑥厌厌：绵长、安静的样子。

［词解］

词中抒写的是长夜怀思的苦情。上阕写彩云飞逝，不知飘落在天空何处，就像爱人一般踪影全无，让人无限惆怅。而今看不到往日盛开的合欢花，只落得空倚相思树的悲凉。下阕则说离别时的情景言犹在耳。使得相思的人甘愿在这空荡荡的夜里辗转反侧，彻夜不眠，忍受着这绵长的孤独凄清之苦。

凭栏独望

凭栏独望，细雨霏霏，吹落一地红艳。香气犹存怀，离情似在眼前，而人已远去。

［词人逸事］

合欢花是夫妻恩爱的象征，合欢花在纳兰性德的眼里和心中都是甜蜜爱情的回忆。甚至在他临死之前还念念不忘那段琴瑟合鸣的美好生活。康熙二十四年（1685）五月二十三日，纳兰性德在寓所召集梁佩兰、顾贞观、姜西溟、吴天章、朱彝尊等人，举行了他生前最后一次宴会。席间，他们以庭院中两棵合欢花分题歌咏，纳兰性德写下一首五律：阶前双夜合，枝叶敷华荣。疏密共晴雨，卷舒因晦明。影随筠箔乱，香杂水沉深。对此能销忿，旋移迎小楹。

第二天，纳兰性德便卧床不起，“七日不汗”，高烧不退，继而溘然长逝。而去世日期正是康熙二十四年（1685）五月三十日，这一天也是其原配夫人卢氏逝世八周年忌日。这对恩爱夫妻终于在冥冥之中团聚了。

点绛唇

寄南海梁药亭[1]

一帽征尘，留君不住从君去。片帆[2]何处，南浦[3]沉香[4]雨。

回首风流，紫竹村边住。孤鸿[5]语，三生[6]定许，可是梁鸿[7]侣？

江头送别

有聚便会有散，离别本是人生常事。尤其对于纳兰这种重情之人来说，知己远去，心中定颇惆怅。但海阔天空，总须分别，留君不住只好从君去。

[注释]

①梁药亭：梁佩兰，字芝五，号药亭，别号柴翁，晚更号郁洲。广东南海人。顺治十四年（1657）乡试第一，后屡试不第，即潜心治学，从事诗歌写作，名噪一时。康熙四十二年（1703）被召回翰林院供职，因不识满文而罢。次年返乡，与屈大均、陈恭尹并称为“岭南三家”，有《六莹堂集》。

②片帆：孤舟，一只船。

③南浦：南面的水边，后常用称送别之地。《楚辞·九歌·河伯》：“子交手兮东行，送美人兮南浦。”

④沉香：沉香浦，地名，在今广州西郊的江滨。相传晋广州刺史吴隐之曾投沉香于其中，因而得名。

⑤孤鸿：孤单的鸿雁。

⑥三生：佛家所说的三世转生，即前生、今生和来生。

⑦梁鸿：指东汉梁鸿。东汉梁鸿家贫好学，不仕，与妻孟光隐居霸陵山以耕织为业，后避祸去吴，居人庑下为人舂米，归家孟光为之备食，举案齐眉。世人传为佳话。后以“梁鸿”喻指丈夫，亦喻贤夫。

[词解]

这首词为赠别之作：你意欲南归，留也留不住，只好让你走了。你踏上归途，要回到多雨的家乡去。回首往日隐居紫竹村边，那潇洒风流的生活实在令人怀念。那天空中飞过的孤鸿，可是你寻觅了三生的伴侣呢？

[词人逸事]

梁佩兰自少攻读经史百家之学。清顺治十四年（1657）参加广东乡试，获中第一名（解元）。此后六次参加会试均落第。至康熙二十七年（1688），他已年近花甲，但仍第七次赴京参加会试，终于考取进士。旋被授为翰林院庶吉士。梁佩兰为参加进士考试，长期滞留京师，故与纳兰性德相识，结为知己。在《赠成容若侍中》诗中写道：“及尔见君子，和颜悦且康。顾念我草泽，自忘躬貂珰。”但梁佩兰仕进不利，故于清康熙二十年（1681）离京返粤，纳兰性德作此词赠别，表达了对他的不舍和深切怀念。

康熙二十三年（1684），纳兰性德曾还寄信约他北上共选宋诸家词，信中写道：“不知足下乐与我共事否？处此雀喧鸠闹之场，而肯为此冷淡生活，亦韵事也。望之！望之！”虽然这件事最后没能成行，然而梁佩兰还是应约来到北京。康熙二十四年（1685）五月，纳兰病前一日曾与南北名士共咏双夜合欢花，其中就有梁佩兰，可见两人相交密切，感情甚笃。

又

咏风兰[①]

别样[②]幽芬[③]，更无浓艳[④]催开处。凌波[⑤]欲去，且为东风住。

忒煞萧疏[⑥]，争耐秋如许。还留取，冷香[⑦]半缕（lǚ），第一湘江雨。

［注释］

①风兰：一种寄生兰，因喜欢在通风、湿度高的地方生长而得名。据徐珂《清稗类钞·植物类·风兰》云：“风兰，寄生于深山树干上，叶似兰而短，有厚剑脊，夏开小白花，有一二瓣曲而下垂，微香，无土亦可生。”

②别样：特别，不寻常。

③幽芬：清香。

④浓艳：（色彩）浓重艳丽。代指鲜艳的花朵。

⑤凌波：形容轻盈柔美地在水上行走的姿态。

⑥忒煞萧疏：意为过分稀疏。忒煞，亦作“忒杀”，太，过分。萧疏，稀疏，萧条。

⑦冷香：清香，也指清香之花。

［词解］

此词为题画兼咏物之作，描写了风兰的别样风致：风兰散发出不寻常的香味，素雅恬淡没有一丝浓艳浮华。它在秋风中摇曳的姿态犹如凌波仙子般轻盈飘逸。它的叶子如此稀疏，怎么耐得住那寒冷的清秋呢？于是留取那半缕清香入得画中，这幅张见阳所画之风兰可以堪称画中第一了。

［词人逸事］

张纯修，字子敏，号见阳，又号敬斋，祖籍河北丰润，出生于奉天辽阳，隶满洲正白旗，为内务府包衣。后以进士第授江华县令，官至庐州知府。张见阳与纳兰性德相交甚厚，甚至结为异姓兄弟。纳兰性德翰墨传世不多，所能见到者，唯张见阳集与其往来尺牍（自康熙十六年至十九年间）装订成册，它是目前唯一研究纳兰笔札的珍贵资料。自张纯修结识纳兰性德以后，他将一部分藏品转赠给纳兰性德。足见二人志趣相投，爱好相从，品性相尚。纳兰性德也曾在给张纯修的信中说道：“一人知己，可以无恨，余与张子，有同心矣。”

纳兰性德去世后，张纯修为其辑刻《饮水诗词集》并作序，称其“所以为诗词者，依然容若自言，‘如人饮水，冷暖自知’而已”。而词中这幅栩栩如生的《风兰图》，正是张纯修为纳兰性德所画。此时，张见阳任湖南江华县令，因此词中才有“第一湘江雨”之句，称道其所画之风兰堪称画中第一。

又

对月

一种蛾眉①，下弦②不似初弦③好。庾（yǔ）郎④未老，何事伤心早？

望月伤神

清夜空闺，四周静悄悄，只有月色轻轻流泻进来，映着窗前的树影，斑驳一片，让人倍感凄楚。

素壁⑤斜辉⑥，竹影横窗扫。空房悄，乌啼欲晓，又下西楼了。

［注释］

①蛾眉：指蛾眉月，新月前后的月相。呈弯形，犹如一道弯眉，故名。

②下弦：下弦月，农历每月二十二日或二十三日的月亮。

③初弦：指农历每月初七、初八的月亮，其时月如弓弦，故称。古人以蛾眉代指女人的眉毛，又以上弦、下弦之月代指女人的眉毛下垂或上弯。

④庾郎：指南朝梁诗人庾信。

⑤素壁：白色的墙壁、山壁、石壁。

⑥斜辉：指傍晚西斜的阳光。

［词解］

这是一首对月伤怀、凄凉幽怨之作：

同样的蛾眉月，但下弦之月不如上弦之月好。就像那愁苦之时下垂的眉毛不如欢乐时上弯的眉毛好一样。被滞留北国的庾信年纪未老，为何过早地开始伤心呢？白色的墙壁上落下夕阳的余晖，竹影在窗棂间轻轻摇曳。相思的人独守空闺，直到乌鸦声起、清晓将至，月亮也落下去了。

又

黄花城[1]早望

五夜[2]光寒，照来积雪平于栈(zhàn)[3]。西风何限，自起披衣看。

对此茫茫，不觉成长叹。何时旦，晓星欲散，飞起平沙雁[4]。

[注释]

①黄花城：纳兰扈驾东巡，此为必经之地。

②五夜：五更。古代将一夜分为甲、乙、丙、丁、戊五段，此指戊夜，即第五更。

③栈：栈道。又称“阁道”、“复道”。中国古代沿悬崖峭壁修建的一种道路。

④平沙雁：广漠沙原上的大雁。

[词解]

这首词描绘了黄花城雪后将晓的景象：初雪后的五更之夜，黄花城中弥漫着寒光，积雪的峭壁上，栈道显得平滑了许多。寒风又怎能阻挠我披衣观景的兴致呢？面对这茫茫雪色，不觉心中怅然，无限慨叹！什么时候才能天亮呢？天空中的晨星要消散了，广漠沙原上的大雁也已经起飞开始了新的征程。

[词评]

此词写月照积雪，雁起平沙，而人立西风之中，独对茫茫长夜茫茫大地，表达了一种空旷寂寞之感。情景相生，颇具感染力。

——盛冬铃《纳兰性德词选》

[词人逸事]

黄花城在山西山阴北境黄花岭后，地处雁北塞上，而距五台山差不多一天多一点的路程。清康熙二十二年（1683），纳兰性德曾于二月和九月两次扈从康熙巡幸五台山。而这一次则是受命去大同，途经黄花城宿夜，看到此情此景，有感而发，于是便有了此作。

又

小院新凉，晚来顿觉罗衫[1]薄。不成孤酌，形影空酬酢(chóu zuò)[2]。

萧寺[3]怜君，别绪应萧索[4]。西风恶，夕阳吹角，一阵槐花落。

［注释］

①罗衫：丝织衣衫。

②酬酢：主客之间相互敬酒，主敬客曰酬，客敬主曰酢。

③萧寺：佛寺。唐李肇《唐国史补》卷："梁武帝造寺，令萧子云飞白大书'萧'字，至今一'萧'字存焉。"后因称佛寺为"萧寺"。

④萧索：萧条，凄凉。

对月思友人

"花间一壶酒，独酌无相亲"，举杯对明月，遥祝远方的友人。秋风吹过，落英缤纷，身上渐觉寒凉，孤独无绪。

［词解］

此篇是念友之作：秋风吹过，寂静的小院添了几许凉意，夜里已能感觉到衣衫有些单薄了。我独自酌饮，唯有自己的形影相随，非常孤独寂寞。想起在远方的你，离愁别绪涌上心头，顿感寂寞萧索。夕阳西下，秋风无情地吹过，吹落一地槐花。

［词人逸事］

纳兰性德生平颇多传奇，如生长华阀、位居清要，但情思抑郁、倦于仕禄，并"惴惴有临履之忧"。其虽为满洲贵族，然而所结交的却多为汉人才学之士。在清初那种满汉之防甚严、成见极深的情况下，纳兰却与世称落落难合的"一时俊异”顾贞观、姜宸英、严绳孙、陈维崧、秦松龄等交友契厚。同时，纳兰仗义解囊，才情富艳，颇为狷狂，得姜宸英辈赏识，所以缔为深交。因为姜宸英到京参加“博学鸿词”考试，在京时曾寓萧寺。从“萧寺怜君”一句来看，此词大约就是写给好友姜宸英的。

浣溪沙

锦样年华水样流，鲛(jiāo)珠①迸落②更难收。病余常是怯梳头。

一径绿云③修竹④怨，半窗红日落花愁。愔愔⑤只是下帘钩。

[注释]

①鲛珠：神话传说中鲛人泪珠所化的珍珠，比喻泪珠。
②迸落：散落。
③绿云：如云般繁茂的绿叶。
④修竹：细长的竹子。
⑤愔愔：幽深、悄寂貌。

[词解]

这首词为闺怨之作：锦绣一般美好的年华像流水一样逝去了，于是伤心难过，泪水涟涟，病愈之后常常害怕对镜梳头，怕看到镜中自己的憔悴模样。绿竹枝叶繁茂却满含怨尤，窗边洒入落日的余晖，照在落花之上，更生出许多愁怨。只得悄悄地放下卷帘，如此寂寞地独处深闺了。

又

肯把离情容易看，要从容易见艰难。难抛往事一般般①。

今夜灯前形共影，枕函(hán)②虚置翠衾(qīn)③单。更无人与共春寒④。

病后怔怔

春夏交叠，年华更替，姣好的容颜只在寂寞空闺中悄悄流逝。美人大病初愈，独立窗前，见落日熔金，暮云合璧，心中更添几分怅然。

［注释］

①一般般：一样样、一件件。
②枕函：中间可以藏物的枕头。
③翠衾：翠被。
④春寒：春季气候寒冷。

［词解］

这首词述说离情：说是要把离别看得容易一些，可是这容易之中又有多少艰难。艰难的是将一件件往事抛开，不再去想。今夜对着灯烛形影相吊，孤枕难眠，独自承受这料峭春寒，怎不叫人伤心难过呢！

又

已惯天涯莫浪愁①，寒云衰草渐成秋。漫②因睡起又登楼。

伴我萧萧③惟代马④，笑人寂寂⑤有牵牛⑥。劳人⑦只合一生休。

［注释］

①浪愁：空愁，无谓地忧愁。
②漫：副词，莫、不要。
③萧萧：形容马嘶鸣声。
④代马：北地所产良马。代，古代郡地，后泛指北方边塞地区。《文选·曹植〈朔风诗〉》："仰彼朔风，用怀魏都。愿骋代马，倏忽北徂。"刘良注："代马，胡马也；倏忽，疾也；徂，往也。言驰胡马疾行而北往也。"
⑤寂寂：形容寂静。
⑥牵牛：牵牛星，俗称"牛郎星"。
⑦劳人：忧伤之人。《诗·小雅·巷伯》："骄人好好，劳人草草。苍天苍天！视彼骄人，矜此劳人。"高诱《淮南子》注："劳，忧也。""劳人"即忧人也。

［词解］

这首词写离恨和埋怨：已经习惯了天涯漂泊就不要再无谓地忧愁了，秋来一片衰草寒云却平添人的愁绪。不要因为睡醒了无聊又去登楼远眺，那样只会徒增烦恼。陪伴我的只有代马的长嘶声，人间的寂寞连牛郎星也为之发笑，忧愁的人一辈子都只能如此烦闷了。怨恨长期奔走天涯，有家不得归，有妻不得伴的隐恨。

又

十里湖光载酒游，青帘①低映白苹洲②。西风听彻采菱讴(ōu)③。

沙岸④有时双袖⑤拥，画船何处一竿⑥收。归来无语晚妆楼。

[注释]

①青帘：旧时酒店门口挂的幌子，多用青布制成。

②白苹洲：泛指长满白色苹花的沙洲。唐李益《柳杨送客》诗："青枫江畔白苹洲，楚客伤离不待秋。"

③采菱讴：乐府清商曲名，又称《采菱歌》《采菱曲》。

④沙岸：用沙石等筑成的堤岸。

⑤双袖：借指美女。

⑥一竿：宋时京师买妾，一妾需五千钱，每五千钱名为"一竿"。李煜《渔父》："浪花有意千重雪，桃李无言一队春。一壶酒，一竿身，世上如侬有几人。"故此处之"一竿"亦可指渔人。

[词解]

这首词用白描的手法写风光：看那十里湖光，无限美景，当边饮酒边游赏。那青色的酒旗在风中招展，与白苹沙洲相互映衬。秋风送来采菱人的歌声，分外悠扬！画船游于水中，从船上向两岸望去，所见尽是繁华热闹、美女蹁跹的美丽景象。

又

脂粉塘①空遍绿苔，掠泥营垒(lěi)燕相催。妒他飞去却飞回。

一骑近从梅里过，片帆②遥自藕溪来。博山③香烬未全灰。

[注释]

①脂粉塘：溪名。传说为春秋时西施沐浴处。《太平御览》卷九八一引南朝梁任昉《述异记》："吴故宫有香水溪，俗云西施浴处，又呼为脂粉塘。"这里指闺阁之外的溪塘。

②片帆：孤舟，一只船。

③博山：古香炉名，因炉盖上的造型似传闻中的海中名山博山而得名。

[词解]

这首词写闺中女子的离怨：脂粉塘长满了绿苔，已非昔时的景象，垒巢的燕子掠泥而飞，好像是奔忙相催。于是离愁顿起，嫉妒它们既能飞去又能飞回，而思念的人却不见踪迹。多么希望那思念的人，或从近处梅林里出现，或从藕溪中乘船归来，可是愿望总是成空，只能对着博山炉中似尽非尽的香烬发呆。

又

大觉寺①

燕垒②空梁画壁③寒，诸天④花雨⑤散幽关⑥。篆香⑦清梵(fàn)⑧有无间。

蛱(jiá)蝶⑨乍从帘影度，樱桃半是鸟衔残。此时相对一忘言⑩。

[注释]

①大觉寺：可能为今北京西北郊群山旸台之上的大觉寺。此寺始建于辽咸雍四年（1068），初名"清水院"，后改"灵泉寺"，为金代"西山八景"之一。明宣德三年（1428）重修，改名"大觉寺"。

②燕垒：燕子的窝。

③画壁：绘有图画的墙壁。

④诸天：佛教语。指护法众天神。佛经言欲界有六天，色界之四禅有十八天，无色界之四处有四天，其他尚有日天、月天、韦驮天等诸天神，总称之曰"诸天"。

⑤花雨：佛教语，诸天为赞叹佛说法之功德而散花如雨。《仁王经·序品》："时无色界雨诸香华，香如须弥，华如车轮。"后用为赞颂高僧、颂扬佛法之词。

⑥幽关：深邃的关隘，紧闭的关门。

⑦篆香：犹盘香。

⑧清梵：谓僧尼诵经的声音。南朝梁王僧孺《初夜文》："大招离垢之宾，广

集应真之侣，清梵含吐，一唱三叹。”

⑨蛱蝶：蛱蝶科的一种蝴蝶，翅膀呈赤黄色，有黑色纹饰，幼虫身上多刺。

⑩忘言：谓心中领会其意，不须用言语来说明。

［词解］

这首词为大觉寺的记游之作：大觉寺已荒凉残破，而在这幽闭的关隘之地，众高僧们竟做出了颂扬佛法的无量功德，淡淡的香烟与清幽的诵经声隐隐约约，似有若无。庭院荒置，蝴蝶骤然从帘影中飞出，树上的樱桃多半被小鸟啄烂，此情此景让人无法用语言来表达自己的感受。

独立寺中

山寺宁静，只有微风送来隐约的檀香和模糊的诵经声，寺院近旁草木似也感染到这种庄严，独立寺中，只觉心下空明，往日阴郁都渐渐平息。

［词人逸事］

大觉寺始创辽代，它是北京“八大寺院”之一，纳兰性德当时见到的大觉寺是明代的规制。至今大雄宝殿、三世佛殿还保留着明代的木结构。大觉寺院落宽阔，殿堂高大，花木繁多，以玉兰、银杏最为著名。大殿中保留着精美壁画、悬塑。至今主佛像、“二十诸天”、“十二缘觉”的塑像保留完好。所以，在纳兰性德的这首《浣溪沙·大觉寺》中有“燕垒空梁画壁寒，诸天花雨散幽关”“蛱蝶乍从帘影度，樱桃半是鸟衔残”这样的描绘，其中空梁、画壁、诸天、蛱蝶、燕雀等不是作者凭空臆造的。而且从中还能感受到侍卫在高大殿堂的台阶下巡行，在僻静的行宫跨院当值的情景，使人领略到一种梵天幽静之感。

又

抛却无端恨转长，慈云[1]稽(jī)首[2]返生香。妙莲花说[3]试推详[4]。

但是有情皆满愿[5]，更从何处著思量？篆(zhuàn)烟[6]残烛并回肠[7]。

［注释］

①慈云：佛教语，比喻慈悲心怀如云泽广被世界、众生。

②稽首：古时的一种跪拜礼，叩头至地，是九拜中最恭敬的。

③妙莲花说：谓佛门妙法。莲花，喻佛门之妙法。莲花世界为佛教所称西方极乐世界。明汪廷讷《狮吼记·摄对》："安得三轮尽空，化作莲花世界。"

④推详：仔细推究。

⑤满愿：佛教语。谓实现了发愿要做的事。唐皮日休《病后春思》诗："应笑病来惭满愿，花笺好作断肠文。"

⑥篆烟：盘香的烟缕。

⑦回肠：喻思虑忧愁盘旋于脑际，如肠之来回蠕动。

［词解］

这首词描绘通过佛法求得心态平和的过程：想丢去无端的烦恼，幽恨却转而更长了，唯在慈云寺祈祝返回之后才觉香气四射，神清气爽了。试着去推究那让人忘记烦恼的佛法要义，心灵得到了净化。但若所有发愿的事都实现了，那人生还有什么要去思量的呢？还为什么要在夜里辗转反侧，反复思量呢？

又

小兀喇[1]

桦屋鱼衣[2]柳作城，蛟龙[3]鳞动浪花腥。飞扬应逐海东青[4]。

犹记当年军垒[5]迹，不知何处梵钟声[6]。莫将兴废[7]话分明。

［注释］

①兀喇：亦作"乌喇"，即今吉林省吉林市。

②鱼衣：用鱼皮做衣服。

③蛟龙：传说中能使洪水泛滥的一种龙。

④海东青：一种凶猛而珍贵的鸟，属雕类。产于黑龙江下游及附近海岛。宋庄季裕《鸡肋篇下》："鸷鸟来自海东，唯青鸩最佳，故号海东青。"《元史·地理志二》："有俊禽海东青，由海外飞来，至奴儿干，土人罗之以为土贡。"

⑤军垒：军营周围的防御工事。《国语·吴语》："今大国越录，而造于弊邑之军垒。"

⑥梵钟声：佛寺中的钟声，僧人诵经时敲击。

⑦兴废：盛衰，兴亡。

[词解]

这首词借由小兀喇的景色和风俗来抒发兴亡之叹：这里的百姓生活朴素，以桦木建构屋宇，用鱼皮做衣服，扦插柳木作为城围。滚滚江水如同蛟龙翻腾，连浪花都带着腥味，猎人们追逐着海东青飞驰。还记得当年军垒的遗迹，却不知从哪里传来梵钟之声打破了思绪。还是不要再妄谈兴衰成败了吧，那些又怎么能说得清楚呢！

无处话兴衰

坐在船上，望江边景色，感慨万千。往昔征战遗迹仍在，但百姓只是安静度日，不理朝政变化。所谓世间兴衰成败，在他们看来，或许并无多大意义。张养浩曾云："兴，百姓苦；亡，百姓苦。"纳兰此刻心中也许有同感。

又

姜女祠①

海色残阳影断霓（ní）②，寒涛日夜女郎祠③。翠钿（diàn）④尘网上蛛丝。

澄海楼⑤高空极目，望夫石⑥在且留题⑦。六王⑧如梦祖龙⑨非。

[注释]

①姜女祠：又称"贞女祠"，在山海关欢喜岭以东凤凰山上。据民间传说，在秦始皇时，孟姜女的丈夫被强迫修筑长城，一去几年音信全无。她不远千里去送寒衣，然而却未找到丈夫。她在城下痛哭，城墙因而崩裂，露出了丈夫的尸骨。孟姜女痛不欲生，投海而死。姜女祠就是为纪念她而建，相传始建于宋，明代重修。

②断霓：断虹，称虹为霓。

③女郎祠：姜女祠。

④翠钿：用翠玉制成的首饰。

⑤澄海楼：楼名。在河北旧临榆县南宁海城上，明兵部主事王致中建。

⑥望夫石：辽宁兴城西南望夫山之望夫石，相传为孟姜女望夫所化。

⑦留题：参观或游览时写下观感、题诗。

⑧六王：指战国时齐、楚、燕、韩、魏、赵六国之王。

⑨祖龙：指秦始皇。

［词解］

这首词借游姜女祠抒今昔之感：残阳倒映海中犹如一段虹霓，姜女祠日夜对着大海的寒涛，孟姜女神像头上的翠钿都已经落满了尘土、爬满了蛛网，可怜她夜夜孤寂。站在澄海楼上极目远眺，那孟姜女所化的望夫石还屹立在那里，权且留下题诗，战国纷争，群雄逐鹿，秦始皇统一中原，这一切是非如今看来只不过是大梦一场！

又

泪浥（yì）①红笺②第几行，唤人娇鸟怕开窗。那能闲过好时光。

屏障（zhàng）厌看金碧画③，罗衣不奈水沉香④。遍翻眉谱⑤只寻常。

［注释］

①泪浥：被泪水沾湿。

②红笺：红色笺纸。多用以题写诗词或做名片等。

③金碧画：以泥金、石青、石绿三色为主的山水画。此画古人多画于屏风、屏障之上。

④水沉香：沉水香，又名“沉香”。

⑤眉谱：旧时女子画眉所参照的图谱。

［词解］

这首词以闺中女子的口吻来写对爱人的深切怀念：你身在远方，我无限怀念，写信遥寄相思，泪水却一次次滴湿信笺。窗外有鸟儿娇声啼叫，我却不敢开窗，因为害怕想起以前与你共度的美好时光。屏风上的金碧画，烟雾缭绕的水沉香，被翻了又翻的眉谱，因为你不在身边，使得这所有的一切都变得百无聊赖了！

又

伏雨①朝寒愁不胜，那能还傍杏花行。去年高摘斗轻盈②。

漫惹炉烟③双袖紫，空将酒晕④一衫青。人间何处问多情？

［注释］

①伏雨：指连绵不断的雨。

②斗轻盈：与同伴比赛看谁的动作更迅捷轻快。轻盈，多用以形容女子体态的轻快、灵活。

③炉烟：香炉中的熏烟。

④酒晕：喝完酒后脸上泛起的红晕。

［词解］

这首词描绘了一种意兴阑珊、多情而又无奈的意绪：这连绵不断的小雨，让人平添了无尽的闲愁，不能像往常一样在杏花树下漫步了。记得去年还与同伴在一起攀上枝头摘取花枝，比赛谁最轻盈利落。而今却只能百无聊赖地看着炉烟轻轻地萦绕，双袖在炉火映照中泛着紫红的颜色，身着青衫而脸上泛起了酒晕。试问什么叫作多情呢？

闺中独处

独立房前，忆往昔旧友，淅沥春雨更让人怀念去岁的暖阳。而今淫雨霏霏，杏花零落，那人也不知在何处，只剩无尽的相思。

又

谁念西风独自凉？萧萧①黄叶闭疏窗②。沉思往事立残阳③。

被酒④莫惊春睡重，赌书⑤消得泼茶香。当时只道是寻常。

［注释］

①萧萧：稀疏的样子。

②疏窗：刻有花纹的窗户。

③残阳：夕阳，西沉的太阳。

④被酒：醉酒。

⑤赌书：比赛读书的记忆力。典出宋李清照、赵明诚翻书赌茶之事。李清照《金石录后序》云："余性偶强记，每饭罢，坐归来堂，烹茶，指堆积书史，言某事在某书某卷第几页第几行，以中否角胜负，为饮茶先后。中即举杯大笑，至茶倾覆怀中，反不得饮而起，甘心老是乡矣！故虽处忧患困穷而志不屈。"

［词解］

这是一首怀念亡妻的悼亡之作：秋天到了，凉意袭人，落叶纷纷，只有我对着窗子独自冷落。夕阳西下，无限往事就这样不期然地袭上心头。以前的日子是多么的快乐美满啊，想起我们把酒言欢、春睡不起、赌书泼茶的日子，这些美好的时光在当时是多么稀松平常，而今却再也不能重温！

［词人逸事］

这首词中，纳兰性德用了李清照与赵明诚夫妇赌书泼茶的典故来抒写自己和亡妻曾经的甜蜜生活。

宋代著名词人李清照，18岁时与右相赵挺之之子赵明诚结婚。夫妻生活甜蜜恩爱。两人志趣相投，一起收集古玩字画，并一起勘校，考订版本，生活十分闲适惬意。

他们最常做的游戏就是在晚饭后猜书斗茶。两人先煮上一壶茶，然后轮流由一人说出一句或一段古人的诗文，让对方猜这句话或这段诗文出自哪本书、第几卷、第几页、第几行，以猜中与否分胜负。猜对了就优先喝一杯茶。由于李清照的记忆力特别强，几乎是每猜必中，赵明诚不得不甘拜下风。然而，聪明幽默的赵明诚也每每在李清照端起茶杯时讲笑话，结果常常引得她哈哈大笑，以至茶杯倾覆怀中，浇得一身湿漉漉。李清照将这些生活趣事记录在自己与丈夫合写的《金石录后序》中，成为才子佳人传诵的千古佳话。

又

莲漏①三声烛半条，杏花微雨湿轻绡(xiāo)②。那将红豆③记无聊。

春色已看浓似酒，归期安得信如潮④。离魂入夜倩谁招。

［注释］

①莲漏：莲花漏。古代的一种计时器。

②轻绡：一种透明而有花纹的丝织品。代指杏花的红色花朵。

③红豆：红豆树、海红豆及相思子果实的统称。鲜红光亮，古人常用来比喻爱情或相思。

④信如潮：如信潮。信潮，定期而来的潮水。

［词解］

这首词写的是离情：夜已经深了，蜡烛也已经燃烧过半，杏花微雨，淋湿了红嫩的花朵。将红豆取出，记下这无聊的心绪。春色已经如酒般浓重，而离人却不能像定期而至的潮水般如期归来，只盼望能在梦里与他相逢。

又

消息谁传到拒霜①？两行斜雁②碧天③长。晚秋风景倍凄凉。

银蒜④押帘人寂寂，玉钗⑤敲竹信茫茫。黄花⑥开也近重阳⑦。

［注释］

①拒霜：花名。木芙蓉的别称。冬凋夏茂，仲秋开花，耐寒不落，故名。

②斜雁：斜飞的雁群。

③碧天：青天，蓝色的天空。

④银蒜：银质蒜头形帘坠，用以压帘幕。

⑤玉钗：玉制的钗。由两股合成，燕形。

⑥黄花：菊花。

⑦重阳：节日名，古以九为阳数之极，九月九日故称“重九”或“重阳”。

［词解］

这是一首爱情词，为所恋之人而作：是谁传来了消息，说待到秋天木芙蓉花开的时候他便回来？如今大雁都已经飞过了，晚秋浓重的景色让人倍感凄凉。景物空旷，斯人憔悴，心事难耐，只有以玉钗轻轻敲竹借以排遣愁怀。眼看菊花开了，又近重阳，思念的那个人啊，却依然音信渺茫。

［词评］

此必有相知名菊者为此词所属意，惜其本事已不可考。

——吴世昌《词林新话》

又

雨歇梧桐泪乍（zhà）收，遣（qiǎn）怀①翻②自忆从头。摘花销恨旧风流。

帘影碧桃③人已去，屧（xiè）痕④苍藓径空留。两眉⑤何处月如钩？

[注释]

①遣怀：犹遣兴。

②翻：同“反”。

③碧桃：桃树的一种。花重瓣，不结实，供观赏和药用。一名“千叶桃”。

④屧痕：鞋痕。

⑤两眉：两弯秀眉。这里指所思恋之人。

[词解]

这是一首遣怀之作，表达对恋人的怀念之情：秋雨停了，梧桐树叶不再滴雨，好像是止住了它流淌的眼泪。我将与她度过的美好时光细细地从头追忆，追忆那些当初与她有过的美好风流的往事。那帘影碧桃下美人的倩影已经不在，而长满苍藓的小径上却空留下她那娇小的鞋痕。我思念的人儿啊，你如今在哪里呢？

又

西郊冯氏园看海棠，因忆《香严词》①有感

谁道飘零不可怜，旧游②时节好花天。断肠③人去自经年。

一片晕红④才着雨，几丝柔绿乍和烟。倩魂⑤销尽夕阳前。

[注释]

①《香严词》：明末清初诗人龚鼎孳的词集。龚鼎孳，安徽合肥人，官至礼部尚书，与钱谦益、吴伟业并称“江左三大家”。

②旧游：昔日的游览。

③断肠：形容悲伤到极点。

④晕红：中心浓而四周渐淡的一团红色。这里指晕红的花朵。

⑤倩魂：少女的梦魂。

[词解]

谁说花儿凋零不会令人生起怜爱之情呢？当年同游之时正是春花竞放的美好时光。性情中人啊，自断柔肠。眼前红花一片，春雨微着，嫩柳丝丝在烟霭中摇曳。黄昏时分，满腔愁苦，夕阳落照前的美景令少女为之梦断魂销。

[词评]

龚尝有《蓦山溪》“重来门巷，尽日飞红雨”二句，为当时所传诵。观容若此词，似不胜重来之感。

——张任政《纳兰性德年谱·丛录》

柔情一缕，能令九转肠回。虽山抹微云君，不能道也。

——王伊斋

满腔愁苦随细柳

伤春惜花，悲叹好景不再，是多情人之常态。“惜春常怕花开早，何况落红无数。”落红更兼残阳，照见纤瘦女子周身的孤独寂寞。

又

按此阕与前“伏雨朝寒”字句略同，

顾刻本“西郊”二阕接录，故因之。

酒醒香销愁不胜，如何更向落花行。去年高摘斗轻盈（yíng）。

夜雨几番销瘦了，繁华①如梦总无凭②。人间何处问多情。

[注释]

①繁华：是实指繁茂的花事，也是繁盛事业的象征。

②无凭：无所凭借，无所依托。

[词解]

此篇与前首“伏雨朝寒”字句大致相同，且词意也十分相近。两篇可以放在一起来读。

[词评]

汪刻本题下双行小字“此阕与前‘伏雨朝寒’字句略同。顾刻本‘西郊’二阕接录，故因之。”

——冯统《饮水词笺校》

又

shè gōu

欲问江梅[1]瘦几分，只看愁损[2]翠罗裙[3]。麝篝[4]衾冷惜余熏[5]。

可耐[6]暮寒长倚竹，便教[7]春好不开门。枇杷花底校书人[8]。

[注释]

①江梅：江边的梅树。

②愁损：忧伤。

③翠罗裙：绿色的丝裙。

④麝篝：燃烧麝香的熏笼。

⑤余熏：犹余香。

⑥可耐：同“可奈”，无可奈何。

⑦便教：使，纵然。

⑧“枇杷”句：原指唐蜀妓薛涛，后为妓女之雅称。唐王建《寄蜀中薛涛校书》：“万里桥边女校书，枇杷花下闭门居。”（一说此诗为胡曾作）后因称妓女所居为“枇杷门巷”。此处是借指花下读书之人。校，校订，校勘，此处为研读之意。

[词解]

这首词写的是在美好的春日，却愁极寂寞的情态：要知江边的梅树瘦削了几分，只要看看她翠罗裙中愈加纤瘦的腰肢便能知晓。寂寞空庭，香残寝冷，如何不叫人憔悴呢？春天的黄昏总是伴着一丝微寒，独自伫立在瘦竹之畔，即使是再好的春光，也让我提不起开门赏玩的兴致，就像那枇杷花下的读书之人一样。

［词人逸事］

纳兰性德在这首词中借用了薛涛的典故来凸显自己的寂寞寥落之情。薛涛是唐代著名的女诗人。父亲薛郧原在京城为官，“安史之乱”与妻子裴氏迁往蜀中。不久，裴氏生下一女，遂取名薛涛，字洪度，意思是她是在渡过惊涛骇浪的洪流之后降生的。

几年后薛郧去世，薛家家道中落，薛涛不得已入乐籍，成为一名乐伎。但薛涛才情出众，并与当地官吏和当时著名诗人唱酬。脱名乐籍后，薛涛更以女诗人身份，出入幕府。当时的中书令韦皋听说了薛涛的才华，召她应席赋诗，薛涛不假思索立题《谒巫山庙》一诗：

乱猿啼处访高唐，一路烟霞草木香；山色未能忘宋玉，水声尤是哭襄王。朝朝夜夜阳台下，为雨为云楚国亡；惆怅庙前多少柳，春来空斗画眉长。

春日闭户

春光虽好，但相思成灾，懒懒得提不起精神。如此为情所困，日见清瘦，君虽非重细腰，而妾仍愁成瘦。没有兴致出去赏玩春景，不若闭门读书。

韦皋大加赞赏，并准备提名她为校书郎。但是受到护军阻挠，只好作罢。而她“女校书”的名号却被叫响。又因为薛涛家门前有几棵枇杷树，韦皋就用“枇杷花下”来描述她的住地，从此“枇杷巷”也成了妓家之雅称。后来，由于薛涛几经沉浮，与元稹的爱情也受到打击，于是暮年的薛涛索性穿起道袍，闭门索居，不再参与诗酒花韵之事。

又

一半残阳下小楼，朱帘①斜控②软金钩。倚阑（yǐ lán）无绪不能愁。

有个盈盈③骑马过，薄妆④浅黛（dài）⑤亦风流。见人羞涩却回头。

［注释］

①朱帘：红色帘子。

②斜控：斜斜地垂挂。

③盈盈：仪态美好的样子。这里指仪态美好的女子。

④薄妆：淡妆。

⑤浅黛：指用黛螺淡画的眉。

[词解]

这首词用叙事的手法勾画出闺中女子怀春又羞怯的形象：夕阳已经要落山了，小楼之上珠帘斜挂，楼上的人倚靠着栏杆，心绪无聊，无法控制心中的忧愁。这时，一个骑马的少女不期然地出现了，她虽然只是薄施粉黛，却显得那么潇洒、那么风流。然而发现有人注视她时又娇羞地转过了头。

又

睡起惺(xīng)忪①强自支，绿倾蝉鬓(bìn)②下帘时。夜来愁损③小腰肢。

远信④不归空伫望⑤，幽期⑥细数⑦却参差⑧。更兼何事耐寻思。

[注释]

①惺忪：形容刚睡醒尚未完全清醒的状态。

②蝉鬓：古代妇女的一种发式，两鬓薄如蝉翼，故称。马缟《中华古今注》卷中："琼树（莫琼树）始制为蝉鬓，望之缥缈如蝉翼，故曰'蝉鬓'。"

③愁损：犹愁杀。

④远信：远方的书信、消息。

⑤伫望：久立而远望，这里是等候、盼望。

⑥幽期：指男女间的幽会。

⑦细数：仔细计数。

⑧参差：差池，差错。

[词解]

这首词是伤离之作，写的是女子对丈夫的思念：清晨，睡眼惺忪，还要强自支撑着梳头化妆，看看镜中的自己，一夜之间因为相思苦闷又瘦了一圈。凭栏伫立，望眼欲穿，远方却依然没有传来他的消息。一遍遍细数着相会的时日，然而心思太乱，想的事情太多，怎么数也数不清。

又

五月江南麦已稀，黄梅①时节雨霏(fēi)微②。闲看燕子教雏(chú)飞。

一水浓阴如罨(yǎn)画③，数峰无恙又晴晖。溅裙④谁独上渔矶(jī)⑤。

梅子黄时雨

“黄梅时节家家雨”，雨后江南更加明丽动人，燕子翩翩，斜晖脉脉，浣衣女轻抡木棒，激起阵阵水花。

［注释］

①黄梅：春末夏初梅子黄熟的一段时期，这段时期我国长江中下游地区连续下雨，空气潮湿，衣物等容易发霉。也叫“黄梅天”。

②霏微：雾气、细雨等弥漫的样子。

③罨画：色彩鲜明的绘画。多用以形容自然景物或建筑物等的艳丽多姿。

④溅裙：古代的一种风俗，旧俗于农历正月元日至月晦，士女酹酒洗衣于水边，以避灾度厄。这里指水边的美丽女子。

⑤渔矶：可供垂钓的水边岩石。

［词解］

这首词描绘的是江南五月的景色：初夏的五月，江南的田野里麦子已经被收割得差不多了。梅子黄熟时节，梅雨迷蒙，到处都是一片朦胧的景象。闲来无事，便看着燕子教雏燕学习飞翔。眼前被水洗过的景象绚丽得如同色彩明艳的图画一般，斜晖落照水边，矶岸上洗衣女郎的倩影历历，是那样的优美动人。

又

残雪①凝辉冷画屏②。《落梅》③横笛已三更。更无人处月胧(lóng)明④。

我是人间惆怅(chóuchàng)客，知君何事泪纵横。断肠声里忆平生。

[注释]

①残雪：尚未化尽的雪。

②画屏：绘有山水图画的屏风。

③落梅：《落梅花》，古笛曲名，以横笛吹奏。

④胧明：微明。

[词解]

这首词是词人感怀身世之作：残雪的光辉洒在屏风上，使得上面的图画仿佛也变得冷凝起来。耳畔传来《落梅花》的笛声，月色朦胧，沉夜寂寂。我是人世间那个满怀惆怅的过客，知道你为何这般眼泪纵横地在无限哀叹中追忆平生。

又

咏五更，和湘真①韵

微晕娇花湿欲流，簟(diàn)纹②灯影③一生愁。梦回疑在远山楼。

残月暗窥(kuī)金屈戌(xū)④，软风⑤徐荡玉帘钩⑥。待听邻女唤梳头。

[注释]

①湘真：陈子龙。陈子龙，字人中、卧子，号大樽、轶符，松江华亭人。明末几社领袖，因抗清被俘，宁死不屈，投水殉难。有《湘真阁存稿》一卷。本篇作者所和之词为陈子龙的《浣溪沙·五更》，其词："半枕轻寒泪暗流，愁时如梦梦悠悠。角声初到小红楼。风动残灯摇绣幕，花笼微月淡帘钩，陡然旧恨上心头。"

②簟纹：席纹。

③灯影：物体在灯光下的投影。此处指人影。

④屈戌：门窗等物上所钉的铜制钮环，上边可扣了吊，还可以再加锁。此处指闺房。

⑤软风：和风。

⑥玉帘钩：帘钩的美称。

［词解］

这首词借愁人形象抒发了自己满怀的无聊：暗夜逝去，拂晓到来，天色微微亮，隐约露出了花朵的风姿。手臂上落下的枕席之痕，孤灯前的倩影，这一切都在诉说着一个人无尽的寂寞寥落。昨夜的梦中似乎又回到了那魂牵梦绕的地方。只是醒来却发现唯有那一弯残月将光辉洒在这闺房之中，和风徐荡，空屋无人，只好静静地等待邻家女子招唤同伴梳头的声音了。

又

五字诗①中目乍成②，仅教残福③折书生。手挼(ruó)④裙带那时情。

别后心期⑤和梦杳(yǎo)，年来憔悴与愁并。夕阳依旧小窗明。

［注释］

①五字诗：五言诗。

②目乍成：乍目成，刚刚通过眉目传情而结为亲好。

③残福：残存的薄福，也可谓是短暂的幸福。

④挼：揉搓。

⑤心期：心中相许，引申为相思。

［词解］

这首词写别后相思：一首五言诗让我们心有灵犀，眉目定情。为何偏偏要把这短暂的幸福降临到我的身上呢？让我如此兴奋，紧张地揉搓身上的衣带，那时的情景至今仍历历在目。可惜自从离别之后，我们便天各一方，音信渺茫，怎不使我生出相思之情，衣带渐宽，为伊憔悴，日日凭窗眺望，却不见你的归来。

衣带渐宽

自君别后，茶饭不思，君行日渐远，衣带日见宽。寸寸柔肠，盈盈粉泪，楼高偏近危栏倚。惜望眼欲穿，也不见君归来。

又

记绾长条①欲别难，盈盈自此隔银湾②。便无风雪也摧残。

青雀③几时裁（cái）锦字④，玉虫⑤连夜剪春幡（fān）⑥。不禁辛苦况相关。

［注释］

①长条：长的枝条，特指柳枝。

②银湾：银河。

③青雀：指青鸟，神话传说中西王母所使之神鸟。

④锦字：锦字书，指前秦苏蕙寄给丈夫的织锦回文诗，后多用以指妻子寄给丈夫以表达思念之情的书信。

⑤玉虫：喻灯花。

⑥春幡：春旗。旧俗立春日挂春幡于树梢，或剪缯绢成小幡，连缀簪之于首，以示迎春之意。

［词解］

这首词描写的是女子的离情别恨：记得你我离别之时，杨柳依依，难舍难分。从此之后我们便天各一方，如同隔着银河般难以跨越。如此煎熬纵是无风雪摧逼的好时光，也依然是惆怅难耐。一别之后便音容杳然，日日期盼音信的到来，盼望着能与你相聚，然而希望却一次次变成了失望，怎不叫人失落惆怅、忧伤萦怀。

又

古北口①

杨柳千条送马蹄，北来征雁旧南飞。客中谁与换春衣②？终古③闲情归落照④，一春幽梦⑤逐游丝⑥。信回刚道别多时。

［注释］

①古北口：长城隘口之一。在今北京密云东北，为古代军事要地。

②春衣：春季穿的衣服。

③终古：往昔，自古以来。

④落照：落日的余晖。

⑤幽梦：隐约的梦境。

⑥游丝：飘荡在空中的蜘蛛丝。

[词解]

这首词表达词人已经厌于扈从生涯，思念爱人的情怀：春光无限，杨柳垂青，我却踏上征程。天空飞过的大雁依旧是去年飞走的那一群吧，如今春又归来，谁来换取春天的新衣呢？自古以来的闲情别恨都寄予了那一缕残阳，春日迷蒙的梦境依旧如飘动着的蛛丝般让人不可捉摸，刚刚还在埋怨聚少离多，分别太久，你的信便到了，想来你跟我想的是一样的吧！

[词人逸事]

纳兰性德身为皇帝侍卫，深受康熙喜爱，“上（皇帝）有指挥，未尝不在侧……上之幸海子、沙河、西山汤泉及畿辅五台、口外盛京、乌喇，及登东岳，幸阙里，省江南，未尝不从”。单单是古北口一处，就曾多次扈驾经过，如康熙十六年（1677）十月，扈驾赴汤泉；康熙二十一年（1682）二月至五月，扈驾巡视盛京、乌喇等地；康熙二十二年（1683）六月、七月，奉太皇太后出古北口避暑；康熙二十三年（1684）五月至八月，出古北口避暑等。

康熙爱读纳兰性德的诗词，经常赏赐给他各种礼物：“先后赐金牌、彩缎，上尊御馔、袍帽、鞍马、弧矢、字帖、佩刀、香扇之属甚伙。中岁万寿节，上亲书唐贾至《早朝》七言律诗赐之。月余令赋乾清门应制诗，译御制《松赋》，皆称旨。于是外庭佥言，上知其有文武才，且迁擢矣。”清代文坛，纳兰性德算是一个拿到了“金牌”的诗人，这些足见康熙对他的荣宠。然而一次次的扈驾远行，自己身为护卫壮志难酬的尴尬身份，已经使他厌倦了这种生活，因而每每在其诗词中有所体现。

又

身向云山①那畔②行。北风吹断马嘶声③。深秋远塞④若为⑤情。

一抹晚烟荒⑥戍垒⑦（shù），半竿斜日旧关城⑧。古今幽恨⑨几时平。

荒漠展信笺

黄沙漫漫搅天飞，阴山冰雪刺骨寒，身处苦寒之地，心系家园。可即便是在梦中，也知“美人隔千里，罗帏闭不开”。展笺长望，知美人也因思念而形容消瘦，心中更是牵挂。

[注释]

①云山：高耸入云之山。
②那畔：那边。
③马嘶声：马鸣声。
④远塞：边塞。
⑤若为：怎为之意。
⑥荒：荒凉萧瑟。
⑦戍垒：营垒。戍，保卫。
⑧关城：关塞上的城堡。
⑨幽恨：深藏于心中的怨恨。

[词解]

这首词抒发了奉使出塞的凄惘之情：向着远方的征程前进，北风的吼声使马嘶声也听不到了。面对如此深秋野塞又是怎样的情怀呢！一缕炊烟升起在荒凉萧瑟的营垒之上，斜日欲落悬挂于关塞破旧的城堡上。面对此情此景，古往今来的墨客征人深藏心中的满腔怨恨何时才能消解呢？

又

万里阴山[1]万里沙，谁将绿鬓[2]斗[3]霜华[4]？年来强半[5]在天涯。

魂梦不离金屈戌[6]，画图亲展玉鸦叉[7]。生怜[8]瘦减[9]一分花。

[注释]

①阴山：山脉名。即今横亘于内蒙古自治区南境、东北接连内兴安岭的阴山山脉。山间缺口自古为南北交通要道。
②绿鬓：乌黑发亮的头发。
③斗：斗取，即对着。
④霜花：喻指白色须发。

⑤强半：大半，过半。

⑥屈戌：门窗上的环钮、搭扣。指梦中思念的家园。

⑦玉鸦叉：玉丫叉，一种首饰，像树杈那样交叉的首饰。这里指闺人之容貌。

⑧生怜：产生怜爱之情，可怜。

⑨瘦减：犹瘦损。

［词解］

这首词抒发了作者出使荒漠后与爱人的相思之苦：绵延无尽的阴山下是一望无际的沙海，是谁使乌黑的头发变成了白色？一年来大半时间在天涯空度。让我魂牵梦绕的还是那温馨的故园和故园中的伊人，看着画像上她那消瘦的身影，不禁让人顿生怜惜之情。

又

庚申除夜①

收取闲心②冷处浓，舞裙犹忆柘(zhè)枝③红。谁家刻烛④待春风？

竹叶⑤樽(zūn)空翻彩燕⑥，九枝灯⑦灺(xiè)⑧颤金虫⑨。风流端合⑩倚天公⑪。

［注释］

①庚申除夜：康熙十九年（1680）除夕。

②收取闲心：谓约束心思。

③柘枝：柘枝舞。柘枝舞是西北少数民族的民间舞，伴奏音乐以鼓为主，间有歌唱，舞姿美妙、表情动人。唐时此舞由西域传入内地。

④刻烛：古人刻度数于烛，烧以计时。

⑤竹叶：酒名，即竹叶青，亦泛指美酒。

⑥彩燕：旧俗，立春日剪彩绸为燕饰于头部。

⑦九枝灯：古灯名，一干九枝的烛灯。

⑧灺：熄灭。

⑨金虫：比喻灯花。

⑩端合：应当，应该。

⑪天公：天，以天拟人，即老天爷，故称。

［词解］

此篇描绘了贵族之家除夕守岁的情景：将寒冷除夕夜里浓郁的闲情收起，那优美动人的柘枝舞是多么令人追忆怀恋的啊！当年是谁家在除夕夜刻烛静待新春的到来呢？竹叶青酒喝尽了，人人头饰彩燕，个个兴高采烈；九枝灯熄了，那灯芯仿佛是一条条颤动的金虫。如此风流应该是浑然天成，非人力所能为的啊！

又

红桥①怀古，和王阮亭②韵

无恙年年汴(biàn)水③流。一声水调④短亭⑤秋。旧时明月照扬州。

曾是长堤⑥牵锦缆(lǎn)⑦，绿杨清瘦至今愁。玉钩斜路近迷楼⑧。

［注释］

①红桥：桥名，在今江苏扬州，明崇祯时建，为扬州游览胜地之一。

旧时明月照扬州

“二十四桥明月在，玉人何处教吹箫。”明月杨柳如昨，惜隋宫已成残垣，长堤不再，清曲不闻，往昔繁盛风华，只剩无尽遐想。

②王阮亭：王士祯，字子真，号阮亭，又号渔洋山人，山东新城人。少时多填词，有《衍波词》。

③汴水：古河名，即汴河。发源于荥阳大周山洛口，经中牟北五里的官渡，从“利泽水门”和“大通水门”流入里城，横贯今之后河街、州桥街、袁宅街、胭脂河街一带，折而东南经“上善水门”流出外城。过陈留、杞县，与泗水、淮河汇集。

④水调：曲调名，传为隋炀帝时，开汴渠成，遂作《水调歌》，唐代将它演变为大曲。

⑤短亭：旧时城外大道旁，五里设短亭，十里设长亭，为行人休憩或送行饯别之所。

⑥长堤：指隋堤。隋炀帝时沿通济渠、邗沟河岸修筑的御道，道旁植杨柳，后人谓之“隋堤”。

⑦锦缆：锦制的缆绳，精美的缆绳。唐颜师古《大业拾遗记》谓隋炀帝“至汴，帝御龙舟，萧妃乘凤舸，锦帆彩缆，穷极

侈靡。……每舟择妙丽长白女子千人执雕板镂金楫，号为殿脚女。锦帆过处，香闻十里。”后以此典喻指帝王穷奢极欲。

⑧玉钩斜：隋代埋葬宫女的墓地。《陈无己诗话》：“广陵亦有戏马台下路号玉钩斜。”迷楼：隋炀帝所建楼名。故址在今江苏扬州西北郊。《古今诗话》云：“帝幸之，曰：‘使真仙游此，亦当自迷。’乃名迷楼。”

［词解］

这首词以怀古来咏怀，借咏隋炀帝穷奢极欲，抒写不胜今昔的感慨：那汴河的流水依然年年如是的流淌，犹记得当年渠成之时的那曲《水调歌》，那时的明月直洒到扬州。千里长堤，杨柳绵延，炀帝出游的盛况，仍历历在目，难怪那岸边的绿杨至今仍不胜忧愁。而今繁华落尽，只有那埋葬宫女的墓地与辉煌一时的迷楼相望相慰了。

［词人逸事］

这首词作于康熙二十三年（1684）十月，是纳兰性德扈驾巡幸江南抵达扬州之时所作。为和王士祯的《浣溪沙》而作。

修禊是古代的一种民俗，于农历三月上旬的巳日（三国魏以后始固定为三月初三）到水边嬉戏，以祓除不祥。清代著名诗人王士祯开启了清代红桥修禊的先河，他在扬州任推官期间，“昼了公事，夜接词人”，“与诸名士游无虚日”。他去世后，扬州百姓将他和宋代欧阳修、苏轼并列，建“三贤祠”纪念。康熙元年春，王士祯主持红桥修禊，作《浣溪沙》3首，其中广为流传的名句有：“北郭清溪一带流，红桥风物眼中秋，绿杨城郭是扬州。”众人皆和韵作诗，一时传为佳话。纳兰性德这首词正是为和此词而作。

康熙三年（1664）春，王士祯再次与诸名士修禊于红桥，王士祯作《冶春绝句》20首，其中“红桥飞跨水当中，一字栏杆九曲红。日午画船桥下过，衣香人影太匆匆”一首脍炙人口，唱和者甚众，一时形成“江楼齐唱《冶春》词”的空前盛况，大有王羲之兰亭雅会之势。王士祯后将这些诗词编成《红桥唱和集》3卷。时至今日，王士祯留下的《绿杨城郭》《冶春》这两首佳词，仍为扬州人传唱不衰。

又

凤髻(jì)[1]抛残秋草生，高梧湿月[2]冷无声。当时七夕[3]记深盟[4]。

信得羽衣[5]传钿(diàn)合[6]，悔教罗袜[7]葬(zàng)倾城[8]。人间空唱《雨淋铃》[9]。

[注释]

①凤髻：古代女子的一种发型，将头发绾结梳成凤形，或在髻上饰以金凤，流行于唐代。此处指亡妻。

②湿月：湿润之月。形容月光如水般湿润。

③七夕：农历七月初七这一天是人们俗称的七夕节，相传，在每年的这个夜晚，是天上织女与牛郎在鹊桥相会之时。

④深盟：指男女双方向天发誓，永结同心的盟约。

⑤羽衣：原指以羽毛织成的衣服，后常称道士或神仙所着衣为“羽衣”，此处借指道士或神仙。

⑥钿合：镶嵌金、银、玉、贝的首饰盒子，古代常用来作为爱情的信物。

⑦罗袜：丝罗制的袜子，此处指亡妻遗物。

⑧倾城：旧以形容女子极其美丽，是美女的代称，此处指亡妻。

⑨雨淋铃：雨霖铃，词牌名。原为唐代教坊曲名，后用为词牌。相传唐玄宗因安禄山之乱迁蜀，霖雨连日，闻栈道铃声，为悼念杨贵妃而采作此曲。

[词解]

这首词是一首悼亡之作，借唐明皇与杨贵妃的典故，表达了词人对亡妻的深切怀念：凤髻散乱，斯人已经怅然逝去，孤单地沉睡在一片荒凉的秋草之中，面对这寂寞梧桐、冷月无声，回想起当年七夕之夜的海誓山盟，怎不叫人心中凄怆。原来相信仙人可以传递彼此的信物，后悔当时将伊人遗物都与她一同埋葬了，如今唯有自己唱着《雨霖铃》空自惆怅了。

又

肠断斑骓(zhuī)①去未还，绣屏深锁凤箫②寒。一春幽梦有无间。

逗雨疏花浓淡③改，关心芳草④浅深难。不成⑤风月⑥转摧残。

[注释]

①斑骓：毛色青白相杂的骏马。此处以骏马代指征人。

②凤箫：排箫。比竹为之，参差如凤翼，故名。

③浓淡：指花的颜色。

④芳草：香草。

⑤不成：犹难道。

⑥风月：风和月，泛指景色，亦指男女恋爱的事情。

[词解]

这首词以闺中女子的口吻写离愁别恨：丈夫远行在外迟迟不归，相思令人柔肠寸断，闺中寂寞无聊，绣屏紧锁，凤箫也闲置起来不再吹奏了。相思的苦情搅扰得人如梦如幻。春雨洒在了稀疏的花上，使花也改变了浓淡的颜色，令人伤情的芳草也浅深难辨。春色纵然美好，然而不能和你在一起也只能徒增伤感。

又

旋拂轻容①写洛(luò)神②，须知③浅笑④是深颦。十分天与可怜春。

掩抑薄寒⑤施软障⑥，抱持纤影⑦藉(jiè)芳茵(yīn)⑧。未能无意下香尘⑨。

[注释]

①轻容：一种无花薄纱。宋周密《齐东野语》卷十："纱之至轻者，有所谓轻容，出唐《类苑》云：'轻容，无花薄纱也。'"王建《宫词》："嫌罗不着爱轻容。"

②洛神：中国神话人物，即洛水的女神洛嫔。相传她是宓（伏）羲的女儿，故称宓妃。溺死于洛水，成为洛水之神。

③须知：必须知道，应该知道。

④浅笑：犹微笑。

⑤薄寒：微寒，轻寒。

⑥软障：幛子，古代用作画轴。

⑦纤影：清瘦的身影。

洛神

自曹植《洛神赋》后，"转眄流精，光润玉颜。含辞未吐，气若幽兰"的洛神就成了绝世美女的代称。心爱女子，面容如洛神般美艳，体态又娇羞婉转，让人心驰神往。

⑧芳茵：茂美的草地。

⑨香尘：芳香之尘，多指女子步履而起者。这里指人间。语出晋王嘉《拾遗记·晋时事》“石崇又屑沉水之香如尘末，布象床上，使所爱者践之”。

［词解］

这首词写的是一位美貌女子的画像，表达对她的由衷赞美和怜爱：在画布上轻轻地描摹她如洛神般美丽的姿容，连不高兴时皱眉的样子都好像是在微笑。如春天般让人怜爱。怕画中的她衣着太单薄而寒冷，就加上了屏障，又将她的身影安置在华美芳香的褥垫上。她也情意绵绵，犹如仙女下到了尘界。

又

十二红帘窣[1]地[2]深，才移刬袜[3]又沉吟[4]。晚晴天气惜轻阴[5]。

珠衱(jié)[6]佩囊(náng)[7]三合字[8]，宝钗[9]拢髻两分心。定缘何事湿兰襟[10]。

［注释］

①十二红帘：绣有十二红的帘幕。十二红，太平鸟，鸟的一种，尾羽末端红色，故名。

②窣：下垂貌。

③刬袜：只穿着袜子着地。

④沉吟：犹豫，迟疑。

⑤轻阴：疏淡的树荫。

⑥珠衱：缀珠的裙带。

⑦佩囊：随身系带的用以放零星物品的小口袋。

⑧三合字：古代阴阳家以十二地支配金、木、水、火，取生、旺、墓三者以合局，谓之“三合”，据以选择吉日良辰。

⑨宝钗：首饰名，用金银珠宝制作的双股簪子。

⑩兰襟：带有兰花芬芳香气的衣襟。

［词解］

这首词写的是闺怨：绣织有太平鸟的红色帘幕垂挂在地上，刚刚移动的脚步又迟疑起来。晚来晴好的天气可惜又带着些许的阴郁。缀有珠玉的裙带上佩带着香囊，正切中了“三合”之吉日。用宝钗将发髻拢起，好像分开的两个“心”字。你我的姻缘既然已是前世注定，你又是为何事而伤心落泪呢！

又

容易浓香近画屏[1]，繁枝[2]影著半窗横。风波[3]狭(xiá)路[4]倍怜卿(qīng)。

未接语言犹怅望[5]，才通商略[6]已懵(měng)腾[7]。只嫌今夜月偏明。

［注释］

①画屏：绘有彩色图画的屏风。
②繁枝：繁茂的树枝。
③风波：比喻纠纷或乱子。
④狭路：窄小的路。
⑤怅望：惆怅地看望或想望。
⑥商略：商讨，交谈。
⑦懵腾：形容模糊，神志不清。

［词解］

这首词描绘的是恋人初逢的场面：上阕前两句是对初见景物的描摹，画屏、繁枝、疏影，渲染出相见的气氛。尽管这段恋情充满艰险和隐忧，但是怜爱之情却因此加倍。下阕写相逢后乍喜乍悲，没有说话时惆怅的想望，开始交谈后又心绪慌乱，词不达意。如此的心绪繁复，都是因为那月亮太明造成的。

又

十八年来堕(duò)世间，吹花嚼蕊[1]弄[2]冰弦[3]。多情情寄阿谁[4]边。

紫玉[5]钗(chāi)斜灯影背，红绵[6]粉冷枕函(hán)[7]偏。相看好处却无言。

[注释]

①吹花嚼蕊：谓吹奏、歌唱，引申指反复推敲声律、词藻。

②弄：指吹弹乐器。

③冰弦：冰弦玉柱，筝瑟之类乐器的美称。

④阿谁：谁，这里指自己。

⑤紫玉：紫色的宝玉，古人以为祥瑞之物。

⑥红绵：丝棉的粉扑，妇女的化妆用品。

⑦枕函：又称“枕匣”，中间可以藏物的枕头。

鸾凤相随

“妆罢低声问夫婿，画眉深浅入时无”，纳兰与妻子感情浓厚，两人琴瑟和鸣，度过了许多美好时光。此时叙写两人间种种情事，事虽琐细，但温馨和煦，各种情态宛在眼前，读来不觉怦然心动。

[词解]

这首词描绘了妻子的姣好美艳：上阕总写妻子既有高才又多情可爱，她像天上的仙子一样，十八年前来到了人世间，琴棋书画、诗词歌赋相伴，生活得高雅而快乐。她那么多情可爱，却将所有的爱都赋予了我。记得新婚之初，她是那样的姣好美丽、仪态万方，在灯影恍惚中，偏倚着枕函。若两情相悦，即使无声也胜似有声。

[词评]

《饮水词》有云：“吹花嚼蕊弄冰弦。”又云：“乌丝阑纸娇红篆。”容若短调，轻清婉丽，诚如其自道所云。

——况周颐《蕙风词话》

又

寄严荪友①

藕(ǒu)荡桥②边理钓筒③，苎(zhù)萝④西去五湖⑤东，笔床⑥茶灶⑦太从容⑧。

况有短墙⑨银杏⑩雨，更兼高阁⑪玉兰⑫风。画眉⑬闲了画芙蓉⑭。

［注释］

①严荪友：严绳孙，字荪友，一字冬荪，号秋水，自称“勾吴严四”，复号藕荡渔人，江苏无锡人，一作无锡人。康熙己未（一作戊午，误）以布衣举鸿博授检讨，为“四布衣”之一。

②藕荡桥：严绳孙无锡西洋溪宅第附近的一座桥，严绳孙以此而自号藕荡渔人。

③钓筒：插在水里捕鱼的竹器。

④苎萝：苎萝山，在浙江诸暨市南，相传西施为此山鬻薪者之女。

⑤五湖：太湖。《国语·越语下》：“果兴师而伐吴，战于五湖。”韦昭注：“五湖，今太湖。”

⑥笔床：搁放毛笔的专用器物。南朝徐陵在《玉台新咏序》中说“琉璃砚盒，终日随身；翡翠笔床，无时离手”，如同今天的文具盒。

⑦茶灶：烹茶的小炉灶。

⑧从容：镇定，不慌张。

⑨短墙：矮墙。

⑩银杏：白果树，又名“公孙树”“鸭脚”等。

⑪高阁：放置书籍、器物的高架子。

⑫玉兰：花木名。落叶乔木，花瓣九片，色白，芳香如兰，故名。

⑬画眉：汉代张敞画眉事。《汉书·张敞传》“（敞）又为妇画眉，长安中传张京兆眉怃。有司以奏敞。上问之，对曰：‘臣闻闺房之内，夫妇之私，有过于画眉者。’上爱其能，弗备责也。”后用为夫妇或男女相爱的典实。

⑭芙蓉：荷花之别称。严绳孙善画，尤工花鸟，故云。

［词解］

这首词从想象出发满怀深情地描绘了南归故里的严绳孙的生活情景：藕荡垂钓，五湖泛舟，你过着隐逸高致的生活，自在陶然至极。每日或执笔挥洒泼墨，或烹茶品茗，从容淡定，怡然自得。所居之处更

携笛归故里

纳兰是性情中人，如若与人结交，必剖心相对，坦诚相待。好友归隐故里后，纳兰心眷念之，作词以明志。词中描摹自己幻想中的好友泛舟山水的怡然生活，满含喜悦之情，显露出对朋友的一片真心与牵挂。

是安闲之景，短墙银杏、高阁玉兰，着雨经风后更加风流动人。你在这如诗如画的环境中逍遥自在，想必闲来无事时以为妻子画眉、画芙蓉为乐吧。

[词人逸事]

纳兰性德虽为满洲贵族，权臣之子，皇帝亲信，然而他本性纯然，完全没有门第观念，与僧道、艺人、失第举子、落职官宦均有交游，乐善好施。他与江南很多文朋词友成为莫逆之交，相互切磋学问，砥砺志节；自己的才情也得到他们的认同，使一位满族贵公子在上层社会中超凡脱俗。

无锡人严绳孙便是他的莫逆之交，严绳孙工书画，57 岁时因为是“江南名布衣”而被逼应试博学鸿词科。然而他看透清廷只是利用该科名士做政治工具，仅写了一首诗即托病退场，纳兰性德却视其为好友，两人词风也相近。

后来严绳孙回到江南，隐居在无锡西洋溪藕荡桥畔，过着闲适惬意的生活，顾贞观《离亭燕·藕荡莲》自注云：“地近杨湖，暑月香甚，其旁为埽荡营，盖元明间水战处也。荪友往来湖上，因号藕荡渔人。”这首词是严绳孙归隐江南后，纳兰性德的怀友之作，可见二人感情深厚。故宫藏有禹之鼎画纳兰性德像，严绳孙题诗画上。

又

欲寄愁心朔雁[1]边，西风浊(zhuó)酒[2]惨离颜。黄花时节[3]碧云[4]天。

古戍(shù)[5]烽烟[6]迷斥堠(hòu)[7]，夕阳村落解鞍鞯(ān jiān)[8]。不知征战几人还。

[注释]

①朔雁：指北地南飞之雁。
②浊酒：用糯米、黄米等酿制的酒，较浑浊。
③黄花时节：指重阳节。
④碧云：青云，碧空中的云。
⑤古戍：边疆古老的城堡、营垒。
⑥烽烟：烽火。
⑦斥堠：斥堠亦称斥候，是中国古代对侦察兵的称呼，多为轻骑兵。
⑧鞍鞯：马鞍子和垫在马鞍子下面的东西。

［词解］

这首词表现塞上送客的苍茫凄清之感：想要把离愁寄予南飞的大雁，这离别的筵宴令人倍感忧愁凄苦。又是黄花遍地的重阳时节，天高云淡，却要天涯作别。古堡的烽烟迷惑了斥堠，夕阳下征人卸去行装驻扎安营。却不知这征战沙场的人们有几人能平安归来。

又

败叶填溪水已冰，夕阳犹照短长亭[1]。何年废寺失题名。

倚(yǐ)马[2]客临碑上字，斗鸡[3]人拨佛前灯。净消尘土礼金经[4]。

［注释］

①短长亭：短亭和长亭的并称。

②倚马：靠在马身上。南朝宋刘义庆《世说新语·文学》："桓宣武北征，袁虎时从，被责免官。会须露布文，唤袁倚马前令作。手不辍笔，俄得七纸，绝可观。"后人多据此典以"倚马"形容才思敏捷。

③斗鸡：使公鸡相斗的一种游戏，多用来指纨绔子弟游手好闲，不务正业。

④金经：指佛道经籍。

［词解］

这首词借"废寺"今非昔比的破败，隐喻世事的无常：在这一片破败荒凉的废弃寺庙里，到处堆满了枯枝败叶，夕阳虽然依旧，但人事却已全非。不知道从何年何月起，连寺名也不知是什么了。还有谁会来到这荒凉的古寺中呢，原来的善男信女已经绝迹，所到之人都是闲来无事的贵族豪门的纨绔子弟。且让我抱着一颗虔敬之心来整理这些蒙尘的佛经吧。

山寺晚钟

纳兰出身贵族，少尽享荣华，但心向自在，看破红尘，又不得作为，只能寄心归隐与出世。废弃寺庙是其他贵族子弟郊游去处，而纳兰体会到的却只有沧海桑田、世事无常，颓然心境浸透字里行间。

[词人逸事]

纳兰性德是一位入世极深的士人，然而他所向往的却是温馨自在的生活。在康熙身边多年，他看遍了清廷政治党争倾轧，他想做的事不能做，不想做的事又不得不做。在不停的陪侍出行中耗蚀青春年华，这些都使他厌畏思退。

再加上他的父亲明珠，本来是位政治才能杰出的能臣，在统一台湾、平定三藩、治理黄河水患等重大国务中都起了相当大的推动作用，他还坚定地支持天主教会，为闭塞的清朝打开了与外界交流的契机。这些都足以使他名垂青史，然而势高位重同时也滋长了明珠的腐败作风，他结党营私，贪污受贿，终被罢相。虽然这些在纳兰性德生前尚未发生，然而这位才子却似乎已然预见到了这个结局。面对朝为权贵、暮则家破势尽犹如穷僧的境遇，纳兰性德自嘲是“斗鸡人拨佛前灯”，透出了看破前程却又无可奈何的忧伤之怀！

又

郊游联句

出郭寻春春已阑(lán)（陈维崧），**东风吹面不成寒**（秦松龄），**青村几曲到西山**（严绳孙）。

并马未须愁路远（姜宸英），**看花且莫放杯闲**（朱彝尊），**人生别易会常难**（纳兰性德）。

[词解]

这首词是纳兰与友人合谱之作，写在北京西郊的春游：出城来踏春，没想到春天已经尽了。东风吹在脸上已经没有一丝凉意，山路弯弯，曲折通往西山。停下马来不要担心路途遥远，看山花烂漫时莫忘举杯畅饮，只是人生分别容易，重聚却很难。

[词人逸事]

纳兰性德没有门第观念，喜好交友，且友人多是汉族才子。他与江南很多文朋词友成为莫逆之交，相互切磋学问，砥砺志节；难能可贵的是，他以满族贵公子身份得到了大家的认同。纳兰性德仗义助友的事迹也是不胜枚举。这首词的几位作者个个与纳兰性德交情深厚，无锡人秦松龄因“奏销案”被斥革十余年，纳兰性德荐举博学鸿词开科录取一等；浙西词派创始人朱彝尊与他也是交谊终生，阳羡词派领袖宜兴人陈维崧曾填《贺新郎·赠成容若》有“昨夜知音才握手”的感佩之言；还有姜宸英和严绳孙与纳兰性德更是莫逆之交。因此好友联词才会如此珠联璧合。

霜天晓角

重来对酒①，折尽风前柳。若问看花情绪②，似当日、怎能够。

休为西风瘦，痛饮③频搔（sāo）首④。自古青蝇白璧⑤，天已早、安排就。

［注释］

①对酒：面对着酒。

②情绪：心情，心境。

③痛饮：尽情地喝酒。

④搔首：以手搔头，焦急或有所思貌。

⑤青蝇白璧：比喻谗人陷害忠良。唐陈子昂《宴胡楚真禁所》诗："青蝇一相点，白璧遂成冤。"青蝇，苍蝇，蝇色黑，故称。白璧，平圆形而中有孔的白玉。

送君别时花如雪

纳兰本也有雄心壮志，但是在险恶官场，一年年磨掉了自己的棱角，往日豪情不再。少年放马河山道，豪气干云，如今只得折柳依依别，并劝告友人，定有蒙冤昭雪时，冥冥中自有天定。还是暂且平复自己的心境，随遇而安为好。

［词解］

这首词是与友人共酌时抒发的感慨：再　次的对酒作别，若能将你留住，我情愿将柳枝折尽。而此时的心境与当日大不一样，怎能像往日看花游赏时一样呢？不要为了世事难料而消瘦、焦虑。自古以来好人无辜受小人诋毁而蒙冤，是老天早已安排好的，还是放下心结，随遇而安吧。

菩萨蛮

回　文①

雾窗寒对遥天暮，暮天②遥对寒窗雾。花落正啼鸦，鸦啼正落花。

袖罗垂影瘦，瘦影垂罗袖。风剪③一丝红，红丝一剪风。

[注释]

①回文：诗词中的一种修辞手法。指运用词序回环往复或顺读倒读均可的语句。

②暮天：傍晚的天空。

③风剪：风吹。

[词解]

古代的诗词中，士人喜欢用“回文”这种文字游戏来体现自己的才华或者作为娱乐，通常价值不大。这首词描摹的是眼前风物，虽然意义不大，但是依旧不失隽永别致。从中可看到词人娴熟的文字技巧。

又

隔花才歇(xiē)廉纤雨①，一声弹指②浑无语。梁燕③自双归，长条④脉(mò)脉⑤垂。

小屏⑥山色远，妆薄铅华⑦浅。独自立瑶阶⑧，透寒金缕鞋⑨。

[注释]

①廉纤雨：如珠帘般的绵绵细雨。

②弹指：形容时间极短，本为佛家语。《翻译名义集·时分》：“《僧祇》云，十二念为一瞬，二十瞬为一弹指。”

③梁燕：梁上的燕子。

④长条：长的枝条，特指柳枝。

⑤脉脉：犹默默。

⑥小屏：小屏风。

⑦铅华：妇女化妆用的铅粉。

⑧瑶阶：本指玉砌的台阶，也为石阶的美称。

⑨金缕鞋：指金丝绣织的鞋子。

[词解]

这首词写春雨过后，闺中女子伤春的意绪：连绵不断的细雨总算停了，弹指一算我们离别已久，辜负了美好春光，如今只剩我孤寂无聊，无语可述。抬头望去，画梁上的燕子都已成双归来，风中的柳条默默低垂。举目远眺，远山仿佛是小小的屏风，独守空闺的人儿淡施薄妆，独自伫立在石阶之上，盼着远方的斯人归来，即使石阶的寒气已经穿透金缕绣鞋也无所谓。

又

新寒中酒①敲窗雨，残香②细袅(niǎo)秋情绪。才道莫伤神，青衫③湿一痕。

无聊成独卧，弹指韶光④过。记得别伊时，桃花柳万丝。

［注释］

①中酒：饮酒半酣时，也指醉酒。

②残香：残存的香气。

③青衫：古代学子或官位卑微者所穿的衣服，借指学子、书生。

④韶光：美好的时光。

［词解］

这首词写春日的相思之苦：乍暖还寒的天气下着小雨，酒醉后残存的余香似乎也在模仿着秋天的伤感情绪。果然是在怀念远方的人啊，要不怎么会泪湿青衫呢？相思之情不胜愁苦，我一个人孤枕而眠，更觉烦闷无聊。弹指间，美好的时光一去不复返。还记得当初和你分别时，桃花千树、杨柳依依的画面，这一切多么令人怀念又惆怅啊。

又

惜春春去惊新燠(yù)①，粉融轻汗红绵扑②。妆罢只思眠，江南四月天③。

绿阴帘半揭(jiē)，此景清幽④绝。行度竹林风，单衫⑤杏子红。

［注释］

①新燠：天气刚刚变热。燠，温暖。

②红绵扑：红丝棉的粉扑，妇女化妆用品。
③四月天：指初夏之时。
④清幽：风景秀丽而幽静。
⑤单衫：单衣。

[词解]

这首词描写初夏时节，女子伤春的情景：怜惜春色，春天却已离去，初夏的天气带来了丝丝微热，化妆时已能感到脸上的轻汗。梳洗过后只想睡觉，好好感受一下江南四月的天气。珠帘半揭，绿树成荫，景色秀丽幽静。竹林清风，杏红衣衫，如此的清新灵动。

又

梦回酒醒三通鼓，断肠啼鴂(jué)[1]花飞处。新恨隔红窗，罗衫[2]泪几行。

相思何处说，空有当时月。月也异当时，团圞(luán)[3]照鬓丝[4]。

[注释]

①啼鴂：鶗鴂，一名杜鹃。三月即鸣，至夏不止。常用以比喻春逝。
②罗衫：丝织衣衫。
③团圞：指明亮的圆月，旧俗称农历八月十五日为“团圆节”。
④鬓丝：鬓发。

[词解]

这是一首月夜怀人之作：三鼓之时，酒醒梦回，难耐的伤痛令人彻夜无眠，辗转之间，偏又传来杜鹃的悲啼之声，倍添离愁，益增伤情，于是清泪涟涟，湿透衣衫。然而此情此怨又能对谁诉说，只有天空的明月做伴。此时的明月却也与别时不同，清冷的月光只是照映着我的鬓发。

又

催花[1]未歇花奴鼓[2]，酒醒已见残红[3]舞。不忍覆(fù)余觞(shāng)[4]，临风[5]泪数行。

粉香看又别，空剩当时月。月也异当时，凄清照鬓丝。

［注释］

①催花：击鼓催花，用于酒令，鼓响传花，声止，持花未传者即须饮酒。

②花奴鼓：唐玄宗时汝阳王李琎（小名花奴）善击羯鼓，玄宗尝谓侍臣曰："速召花奴将羯鼓来，为我解秽。"后因称羯鼓为"花奴鼓"。

③残红：凋残的花，落花。

④余觞：杯中所剩的残酒。

⑤临风：迎风，当风。

［词解］

这首词写离情：离别的筵席之上击鼓为乐，以助酒兴，酒醒之后，却是满眼落花。花开旋落，好景不长，盛筵将散，离别在即，不忍喝完杯中所剩的残酒，这情景怎能不叫人迎风垂泪呢？离别是无法避免的，别后只能空自对月，月光依旧，而心绪全非，凄清的光辉下如今只剩我一个人黯然神伤了。

又

晓寒瘦著①西南月，丁丁漏箭②余香咽(yè)③。春已十分宜，东风无是非。

蜀(shǔ)魂④羞顾影，玉照⑤斜红⑥冷。谁唱《后庭花》⑦，新年忆旧家。

［注释］

①瘦著：瘦削。这里指弯月或月牙。

②漏箭：漏壶的部件，上刻时辰度数，随水浮沉以计时。

③咽：充塞，充满。

④蜀魂：鸟名，指杜鹃。相传蜀主名杜宇，号望帝，死后化为鹃。春月昼夜悲鸣，蜀人闻之，曰："我望帝魂也。"故称。

⑤玉照：镜的异名。

⑥斜红：指人头上所戴的红花。

⑦《后庭花》：乐府清商曲吴声歌曲名，唐为教坊曲名。本名《玉树后庭花》，

南朝陈后主制。其辞轻荡，而其音甚哀，故后多用以称亡国之音。这里喻为凄凉之曲。

［词解］

这首词抒发作者的伤感之情：清晨天气清寒，西南天边斜挂着一弯凄凉的月影，漏壶声叮咚作响，燃尽的香烟仍在室内缭绕。春色合宜，东风却将美好的春光送走了，令人情难以堪。我不敢顾影自怜，镜子中头戴红花的形影实在令人倍觉伤心凄冷。谁在哼唱那凄凉寂寞的亡国之曲，让我在这新的一年里不觉想起了曾经的家园。

又

窗前桃蕊娇如倦，东风泪洗胭脂面。人在小红楼，离情唱《石州》[1]。

春深愁重

春日寂寂，桃花怒放，燕子成双，这般良辰美景，赏心乐事却都在别家院。女子独立小楼，望灯前双燕依偎，倍加思念远方游子。夜深灯尽，屋外细雨潺潺，更衬出自己一番愁苦。

夜来双燕宿，灯背屏腰绿[2]。香尽雨阑(lán)珊[3]，薄衾(qīn)寒不寒。

［注释］

①石州：乐府商调曲名。

②绿：昏暗不明。

③雨阑珊：微雨将尽。

［词解］

这首词写闺中女子春日孤寂无聊的情态：窗前的桃花正在含苞欲放，它的娇嫩模样就像困倦了一样。我终日以泪洗面，思念着远方的人儿。人在小红楼之上，哼唱《石州》之曲以诉离情。双燕背灯而宿，成对的身影落在了屏风中间，昏暗不明。上阕前两句亦人亦景，含双关之意。后两句写红楼独处，借唱《石州》曲而抒离情之苦。下阕写夜来之孤独寂寞，以双燕烘衬，更突出了孤苦凄清的离情别恨。点燃的篆香已经燃尽，屋外蒙蒙细雨，这单薄的被子又怎能抵御寒冷。

又

朔风[1]吹散三更雪，倩魂[2]犹恋桃花月[3]。梦好莫催醒，由他好处行。

无端[4]听画角，枕畔红冰[5]薄。塞马一声嘶，残星拂大旗。

苍莽天地间

纳兰本性淡泊，却久居樊笼，不得返自然。此次随康熙往长白山祭祖，路途遥远，天寒地冻，又要逢迎取悦帝王，心情苦闷。环顾四周，大地苍莽，冰雪初融，往事潮水般涌来，归去之念愈演愈烈。

[注释]

①朔风：北风，寒风。

②倩魂：少女的梦魂。唐人小说《离魂记》谓：衡州张镒之女倩娘与镒之甥王宙相恋，后镒将女另配他人，倩娘因以成病。王宙被遣至蜀，夜半，倩娘之魂随至船上，同往。五年后，二人归家，房中卧病之倩娘出，与归之倩娘合一。

③桃花月：桃月，农历三月的别名。农历三月桃花盛开，故桃月为三月之代称。

④无端：犹言平白无故。

⑤红冰：喻泪水，形容感怀之深。

[词解]

这首词写作者在边塞对妻子的怀念：寒冷的夜里，北风吹散了漫天的白雪，我却在梦中眷恋着春天桃花盛开的美好时光。如此的好梦请不要让它醒来，继续由它在美好中徘徊吧。然而耳畔却无端传来一阵画角之声，搅碎了美梦，更令人惆怅难耐，遂觉枕边孤清凄冷，泪水湿透了红枕。天边残星明灭，大旗风中招展，空寂中一阵马嘶传来，边塞是如此的凄清、寒冷。

又

问君何事轻离别，一年能几团圆月。杨柳乍如丝，

故园春尽时。

春归归不得，两桨松花[1]隔[2]。旧事[3]逐寒潮，啼鹃[4]恨未消。

[注释]

①松花：指松花江，黑龙江在中国境内的最大支流。

②隔：阻隔。

③旧事：以往的事。

④啼鹃：子规鸟，又名“杜鹃”，身体黑灰色，尾巴有白色斑点，腹部有黑色横纹。初夏时常昼夜不停地叫。此鸟“规”字与“归”谐音，故后人以此鸟鸣作为思归之声，表达思归之意。

[词解]

这首词描写对故人的思念：你为什么要将离别看得如此淡然，一年当中能有几回团圆的好时光呢？这里的柳树刚刚露出新芽，想必家乡已经是春色将尽了吧！想要回去，却被这松花江阻隔。我追思往事，令人心寒，如同子规鸟一般，想要归去的离恨始终难以排遣。

[词评]

“杨柳乍如丝。故园春尽时。”亦凄惋，亦闲丽，颇似飞卿语，惜通篇不称。

——陈廷焯《白雨斋词话》

[词人逸事]

康熙二十一年（1682）二月十一日，康熙皇帝再次由北京出发到盛京告祭祖陵，同时巡视吉林乌喇（今吉林市）等地。纳兰性德作为一等侍卫扈从。长白山为满族兴起地，康熙一行三月二十五日抵吉林乌喇，在松花江岸举行了望祭长白山仪式。这首词大约作于此时，当时天气尚寒，纳兰性德怀念北京的家和家中等待的人，同时流露出其厌于扈从等事的心情。

又

为陈其年[1]题照

《乌丝》[2]曲倩红儿[3]谱，萧然[4]半壁惊秋雨。曲罢髻鬟偏，风姿[5]真可怜。

须髯(rǎn)浑似戟(jǐ)⑥，时作簪花⑦剧。背立讶⑧卿卿⑨，知卿无那⑩情。

［注释］

①陈其年：陈维崧，字其年，号迦陵，江苏宜兴人。陈其年工诗词文赋，为清初“阳羡词派”之首，与朱彝尊齐名。有词1629首，辑为《湖海楼词》，著有《湖海楼全集》50卷。

②乌丝：指陈维崧的《乌丝词》。顺治十三年（1656）至康熙七年（1668），陈维崧居京华时所填之词，结集为《乌丝词》，誉满天下，为人称赏。其作品虽不乏早期的“旖旎语”，但词风已转化，颇含湖海豪气。

③红儿：杜红儿，唐代名妓。《全唐诗·罗虬〈比红儿诗〉序》：“广明中，罗虬为李孝恭从事。籍中有善歌者杜红儿，虬令之歌，赠以彩。孝恭以红儿为副戎所盼，不令受。虬怒，手刃红儿。既而追其冤，作《比红儿》诗百首为一卷。”后用以泛称歌妓。

④萧然：空寂，不蔽风日，形容空虚，四壁萧然，没有任何东西。徐乾学云：其年“所居在城北市廛，库陋才容膝，蒲帘土锉，摊书其中而观之”，“时时匾乏困仆而已”（《陈检讨维崧墓志铭》）。

⑤风姿：风度姿态。

⑥须髯浑似戟：胡须又长又硬，怒张如戟，形容外貌威武。据《清史稿》本传云：“维崧清臞多髯，海内称陈髯。”又《南史·褚彦回传》：“君须髯如戟，何无丈夫意？”须髯，络腮胡子。

⑦簪花：谓插花于冠。

⑧讶：讶然，惊诧。

⑨卿卿：男女间表示亲昵的称呼。

⑩无那：无限，非常。

［词解］

这首词是为好友陈维崧的题照：陈维崧谱好词曲，令歌儿舞女唱，他虽家贫却才华横溢，令世人震惊。歌儿舞女美艳柔媚，曲罢之后的神态十分可爱。陈维崧长相威武，络腮胡子怒张如戟，然而却时常头戴红花手舞足蹈，背对着心爱的人轻声诉说无限衷情。既富湖海豪气，又不无绮艳，可谓刚柔相济。

歌台痛饮时

陈维崧是当时著名的才子，长身伟岸，风格豪放，但也心思细腻，文采斐然，为歌儿舞女推崇，常流连歌台馆舍，恣意寻欢。纳兰与其虽相差30岁，却相交颇深，对其十分欣赏。

[词人逸事]

陈维崧出身于讲究气节的文学世家，祖父陈于廷是明末东林党的中坚人物，父亲陈贞慧是当时著名的反对“阉党”的“四公子”之一。陈维崧少时作文敏捷，词采瑰伟，曾被名士吴伟业誉为“江左凤凰”。明亡，当时20岁的陈维崧入清补为诸生，但长期未曾得到官职。他身世飘零，游食四方，与当时名流过从甚密。与朱彝尊在词坛并为“阳羡派”领袖。其词风格豪迈奔放，兼有清真娴雅之作，现存《湖海楼词》。康熙十八年（1679），召试鸿词科，时年逾五十，授检讨，修《明史》。

陈维崧长纳兰性德30岁，为忘年之交，但二人交谊至厚。康熙十七年（1678）戊午闰三月二十四日，陈维崧在扬州时，广东著名诗画僧大汕为他画了小像。秋天，陈维崧入京应博学鸿词科试，将画像带到京城，当时有三十余名才人名士为此图题咏。纳兰性德的这首词就是其中之一。

又

宿滦河[1]

玉绳[2]斜转疑清晓，凄凄月白[3]渔阳[4]道。星影漾(yàng)寒沙，微茫织浪花。

金笳[5]鸣故垒(lěi)[6]，唤起人难睡。无数紫鸳鸯，共嫌今夜凉。

[注释]

①滦河：古濡水，俗名“上都河”，在今河北东北部。源于闪电河，自内蒙古多伦县南，折而东南流，入热河境，会小滦河，始名“滦河”，在乐亭、昌黎之间入渤海。

②玉绳：星名。原指北斗第五星之北二星，常泛指群星，此处指北斗星。

③月白：皎洁的月光。

④渔阳：地名，战国燕置渔阳郡，秦汉治所在渔阳（今北京密云西南）。

⑤金笳：胡笳的美称，古代北方民族常用的一种管乐器。

⑥故垒：古代的堡垒。

[词解]

上阕用白描写景，写夜宿滦河的月下之景，清晓时分，月光、古道、星辉、浪花，一切都显得朦胧而凄迷。下阕用金笳声烘托夜的孤寂，令人难以入睡。结处描写紫鸳鸯成双成对的夜宿更添自身的孤独和冷清。

又

荒鸡①再咽(yè)天难晓，星榆(yú)②落尽秋将老。毡(zhān)幕③绕牛羊，敲冰饮酪(lào)浆④。

山程兼水宿，漏点清钲⑤续。正是梦回时，拥衾(qīn)⑥无限思。

［注释］

①荒鸡：指三更前啼叫的鸡。旧以其鸣为恶声，主不祥，认为荒鸡叫则战事生。

②星榆：白榆树。

③毡幕：毡帐。

④酪浆：牛羊等动物的乳汁。这里指酒。

⑤钲：古代行军或歌舞时用以指挥进退、动静的乐器。

⑥拥衾：拥被。

［词解］

这是一首描绘边塞行役生活及思念家园的小词：三更天里，荒鸡叫了两次，天都还没有亮。榆树叶都已凋落，预示着秋天将尽。毡帐四周围绕着牛羊群，在寒冷的天气里人们以喝酒取暖。旅途上的征人跋涉千山万水，清脆的钲声接续着漏壶的滴滴声，行止无定，夜以继日，唯独在梦中能得到些许安慰，但好梦又不成，只剩下无限的苦思了。

又

白日惊飙(biāo)①冬已半，解鞍(ān)②正值昏鸦乱③。冰合④大河流，茫茫一片愁。

烧痕⑤空极望，鼓角⑥高城上。明日近长安⑦，客心愁未阑(lán)。

［注释］

①惊飙：突发的暴风，狂风。

②解鞍：解下马鞍，表示停驻。

③昏鸦乱：黄昏时乱飞的乌鸦。

④冰合：冰封。

⑤烧痕：野火烧过的痕迹。

⑥鼓角：古代军队用来发出号令的战鼓和号角。

⑦长安：古都城名，即今西安城。唐以后诗文中常将其当作都城的通称。此处借指北京城。

[词解]

正是隆冬时节，狂风席卷着大地，于是我解下马鞍停驻，抬头看已是乌鸦纷飞的黄昏时分。大河已被冰封，白茫茫的一片如同无限忧愁！周围一片凄凉，四处都是野火烧过的痕迹，高城上响起军队出发的号角。明天就要接近京城了，而征人的心绪却犹未平静。

又

榛(zhēn)荆①满眼山城②路，征鸿(hóng)③不为愁人住。何处是长安，湿云④吹雨寒。

丝丝心欲碎，应是悲秋泪。泪向客中多，归时又奈何。

[注释]

①榛荆：犹荆棘，形容荒芜。

②山城：依山而筑的城市。

③征鸿：征雁。

④湿云：谓湿度大的云。

[词解]

这首词写乡关客愁：通往山城的路上，荆棘遍布，天空飞过的大雁，不曾为满腹愁苦的人停留。哪里才是我的家乡呢？天空的湿云洒下了滴滴愁雨，寒冷的雨滴打在脸上，让人顿觉寒意。那悲秋的眼泪划过脸庞，心也要碎了，那流泪的人都是离家远行的人们，茫茫前程，却无归期，怎不让人黯然神伤。

又

黄云①紫塞②三千里，女墙③西畔(pàn)啼乌起。落日万山

寒，萧萧猎马④还。

笳(jiā)声⑤听不得，入夜空城黑。秋梦不归家，残灯落碎花⑥。

［注释］

①黄云：边塞之云。塞外沙漠地区黄沙飞扬，天空常呈黄色，故称。

②紫塞：指北方边塞。

③女墙：女儿墙在古时叫“女墙”，包含着窥视之义，是仿照女子“睥睨”之形态，在城墙上筑起的墙垛，后来便演变成一种建筑专用术语，特指房屋外墙高出屋面的矮墙。

④猎马：猎人所乘的马。

⑤笳声：胡笳吹奏的曲调，亦指边地之声。

⑥碎花：喻指灯花。

［词解］

这首词写塞上风景，突出乡关之思：天近黄昏，茫茫边塞笼罩在千里黄云之下，高城的女墙边上乌鸦飞起。夕阳西下，群山沉浸在一片苦寒之中，这时外出巡猎的人们也已经回来了。夜幕之下，荒漠凄凉，思乡之情油然而生，那胡笳的幽咽之声此时是万万听不得的。在这萧索的夜里连梦中都不能回到故园，只能看着那一盏孤灯的灯花自顾自地掉落。

又

寄梁汾①苕中②

知君此际情萧索③，黄芦④苦竹⑤孤舟泊。烟白酒旗青，水村⑥鱼市⑦晴。

柁(tuó)楼⑧今夕梦，脉(mò)脉春寒送。直过画眉⑨桥，钱塘江上潮。

［注释］

①梁汾：顾贞观，字华峰（一作“封”），号梁汾。江苏无锡人，康熙十一年（1672）举人，著有《积书岩集》《弹指词》。

②苕中：一名“苕水”，有二源，一曰东苕，出浙江天目山之阳，东流经临安、

村居

纳兰好友顾贞观生性耿直，仕途不顺，无奈归隐故里。纳兰深知他归途中心情抑郁，满眼萧条，但同时也羡慕他能隐居钱塘江，安详度日，做一个逍遥散人。遥想他村居闲适，心中悦然。

余杭、杭县，又东北经德清县为余石溪，北至吴兴县为霅溪；一曰西苕，出天目山之阴，东北流经孝丰县，又北经安吉县，又东经长兴县，至吴兴县城中，两溪合流，由小梅、大浅两湖口入于太湖，相传夹岸多苕花，秋时飘散水上如飞雪，故名。顾梁汾南归后曾寓居苏州此地。

③萧索：萧条，凄凉。

④黄芦：落叶灌木，叶子秋季变红。

⑤苦竹：又名“伞柄竹”，笋有苦味，不能食用。

⑥水村：水边的村落。

⑦鱼市：卖鱼的市场。

⑧柁楼：船上操舵之室，亦指后舱室。因高起如楼，故称，这里借指乘船之人。

⑨画眉：指汉张敞为妻子画眉之故事，喻夫妻和美。

[词解]

这首词为寄赠之作：上阕诗人设想友人此刻正在归途之中，因仕途淹蹇而心情萧索，犹如当年被贬后孤舟漂泊的白居易一般。但是船在水村鱼市停泊后，眼前看到的是烟白酒旗青，一派平静安详的景象。下阕想象夜间他在舟中独自忍受着春夜清寒。直到过了画眉桥，看到了久别的家乡和爱侣，终于可以安享和美的家庭快乐，过上安闲隐居钱塘江畔的生活了。

又

萧萧几叶风兼雨，离人偏识长更①苦。欹(qī)枕数秋天，蟾蜍(chán chú)②下早弦③。

夜寒惊被薄，泪与灯花落。无处不伤心，轻尘在玉琴④。

［注释］

①长更：长夜。

②蟾蜍：指月亮。《后汉书·天文志上》“言其时星辰之变”，南朝梁刘昭注：“羿请无死之药于西王母，姮娥窃之以奔月……姮娥遂托身于月，是为蟾衙。”后用为月亮的代称。

③早弦：上弦月。

④玉琴：玉饰的琴。亦为琴的美称。

［词解］

这首词用白描的手法写相思离别之苦：悠悠长夜，风雨阑珊，更让离别的人感觉长夜漫漫。斜靠着枕头数着日子，抬头望去月亮已过了上弦，渐渐地圆了。秋夜寒冷，顿觉衾被单薄，只有对着孤灯垂泪。环顾四周，到处都是你留下的影子，看着琴上蒙着的微尘，怎能不叫人伤心。

又

为春憔悴留春住，那禁半霎[1]催归雨。深巷卖樱桃，雨余[2]红更娇。

黄昏清泪阁[3]，忍便花飘泊。消得[4]一声莺(yīng)，东风三月情[5]。

［注释］

①半霎：极短的时间。

②雨余：雨后。

③阁：含着。

④消得：禁得起。

⑤三月情：暮春之伤情。

［词解］

这首词为伤春伤别之作：春日将尽，想要把春天留住，却哪里禁得起那一场催促的雨。雨后的深巷中是谁在叫卖着樱桃，那鲜红的樱桃在雨水过后显得更加娇艳欲滴了。然而独守空闺的人儿却在黄昏时分，眼含清泪，独自看着那落花飘飘。怎消得那一声莺啼，更增添了暮春的一份伤情。

又

晶帘[1]一片伤心白，云鬟(huán)香雾[2]成遥隔。无语问添衣，桐阴月已西。

西风鸣络纬[3]，不许愁人睡。只是去年秋，如何泪欲流。

[注释]

①晶帘：水晶帘子。形容其华美透亮。

②云鬟香雾：形容女子头发秀美。

③络纬：虫名。即莎鸡，俗称“络丝娘”“纺织娘”。夏秋夜间振羽作声，声如纺线，故名。

[词解]

这首词是写征人思念妻子的伤离之作：月夜之下又思念起妻子，那水晶帘，那如云青丝，想来都令人不胜伤感。夜已深沉，月亮已经西沉，只身在外，没有人询问冷暖，好不凄凉。西风阵阵，络纬声声，不但难以入眠，且更令人添愁增恨。此际与去年秋日并无不同，可我为何这样伤情动感，眼泪欲流呢！

秋夜悼亡

纳兰与其妻卢氏感情甚笃，卢氏病故后，纳兰悲痛欲绝。唯借征人思妻之景，叙写自己丧妻之苦，无限的哀思随泪潸然而下。

[词评]

短幅而语多曲折，能透过一层写。

——钱仲联《清词三百首》

容若与卢氏伉俪情笃，卢氏死后，容若“悼亡之吟不少，知己之恨尤深”（叶舒崇《皇清纳腊室卢氏墓志铭》）。这些“悼亡之吟”出自肺腑，其心愈苦，其情愈真，是纳兰词集中十分引人注目的部分。这首《菩萨蛮》作于清康熙十六年（1677）秋，距卢氏之死约三个月。“无语问添衣，桐阴月已西”，因一个细节又惹起无尽哀思，夜深人独，凄然泪流，容若写下当时的感受，有恨海难填之痛。

——盛冬铃《纳兰性德词选》

秋夜，诗人对着月色，无法入睡，想起了远隔关山的妻子。最后两句，暗喻年年离别。去年，离别的眼泪还可以强忍；今年，虽然景色依然，伤心人却无法压抑自己的感情了。

——黄天骥《纳兰性德和他的词》

又

乌丝[1]画作回纹[2]纸，香煤[3]暗蚀[4]藏头字[5]。筝雁[6]十三双，输他[7]作一行。

相看仍似客，但道休相忆。索性不还家，落残红杏花。

［注释］

①乌丝：乌丝栏，指上下以乌丝织成栏，其间用朱墨界行的绢素，亦指有墨线格子的笺纸。

②回纹：原指回文诗，此处指意含相思之句的诗。

③香煤：古代妇女用以画眉的化妆品，或指香烟。

④暗蚀：暗中损伤，谓香烟渐渐散去。

⑤藏头字：将所言的事分别藏在诗句的头一字。

⑥筝雁：筝柱。因筝柱斜列如雁行，故称。

⑦输他：犹言让他。

［词解］

这首词写春暮闺人怀远的孤寂情景：乌丝栏中写满了相思的诗句，香煤将藏头诗中的字暗暗侵蚀。十三根弦的筝柱前后排列，形成了齐整的一行，已经无心去弹拨了。离别之时，执手相看，却道不要彼此思念。于是索性不回家，任杏花凋落也不去理会！

又

阑(lán)风伏雨[1]催寒食[2]，樱桃一夜花狼藉(jí)[3]。刚与病相宜，锁窗[4]薰绣衣[5]。

画眉烦女伴，央及[6]流莺[7]唤。半晌[8]试开奁(lián)[9]，娇多直自嫌。

［注释］

①阑风伏雨：阑珊的风，冗多的雨，指夏秋之际的风雨，亦泛指风雨不已。

②寒食：寒食节，在清明前一天。古人从这一天起，三天不生火做饭，所以叫“寒食”。

③狼藉：乱七八糟，杂乱不堪，这里指樱桃花败落。

④锁窗：镂刻有连锁图案的窗棂。

⑤绣衣：彩绣的丝绸衣服，古代贵者所服，今多指饰以刺绣的丝质服装。

⑥央及：请求，恳求。

⑦流莺：莺。流，谓其鸣声婉转。

⑧半晌：半天，形容许久、好久。

⑨奁：古代盛梳妆用品的匣子。

［词解］

这首词描绘了一个女子病愈后乍喜乍悲的情态：寒食时节，风雨不止，一夜之间樱花零落。刚刚病愈，便起而薰衣。又逢寒食节将至，于是烦请女伴帮忙梳妆打扮，而此时小黄莺也正好在窗外啼啭。半天才将梳妆盒打开，对镜顾影却嫌自己病容憔悴，美丽不再。

又

春云吹散湘帘[1]雨，絮粘蝴蝶飞还住。人在玉楼[2]中，楼高四面风。

柳烟[3]丝一把，暝色[4]笼鸳(yuān)瓦[5]。休近小阑干，夕阳无限山。

［注释］

①湘帘：用湘妃竹做的帘子。

②玉楼：指华丽的楼阁。

③柳烟：柳树枝叶茂密似笼烟雾，故称。

④暝色：暮色，夜色。

⑤鸳瓦：鸳鸯瓦，成对的瓦。

[词解]

春日的天空，云朵被风吹散，竹帘随风轻摆，柳絮同蝴蝶一起飞舞。寂寞的人儿在高楼之上，迎风伫立。柳条已然如丝，暮色笼罩着屋顶成对的鸳鸯瓦。孤单的人啊，不要接近那楼边的栏杆，夕阳下不见征人归来，只能看到绵延无尽的山峦，徒增伤感！

又

回文

客中愁损①催寒夕，夕寒催损愁中客。门掩(yǎn)月黄昏，昏黄月掩门。

翠衾②孤拥醉，醉拥孤衾(qīn)翠。醒莫更多情，情多更莫醒。

[注释]

①愁损：忧伤，犹愁杀。

②翠衾：翠被。

[词解]

这首词为回文词，表现寂寞凄清的离愁别恨和幽幽的相思之情。

[词评]

这是一阕回文词，每句都颠倒可诵，一句化为两句，两两成义有韵。回文作为诗词的一种别体，历来不乏作者，但要做到字句回旋往返，屈曲成文，并不是容易的事。有些人把这当作文字游戏，不免因词害义，以至文理凝涩，牵强难通，结果是欲显聪明，反而给人以捉襟见肘的感觉。容若此作虽然并无特别值得称颂之处，但清新流畅，运笔自如，在同类作品中自属佼佼者，故录之以备一格。

——盛冬铃《纳兰性德词选》

又

回文

砑(yà)笺①银粉②残煤③画，画煤残粉银笺砑。清夜一灯

茂陵深秋

茂陵本是明宪宗朱见深的陵墓，曾经辉煌无比，到了清朝，逐渐荒凉落败，无人注意。纳兰骑马到此，在深山中发现这早已破落的前朝皇陵，感慨万千，唏嘘不已。

明，明灯一夜清。

片花惊宿燕，燕宿惊花片。亲自梦归人，人归梦自亲。

［注释］

①研笺：压印有图案的信笺。

②银粉：银色的粉末。

③煤：古代对墨的别称。

［词解］

这首词亦为回文词，表现一种百无聊赖、寂寞凄清以及相思离愁。

又

飘蓬(péng)①只逐惊飙(biāo)②转，行人过尽烟光远。立马认河流，茂陵③风雨秋。

寂寥行殿④锁，梵(fàn)呗⑤琉璃火⑥。塞雁⑦与宫鸦⑧，山深日易斜。

［注释］

①飘蓬：随风飘荡的飞蓬，比喻漂泊或漂泊的人。

②惊飙：突发的暴风，狂风。

③茂陵：明宪宗朱见深的陵墓。在今北京昌平北天寿山。

④行殿：可以移动的宫殿，犹行宫。皇帝出行在外时所居住的宫室。

⑤梵呗：佛家语，佛教作法事时念诵经文的声音。

⑥琉璃火：琉璃灯，用玻璃制作的油灯，多用于寺庙中。

⑦塞雁：塞鸿。

⑧宫鸦：栖息在宫苑中的乌鸦。唐王建《和胡将军寓直》："宫鸦栖定禁枪攒，楼殿深严月色寒。"

[词解]

这首词为过明皇陵时的感怀之作：飘荡的飞蓬只随着狂风飞转，一路上杳无人烟。停下马来认清地貌，才发现来到了深秋荒凉的茂陵。寄宿山寺，看那曾经的行宫如今被寂寞锁起，听到琉璃灯下传来诵经的声音。在这塞雁与宫鸦齐聚的深山里，黄昏很快笼罩了大地，不胜苍茫。

又

过张见阳山居，赋赠

车尘马迹纷如织，羡(xiàn)君筑处真幽僻①。柿叶②一林红，萧萧四面风。

功名应看镜，明月秋河③影。安得此山间，与君高卧④闲。

[注释]

①幽僻：幽静偏僻。

②柿叶：柿树的叶子，经霜即红。诗文中常用以渲染秋色。

③秋河：银河。

④高卧：高枕而卧，比喻隐居，亦指隐居不仕的人。

[词解]

这首词表达对张见阳山居的羡慕和自己想归隐山林的愿望：自己身在繁华中，门前车尘马迹来来去去喧闹至极，而你幽居山间，实在令人羡慕。面对一片殷红的柿叶，享受四面的萧萧来风。功名利禄之事无非是镜中之月、河中之影，转眼即成泡影。什么时候才能跟你一样在这山间隐居，与你一起高卧于这深山之中，那该有多好。

减字木兰花

新　月

晚妆欲罢，更把纤眉①临镜画。准待②分明，和雨③和烟两不胜④。

莫教星替，守取团圆终必遂。此夜红楼，天上人间一样愁。

[注释]

①纤眉：纤细的柳眉。

②准待：准备等待。

③和雨：细雨。

④不胜：不甚分明。

[词解]

此词借女子梳晚妆抒发闲愁：晚妆将毕，临镜描画纤纤的眉毛。天边那一弯新月被不尽的烟雨遮掩，不甚分明。上阕以人拟物入手，摹画出新月的形貌，继而写月色不明，为下阕作了铺垫。物换星移，等待月圆的心愿一定能够实现。只是这新月迷蒙、红楼闺怨，似是人月同愁了。

又

烛花摇影，冷透疏衾（qīn）[1]刚欲醒。待不思量，不许孤眠不断肠。

茫茫碧落[2]，天上人间情一诺[3]。银汉[4]难通，稳耐风波愿始从。

[注释]

①疏衾：掩被而眠而感到空疏冷清。

②碧落：道家称东方第一层天，碧霞满空，叫作“碧落”。后来泛指天上（天空）。

③一诺：谓说话守信用。

④银汉：天河，银河。

[词解]

这首词为怀念亡妻之作：孤灯明灭，冷夜孤枕，欲睡还醒，不能思量，思量就会断肠。天上人间，阴阳两隔，即使一诺千金也换不回原来的生活。渴盼能够相逢重聚，即使要忍耐着银河里的风波，也甘愿从头开始。

又

相逢不语，一朵芙蓉着秋雨。小晕红潮[1]，斜溜鬟(huán)心[2]只凤翘[3]。

待将低唤，直为[4]凝情[5]恐人见。欲诉幽怀，转过回阑(lán)[6]叩玉钗。

［注释］

①小晕红潮：害羞时两颊上泛起的红晕。

②鬟心：鬟髻的顶心。

③凤翘：古代女子凤形的首饰，或者冠帽上插的鸟羽装饰。

④直为：只是因为。

⑤凝情：情意专注。这里指深细而浓烈的感情。

⑥回阑：回栏，曲折的栏杆。

［词解］

这首词描绘了一个少女多情可爱的形象：相见之时云鬓都是这般娇俏可爱，低头不语时仿佛一朵娇羞的芙蓉花，可爱欲滴。害羞时脸上泛起红晕，头上斜插的凤翘都是这般迷人。听到有人轻唤，害怕别人发现自己的多情。想要吐露心声，却又百转千回，欲说还休。

又

从教[1]铁石[2]，每见花开成惜惜[3]。泪点难消，滴损苍烟[4]玉一条。

怜伊太冷，添个纸窗疏竹影。记取相思，环佩(pèi)[5]归来月上时。

［注释］

①从教：任凭，听任。

②铁石：犹言铁打心肠，指铁石心肠的人。

③惜惜：可惜，怜惜。

④苍烟：苍茫的云雾。
⑤环佩：指所思恋之人。

［词解］

这首词为咏月下梅花之作：每当梅花绽放，任凭怎样的铁石心肠也难以不动情。她那美丽迷人的风姿在月光下更加楚楚动人，像是滴泪的湘妃竹，望去若苍烟一片。唯恐梅花独自迎寒太过寒冷凄清，于是特意加了竹林来陪伴围护。梅花有魂，记得我对她的相思，于是在今夜月上时归来了。

又

断魂①无据②，万水千山何处去？没个音书③，尽日④东风上绿除⑤。

故园春好，寄语落花须自扫。莫更伤春，同是恹(yān)恹⑥多病人。

［注释］

①断魂：销魂，形容哀伤、感动、情深。
②无据：无所依凭。
③音书：音信，书信。
④尽日：终日，整天。
⑤除：指繁花纷谢，绿叶纷披。
⑥恹恹：精神不振的样子。

［词解］

这首词以夫妇书信对答的方式写相思：上阕说断魂飘忽不定，千山万水到底漂向了哪里？春风吹来，枝叶变绿了，而所思之人却没有音信。下阕说我知道家乡现在一定春光正好，写信告诉你，庭前的落花要你亲自去打扫了。不要再去伤春了，你我都是病体恹恹的相思之人。

又

花丛冷眼①，自惜寻春②来较晚。知道今生，知道今

生那见卿（qīng）。

天然绝代，不信相思浑不解③。若解相思，定与韩凭④共一枝。

［注释］

①冷眼：冷淡、冷漠。

②寻春：游赏春景。

③浑不解：犹言全不解。

④韩凭：又作“韩朋”“韩冯”。晋干宝《搜神记》卷十一载：战国时宋康王舍人韩凭娶妻何氏，甚美，康王夺之。凭怨，王囚之，沦为城旦。凭自杀。其妻乃阴腐其衣，王与之登台，妻遂自投台下，左右揽之，衣不中手而死。遗书于带，愿以尸骨赐凭合葬。王怒，弗听，使里人埋之，冢相望也。宿昔之间，便有大梓木生于两冢之端，旬日而大盈抱，屈体相就，根交于下，枝错于上。又有鸳鸯，雌雄各一，恒栖树上，晨夕不去，交颈悲鸣，音声感人。宋人哀之，遂号其木曰“相思树”。用为男女相爱、生死不渝的典故。

［词解］

想去看花，却看到一派冷漠影像。才知道现在来寻找春天为时已晚，才知道今生你我相逢太晚。你是那样天生丽质、芳华绝代，我不相信你对相思完全不解。你如果知道我的相思之苦，必定像韩凭之妻那样，与我共结连理、比翼双飞吧。

卜算子

咏柳

娇软①不胜垂，瘦怯（qiè）②那禁舞。多事③年年二月风，剪出鹅黄缕。

一种可怜生④，落日和烟雨。苏小⑤门前长短条，即渐迷行处。

［注释］

①娇软：柔美，轻柔。

②瘦怯：犹瘦弱。

③多事：做没必要做的事。

④可怜生：犹可怜。

⑤苏小：苏小小。苏小小有二：一位是南朝齐时钱塘名妓，《乐府诗集·杂歌谣辞三·〈苏小小歌〉序》："《乐府广题》曰：'苏小小，钱塘名娼也。盖南齐时人。'"一位是南宋钱塘名妓，清赵翼《垓余丛考·两苏小小》："南宋有苏小小，亦钱塘人。其姊为太学生赵不敏所眷，不敏命其弟娶其妹名小小者。见《武林旧事》。"

［词解］

这首词为吟咏新柳之作：弱柳娇美轻柔，不胜东风。二月春风竟也如此多事，将柳枝吹成了鹅黄色的丝条。新柳娇软可爱，再加上落日余晖和如烟细雨，怎不叫人心生怜爱。想必才情出众的苏小小门前的柳条也已经渐迷人眼，万缕成荫了吧。

柳梢青青

杨柳姿态柔媚，青翠欲滴，为世人喜爱和歌颂。词人见到这娇柔可爱的新柳，心中欢喜，不由遥想起才女苏小小门前也曾有万千柳条。

又

塞梦

塞草晚才青，日落箫笳(jiā)①动。戚戚(qī)②凄凄③入夜分，催度星前梦。

小语绿杨烟，怯踏银河冻。行尽关山④到白狼⑤，相见惟珍重。

［注释］

①箫笳：箫和胡笳。

②戚戚：悲伤的样子。

③凄凄：形容心情凄凉悲伤。

④关山：关口和山岳。

⑤白狼：白狼河，今辽宁大凌河。

［词解］

这首词写作者身在塞上而念怀家园的情感：衰草连天、夕阳西下，箫笳之声响起。那哀怨凄楚的声音响彻寒夜，催人入梦。梦中我又回到了故园，在绿杨荫里与你窃窃私语，而你也不畏天寒路远历尽关山来到白狼河畔，与我相见相慰，互道一声珍重。

又

五日

村静午鸡啼，绿暗新阴覆（fù）。一展轻帘出画墙，道是端阳①酒。

早晚夕阳蝉，又噪长堤柳。青鬓长青自古谁，弹指②黄花③九④。

［注释］

①端阳：农历五月初五日，端午节。

②弹指：形容时间极短，本为佛家语。《法苑珠林》卷三引《僧祇律》："二十念为一瞬，二十瞬名一弹指，二十弹指名一罗预，二十罗预名一须臾，一日一夜有三十须臾。"后来诗文多作"一弹指顷"，表示极短的时间。

③黄花：菊花。

④九：指农历九月初九日，即重阳节。

［词解］

这首词写端午节的乡村小镇之景：寂静的小乡村里，只听到午后的几声鸡鸣，这里春意盎然，绿树已然成荫。掀起竹帘，走出门去，说是要一起畅饮端午之酒。蝉声不知何时又在长堤的柳枝上响起，而且晨昏不停。自古以来又有谁能青春常驻呢，时光如此匆匆，转眼已经到了重阳时节。

采桑子

彤霞久绝飞琼（qióng）①字，人在谁边？人在谁边，今夜玉清②眠不眠。

香销被冷残灯灭，静数秋天。静数秋天，又误心期到下弦。

[注释]

①飞琼：指许飞琼，传说中的仙女，西王母身边的侍女，后泛指仙女。

②玉清：原指仙人。陈士元《名疑》卷四引唐李冗《独异志》谓："梁玉清，织女星侍儿也。秦始皇时，太白星窃玉清逃入衙城小仙洞，十六日不出，天帝怒谪玉清于北斗下。"这里指所思念的人。

[词解]

热切地盼望能得到她的消息，然而她却音信杳然。她如今在哪里呢？到底在哪里呢？今夜她是否也在相思徘徊，不能成眠？香销被冷灯灭，令人增愁添恨，唯有在这寂静的夜里一遍遍默数着与她相逢的日期。然而相约之期已过，会面无期，怎不叫人愁苦怨尤呢！

又

谁翻[①]乐府[②]凄凉曲，风也萧萧，雨也萧萧，瘦尽灯花又一宵。

不知何事萦怀抱[③]，醒也无聊，醉也无聊，梦也何曾到谢桥[④]。

[注释]

①翻：演唱或演奏之意。

②乐府：诗体名。初指乐府官署所采制的诗歌，后将魏晋至唐可以入乐的诗歌，以及仿乐府古题的作品统称"乐府"，宋以后的词、散曲、剧曲，因配乐，有时也称"乐府"。

③怀抱：心胸。

④谢桥：谢娘桥。古时称所爱的女子（或妓女）为"谢娘"，称其所居处为"谢桥"。

[词解]

这是一首爱情词，抒写对情人的深深怀念：是谁在翻唱着那凄凉幽怨的乐曲，伴着这萧萧雨夜，听着这风声、雨声，望着灯花一点一点地烧尽，让人寂寞难耐、彻夜不眠。在这不眠之夜，不知道是什么事情萦绕在心头，让人或睡或醒都如此无聊，梦中追求的欢乐也完全幻灭了。

[词评]

眼界大而感慨深。

——梁启超

这词表现一种莫名其妙的心情，诗人在风雨中听到凄凉的曲调，不知怎的，变得坐立不安，寂寞、凄凉、失望、空虚的情绪，笼罩着他的心头。他患的是时代的忧郁症。

——黄天骥《纳兰性德和他的词》

又

严霜[①]拥絮频惊起，扑面霜空[②]。斜汉[③]朦胧，冷逼毡帷火不红。

香篝(gōu)[④]翠被浑闲事，回首西风。何处疏钟[⑤]，一穗(suì)灯花似梦中。

塞外苦寒处

纳兰再次随康熙出征塞外，朔北风雪扑面，寒气直入肺腑。忆起家中温暖炉火，枕边细语，软玉温香，仿佛都是另一世界的事情，遥不可及。

[注释]

①严霜：凛冽的霜，浓霜。霜起而使百草衰萎，故称。

②霜空：秋冬的晴空。

③斜汉：指秋天向西南方偏斜的银河。

④香篝：熏笼。古代室内焚香所用之器。

⑤疏钟：稀疏的钟声。

[词解]

这首词写塞外的苦寒、孤寂：霜气卷着雪花阵阵飞起，扑面而来的是冬日寒冷的空气。天空的银河迷蒙昏惑、模糊不清，寒气袭来，连帐篷中的炉火都不再暖和。在家中时那熏香缭绕枕衾温暖的往事，真是让人不堪回首。面对“一穗灯花”，耳边几许“疏钟”，一切都好似在梦中一般。

又

冷香①萦遍红桥②梦，梦觉城笳（jiā）。月上桃花，雨歇春寒燕子家。

箜篌③别后谁能鼓，肠断④天涯。暗损韶华⑤，一缕茶烟透碧纱⑥。

[注释]

①冷香：清香。

②红桥：桥名。在江苏扬州，明崇祯时建，为扬州游览胜地之一。

③箜篌：古代拨弦乐器名，有竖式和卧式两种。

④肠断：形容极度悲痛。

⑤韶华：美好的光阴，比喻青年时期。

⑥碧纱：绿纱灯罩。

[词解]

这首词旨在伤离念远：梦中与她相会在红桥之上，那时清香弥漫，忽而梦醒，听到的却是城头传来的胡笳呜咽的悲鸣。家中月光照在桃花枝上，洒下一片疏影，犹是风雨初歇，春寒料峭。自从离别之后，断肠人如今已在天涯之外了，谁会再来弹奏箜篌呢？美好的青春年华就这样暗暗地消耗，就像那一缕轻烟透过碧纱一般让人难以觉察。

又

咏春雨

嫩烟分染鹅儿柳①，一样风丝。似整如欹，才着春寒瘦不支②。

凉侵晓梦轻蝉③腻（nì），约略④红肥。不惜葳蕤（ruí）⑤，碾（niǎn）取名香作地衣⑥。

［注释］

①鹅儿柳：泛起鹅黄色的柳枝。

②不支：不能支撑，谓力量不够。

③轻蝉：指蝉鬓。此处指闺中人。

④约略：略微，轻微。

⑤葳蕤：形容枝叶繁盛的样子。

⑥地衣：地毯。

［词解］

这首词写春雨，借雨中物象去吟咏：春雨落在泛起鹅黄色的柳枝上，弱柳似烟若雾，仿佛是空中飘洒着游丝一般。春雨蒙蒙中，柳树的枝条又好像是歪斜的雨丝，时整时偏。春雨凉意袭人，堪破晓梦，令人懊恼，雨后的鲜花应该更加娇俏明艳了吧。又或者雨落花残，残花满地，好似用花瓣铺成了地毯。

又

塞上咏雪花

非关癖爱[1]轻模样，冷处偏佳。别有根芽[2]，不是人间富贵花。

谢娘[3]别后谁能惜？飘泊天涯。寒月悲笳（jiā）[4]，万里西风瀚（hàn）海沙。

万里西风瀚海沙

江南的雪，轻柔飞扬，细密无声，塞北的雪却是大片飘扬，呼呼作响，有西风冷月与它相伴，胡笳黄沙为它奏鸣。塞北雪冷冽清寒，高洁耿直，非温室富贵花可比，是纳兰心中仰慕的对象。

［注释］

①癖爱：癖好，特别喜爱。

②根芽：比喻事物的根源、根由。

③谢娘：晋王凝之妻谢道韫有文才，后人因称才女为“谢娘”。她曾因咏雪的名句“未若柳絮因风起”而享有盛名。

④悲笳：悲凉的笳声。笳，古代军中号角，其声悲壮。

[词解]

这是一首咏雪词：我并不是偏爱雪花轻舞飞扬的姿态，也不是因为它越寒冷越美丽。而是因它有人间富贵之花不可比拟的高洁之姿。谢娘故去之后还有谁真的了解它、怜惜它呢？它在天涯飘荡，看尽冷月，听遍胡笳，感受到的是西风遍吹黄沙的悲凉。

[词人逸事]

纳兰性德从康熙十七年（1678）到康熙二十三年（1684）每年有很多时间随康熙出巡或奉使在外，这首词便是他陪同康熙出巡塞外时所作。宦海生涯使他深谙皇室内幕，多次出巡又使他得到体察民情的机会。所以他虽然出身于富贵之家，生活在朱邸红楼中，作为贵胄公子、皇帝近臣的八旗子弟，身上却没有纨绔习气，视势利似尘埃，视功名如糟粕。他借咏雪道出自己“不是人间富贵花”的感慨，道出了卓尔不群的高洁情操，同时抒发了不慕人世间荣华富贵、厌弃仕宦生涯的心情。

又

桃花羞作无情死，感激东风。吹落娇红[1]，飞入窗间伴懊侬[2]。

谁怜辛苦东阳[3]瘦，也为春慵（yōng）[4]。不及芙蓉，一片幽情冷处浓。

[注释]

①娇红：嫩红，鲜艳的红色。这里指花。
②懊侬：烦闷。这里指烦闷的人。
③东阳：指南朝沈约。因其曾为东阳太守，故称。
④春慵：春天的懒散情绪。

[词解]

这是一首伤春伤离之作：桃花并非无情地死去，在这春阑花残之际，艳丽的桃花被东风吹落，飞入窗棂，陪伴着伤情的人共度残留的春光。我这像沈约般飘零殆尽、日渐消瘦的身影有谁来怜惜，为春残而懊恼，感到慵懒无聊。虽比不上芙蓉花，但桃花的一片幽香在清冷处却显得更加浓重。

[词人逸事]

词中的“东阳瘦”用的是南朝沈约的典故，纳兰性德以沈约自况，形容自己像沈约一样病容憔悴、抑郁多疾。

沈约，字休文，吴兴武康人，南朝齐、梁时期著名的诗人，他对近体诗谐韵的发展做出了巨大贡献，他和当时著名诗人谢朓开创了在诗歌发展历史上值得一书的著名诗体——“永明体”，是近体诗派的先声。

503年，萧衍逼迫齐和帝禅位，改国号为梁，这就是历史上著名的僧侣皇帝梁武帝，沈约在灭齐的过程中立功，被任命为尚书仆射，受到武帝的宠信。513年，这位诗坛的一代宗师忧惧辞世。死后，被武帝谥为“隐”，世称沈隐侯。

沈约在一次书信中谈到自己日渐清减，腰围瘦损，此事便成了一个典故，习见的用法是“沈腰”或“沈郎腰”。唐朝初期，著名的史学家姚思廉和他的父亲姚察在所著史籍《梁书·沈约传》中，高度赞誉了他的人品和文品，评价他“高才博洽、一代英伟”。姚思廉在《梁书·沈约传》中记载：“沈约，永明末，出守东阳……百日数旬，革带常应移孔，以手握臂，率计月小半分。”沈约操劳过度，日渐消瘦后，被世人以“东阳销瘦”“东阳瘦体”称之，形容其体瘦。

又

拨灯书尽红笺①也，依旧无聊。玉漏②迢迢，梦里寒花③隔玉箫④。

几竿修竹⑤三更雨，叶叶萧萧。分付秋潮⑥，莫误双鱼⑦到谢桥⑧。

[注释]

①红笺：红色笺纸，多用以题写诗词或做名片等。

②玉漏：古代计时漏壶的美称。

③寒花：寒冷时节开放的花，多指菊花。

④玉箫：人名。传说唐韦皋未仕时，寓江夏姜使君门馆，与侍婢玉箫有情，约为夫妇。韦归省，愆期不至，箫绝食而卒，玉箫转世，终为韦侍妾。事见唐范摅《云溪友议》卷三，多借指姬妾。后人以此为情人订盟之典。亦称“玉箫侣约”。

⑤修竹：长长的竹子。

⑥秋潮：秋季的潮水。

几竿修竹三更雨

何谓之“愁”？离人心上秋。游子身处异乡，夜不能寐，耳听窗外秋雨敲竹，铮铮作响，心中甚是烦乱，凄凉寂寞之情无可排遣，唯有将相思付于书简，愿其早日到达意中人之手。

⑦双鱼：指书信。

⑧谢桥：谢娘桥。唐宰相李德裕家谢秋娘为名歌妓，因以“谢娘”泛指歌妓，这里指情人所居之处。

[词解]

在灯下给你写信，即使写满了信纸仍是意犹未尽，心里依旧惆怅无聊。偏又漏声迢迢相伴，不但添加愁绪，而且令人如醉如痴，仿佛在梦中与她相见，却又朦朦胧胧不甚分明。室外秋雨敲竹，滴在树叶上，点点声声，淅淅沥沥。将这孤独寂寞的苦情都付与此时的秋声秋雨，不要忘了将书信寄给她才好。

又

凉生露气湘弦[1]润，暗滴花梢。帘影谁摇，燕蹴风丝上柳条。

舞鹍(kūn)[2]镜匣开频掩，檀(tán)粉[3]慵调。朝泪如潮，昨夜香衾觉梦遥。

[注释]

①湘弦：湘瑟，湘妃所弹之瑟。亦指代瑟。瑟，弦乐器。

②鹍：形似鹤的鸟，黄白色。《异苑》谓：“犷山鸡爱其羽毛，映水则舞，魏武时南方献之。公子苍舒令置大镜前，鸡鉴形而舞，不知止，遂乏死。”

③檀粉：化妆用的香粉。

[词解]

这首词写闺中女子的情态：夜来凉生，露气浸润了琴瑟，露珠滴在了花梢上。帘外疏影摇摇，原来是小燕子乘着微微细风飞上了柳枝。对镜理妆，自怜自伤，镜匣频开频掩。倦于梳妆，连香粉都懒得匀调。清晨醒来，想起昨夜美梦成空，怎不叫人伤情，不觉泪水就如潮般袭来。

又

土花[1]曾染湘娥黛，铅泪[2]难消。清韵[3]谁敲，不是犀椎[4]是凤翘[5]。

只应长伴端溪紫[6]，割取秋潮[7]。鹦鹉偷教，方响[8]前头见玉箫。

[注释]

①土花：苔藓。

②铅泪：晶莹凝聚的眼泪。语本唐李贺《金铜仙人辞汉歌》："空将汉月出宫门，忆君清泪如铅水。"

③清韵：清雅和谐的声音或韵味，指竹林风动之声。

④犀椎：犀槌，古代打击乐器方响中的犀角制小槌。

⑤凤翘：古代妇女凤形首饰。

⑥端溪紫：指紫色的端溪砚。端溪，溪名，在广东高要东南，产砚石，制成者称端溪砚或端砚，为砚中上品，即以"端溪"称砚台。

⑦秋潮：秋季的潮水、情怀等。

⑧方响：古磬类打击乐器。由十六枚大小相同、厚薄不一的长方铁片组成，分两排悬于架上，用小铁槌击奏，声音清浊不等。创始于南朝梁，为隋唐宴乐中常用乐器。

[词解]

这首词写一段深隐的恋情：斑痕累累的湘妃竹，青青如黛，竹身长满了苔藓，晶莹的泪水难以消除。清韵声声，那不是谁在用犀槌敲击乐器，而是她头上的凤翘触碰到了青竹，从而发出清雅和谐的响声。秋色撩人、秋意无限，应该将这些用端砚写成诗篇。将相思之语偷偷教给鹦鹉，当与她相逢又难以相亲时，鹦鹉或可传递心声了。

又

谢家庭院[1]残更[2]立，燕宿雕梁[3]。月度银墙[4]，不辨花丛那辨香。

此情已自成追忆

雨歇微凉时，凄苦无绪，想起亡妻，心中恻然。苏轼直说："十年生死两茫茫，不思量，自难忘，千里孤坟，无处话凄凉。"纳兰却只有"雨歇微凉，十一年前梦一场"。千种愁绪，万般相思，都在不言中。

此情已自成追忆，零落鸳鸯。雨歇微凉，十一年前梦一场。

［注释］

①谢家庭院：指南朝宋谢灵运家，灵运于会稽始宁县有依山傍水的庄园，后因用以代称贵族家园，亦指闺房。晋谢奕之女谢道韫及唐李德裕之妾谢秋娘等都负有盛名，故后人多以"谢家"代指闺中女子。

②残更：旧时将一夜分为五更，第五更时称"残更"。

③雕梁：刻绘文采的屋梁。

④银墙：月光下泛着银白颜色的墙壁。

［词解］

这是一首爱情词：残更冷夜独自伫立在你家的庭院里，看着燕子双宿双栖在画梁之上。月光洒下来，照在白色的墙壁上，清辉之下分辨不清园中的鲜花。物是人非，此情此景也只能成为回忆，你我从此劳燕分飞、天各一方。这新雨过后的夜里透着丝丝凉意，你我之间的相依相恋如同十一年前的一场梦一样，不堪回首。

［词评］

后之读此词者，无不疑及与悼亡有关，并引以推证其悼亡年月。余近读梁汾《弹指词》有和前韵一首，词云："分明抹丽开时候，琴静东厢。天样红墙，只隔花枝不隔香。檀痕约枕双心字，睡损鸳鸯。孤负新凉，淡月疏棂梦一场。"观上二首，咏事则一，句意又多相似，如谓容若词为悼亡妻作，则闺阁中事，岂梁汾所得而言之。

——张任政《饮水词·丛录》

又

而今才道当时错，心绪凄迷。红泪偷垂，满眼春风

百事非。

情知此后来无计①，强说欢期②。一别如斯，落尽梨花月又西。

［注释］

①无计：无法。

②欢期：佳期，欢聚的日子。

［词解］

这首词抒写词人凄迷的心绪：如今才知道当时自己是错了，不觉心绪凄迷。春光灿烂，人事全非，怎不叫人暗自垂泪。明知道以后的事情难以预料，却偏偏硬说可以再次欢聚。一别之后果然遥遥无期，如今梨花又落尽了，月亮也已偏西，相思的人唯有在这痛苦中饱受煎熬。

又

明月多情应笑我，笑我如今。辜(gū)负春心①，独自闲行独自吟。

近来怕说当时事，结遍兰襟(jīn)②。月浅灯深，梦里云归何处寻。

［注释］

①春心：春景所引发的意兴或情怀。

②兰襟：芬芳的衣襟。比喻知己之友。《易·系辞上》：“二人同心，其利断金；同心之言，其臭如兰。”襟，连襟，彼此心连心。

［词解］

这首词是怀友之作：明月如果有感情，一定会笑我，笑我到现在都春心未结，独自在这春色中徘徊沉吟。最近很怕说起那些往事，当时高朋满座，彼此惺惺相惜。如今月夜幽独寂寞，只能在梦里寻找往日的美好时光！

又

那能寂寞芳菲节①，欲话生平。夜已三更。一阕②悲歌③泪暗零。

须知秋叶春花促，点鬓(bìn)星星④。遇酒须倾，莫问千秋万岁名。

[注释]

①芳菲节：花草香美的时节。

②一阕：一度乐终，亦谓“一曲”。宋欧阳修《晚泊岳阳》诗：“一阕声长听不尽，轻舟短楫去如飞。”

③悲歌：悲伤的歌曲。

④星星：形容白发星星点点地生出。

[词解]

这首词抒发人生无常的感慨：芳菲开遍的时节，年复一年地这样度过，怎能不寂寥落寞，想要话说平生。已经是三更时分，听一曲悲歌，流数行清泪。春花秋叶，年复一年地催促着人由少到老，除了徒增白发之外，了无生趣。千秋万岁的浮名也只不过是一场春梦，不如一醉方休、了无牵挂的好。

又

九　日①

深秋绝塞②谁相忆，木叶萧萧。乡路③迢迢④。六曲屏山⑤和梦遥。

佳时⑥倍惜风光别，不为登高。只觉魂销。南雁归时更寂寥(liáo)。

[注释]

①九日：农历九月初九日，重阳节。逢此日，古人要登高饮菊花酒，插茱萸，与亲人团聚。纳兰此时正使至塞外。

②绝塞：极远的边塞。

③乡路：指还乡之路。
④迢迢：形容遥远。
⑤六曲屏山：曲折的屏风。
⑥佳时：美好的时光，良辰。

[词解]

这首词是佳节塞外思亲之作：在这深秋的遥远边塞，有谁在记挂着我呢？落叶纷纷，乡路渺渺，归期无日，只有在睡梦中才能回到故里。重阳佳节，故园正是风光美好时，想到这些，就更增离愁别绪。想到这些只觉得黯然销魂，看大雁南归时更觉寂寞寥落。

又

海天谁放冰轮①满，惆怅离情。莫说离情，但值凉宵②总泪零。

只应碧落③重相见，那是今生。可奈④今生，刚作愁时又忆卿。

[注释]

①冰轮：月亮，圆月。
②凉宵：景色美好的夜晚。
③碧落：道教语。指青天、天空。
④可奈：怎奈，可恨。

[词解]

这首词是怀念亡妻之作：在这碧海云天之间是谁让这月亮又圆满了呢？对着这当空的明月怎不让人离情骤升，惆怅满怀。不要再说这离情了，说它只会让人在这良宵中伤心落泪。想象今生能与你在天上重见，可是又转念，那岂是今生可得？于是只好回到现实在愁苦中想念你。

见月伤怀

纳兰与妻卢氏感情深厚，卢氏故后，纳兰无比思念，为其作了多首悼亡词，叙写相思。满月当空，月圆人未圆，徒惹伤心，企盼能与妻在天上相见，但也知这是妄想。由此更反衬出纳兰对亡妻的深情。

又

白衣裳凭朱阑①立，凉月②趖(suō)西③。点鬓霜微，岁晏(yàn)④知君归不归？

残更目断传书雁，尺素⑤还稀。一味相思，准拟⑥相看似旧时。

［注释］

①朱阑：朱栏，朱红色的围栏。宋王安石《金山寺》诗："摄身凌苍霞，同凭朱栏语。"

②凉月：秋月。

③趖西：向西落去。趖，走，移动。

④岁晏：一年将尽的时候。唐白居易《观刈麦》诗："吏禄三百石，岁晏有余粮。"

⑤尺素：书写用的一尺长左右的白色生绢，借指小的画幅或短的书信。

⑥准拟：料想，希望。

［词解］

这首词抒写相思：身穿一袭白衣凭栏而立，看那秋月已经偏西了。两鬓已经斑白，却不知道你年末的时候能不能回来。日夜盼望着你的消息，可是这书信却如此稀少。只是一味地相思，希望能够像以前那样时时相见。

又

居庸关①

嶲周②声里严关③峙，匹马登登④。乱踏黄尘，听报邮签⑤第几程。

行人莫话前朝事，风雨诸陵。寂寞鱼灯⑥，天寿山⑦头冷月横。

［注释］

①居庸关：关名。旧称"军都关""蓟门关"，长城重要关口，控军都山隘道

（军都陉）中枢。据传秦修长城时，将一批庸徒（佣工）徙居于此，故得名“居庸”。

②巂周：本为燕的别名，亦用以称子规鸟。

③严关：险要的关门，险要的关隘。

④登登：象声词，指马蹄声。

⑤邮签：驿馆、驿船等夜间报时的更筹。

⑥鱼灯：鱼形的灯。

⑦天寿山：位于今北京昌平东北部。山麓一带黄土深厚，原名“黄土山”，明建十三陵后改名“天寿山”。地势险要，上陡下缓，南临十三陵盆地；东西扼山口，古为军事要地。

［词解］

这首词抒写历史的沉思和幽怨：车声隆隆中越过了山峦对峙、地势险峻的雄关。远处传来登登的马蹄声，一路狂奔激起满地黄尘，不知道现在已经是几更天了。路过饱受凄风冷雨的荒芜皇陵，征人不要再提前朝的往事。你没看见那寂寞的鱼灯与苍凉的天寿山上的冷月正遥相辉映吗？盛衰兴亡只在弹指之间啊！

谒金门

风丝袅（niǎo），水浸碧天清晓。一镜①湿云青未了②，雨晴春草草③。

梦里轻螺④谁扫⑤，帘外落花红小。独睡起来情悄悄，寄愁何处好？

［注释］

①一镜：指像一面明镜的平水。

②青未了：青色一望无际。

③草草：忧虑劳神的样子。

④轻螺：指黛眉。螺，螺黛，古人用以画眉的青黑色颜料。

⑤扫：描画。

［词解］

这首词以乐景与哀情，凸显了伤春意绪：柔风细细，水面上映出一望无际的云朵。雨过天晴后这春色反而令人增添愁怨。梦中曾与伊人相守，轻轻地为你描画眉毛。梦醒则唯见帘外落花，这一怀愁绪该向何处排解呢？

好事近

帘外五更风，消受晓寒时节。刚剩①秋衾一半，拥透帘残月。

争教②清泪不成冰？好处便轻别。拟把伤离③情绪，待晓寒重说。

[注释]

①剩：与“盛”音意相通。此“盛”犹“剩”字，多频之义。
②争教：怎教。
③伤离：为离别而感伤。

[词解]

这首词写与妻子乍离之后的伤感：竹帘之外传来五更的寒风，在这清秋寒冷的早晨实在让人难以消受。独自孤眠，秋夜冷冰冰的被子因多出了一半，而晓寒难耐，于是拥被对着帘外的残月。怎教清泪不长流呢？泪流至结成冰，如此的哀伤，最好的方法就是不把离别之事放在心上。这离愁别绪待到天亮以后再去想吧。

又

马首望青山，零落繁华如此。再向断烟衰(shuāi)草①，认藓(xiǎn)碑②题字③。

休寻折戟(jǐ)④话当年，只洒悲秋泪。斜日十三陵⑤下，过新丰⑥猎骑⑦。

[注释]

①衰草：干枯的草。
②藓碑：长满苔藓的石碑。藓，苔藓。
③题字：为留纪念而写上的字。
④折戟：断戟沉没在沙里，指惨败。
⑤十三陵：明代十三个皇帝陵墓的总称。位于今北京昌平天寿山麓。

⑥新丰：县名，汉高祖七年置，唐废，治所在今陕西临潼西北。

⑦猎骑：骑马行猎者。

［词解］

这首词描绘在北京十三陵的秋猎：越过马头向前望去，眼前是一脉青山，都市的繁华不见了，这里只有萧索冷落的景象。看向被衰草掩盖的石碑，可以辨认出长满苔藓的古碑上的题字。不要寻思那古往今来兴亡之事，就是眼前的秋色便已令人生悲添慨了。夕阳西下，在这十三陵中打猎的人原来也是从京城过来的啊。

［词评］

全是凭吊语，绝非新朝新贵的语气。

——严迪昌《清词史》

又

何路向家园？历历[①]残山剩水[②]。都把一春冷淡[③]，到麦秋天气[④]。

料应重发隔年花[⑤]，莫问花前事。纵使东风依旧，怕红颜不似。

［注释］

①历历：（物体或景象）一个一个清晰分明，意思是零落。

②残山剩水：残存的山岳河流，零散的山水，明灭隐现的山水。

③冷淡：不热情、不热闹。

④麦秋天气：谓农历四五月，麦子成熟后的收割季节。

⑤隔年花：去年之花。

［词解］

这首词抒发与妻子的别离、相思之苦：哪一条才是通往家园的路呢？眼前的一片都是零落的残山剩水而已。春天过去了，已经到了麦收时节，又一次将大好的春光冷落。料想去年的花今年又开了吧，而花前月下的旧事却不敢回味。即使景色如故，也已是年华老去、红颜不再了吧。

一络索

长城

野火①拂云微绿，西风夜哭。苍茫②雁翅列秋空，忆写向、屏山曲③。

山海④几经翻覆(fù)⑤。女墙斜矗。看来费尽祖龙⑥心，毕竟为、谁家筑？

［注释］

①野火：指磷火、鬼火。
②苍茫：空旷辽远。
③屏山曲：如屏风一样曲折的山形。此处指绵延起伏的长城。
④山海：山与海。
⑤翻覆：巨大而彻底的变化。
⑥祖龙：指秦始皇。《史记集解》载苏林注：“祖，始也；龙，人君象。谓始皇也。”

长城为谁筑

秦始皇费尽心力修筑长城，期待能成为边关的防线，谁料清朝还是顺利入关，坐拥天下。后人面对连绵横亘的长城，感慨万千。

［词解］

这首词为怀古之作，体现“风人”之旨：大漠荒野之夜，磷火绿光闪闪，好像与天上的云朵连到了一起，西风猎猎，仿佛鬼神夜哭。秋天苍茫的天空飞过一行行征雁，想要飞过连绵起伏的长城。沧海桑田几经变化，那城墙依然矗立在那里。看来秦始皇是白费心机了，那万里长城究竟是为谁家所建造的呢？

又

过尽遥山如画，短衣匹马①。萧萧②木落③不胜秋，莫回首、斜阳下。

别是柔肠萦挂[4]，待归才罢。却愁拥髻(jì)[5]向灯前，说不尽、离人话。

［注释］

①短衣匹马：穿着短衣，骑一匹骏马。形容士兵英姿矫健的样子。出自唐代杜甫《曲江》："短衣匹马随李广，看射猛虎终残年。"短衣，短装。古代为平民、士兵等服装。

②萧萧：冷落凄清的样子。

③木落：落叶。

④萦挂：牵挂。

⑤拥髻：谓捧持发髻。

［词解］

这首词写征途之上和闺阁之中的景色与情思：穿短衣，乘匹马，在外之人奔驰在征途上。不要在夕阳西下时回首怅惘，那落叶纷飞的景象只能让人徒增悲凉。无尽的牵挂只有待到行人归来，才能消除吧。而对灯夜话之时，述说着别离之苦反倒使人生愁增恨。

洛阳春

雪

密洒征鞍[1]无数，冥迷[2]远树。乱山重叠杳(yǎo)难分，似五里、蒙蒙[3]雾。

惆怅琐窗[4]深处，湿花轻絮。当时悠扬得人怜，也都是、浓香助。

［注释］

①征鞍：犹征马。指旅行者所乘的马。

②冥迷：迷蒙，迷茫。

③蒙蒙：迷茫的样子。

④琐窗：镂刻有花纹图案的窗棂。

［词解］

这首词为咏雪之作：马背上落满密洒的白雪，远处树木冥迷，乱山杳渺，不甚分明，仿佛一切都置于蒙蒙雾中。雪花飘入了窗棂，好像是湿花柳絮，又勾起了无限感怀。那纷飘的雪花之所以惹人怜爱，除了它那轻盈的体态之外，还由于它得到了浓郁芳香的暗助。

清平乐

发汉儿村题壁

参横月落[1]，客绪从谁托？望里家山云漠漠[2]，似有红楼[3]一角。

不如意事年年，消磨绝塞风烟。输与五陵公子[4]，此时梦绕花前。

[注释]

①参横月落：月亮已落，参星横斜，形容夜深。

②漠漠：紧密分布或大面积分布的样子。

③红楼：指家园的楼阁。

④五陵公子：指京都富豪子弟。五陵，西汉五个皇帝陵墓所在地，长陵、安陵、阳陵、茂陵、平陵五县的合称；西汉高祖、惠帝、景帝、武帝、昭帝的陵园；唐代高祖、太宗、高宗、中宗、睿宗的陵园。后以五陵代指京都繁华之地。

[词解]

这首词抒发相思、直抒胸臆：月亮已落，参星横斜，夜已深了，这离愁别绪要向谁诉说？回望故乡只看到白云漠漠，无边无际，但那云中似乎又露出了家中的一角阁楼。人生不如意的事年年都有，全都消磨在了这边塞的风烟当中了。不如那些闲游于京城的富豪公子，此时正吟花赏月，好不惬意！

又

麝(shè)烟[1]深漾，人拥缑(gōu)笙氅(chǎng)[2]。新恨暗随新月长，不辨眉尖心上。

六花[3]斜扑疏帘[4]，地衣[5]红锦[6]轻沾。记取暖香[7]如梦，耐他一晌[8]寒严。

［注释］

眉尖心上

愁绪千百种，相思最苦。静夜无法安睡，“罗衾不耐五更寒”，往昔温馨场景，点点滴滴都到眼前来。

①麝烟：焚麝香发出的烟。五代成彦雄《夕诗》：“台榭沉沉禁漏初，麝烟红蜡透虾须。”

②缑笙氅：犹如仙衣道服式的大氅。用王子乔于缑山乘鹤成仙的典故。汉刘向《列仙传·王子乔》：“王子乔者，周灵王太子晋也。好吹笙，作凤凰鸣。游伊洛之间，道士浮丘公接以上嵩高山。三十余年后，求之于山上，见桓良曰：‘奉告我家，七月七日待我于缑氏山岭。’至时，果乘白鹤驻山头，望之不得到，举手谢时人，数日而去。”后因以为修道成仙之典。

③六花：雪花。雪花结晶六瓣，故名。

④疏帘：指稀疏的竹织窗帘。

⑤地衣：地毯。

⑥红锦：亦作“红绵”，红丝棉的粉扑，妇女化妆用品。

⑦暖香：带有温暖气息的香味。

⑧一晌：指短时间。南唐李煜《浪淘沙》词：“梦里不知身是客，一晌贪欢。”

［词解］

这首词抒写相思愁怀：麝香发出的烟在空中摇荡，孤独的人拥衣而眠，却无法入睡。心中的愁苦与日俱增，已经分不清是在眉尖还是在心头。雪花扑打着窗帘，地毯上沾上了些许白色。犹记得我们当时共度的美好时光，如今且用这美好的回忆来驱散严寒。

又

烟轻雨小，望里青难了。一缕断虹①垂树杪(miǎo)②，又是乱山残照③。

凭高目断征途，暮云千里平芜(wú)④。日夜河流东下，锦书⑤应托双鱼⑥。

[注释]

①断虹：一段彩虹，残虹。

②树杪：树梢。

③残照：落日的光辉，夕照。

④平芜：草木丛生的平旷原野。

⑤锦书：锦字书，指前秦苏蕙寄给丈夫的织锦回文诗，后多用以指妻子寄给丈夫以表达思念之情的书信。

⑥双鱼：亦称“双鲤”，一底一盖，把书信夹在里面的鱼形木板，常指代书信。

[词解]

这首词是于塞上写离情：烟雨迷蒙，放眼望去满眼青色，没有尽头。又到了夕阳落入群山的时候，树梢上挂着一段彩虹。登高远眺，望断征途，只看到一片暮云停驻于千里旷野。河水昼夜不停地向东流去，就像我对你的思念之情，于是将这一份相思之苦托双鱼为你寄去。

又

青陵蝶梦[1]，倒挂怜么凤[2]。退粉收香情一种，栖傍玉钗[3]偷共。

愔(yīn)愔[4]镜阁[5]飞蛾，谁传锦字[6]秋河[7]？莲子[8]依然隐雾[9]，菱花[10]暗惜横波[11]。

[注释]

①青陵蝶梦：指离别的妻室。晋干宝《搜神记》：“大夫韩凭取妻美，宋康王夺之，凭怨王，自杀，妻阴腐其衣，与王登台，自投台下，左右揽之，着手化为蝶。”

②么凤：鹦鹉的一种。体形较燕子小，羽毛五色，每至暮春来集桐花，故又称“桐花凤”。

③玉钗：玉制的钗。由两股合成，燕形。亦指美丽的女子。

④愔愔：幽深貌，悄寂貌。

⑤镜阁：指女子住室。

⑥锦字：书信。

⑦秋河：银河。

⑧莲子：怜子。

⑨隐雾：谓隐遁待时，犹“隐约”。

⑩菱花：指菱花镜，古代铜镜名，镜多为六角形或背面刻有菱花者名菱花镜，亦泛指镜。

⑪横波：眼神闪烁，有神采。

［词解］

这首词表达对亡妻的怀念：你我天上人间，人神两隔，而那可爱的鹦鹉却仍在架上。你虽然已经逝去，但是你我的情义却未消减，偷偷地拿着你留下的遗物以期得到慰藉。阁中寂寂，只有飞蛾相伴，还有谁再寄来书信呢？当初你怜我爱志存高远、待时而起的深意如今我依然记得，而现在我只有对镜暗自伤情，又仿佛看到了你那一双美丽动人的眼睛。

又

将愁[1]不去，秋色行难住。六曲屏山[2]深院宇，日日风风雨雨。

雨晴篱(lí)菊[3]初香，人言此日重阳。回首凉云[4]暮叶，黄昏无限思量。

［注释］

①将愁：长久之愁。将，长久。

②六曲屏山：如山峦般曲折往复的屏风。

③篱菊：谓篱下的菊花。语出晋陶潜《饮酒》诗之五：“采菊东篱下，悠然见南山。”后用以为典实。

④凉云：阴凉的云。南朝齐谢朓《七夕赋》：“朱光既夕，凉云始浮。”

［词解］

这首词是重阳节的感怀之作：绵绵清愁挥之不去，无尽的秋色也难以留住。屏风掩映下那深深的庭院，整日愁风冷雨，不曾停歇。好不容易天晴了，菊花吐露出芬芳，听说今天正是重阳节。回望天边那阴云和暮色中的树叶，不由产生无限的思绪。

又

凄凄切切[1]，惨淡黄花节[2]。梦里砧(zhēn)声[3]浑未歇，那

静夜相思

杨柳岸，晓风残月，凄凉无处诉。是处红衰翠减，惨淡菊花落，长夜无眠，偏寒蛩不住鸣，更惹愁绪。

更乱蛩(qióng)④悲咽⑤。

尘生燕子空楼，抛残弦索⑥床头。一样晓风残月，而今触绪⑦添愁。

[注释]

①切切：哀怨、忧伤貌。
②黄花节：指重阳节。黄花，菊花。
③砧声：捣衣声。
④蛩：指蟋蟀。
⑤悲咽：悲伤呜咽。
⑥弦索：弦乐器上的弦，指弦乐器。
⑦触绪：触动心绪。

[词解]

这首词是一首触景伤情之作：在这惨淡的深秋之时，一切都变得凄凄切切，无限悲凉。那梦里的砧杵捣衣声还没停下来，又传来蟋蟀嘈杂的悲鸣声。你曾居住的阁楼空空荡荡，弦索抛残，晓风残月，无不是惨淡凄绝，如今一起涌入眼帘，触动无限清愁。

又

忆梁汾

才听夜雨，便觉秋如许。绕砌蛩螀(jiāng)①人不语，有梦转愁无据②。

乱山千叠横江③，忆君游倦④何方？知否小窗红烛？照人此夜凄凉。

[注释]

①蛩螀：蟋蟀和寒蝉。蛩，蟋蟀。螀，蝉。
②无据：不足凭，不可靠。

③横江：横陈江上，横越江上。

④游倦：犹倦游，指仕宦飘泊潦倒。

[词解]

这首词是秋夜念友之作，抒发对好友顾贞观深切的怀念：才刚刚听到窗外的雨声，就已感觉到秋意已浓。是那蟋蟀和寒蝉的悲鸣声，让人在梦里产生无限哀怨的吗？乱山一片，横陈江上，你如今漂泊在哪里呢？是否知道有人在小窗红烛之下，因为思念你而倍感凄凉？

[词人逸事]

顾贞观是江苏无锡人，其曾祖顾宪成是晚明东林党人的领袖，可谓真正的书香门第。顾贞观的个人才情和文化素养也自然与众不同，是当时很有名气的江南文士。康熙十五年（1676）的春夏间，他与权相明珠之子纳兰性德相识，成为交契笃深的挚友。或许是气质的相互吸引，或许是才情的彼此契合，两人第一次相见，便有“一见即恨识余之晚”之感，相见甚欢，相谈甚多，彼此引为知己。而在词坛的成就两人同样齐名，举凡清史、文学史、词史无不将二人相提并论，被视为风格近似、主张相同的“词坛双璧”。

又

塞鸿①去矣，锦字②何时寄？记得灯前佯(yáng)忍泪，却问明朝行未。

别来几度如珪(yuī)③，飘零落叶成堆。一种晓寒残梦，凄凉毕竟因谁？

[注释]

①塞鸿：塞外的鸿雁。塞鸿秋季南来春季北去，故古人常以之作比，表示对远离家乡的亲人的怀念。

②锦字：书信。

③珪：同“圭”。古代帝王或诸侯在举行典礼时拿的一种玉器，上圆下方，此处借喻月圆而缺。

[词解]

这首词是塞上怨离之作：自从离别之后，日日盼望的家书何时才能到来？记得我临走之时，你在灯前强忍着泪水，却问我明天是否出发。分别之后，月亮已经几度圆缺，如今已是深秋，落叶成堆。残梦凄凉，孤独难耐，相思怨别，这一切究竟是为了谁？

又

风鬟(huán)雨鬓(bìn)①，偏是来无准。倦倚玉阑(lán)看月晕②，容易语低香近。

软风③吹遍窗纱④，心期⑤更隔天涯。从此伤春伤别，黄昏只对梨花。

［注释］

①风鬟雨鬓：形容妇女在外奔波劳碌，头发散乱，亦形容妇女头发美丽好看。后代指女子。

②月晕：又称“风圈”，月光被云层折射，在月亮周围形成的光圈。

③软风：柔和的风。

④窗纱：窗户上安的纱布、铁纱等。

⑤心期：心中相许。引申为相思。

［词解］

记得旧时相约，你总是不能如约而至。曾与你一起倚靠着栏杆闲看月晕，软语温存，情意缠绵，那可人的缕缕香气更是令人销魂。如今与你远隔天涯，纵使期许相见，那也是可望而不可即了。从此以后便独自凄清冷落、孤独难耐，面对黄昏、梨花而伤春伤别。

又

孤花片叶，断送清秋节①。寂寂绣屏香篆(zhuàn)②灭，暗里朱颜③消歇④。

谁怜散髻(jì)吹笙(shēng)⑤，天涯芳草关情⑥。懊恼隔帘幽梦，半床花月纵横。

[注释]

①清秋节：清爽的秋天时节。

②香篆：篆香，形似篆文。

③朱颜：红润美好的容颜，指美人。

④消歇：消失，止歇。

⑤吹笙：喻饮酒。宋张元干《浣溪沙》："谚以窃尝为吹笙。"

⑥关情：动心，牵动情怀。

[词解]

这首词写清秋懊恼的情怀：孤单的花朵和零碎的叶子，就这样将清秋时节送走了。寂静的闺阁之中，篆香已经燃尽，美丽的容颜因悲秋而消瘦。谁能了解那对影独酌的感受，那天涯无边的芳草总能牵动人的情怀。幽梦难成，空对半床花月之景，怎不叫人懊恼神伤！

难写边愁

康熙帝为征服边疆，征战连连。纳兰身为侍卫，也随同沙场厮杀。行旅途中，见征途迢迢，四野荒寂，兵士愁苦，天高地远，不禁英雄气短，黯然伤神。"倩何人，唤取红襟翠袖，揾英雄泪。"

又

弹琴峡题壁

泠泠（líng）①彻夜②，谁是知音者？如梦前朝何处也，一曲边愁难写。

极天③关塞④云中，人随落雁西风。唤取⑤红襟翠袖，莫教泪洒英雄。

[注释]

①泠泠：形容清凉、冷清，借指清幽的声音。

②彻夜：整夜，一夜。

③极天：指天之极远处，远处。

④关塞：边关，边塞。

⑤唤取：唤得，唤着。

[词解]

这首词抒发了关塞行役之愁：水声清幽悦耳，彻夜回荡，但谁又是它的知音呢？前朝如梦、边愁难写。极目望去，天边的云中，征人与征雁同行于秋风之中。如此悲凉之景，让人不禁伤怀，只好唤来歌女消愁，不要让英雄热泪轻易落下。

又

上元[1]月蚀[2]

瑶华[3]映阙(què)，烘散蓂墀(míng chí)[4]雪。比似寻常清景[5]别，第一团圆时节。

影娥[6]忽泛初弦[7]，分辉借与宫莲[8]。七宝[9]修成合璧，重轮[10]岁岁中天。

[注释]

①上元：俗以农历正月十五日为上元节，也叫“元宵节”。

②月蚀：月食。

③瑶华：指美玉。晋葛洪《抱朴子·助学》：“故瑶华不琢，则耀夜之景不发。”

④蓂墀：生长着瑞草的殿阶。蓂，一种象征祥瑞的草。

⑤清景：犹清光。三国曹植《公宴》：“明月澄清景，列宿正参差。”晋葛洪《抱朴子·广譬》：“三辰蔽于天，则清景暗于地。”

⑥影娥：影娥池。汉代未央宫中池名，本凿以玩月，后指清可鉴月的水池。

⑦初弦：上弦月，指农历每月初七八的月亮。其时月如弓弦，故称。

⑧宫莲：莲花瓣的美称。

⑨七宝：圆月的美称，古代民间传说，月由七宝合成，故云。

⑩重轮：月亮周围光线经云层冰晶的折射而形成的光圈，古代以为祥瑞之象。

[词解]

这首词全用白描写月食，前后八句，写了月食的全过程及其不同的景象：上阕前一句描绘了月全食时所见的景象，入蚀之月仿佛是光彩照人的美玉一般，生长在瑞草的殿阶上，呈现出洁白一片的景象。景象与往年相比，更富朦胧感、梦幻感，可谓是“第一团圆之节”。下阕写月出蚀之情景，前两句写月蚀渐出，犹如初弦夜之景，后两句写月出蚀复圆，清辉洒满天上人间。

又

角声[1]哀咽[2]，襆被[3]驮残月。过去华年如电掣(chè)[4]，禁得番番离别。

一鞭冲破黄埃[5]，乱山影里徘徊。蓦忆去年今日，十三陵[6]下归来。

［注释］

①角声：画角之声，古代军中吹角以为昏明之节。

②哀咽：悲伤哽咽。

③襆被：用包袱捆上衣被。

④电掣：电光急闪而过，喻迅速、转瞬即逝。

⑤黄埃：黄色的尘埃。

⑥十三陵：明代十三个皇帝陵墓的总称。陵名为长陵（成祖）、献陵（仁宗）、景陵（宣宗）、裕陵（英宗）、茂陵（宪宗）、泰陵（孝宗）、康陵（武宗）、永陵（世宗）、昭陵（穆宗）、定陵（神宗）、庆陵（光宗）、德陵（熹宗）、思陵（思宗）。位于今北京昌平天寿山麓。

［词解］

这首词抒发行役伤离之意：日复一日地在呜咽的哀角声中度过，马背驮着行囊在残月下行进。时光风驰电掣地飞逝，哪里经得起频频的别离。黄昏日暮，一抹斜阳照在滚滚黄尘上，重重山影，匆匆行人。蓦然想起去年今日，我正从十三陵归来的情景。

又

画屏无睡，雨点惊风碎。贪话零星兰焰[1]坠，闲了半床红被。

生来柳絮飘零。便教咒也无灵。待问归期还未，已看双睫盈盈。

［注释］

①兰焰：烛花。

[词解]

这首词写追忆与妻子离别时的情景：别前之夜对着画屏，双双不寐，夜雨交织着寒风，萧萧瑟瑟。离别絮语绵绵，灯花零星坠落，红被空闲。可惜生来命运不济，如柳絮般随波逐流、身不由己，即使怎样赌咒发誓也没有用，分离终是在所难免。你本欲问归期，却含情脉脉、欲说还休，那两眼已经湿润的模样依旧萦绕心头。

忆秦娥

龙潭口①

山重叠②，悬崖一线天疑裂。天疑裂，断碑③题字，古苔横啮（niè）。

风声雷动鸣金铁④，阴森潭底蛟龙⑤窟。蛟龙窟，兴亡满眼，旧时明月。

[注释]

①龙潭口：说法不一。一说为龙潭山口，地在清代吉林府伊通州西南，即今吉林市东郊龙潭山。康熙二十一年（1682）春，作者扈驾东巡过经此地；一说今山西盂县北之盂山亦有“龙潭”，又称“黑龙池”，作者曾几度赴山西五台山，本篇所指或为此地；又或者指北京西山的黑龙潭，作者也曾几次游历。

②重叠：同样的东西层层堆叠。

③断碑：断裂残缺的石碑。

④鸣金铁：形容风雷声如同金钲戈矛撞击之声。

⑤蛟龙：传说中能使洪水泛滥的一种龙。

[词解]

这首词写龙潭口的景致及作者游览时的感受：龙潭口群山环绕，举目望去，天空只露一线，仿佛是天幕要裂开了。断碑上长满了苍苔，那苍苔好像在啃咬着碑文。龙潭口处如同风雷大作，发出了如同金钲戈矛撞击般的巨大声响，那阴森的潭底正是蛟龙的洞府吧。旧时的明月仍在，叫人升起无限怅惘之情、兴亡之叹！

[词评]

感慨倍多，遥思腾越。

——严迪昌《清词史》

[词人逸事]

纳兰性德曾扈驾到西山黑龙潭，写下了这首《忆秦娥·龙潭口》。据说这里石色青黑，树木萧森，荫浓苔滑。泉水从深潭底冒出，水势较旺。周围的山林于背阴处更高大繁茂，因为谷中土厚，阴处含水，不似向阳坡处风大干燥。而潭口处黛色石崖下会让人有山岩开裂、潭深难测之感。这股泉水属于石灰岩地区溶洞、裂隙中的暗河涌出，水量较大，传说东海龙王的七子于此潜居。清代这里一度由皇家敕建黑龙王庙。纳兰性德游历至此，观其情其景，为其震撼，大发兴亡之叹。

又

春深浅①，一痕摇漾②青如剪。青如剪，鹭鸶③立处，烟芜④平远。

吹开吹谢东风倦，缃桃⑤自惜红颜变。红颜变，兔葵燕麦⑥，重来相见。

[注释]

①深浅：偏义词，指深。

②摇漾：摇动荡漾。

③鹭鸶：又叫“鸬鹚”。水鸟名，翼大尾短，颈和腿很长，捕食小鱼。

④烟芜：烟雾中的草丛。亦指云烟迷茫的草地。

⑤缃桃：缃核桃，结浅红色果实的桃树。亦指这种树的花或果实。

⑥兔葵燕麦：形容景象荒凉。兔葵，植物名，似葵，古以为蔬。燕麦，一种谷类草本植物。

[词解]

这首词用刘禹锡玄都观诗之典暗喻了今昔之感：春已深，春水摇荡着，岸边露出整齐如剪的青绿色的涨水痕迹。那正是鹭鸶站立的地方，烟雾中草地一片凄迷，看不到尽头。东风吹来，将百花吹开，又将百花吹谢，桃花在这春风中感受着红颜的渐变。红颜将老，眼前这凄凉的景色谁又重来相看呢！

[词人逸事]

唐代文豪刘禹锡因参与王叔文、柳宗元等人的革新运动被贬郎州司马。10 年后，被朝廷“以恩召还”，回到长安。这年春天，他去京郊玄都观赏桃花，写下了《玄都观桃花》：“紫陌红尘拂面来，无人不道看花回；玄都观里桃千树，尽是刘郎去后栽！”用以讽刺那些暂时得势的奸佞小人。这首诗引起很多人的不满，于是他又因“语涉讥刺”而再度遭贬，一去就是12年。12年后，诗人再游玄都观，写下了《再游玄都观》：“百亩庭中半是苔，桃花净尽菜花开。种桃道士归何处？前度刘郎今又来。”不改初衷，依然如故，“前度刘郎今又来”的不懈斗争精神，一直为后人敬佩。

纳兰性德化用刘禹锡玄都观诗的典实写了这首《忆秦娥》，却没有了刘禹锡的斗志，而是通过花开花落，世事变迁，暗透了今昔之感和不胜身世的孤独之情。

又

长飘泊，多愁多病心情恶。心情恶，模糊一片，强分哀乐①。

拟(nǐ)将欢笑排离索②，镜中无奈颜非昨。颜非昨，才华尚浅，因何福薄？

[注释]

①强分哀乐：指喜怒哀乐分辨不清。强分，勉强分辨。

②离索：指离群索居的萧索之感。

[词解]

这首词感慨自己的人生：长年漂泊在外，又加上这多愁多病之身，心情怎么能好呢。喜怒哀乐都分辨不清了，所有的感受交织在一起，模糊不清。想要排遣这离群索居的落寞而强颜欢笑，无奈镜中的容颜已逐渐衰败，今非昔比了。奈何日月蹉跎，人生易老，唯有自叹福薄！

醉桃源

斜风细雨正霏(fēi)霏①，画帘②拖地垂。屏山几曲篆(zhuàn)香③微，闲庭④柳絮飞。

新绿密，乱红稀。乳莺残日啼。余寒欲透缕金衣⑤，落花郎未归。

［注释］

①霏霏：（雨、雪）纷飞，（烟、云）很盛。

②画帘：有画饰的帘子。

③篆香：像“篆”字的香。

④闲庭：安静的庭院。

⑤缕金衣：金缕衣。以金丝编织的衣服。

［词解］

这首词表达的是伤春伤别的愁情：斜风轻拂，细雨霏霏，画帘垂地，屏风曲回，香烟袅袅，闲庭飞絮，花红柳绿，乳鸳啼晚，四处一片春意。春寒料峭，凉透锦衣，春意阑珊之时，为何你还没有归来！

画堂春

一生一代一双人①，争教②两处销魂。相思相望不相亲，天为谁春？

浆向蓝桥③易乞，药成碧海难奔④。若容相访饮牛津⑤，相对忘贫。

［注释］

①“一生”句：语出唐骆宾王《代女道士王灵妃赠道士李荣》：“相怜相念倍相亲，一生一代一双人。”

②争教：怎教。

③蓝桥：桥名，在陕西蓝田东南蓝溪上。传说此处有仙窟，相传唐代秀才裴航与仙女云英曾相会于此，求得玉杵臼捣药，终结为夫妇。专指情人相遇之处。

④“药成”句：《淮南子·览冥训》：“羿请不死之药于西王母，姮娥窃之，奔月宫。”高诱注：“姮娥，羿妻，羿请不死之药于西王

碧海青天夜夜心

传闻纳兰与表妹青梅竹马，情投意合，但表妹被康熙帝纳为妃子，两人生生分离，其痛难抑。织女牛郎仙凡相恋，尚且能每年相会一次，而纳兰对心上人的爱恋，却只能通过词来遥寄。

母，未及服之。姮娥盗食之，得仙。奔入月宫，为月精。”李商隐《嫦娥》：“嫦娥应悔偷灵药，碧海青天夜夜心。”

⑤饮牛津：指天河边。传说海边居民曾乘槎至天河“见一丈夫牵牛渚次饮之”（见晋张华《博物志》卷三）。这里指与恋人相会的地方。

［词解］

这是一首爱情词，是词人对可遇不可求的恋情的独白：既然我们是天生一对，为何又让我们天各一方，两处销魂呢？相思相望却不能相亲相爱，那么这春天又是为谁而设呢？蓝桥之遇并非难事，难的是纵有不死之灵药，却难像嫦娥那样飞入月宫与你相会。若能渡过迢迢银河与你相聚，便是做一对贫贱夫妇，我也心满意足了。

［词评］

以为此恋人为“入宫女子”，“浆向蓝桥易乞”似说恋人未入宫前结为夫妇是很容易的；“药成碧海”则用李义山诗，似说恋人入宫，等于嫦娥奔月，便难再回人间；李义山身入离宫与宫嫔恋爱，有《海客》一绝，纳兰容若与入宫恋人相会，也用此典，居然与李义山暗合。

——苏雪林《清代男女两大词人恋史之谜》

眼儿媚

独倚春寒掩夕扉(fēi)①，清露泣铢(zhū)衣②。玉箫吹梦，金钗划影③，悔不同携。

刻残红烛④曾相待⑤，旧事总依稀⑥。料应遗恨⑦，月中教去，花底催归。

［注释］

①夕扉：傍晚的雾霭。

②铢衣：传说神仙穿的衣服。重量只有数铢甚至半铢重。因用以形容极轻的衣服，如舞衫之类。

③玉箫、金钗：同指所恋之人。划影：比喻看不真切的美丽景色。

④刻残红烛：古人在蜡烛上刻度，烧以计时。

⑤相待：对待。《韩非子·六反》：“犹用计算之以相待也，而况无父子之泽乎？”

⑥依稀：含糊不清，不明确。

⑦遗恨：未尽的心愿，未完成的理想，遗憾。

[词解]

这首词抒写对恋人的思念：独自伫立在春天傍晚的雾霭之中，细雨将衣服打湿。梦里都是你美丽的身影，那些相携相伴的美好时光却偏偏失掉了，怎不叫人懊悔。夜已深沉，曾经秉烛相待，如今往事依稀。想必会终生遗憾，花前月下的往事，已经一去不回。

又

重见星娥①碧海槎，忍笑却盘鸦②。寻常多少，月明风细，今夜偏佳。

休笼③彩笔闲书字，街鼓④已三挝(zhuā)⑤。烟丝欲袅(niǎo)，露光微泫(xuàn)⑥，春在桃花。

[注释]

①星娥：神话传说中的织女。此处指明眸善睐的美女。唐李商隐《圣女祠》："星娥一去后，月姊更来无？" 朱鹤龄注："星娥谓织女。"

②盘鸦：指妇女盘卷黑发而成的头髻。

③笼：通"拢"，牵、拈之意。

④街鼓：设置在京城街道的警夜鼓。宵禁开始和终止时击鼓通报。始于唐宋，以后亦泛指"更鼓"。

⑤挝：敲打。

⑥微泫：水微微下滴流动之貌。此处形容爱妻的脸光彩照人。

[词解]

这首词写与爱妻重逢的喜悦之情：终于再次见到你那美丽的容颜了，你强忍笑意将乌黑的发髻盘起，仿佛天上的仙女般动人。风和月明，良辰美景，这种情景往日虽也曾有过，可是今夜却胜过往常。不再拈笔写什么字，夜已深，街上已敲过了三更鼓，还是喜不自持。香烟缭绕中，更见人面桃花，光彩照人。

又

咏梅

莫把琼(qióng)花①比淡妆②，谁似白霓(ní)裳③。别样清幽，自

暗香浮动月黄昏

梅兰竹菊是“隐逸四君子”，梅花因为不争奇斗艳，独自开于冰寒时节，又幽香入怀，备受世人喜爱。“疏影横斜水清浅，暗香浮动月黄昏。”

然标格④，莫近东墙⑤。

冰肌玉骨⑥天分付⑦，兼付与凄凉⑧。可怜遥夜⑨，冷烟和月，疏影⑩横窗。

［注释］

①琼花：比喻雪花。

②淡妆：淡雅的妆饰。

③霓裳：谓神仙的衣裳。相传神仙以霓为裳。语本《楚辞·九歌·东君》：“青云衣兮白霓裳。”

④标格：风范，品格。

⑤东墙：东边的墙垣。程垓《眼儿媚·咏梅》：“一枝烟雨瘦东墙，真个断人肠。”

⑥冰肌玉骨：用于赞美妇女的皮肤光洁如玉，形体高洁脱俗。这里形容雪中梅花的超逸之态。

⑦分付：付与，交给。

⑧凄凉：孤寂冷落。

⑨遥夜：长夜。

⑩疏影：疏朗的影子。形容梅花的形貌。

［词解］

这首词吟咏梅花高洁的品格：不要将雪花当成自己淡雅的妆饰，要知道梅花才真的是像白色霓裳那样美丽！别样的幽独清香，高洁的风度格调，不要靠近东墙去玩赏，因为看一眼就能让人魂牵梦萦。她那冰肌玉骨的美丽风采是上天所赋予的，同时也给了她斗寒开放，清幽高洁的孤寂与冷落。可怜在这漫漫长夜之中，伴随着明月清辉，暗香浮动，疏影散满窗棂。

朝中措

蜀(shǔ)弦①秦柱②不关情③，尽日掩云屏④。已惜轻翎(líng)⑤退粉，更嫌弱絮(xù)⑥为萍。

东风多事，余寒吹散，烘暖微酲(chéng)⑦。看尽一帘红雨⑧，为谁亲系花铃⑨。

[注释]

①蜀弦：蜀琴，汉蜀郡司马相如所用的琴。相传相如工琴，故名。亦泛指蜀中所制的琴。

②秦柱：犹秦弦。古秦地（今陕西一带）的一种弦乐器。似瑟，传为秦蒙恬所造，故名。

③关情：动情。

④云屏：有云形彩绘的屏风，或用云母作装饰的屏风。

⑤轻翎：蝴蝶。

⑥弱絮：轻柔的柳絮。

⑦微酲：微醉。

⑧红雨：红色的雨，比喻落花。

⑨花铃：指用以惊吓鸟雀的护花铃。

[词解]

这首词写暮春之景和伤春之情：春日寂寂，百无聊赖，美好动听的琴瑟之声也引不起激动的情感，整日都掩上屏风独自忧伤。面前蝴蝶已经褪粉，柳絮也飘落水中，已是春事消歇了。尽管春日东风温煦，吹散了余寒，暖意融融令人陶醉，然而也摧残花落。唉！看那花瓣随风飘落，当初的护花铃恐怕已经没有用处了。

山花子

林下①荒苔道韫(yùn)②家，生怜③玉骨④委尘沙。愁向风前无处说，数归鸦。

半世浮萍随逝水，一宵冷雨葬名花⑤。魂是柳绵吹欲碎，绕天涯。

[注释]

①林下：幽僻之境，引申为退隐或退隐之处。

②道韫：谢道韫，东晋诗人，谢安侄女，王凝之之妻。以一句“未若柳絮因风起”咏雪而闻名，后世因而称女子的诗才为“咏絮才”。

③生怜：可怜。

④玉骨：清瘦秀丽的身架，多形容女子的体态。

⑤名花：名贵的花，同名花一样的美人。

［词解］

这首词饱含伤悼之意，概为亡妻而做：林下那僻静之地本是谢道韫的家，如今已是荒苔遍地，可怜那美丽的身影被埋在了一片荒沙之中。这生死离愁无处诉说，只能抬头尽数黄昏归来的乌鸦。半生的命运就如随水漂流的浮萍一样，无情的冷雨，一夜之间便把名花都摧残了。那一缕芳魂是否化为柳絮，终日在天涯飘荡！

又

风絮①飘残已化萍，泥莲②刚倩③藕(ǒu)丝萦④。珍重别拈(niān)⑤香一瓣，记前生。

人到情多情转薄，而今真个悔多情。又到断肠回首处，泪偷零。

不忍别离

情到浓时，不忍别离，何况天人永隔？纳兰痛失爱妻，彷徨无度，只得每日在梦中与妻相见，尽诉相思之苦，离别之痛。当初心安理得地享受各种美好时光，连妻的面容都未仔细端详，现在生怕妻子离去太久，不记得她的面容。情之深切，可见一斑。

［注释］

①风絮：随风飘落的絮花，多指柳絮。

②泥莲：指荷塘中的莲花。

③倩：请，恳请。

④萦：萦绕，缠绕。

⑤拈：用手指搓捏或拿东西。

［词解］

从“记前生”句来看，这首词是怀念亡妻之作：柳絮飘落水中化为点点浮萍，池中的莲花被藕丝缠绕。分别之时手中握着一片芳香的花瓣，道声珍重，记取前生。人若太过多情，情就会变得淡薄，如今终于知道这个道理，于是后悔自己太多情。又来到让人断肠的离别之处，无限伤情，泪水也暗自滑落。

又

欲话心情梦已阑(lán)[1]，镜中依约[2]见春山[3]。方悔从前真草草，等闲看。

环佩(pèi)[4]只应归月下，钿(diàn)钗[5]何意寄人间。多少滴残红蜡泪，几时干？

［注释］

①阑：残，尽。

②依约：仿佛，隐约。

③春山：春日的山，亦指春日山中，春日山色黛青因喻指妇人姣好的眉毛，进而代指美女。

④环佩：古人衣带所佩的环形玉佩，妇女的饰物。

⑤钿钗：金花、金钗等妇女首饰，借指妇女。

［词解］

这首小令抒写对亡妻的思念：梦已尽，她那可爱的面庞和身影仿佛重映在了镜中，依稀可见。当初伊人在时没有认真看过她美丽的容貌，现在真的悔不当初。而今她早已逝去，归于如梦一般的月下之境。她的遗物依旧留在了人间，然而物是人非，更令人悲痛难堪。睹物思人，泪蜡不干，就如同我想念你的眼泪一般。

又

小立红桥柳半垂，越罗[1]裙飏(yáng)缕金衣[2]。采得石榴[3]双叶子，欲贻谁？

便是有情当落日，只应无伴送斜晖(huī)。寄语东风休着力[4]，不禁吹。

［注释］

①越罗：越地所产的丝织品，以轻柔精致著称。

②缕金衣：绣有金丝的衣服。

③石榴：石榴树。亦指所开的花和所结的果实。

④着力：用力、尽力。

［词解］

这首词写的是女子伤春的情态：她在红桥垂柳畔伫立，风儿吹动罗衣，衣袂飘飘。伸手将石榴的叶子采下两片，可是又该把它送给何人呢？纵使心中万种情，也只能独自一人空对斜阳。那东风啊，请不要吹得太过用力，风中的人儿已禁受不起了。

又

一霎①灯前醉不醒，恨如春梦②畏分明。淡月淡云窗外雨，一声声。

人到情多情转薄，而今真个不多情。又听鹧鸪(zhè gū)③啼遍了，短长亭。

［注释］

①一霎：谓时间极短。顷刻之间，一下子。

②春梦：春夜的梦。比喻转瞬即逝的好景，也比喻不能实现的愿望。

③鹧鸪：鸟名。体形似雷鸟而稍小，头顶紫红色，嘴尖，红色，脚短，亦呈红色。

［词解］

这首词写离恨：孤灯之前，一下子沉醉不醒，又怕醉中梦境与现实分割开来。窗外有舒云淡月，细雨声声。人说若太多情，情谊就会变得淡薄，而现在我已经真的不再多情了。可是，窗外又传来鹧鸪啼鸣之声，不知那送别的短亭长亭之处是否有人驻足倾听？

又

昨夜浓香分外宜，天将妍(yán)暖①护双栖(qī)②，桦烛③影微红玉④软，燕钗⑤垂。

几为愁多翻自笑，那逢欢极却含啼[6]。央及[7]莲花[8]清漏[9]滴，莫相催。

［注释］

①妍暖：谓晴朗暖和。

②双栖：飞禽雌雄共同栖止，比喻夫妻共处。

③桦烛：用桦木皮卷蜡做成的烛。

④红玉：红色宝玉，古常以比喻美人的肤色。

⑤燕钗：旧时妇女别在发髻上的一种燕子形的钗。

⑥含啼：犹含悲。

⑦央及：请求，央告。

⑧莲花：莲花漏，古代的一种计时器。

⑨清漏：清晰的滴漏声，古代以漏壶滴漏计时。

［词解］

这首词追忆与恋人欢度良宵的情景：那天夜里，天气晴好，浓香缭绕，分外宜人，你我双栖双宿。烛光下，你花颜云鬓，不胜美丽。刚笑自己多愁善感，相逢时又喜极而泣。莲花漏声声清脆，良宵苦短，请你莫要催促我离去！

青衫湿

悼亡

近来无限伤心事，谁与话长更？从教[1]分付[2]，绿窗红泪[3]，早雁初莺。

当时领略[4]，而今断送，总负多情。忽疑君到，漆(qī)灯[5]风飐(zhǎn)[6]，痴数春星。

［注释］

①从教：听任，任凭。

②分付：同“吩咐”。

③红泪：指伤离或死别的眼泪。晋王嘉

满腔心事凭谁诉

妻子不在，纳兰心中哀恸。满腔心事无处可诉，没有妻子在身边，辜负这大好春光，莺声燕语。喜怒哀乐再也无人可以分享。

《拾遗记·魏》："文帝所爱美人，姓薛名灵芸，常山人也……灵芸闻别父母，歔欷累日，泪下沾衣。至升车就路之时，以玉唾壶承泪，壶则红色。既发常山，及至京师，壶中泪凝如血。"

④领略：欣赏，晓悟。

⑤漆灯：灯明亮如漆谓之"漆灯"。

⑥风飐：风吹。

[词解]

这首词抒发对亡妻深切怀念的痴情：近来我有很多的心事，你不在了，我要向谁诉说？一切都听凭安排，绿窗之下的离别之泪，春天里的莺歌燕语。这一切都曾经领略过，如今却一去不返，空负这一片痴情。恍惚之间仿佛感受到你来到我的身边，在风中的烛光下默默地数着春夜里的繁星。

青衫湿遍

悼亡

（按此调谱律不载，疑亦自度曲）

青衫湿遍，凭伊慰我，忍便相忘。半月前头扶病①，剪刀声、犹共银釭(gāng)②。忆生来、小胆怯(qiè)空房。到而今、独伴梨花影，冷冥(míng)冥、尽意凄凉。愿指魂兮识路，教寻梦也回廊③。

咫尺玉钩斜④路，一般消受，蔓(màn)草⑤残阳。判把长眠滴醒，和清泪⑥、搅入椒(jiāo)浆⑦。怕幽泉⑧、还为我神伤。道书生薄命宜将息⑨，再休耽、怨粉愁香。料得重圆密誓，难禁寸裂⑩柔肠。

[注释]

①扶病：带病行动。

②银釭：银白色的灯盏、烛台。

③回廊：曲折环绕的走廊。

④玉钩斜：古代著名游宴地。在今江苏江都，相传为隋炀帝葬宫人处，后泛指葬宫人处。

⑤蔓草：爬蔓的草。

⑥清泪：眼泪。宋曾巩《秋夜》诗："清泪昏我眼，沉忧回我肠。"

⑦椒浆：以椒浸制的酒浆，古代多用以祭神。《楚辞·九歌·东皇太一》："蕙肴蒸兮兰藉，奠桂酒兮椒浆。"

⑧幽泉：指阴间地府，借指死者。

⑨将息：调养休息，保养。

⑩寸裂：碎裂。

[词解]

这首词应为所有悼念亡妻之作的第一首，作于卢氏亡故半月之后：眼泪已经湿透了所有的衣服，我需要你的安慰，你怎么可以忍心将我忘记呢！你走半月以来我拖着愁病之躯，像你在时那样西窗剪烛。我生来胆小，害怕一个人独守空房，到如今却只有梨树花影相伴，冷冷清清，受尽凄凉。希望你的魂魄能认识回家的路，到梦中与我相聚。你已长眠地下，即使坟冢近在咫尺，芳魂却无处找寻，只有斜阳中荒草遍野的荒凉。夜里在哭泣中醒来，就让我用这和着眼泪的浊酒来祭奠已逝的你吧。却又害怕你在黄泉之下还要因此为我伤心难过。劝慰我要好好保重，不要再沉迷于往日的浓情蜜意。那些海誓山盟的旧梦难圆，回想起来只能让人肝肠寸断。

[词评]

道光己丑（1829）夏五，余有骑省之戚，偶效纳兰容若为此，虽非宋贤遗谱，其音节有可述者。

——周之琦《怀梦词》

落花时

（按此调谱律不载，疑亦自度曲。一本作好花时）

夕阳谁唤下楼梯，一握香荑（tí）[1]。回头忍笑阶前立，总无语、也依依[2]。

笺书直恁无凭据[3]，休说相思。劝伊好向红窗醉，须莫及、落花时。

[注释]

①香荑：柔软而芳香的茅草嫩芽。荑，茅草的嫩芽。

②依依：美丽。

③笺书：信札，文书。直恁：犹言竟然如此。无凭据：不能凭信，难以料定。此句意为书信中的期约竟如此不足凭信，即谓误期爽约之意。

［词解］

这首词刻画恋人相会时的场景：夕阳中，谁把她从楼上唤出，手握一把香草。下得楼来，她却忍着笑意立在阶前，一语不发，尽管如此却依然美丽。信中相约却未如期而至，如今就不要再说什么相思了。劝你沉醉小窗，还没有到落花相见之时呢！

锦堂春

秋海棠[①]

帘际一痕轻绿，墙阴几簇(cù)低花。夜来微雨西风软，无力任攲斜[②]。

赏海棠

海棠花红艳妖娆，楚楚可怜，让人顿生怜惜。不独纳兰，苏轼也曾作诗："只恐夜深花睡去，故烧高烛照红妆。"怜爱之情，跃然纸上。

仿佛个人睡起，晕红[③]不著铅华[④]。天寒翠袖[⑤]添凄楚[⑥]，愁近欲栖(qī)鸦[⑦]。

［注释］

①秋海棠：多年生草本植物，叶背和叶柄带紫红色，花淡红色，供观赏。

②攲斜：歪斜不正。

③晕红：中心浓而四周渐淡的一团红色。

④铅华：妇女化妆用的铅粉。

⑤翠袖：青绿色衣袖，泛指女子的装束，这里指秋海棠的绿叶。

⑥凄楚：凄凉悲哀。

⑦栖鸦：乌鸦欲栖息时，指黄昏时候。

［词解］

这首词是吟咏秋海棠：珠帘外一缕淡淡的轻烟，墙阴处几簇矮矮的鲜花。昨夜秋风吹来一场细雨，花枝无力任凭风雨将她吹斜。那娇美的神态仿佛美人睡起之后脸上泛起的红色，不施粉黛却娇艳欲滴。寒风中那绿色的衣袖更为她平添了几许凄楚，在黄昏之中徒增无限清愁！

海棠春

落红片片浑如雾，不教更觅桃源路[1]。香径[2]晚风寒，月在花飞处。

蔷薇影暗空凝伫(zhù)[3]，任碧飐(zhǎn)[4]轻衫萦(yíng)住。惊起早栖(qī)鸦，飞过秋千去。

［注释］

①桃源路：桃源，即桃花源。晋陶渊明在《桃花源记》中描写了一个与世隔绝、安居乐业的好地方，用以比喻不受外界影响的地方或理想中的美好地方。

②香径：花间小路，或指满地落花的小路。

③蔷薇：落叶灌木。有单瓣、复瓣之别，色有红、粉红、白、黄等多种，很美丽，初夏开放。凝伫：凝望伫立，停滞不动。

④飐：颤动，摇动。

［词解］

这首词勾画月夜下孤清寂寞的情景：春风吹过，落花纷纷，如烟似雾，叫人禁不住要去寻觅那世外桃源。花间小径，晚风伴着轻寒，将花瓣吹到月光底下。墙壁上蔷薇的倩影里，有人默默地伫立凝望着眼前的一切，任凭风吹衣袂，花瓣萦绕。清风惊起早醒的晨鸦，使得它们扇动着翅膀飞过秋千去了。

河渎神

风紧雁行高，无边落木萧萧[1]。楚天魂梦与香消，青山暮暮朝朝[2]。

断续凉云[3]来一缕，飘堕几丝灵雨[4]。今夜冷红[5]浦溆[6]，鸳鸯栖向何处？

[注释]

①“无边”句：描绘深秋的景色，化用杜甫《登高》：“无边落木萧萧下，不尽长江滚滚来。”

②“楚天”二句：《文选·宋玉〈高唐赋〉序》云：“昔者楚襄王与宋玉游于云梦之台，望高唐之观，其上独有云气，崪兮直上，忽兮改容，须臾之间，变化无穷。王问玉曰：‘此何气也？’玉对曰：‘所谓朝云者也。’王曰：‘何谓朝云？’玉曰：‘昔者先王尝游高唐，怠而昼寝，梦见一妇人，曰：‘妾，巫山之女也，为高唐之客。闻君游高唐，愿荐枕席。’王因幸之，去而辞曰：‘妾在巫山之阳，高丘之岨，旦为朝云，暮为行雨，朝朝暮暮，阳台之下。’旦朝视之，如言，故为立庙，号曰朝云。”后来在诗文中便以此作为男女情事的常用之典。楚天，古代楚国，在今长江中下游一带，位居南方，所以泛指南方天空为楚天。

③凉云：阴凉的云。

④灵雨：好雨。《诗经·鄘风·定之方中》：“灵雨既零，命彼倌人。星言夙驾，说于桑田。”郑玄笺：“灵，善也。”

⑤红：指水草，一名“水荭”。

⑥浦溆：水滨，水边。唐杨炯《青苔赋》：“桂舟横兮兰枻触，浦溆澶回兮心断续。”

[词解]

这首词表达相思之情：西风卷地，落叶无边。你我之情如同楚天云雨般，朝朝暮暮。凉云飘过，灵雨几丝，秋已深，夜已深，水边红草萋萋，寒意袭人，不知那鸳鸯又栖息何处，那爱人又身在何处？

相思令人病

“为伊消得人憔悴，衣带渐宽终不悔。”相思令人病，见秋月伤怀，听落叶寂寥，望灯火摇曳，凝屏风起伏。

又

凉月①转雕阑(lán)②，萧萧木叶声干③。银灯飘落琐窗④闲，枕屏⑤几叠秋山。

朔风⑥吹透青缣(jiān)⑦被，药炉火暖初沸。清漏⑧沉沉无寐(mèi)，为伊判得憔悴。

[注释]

①凉月：秋月。
②雕阑：雕栏，华美的栏杆。
③干：形容声音清脆。
④琐窗：亦作“琐牕”。镂刻有花纹图案的窗棂。
⑤枕屏：枕前的屏风。
⑥朔风：北风。
⑦青缣：青色织绢。
⑧清漏：清晰的滴漏声。古代以漏壶滴漏计时。

[词解]

这首词书写相思之苦：秋月转过了雕栏，窗外传来的是萧萧的清脆的落叶之声。灯光在窗边摇曳，枕前的屏风如山峦起伏。北风吹透了锦被，寒意顿生，药在炉上沸腾。漏声清晰地回响在耳畔，对你的思念即使让我憔悴，也无怨无悔。

太常引

自题小照

西风乍起峭(qiào)寒①生，惊雁②避移营③。千里暮云平，休回首、长亭短亭。

无穷山色，无边往事，一例冷清清。试倩玉箫④声，唤千古、英雄梦醒。

[注释]

①峭寒：料峭的寒意。形容微寒。
②惊雁：犹言惊弓之鸟。
③移营：转移营地。
④玉箫：玉制的箫或箫的美称。

[词解]

这是一首题写在画像上的小令：上阕写塞上之景，秋风吹起，寒意顿生，惊雁移营。蓦然回首，千里暮云之下长亭接着短亭。下阕婉转抒情，无穷的山色，无尽的往事都沉浸在这冷冷清清的秋意之中。谁来吹起箫声唤醒英雄旧梦！

又

晚来风起撼(hàn)花铃①，人在碧山亭。愁里不堪(kān)听，那更杂、泉声雨声。

无凭②踪迹，无聊心绪，谁说与多情。梦也不分明，又何必、催教梦醒。

[注释]

①花铃：护花铃。用以惊吓鸟雀，保护花草。

②无凭：无所凭据，即无法寻找。

[词解]

这首词抒发词人的无聊心绪：夜来风起摇动了护花铃，铃声传入伫立在碧山亭里的人耳中。忧愁的人如何能听得这声音，更何况还夹杂了泉声雨声。知我者已经踪迹全无，难以寻觅，还有谁能听我述说衷情。不甚分明的梦境或可宽解，但恼人的声响又催人梦醒。

[词评]

“梦也不分明。又何必催教梦醒。”亦颇凄警。

——陈廷焯《白雨斋词话》

缠绵往复。

——张德瀛《词征》

四和香

麦浪翻晴风飐(zhǎn)①柳，已过伤春②候。因甚为他成僝僽(chán)③？毕竟是、春拖逗④。

红药⑤阑边携(xié)素手⑥，暖语浓于酒。盼到园花铺似绣，却更比、春前瘦。

[注释]

①飐：风吹物使其颤动摇曳。

②伤春：因春天到来而引起忧、苦闷。
③僝僽：烦恼，忧愁。
④拖逗：挑逗，勾引，引诱。
⑤红药：红芍药。
⑥素手：洁白的手，多形容女子之手。

［词解］

夏至春归，伤春的时节已经过了，而他还在因为什么烦恼？原来是伤春意绪仍在，春愁挑逗。记得当年在芍药花下牵你的手，那耳畔暖语更胜美酒。好不容易盼到了繁花似锦的时候，可如今孤独的人却更加憔悴、消瘦。

添字采桑子

（按此调词律不载，词谱有促拍采桑子，字同句异。一本作采花。）

闲愁似与斜阳约，红点苍苔①，蛱(jiá)蝶②飞回。又是梧桐新绿影，上阶来。

天涯望处音尘③断，花谢花开，懊恼离怀。空压钿筐④金缕绣，合欢鞋。

［注释］

①苍苔：青色苔藓。
②蛱蝶：蛱蝶科的一种蝴蝶，翅膀呈赤黄色，有黑色纹饰。
③音尘：音信，消息。
④钿筐：镶嵌金、银、玉、贝等物的筐。

［词解］

这首词写离愁：愁情仿佛是与夕阳有约，正当愁绪满怀之时，偏又逢夕阳西下，看那蛱蝶飞来落在了苍苔之上，点点红色，梧桐树的绿荫再次映上了台阶。花开花谢，望断天涯却音信全无，怎不让人懊恼满怀？开启螺钿筐，只剩下一双金缕绣织的鞋子，而鞋子的主人却不在身边了。

荷叶杯

帘卷落花如雪，烟月[1]。谁在小红亭？玉钗(chāi)[2]敲竹乍闻声，风影[3]略分明。

化作彩云飞去，何处？不隔枕函[4]边，一声将息[5]晓寒天，肠断又今年。

[注释]

①烟月：云雾笼罩的月亮，朦胧的月色。

②玉钗：玉制的钗。由两股合成，燕形。

③风影：随风晃动的物影。

④枕函：中间可以藏物的枕头。

⑤将息：调养休息，保养，这里是珍重、保重的意思。

[词解]

上阕写幻象：在落花如雪的月夜里，朦胧中是谁伫立在小红亭里，俄而传来几声玉钗敲竹般的声响，看去她身影历历，伫立风中。下阕由奇想转回到现实：那身影蓦然化作彩云飞逝，要飞往何处？一切如梦如幻。然而与她在枕边的情义总是无法隔断，难以忘情的，道一声珍重，又将天明，断肠人又要在愁苦中度过一年。

又

知己一人谁是？已矣。赢得误他生。有情终古似无情，别语悔分明。

莫道芳时易度，朝暮。珍重好花天[1]。为伊指点再来缘[2]，疏雨洗遗钿[3]。

[注释]

①好花天：指美好的花开季节。

②再来缘：下世的姻缘，来生的姻缘。

③钿：指用金、银、玉、贝等镶饰的饰物。此代指亡妇的遗物。

[词解]

这首词为怀念亡妻而作：谁是那唯一的知己？可惜已经离我而去，只有来世再续前缘。多情自古以来都好似无情，这种境况无论醉醒都是如此。朝朝暮暮，如烟似雾，那大好的春色不要白白错过。雨中拿着你的遗物睹物思人，但愿能来世相见。

来世再续缘

纳兰对爱情执著不渝，他与妻子卢氏缱绻情深，一夕凤凰离散，独留他一人在世间，自然心痛不已。唯愿来世相见，再续前缘。

寻芳草

萧寺①记梦

客夜怎生②过？梦相伴、绮窗吟和③。薄嗔佯笑④道，若不是恁凄凉，肯来么？

来去苦匆匆，准拟⑤待、晓钟⑥敲破。乍偎人、一闪灯花⑦堕，却对着琉璃火⑧。

[注释]

①萧寺：佛寺。唐李肇《唐国史补》卷中：“梁武帝造寺，令萧子云飞白大书‘萧’字，至今一‘萧’字存焉。”后因称佛寺为“萧寺”。

②怎生：怎样，怎么。

③吟和：吟诗唱和。

④薄嗔、佯笑：假意嗔怒、故作嗔怪。

⑤准拟：料想，打算，希望。

⑥晓钟：报晓的钟声。

⑦灯花：灯芯燃烧时结成的花状物。

⑧琉璃火：此指琉璃灯，用玻璃制作的油灯，多用于寺庙中。

[词解]

这首词为记梦之作，表达对恋人的怨离之情：这客宿山寺之夜要如何度过？梦里与伊人相会，诗词唱和，故作嗔怪地说：“如果不是太过凄凉冷清，你肯过来陪我吗？”可惜好梦不长，来去匆匆，晓钟敲破晨霭，忽而梦断，灯花坠落，自己却空对着琉璃灯，令人不胜怅惘。

［词评］

在轻倩的格调后面隐藏着变征之音，使旖旎温馨归于惨淡。这一点，又大大不同于柳永。

——黄天骥《纳兰性德和他的词》

菊花新

用韵送张见阳令江华[1]

愁绝[2]行人天易暮，行向鹧鸪(zhè gū)声里[3]住，渺(miǎo)渺洞庭波，木叶下、楚天何处？

折残杨柳应无数，趁离亭笛声吹度。有几个征鸿[4]，相伴也、送君南去。

［注释］

①江华：汉置冯乘县，唐置江华县，改曰“云溪”，寻复故，唐初置县在五保之地，神龙初迁于寒亭北阳华岩之江南，故名“江华”，在今湖南江华东南，现为瑶族自治县。

②愁绝：极度忧愁。

③鹧鸪声里：鹧鸪声含有惜别之意，同时指张见阳将去的江华之地，地在西南方，故云。

④征鸿：征雁。

［词解］

这首词为送别之作：你就要赴任到遥远的江华，此刻送行为之生愁添恨，而天色也仿佛变得晦暗迷蒙了。故人将去的江华，此时也正是秋色凄凉，令人惆怅。依依难舍，杨柳折断了无数次，本应趁着长亭离宴上的笛声作别，却仍不忍分手离去。天空飞过几只征雁，就让它们陪你远行，与你做伴吧。

南歌子

翠袖凝寒[1]薄，帘衣[2]入夜空。病容扶起月明中，惹

得一丝残篆(zhuàn)[3]、旧熏笼。

暗觉欢期过，遥知别恨同。疏花已是不禁风，那更夜深清露[4]、湿愁红[5]。

［注释］

①凝寒：严寒。《文选·刘桢〈赠从弟诗之二〉》："岂不罹凝寒，松柏有本性。"李善注："凝，严也。"

②帘衣：帘幕。《南史·夏侯亶传》："（亶）晚年颇好音乐，有妓妾十数人，并无被服姿容，每有客，常隔帘奏之，时谓帘为夏侯妓衣。"后因谓帘幕为"帘衣"。

③残篆：指点燃的"篆"字形的香将要燃尽。

④清露：洁净的露水。

⑤愁红：谓经风雨摧残的花，亦以喻女子的愁容。

［词解］

这首词写离愁别恨：夜幕降临，帘幕里空空寂寂，他不在身旁，不免感到严寒凄冷。明月之下，支撑起这多病之躯，惹得将尽的残香烟雾缭绕。心里明白约定的欢会之日已过，想必你也跟我一样离恨难销。人已经病容满面，弱不禁风了，哪里还禁得起这夜来的愁苦相思呢！

又

暖护樱桃[1]蕊，寒翻蛱(jiá)蝶翎[2]。东风吹绿渐冥冥[3]，不信一生憔悴、伴啼莺。

素影[4]飘残月，香丝[5]拂绮(qǐ)棂[6]。百花迢递[7]玉钗(chāi)声，索向[8]绿窗[9]寻梦、寄余生。

［注释］

①樱桃：樱桃属的乔木和灌木。

②翎：翎毛，鸟翅和尾上的长羽毛。这里指翅膀。

③冥冥：形容高远、深远，此处谓绿荫渐渐浓密。

④素影：月影。唐杜审言《和康五庭芝望月有怀》："雾濯清辉苦，风飘素影寒。"

⑤香丝：指柳条，又指美人的头发。

春愁渐生

春色如许，明媚温暖，鲜花吐蕊，蝴蝶翩跹，莺啼婉转。柳条吹动，牵起女子心头愁绪，丝丝缕缕，散落在百花丛中。

⑥绮棂：饰有花纹的窗棂。

⑦迢递：连绵不绝。唐杨巨源《送绛州卢使君》诗："朱栏迢递因高胜，粉堞清明欲下迟。"

⑧索向：须向，该向。

⑨绿窗：绿色纱窗，代指女子所居之处。

[词解]

春暖花开，樱桃花蕊初绽，和暖的春风仿佛在围护着它，而翻飞的蝴蝶犹带着寒意。东风吹着柳丝，春意渐浓，愁亦渐生，不信平生都只能在莺啼中度过。一弯残月升起，几许柳丝拂动。百花丛中不断传来玉钗声，那声声传情，恍如隔世，遁入梦中。

又

古戍①

古戍饥乌②集，荒城③野雉④飞。何年劫火⑤剩残灰？试看英雄碧血⑥，满龙堆⑦。

玉帐⑧空分垒，金笳(jiā)⑨已罢吹。东风回首尽成非，不道兴亡⑩命也，岂人为！

[注释]

①古戍：边疆古老的城堡、营垒。

②饥乌：饥饿的乌鸦。

③荒城：荒凉的古城。

④野雉：野鸡。

⑤劫火：亦作"刦火""刼火""刧火"，佛教语，谓坏劫之末所起的大火，后亦借指兵火。

⑥碧血：为正义死难而流的血，烈士的血。

⑦龙堆：白龙堆的略称，古西域沙丘名，此处谓沙漠。

⑧玉帐：主帅所居的帐幕，取如玉之坚的意思。

⑨金笳：胡笳的美称，古代北方民族常用的一种管乐器。

⑩兴亡：兴盛与衰亡。

［词解］

古老的营垒，成了乌鸦聚集之地，荒凉的城堡中野鸡恣意飞舞。这是什么时候的战火留下来的遗迹，曾经骁勇善战的英雄们，他们的碧血丹心如今都被沙漠淹没了。主帅的帐篷，曾经的胡笳，如今都已作古。千年悲叹，回首相望，古今多少是非，说来兴亡都是天定，岂是人为！

秋千索

（按此调词谱不载，或亦自度曲。一本作拨香灰）

药阑(lán)①携(xié)手②销魂③侣，争④不记、看承⑤人处。除向东风诉此情，奈⑥竟日⑦、春无绪。

悠扬⑧扑尽风前絮(xù)，又百五⑨、韶光⑩难住。满地梨花似去年，却多了、廉纤雨⑪。

［注释］

①药阑：药栏，芍药之栏，泛指花栏。南朝梁庾肩吾《和竹斋》：“向岭分花径，随阶转药栏。”

②携手：手拉手。

③销魂：形容伤感或欢乐到极点，若魂魄离散躯壳，也作“消魂”。

④争：怎么。

⑤看承：看待，对待。宋黄庭坚《归田乐引》词：“看承幸厮勾，又是尊前眉峰皱。”

⑥奈：无奈，怎奈。

⑦竟日：终日，从早到晚。

⑧悠扬：飘扬。

⑨百五：寒食日。在冬至后的一百零五天，故名。

⑩韶光：美好的时光，多指美丽的春光。

⑪廉纤雨：细微之雨，毛毛细雨。廉纤，细小，细微。

［词解］

这首词是怀思恋人之作：记得当年曾拉着你的手，漫步在园亭中的芍药栏畔。当时特意相迎相会的情景怎能不记得呢！如今，除了向东风诉说我的衷情之外便无知己，即使面对这满园的春色，我也终日无语。飘飞的柳絮、满地的梨花依然如昔，但伊人却踪影难觅。寒食日又过去了，美好的时光总是如此短暂，看落花满地与去年无异，只是如今更多了几许愁雨，怎不叫人怆然。

［词人逸事］

纳兰性德把自己的别墅命名为“渌水亭”，一是因为有水，更是以慕水之德自比。并把自己的著作也题为《渌水亭杂识》。词人取流水清澈、澹泊、涵远之意，以水为友、以水为伴，在此疗养、休闲、作诗填词、研读经史、著书立说，并邀客燕集，雅会诗书——一个地道的文化沙龙。渌水亭畔都是他的足迹，亲人、朋友、知己、爱侣，无不在这里为他留下过美好的回忆。然而在物是人非之后，这些美好的回忆更让人不堪回首。所以，对纳兰性德来说，渌水亭既是他人生的乐土，又是其悲伤的根源，同样也是他创作的源泉，在此地纳兰性德留下了许多感人至深的千古佳作。

又

游丝①断续东风弱，浑无语、半垂帘幕。茜(qiàn)袖②谁招曲栏③边，弄一缕、秋千索④。

惜花人共残春薄，春欲尽、纤腰⑤如削。新月才堪照独愁，却又照、梨花落。

［注释］

①游丝：指飘浮在空中的蛛丝。

②茜袖：女子的红色衣袖，指美女。

③曲栏：曲折的栏杆。

④秋千索：指秋千的绳索。索，绳索。

⑤纤腰：细腰。

［词解］

这首词为抚今忆昔、触景伤情之作：春风中的游丝断断续续飘来荡去，屋檐下，帘幕半垂，悄无声息。曲折的栏杆边那穿着红色裙衫的女子，正戏玩着秋千。

春日将残，惜春不及，留春不住，伤春不已。一弯新月照着独自伤怀的人，又将光影移到散落满地的梨花之上，怎不叫人愈加憔悴。

愁随春风

梨花院落溶溶月，柳絮池塘淡淡风。春愁浅淡，但又无处不在，秋千架下往昔活泼游荡的女孩子早已不见，只留空空的秋千在风中摇荡。满地梨花在月光照耀下，更加洁白惨淡。

又

渌水亭春望

垆(lú)边唤(huán)酒双鬟①亚②，春已到、卖花帘下。一道香尘③碎绿蘋④，看白袷⑤、亲调马⑥。

烟丝宛宛⑦愁萦挂⑧，剩几笔、晚晴⑨图画。半枕芙蕖⑩压浪眠，教费尽⑪、莺儿⑫语。

［注释］

①双鬟：古代年轻女子的两个环形发髻，借指少女或婢女。

②亚：通“压”，低垂之貌。

③香尘：芳香之尘，多指因女子步履而起者。此处指湖水中浮游的水禽划破水面。

④绿蘋：绿萍，浮萍。

⑤白袷：白色夹衣，旧时平民的服装，亦借指无功名的士人。

⑥调马：驯练马匹。

⑦宛宛：迟回缠绵的样子。

⑧萦挂：牵挂。

⑨晚晴：谓傍晚晴朗的天色。

⑩芙蕖：荷花。此处指绣有荷花的枕头。

⑪费尽：用尽。

⑫莺儿：黄莺。

［词解］

这首词描绘春景：春回人间，放眼望去，看到双鬟低垂的少女在酒垆边买酒。

卖花人的帘下已经鲜花盛开，春意盎然。那身穿白衣的人，正在亲自驯马，飞驰而过的尘土搅碎了一池的浮萍。香烟袅袅，牵挂悠悠，不若将这傍晚晴朗的美景画下。半枕着绣着荷花的枕头入眠，即使黄鹂再叫也不要去管它。

又

锦帷(wéi)[1]初卷蝉云绕，却待要、起来还早。不成薄睡倚香篝(gōu)[2]，一缕缕、残烟袅(niǎo)。

绿阴满地红阑(lán)悄，更添与、催归啼鸟[3]。可怜春去又经时[4]，只莫被、人知了。

［注释］

①锦帷：锦帐。

②香篝：熏笼。

③催归啼鸟：指杜鹃鸟。

④经时：历久。

［词解］

这首词为伤春之作：初睡醒来，头发松散，蝉鬓形的发式像乌云一样盘绕着。要起床却看天色尚早，连微睡也不成，只好倚着熏笼看袅袅残烟升起。绿肥红瘦，春事悄歇，子规鸟又开始啼叫了，原来春光已经离去了许久，只是闺中终日愁苦的人没有发觉而已。

浪淘沙

秋思

霜讯[1]下银塘[2]，并作新凉。奈他青女[3]忒轻狂[4]。端正一枝荷叶盖，护了鸳鸯。

燕子要还乡，惜别雕(diāo)梁[5]。更无人处倚(yǐ)斜阳。还是薄情[6]还是恨，仔细思量。

［注释］

①霜讯：霜信，霜期来临的消息。

②银塘：清澈明净的池塘。

③青女：传说中掌管霜雪的女神。此处指冷风。

④轻狂：放浪轻浮。

⑤雕梁：刻绘文采的屋梁。

⑥薄情：不念情义，多用于男女之间的情爱。

［词解］

这首词写伤离之恨：深秋时节已到，霜华渐落，新凉乍起，冷风大作。荷叶下一对鸳鸯正在躲避寒风。燕子辞别画梁，飞往南方。独立夕阳下，看到此景此情，心中究竟是怨还是恨，令人迷惘，还要仔细思量。

又

望海

蜃阙(shèn què)①半模糊，踏浪惊呼。任将蠡(lí)测②笑江湖③。沐日光华还浴月，我欲乘桴(fú)④。

钓得六鳌(áo)⑤无？竿拂珊瑚⑥。桑田清浅问麻姑⑦。水气浮天天接水，那是蓬壶⑧？

［注释］

①蜃阙：蜃楼。古人谓蜃气变幻成的楼阁。

②蠡测：蠡酌，以瓠瓢测量海水。比喻见识短浅，以浅见量度人，“以蠡测海”的略语。

③笑江湖：《庄子 · 秋水》中，“秋水时至，百川灌河。河伯欣然自喜，以天下之美为尽在己”，后见到大海，则望洋兴叹云“吾长见笑于大方之家”。

④乘桴：乘坐竹木小筏。《论语》云：“道不行，乘桴浮于海。”

⑤六鳌：神话中负载五座仙山的六只大龟。相传渤海之东，有一深壑，中有岱舆、员峤、方壶、瀛洲、蓬莱五山，乃仙圣所居之地。然五山皆浮于海，常随潮波上下往还。《列子 · 汤问》：“帝恐流于西极，失群仙圣之居，乃命禺强使巨鳌十五，举首而戴之。迭为三番，六万岁一交焉。五山始峙而不动。而龙伯之国有大人，举足不盈数步而暨五山之所，一钓而连六鳌，合负而趣归其国，灼其骨以数焉。于是岱舆、员峤二山流于北极，沉于大海，仙圣之播迁者巨亿计。”

望海潮

人生不满百，何能与天地同寿？屹立海边，望苍茫大海，毫无际涯，只能感觉到个人的渺小、人生的短促。这沧海桑田，变幻莫测，传说中的蓬莱仙岛也杳无踪迹。

⑥珊瑚：许多珊瑚虫的骨骼聚集物，树状，供玩赏。

⑦麻姑：中国神话人物。东汉时应召降临蔡经家，能掷米成珠，相传在绛珠河畔以灵芝酿酒以备蟠桃会上为西王母祝寿，故旧时为妇女祝寿多绘麻姑像以赠，称“麻姑献寿”。

⑧蓬壶：蓬莱。古代传说中的海中仙山。晋王嘉《拾遗记·高辛》：“三壶则海中三山也。一曰方壶，则方丈也；二曰蓬壶，则蓬莱也；三曰瀛壶，则瀛洲也。形如壶器。”

[词解]

这首词用神话传说、历史故事来写望海的感受：站立在海边，远望那茫茫大海，那迷迷蒙蒙梦幻一般的境界，令人不由得惊呼。想起了古人所说的道理，任那浅薄无知者去嘲笑吧。大海沐浴了太阳四射的光芒，又好像给月亮洗了澡，我要乘着木筏到海上去看个分明。乘桴于海上垂钓，可曾钓得大鳌吗？其实那钓竿也只是轻拂珊瑚罢了。沧海桑田的巨变，只有麻姑知晓，要想知道这巨变，只有去问她了。看那水天一色，苍茫难辨，哪里才是传说中的蓬莱仙岛呢？

又

双燕又飞还，好景阑(lán)珊①。东风那惜②小眉弯③。芳草④绿波吹不尽，只隔遥山。

花雨⑤忆前番，粉泪⑥偷弹。倚(yǐ)楼谁与话春闲？数到今朝三月二⑦，梦见犹难。

[注释]

①阑珊：残，将尽。

②那惜：不顾惜，不管。

③小眉弯：皱眉。

④芳草：香草。

⑤花雨：落花如雨，形容彩花纷飞。

⑥粉泪：旧称“女子之泪”。

⑦三月二：古代“上巳”节。汉以前以农历三月上旬巳日为“上巳”，是游春之日，这天人们到水边洗濯、饮酒、欢聚等，以为驱邪避祸，消除不祥。故王季桥《上巳》诗：“曲水湔裙三月二。”

［词解］

这首词写闺怨离愁：春将尽，春景将残，双燕飞还，东风不顾那闺中女子的伤春意绪，直将芳草吹绿，让繁花零落，她又深情地怀念着远方的离人。想起当初落花缤纷时的情景，不禁潸然泪下。谁来排解她春日的寂寞无聊呢？明日即当欢会，却无法如期相约相见。

又

红影①湿幽窗，瘦尽②春光。雨余③花外却斜阳。谁见薄衫低髻(jì)子④？抱膝思量。

莫道不凄凉，早近持觞(shāng)⑤。暗思何事断人肠。曾是向他春梦里，瞥遇回廊⑥。

［注释］

①红影：指鲜花的影子。

②瘦尽：以人之清瘦比喻春日将尽。

③雨余：雨后。

④低髻子：低垂的发髻，指低垂着头。髻子，发髻。

⑤持觞：举杯。

⑥回廊：曲折环绕的走廊。

［词解］

这首词描写相思萦怀的幽独伤感：透过小窗望去，春雨打湿了红花，春光将尽。雨停了，却已是夕阳西下之时。谁看到她穿着单薄的衣衫，低垂着头，抱膝思量的孤独身影？把酒独酌，无限凄凉。曾像做梦一样地在回廊里与她相遇，怎不让我伤心断肠？

又

眉谱[1]待全删，别画秋山[2]，朝云[3]渐入有无间。莫笑生涯浑似梦，好梦原难。

红咮[4]啄花残，独自凭阑。月斜风起袷衣[5]单。消受春风都一例，若个[6]偏寒？

［注释］

①眉谱：古代女子画眉的图谱。

②秋山：秋天里的远山，常用来比喻女子的眉毛。

③朝云：早晨的云。亦指巫山神女名，战国时楚襄王游高唐，昼梦幸巫山之女。后好事者为立庙，号曰“朝云”，比喻男女情事。

④咮：鸟嘴。

⑤袷衣：两层的衣服。

⑥若个：哪个，何处。

［词解］

那供描眉时参看的眉谱可以全不要了，她又另外画出了如秋山般美丽的眉形，好像是笼罩着朝云的远山，脉脉含情。不要笑谈生涯如梦，好梦原本就很难得。鸟啄落花，春天将残，月夜独自凭栏，清风吹起，倍感单寒。在春风中相思怀远的人都是一样的，身寒、心寒，哪一个会更冷一些呢？

又

紫玉[1]拨寒灰[2]，心字[3]全非。疏帘[4]犹是隔年垂。半卷夕阳红雨[5]入，燕子来时。

回首碧云[6]西，多少心期[7]，短长亭外短长堤。百尺游丝千里梦，无限凄迷[8]。

［注释］

①紫玉：指紫玉钗。

②寒灰：犹死灰，灰烬。这里喻指心如死灰。《三国志·魏书·刘廙传》：“扬

扬止沸，使不燋烂，起烟於寒灰之上，生华於已之木。”

③心字：心字香，古人将盘香制成“心”字形。

④疏帘：指稀疏的竹织窗帘。

⑤红雨：红色的雨，比喻落花。

⑥碧云：青云，碧空中的云。

⑦心期：心愿，心意。

⑧凄迷：怅惘，迷惘。

［词解］

这首词写少妇于闺中寂寞无聊的伤春情节：用紫玉钗拨弄篆香的残灰，那“心”字的香形便消失了，竹帘仍像去年那样低垂。夕阳中燕子飞过时卷起落花，飘入香闺。回首远望青云处，盼离人归来，心中无限期许。却只看到远处长亭短堤杳无人迹。于是心思如游丝百尺，春梦万里，无限凄迷。

又

夜雨做成秋，恰上心头，教他珍重护风流①。端的②为谁添病也，更为谁羞？

密意③未曾休，密愿难酬。珠帘四卷月当楼。暗忆欢期④真似梦，梦也须留。

［注释］

①风流：风韵，多指美好的仪态。

②端的：究竟，到底。

③密意：隐秘的情意。

④欢期：佳期，欢聚的日子。

［词解］

上阕先写环境氛围，烘托无奈之心境，秋雨袭来，愁上心头，离别之时，互道珍重。究竟是为谁相思成疾，又是为谁害羞？下阕写她对离人的深怀眷念，相思之情未曾断绝，只是想见的心愿难以实现。明月升起，将楼阁四面的珠帘卷起。不由追忆往事，回味欢聚的快乐，如梦如真，叫人怅惘。

又

野店近荒城，砧杵(zhēn chǔ)①无声。月低霜重莫闲行②。过尽征鸿③书未寄，梦又难凭④。

身世等浮萍，病为愁成。寒宵⑤一片枕前冰。料得绮(qǐ)窗⑥孤睡觉，一倍关情⑦。

[注释]

①砧杵：捣衣石和棒槌，亦指捣衣。
②闲行：微行。此处为闲步之意。
③征鸿：远飞的大雁，即征雁。
④难凭：不可凭信。
⑤寒宵：寒夜。
⑥绮窗：雕刻或绘饰得很精美的窗户，代指闺人、思妇。
⑦关情：动心牵动情怀。

[词解]

这首词抒发的是相思相念之情：上阕描述野店孤寂，一片荒城，听不到思妇的捣衣之声。月夜相思，霜华凝重。虽然鸿雁过尽，然而书信未至，纵有好梦，仍是愁怀难遣。下阕写身世之感和孤独情怀，身世如同浮萍一般飘浮不定，愁苦成病。寒夜无眠，枕边一片冰冷凄清。料想此时闺中思妇也是孤枕独眠，更加伤情，加倍动情。

又

闷自剔(tī)残灯，暗雨空庭①。潇潇②已是不堪听。那更西风偏着意，做尽秋声③。

城柝(tuò)④已三更，欲睡还醒，薄寒中夜掩银屏⑤。曾染戒香⑥消俗念，莫又多情。

[注释]

①空庭：幽寂的庭院。

②潇潇：形容风雨急骤。

③秋声：秋天西风起而草木摇落，其肃杀之声令人生情动感，故古人将万木零落之声等称为“秋声”。

④城柝：城上巡夜敲的木梆声。柝，古代巡夜时敲击的木梆。

⑤银屏：装有银饰的屏风。

⑥戒香：佛家说戒时所燃之香。

［词解］

独坐灯前，秋夜空庭，风雨潇潇，已是令人愁闷，偏那西风又于此时送来了秋声，好像是专意要将愁人的烦恼加重。柝声传来，已是三更，身感寒凉袭人，遂将屏风紧掩。本来告诫自己要远离尘世烦恼，如今偏生又开始陷入情里不可自拔。

又

清镜①上朝云，宿篆(zhuàn)②犹薰。一春双袂(mèi)尽啼痕③，那更夜来山枕④侧，又梦归人。

花底病中身，懒约溅裙⑤。待寻闲事⑥度佳辰⑦，绣榻重开添几线，旧谱翻新。

遣离愁

春日早起，人却懒懒的没有精神，环视屋内，夜间的篆香还在散发着缕缕青烟。梦中景象犹在眼前，更让人无限伤怀。百般聊赖，只得给自己找一些事情来做，以排遣离愁。

［注释］

①清镜：明镜。

②宿篆：指夜来点燃的盘香。

③啼痕：泪痕。

④山枕：枕头。古代枕头多用木、瓷等制作而成，中凹两端突起，其形如山，故名。

⑤溅裙：典出《北齐书·窦泰传》。窦泰母有娠期而不产，大惧。有巫曰：“渡河湔裙，产子，必易。”泰母从之俄而生泰。后以“湔裙”“溅裙”谓妇女有孕至水边洗裙，分娩必易，一说可度厄辟灾。这里是溅裙人的意思，指情人或某女子。

⑥闲事：无关紧要的事。
⑦佳辰：良辰，吉日。

［词解］

这首词是借女子伤春伤离写作者的离恨：上阕由景而起，清晨，朝云映在明镜里，夜来焚烧的篆香还未燃尽。“一春”三句翻转折进，写梦里梦外无限伤怀，如此涉笔便更透彻、更动人。下阕写相思成病，百般聊赖。想寻求排遣无奈心情的方法，于是拿出以前的绣榻绣上一些新花样来消磨时光。

雨中花

送徐艺初①归无锡②

天外孤帆云外树，看又是春随人去。水驿③灯昏，关城④月落，不算凄凉处。

计程⑤应惜天涯暮，打叠⑥起伤心无数。中坐波涛⑦，眼前冷暖，多少人难语。

［注释］

①徐艺初：纳兰性德座师徐乾学之子，名树谷，字艺初，江苏无锡人，康熙进士。
②无锡：县名，今属江苏，因境内有无锡而得名。
③水驿：水路驿站。
④关城：关塞上的城堡。
⑤计程：计算路程。
⑥打叠：整理，准备，收拾。
⑦中坐波涛：此处指触犯朝纲。中坐，即中座，指星犯帝座。

［词解］

这是一首送别词：上阕由景写起，离别的时刻，看天外孤帆远影，云外天低树稀，顿觉春天也将伴随着你的离开而远去。从此征途漫漫，无限凄凉。下阕写情，计算行程，收拾心情。虽无意触犯朝纲，但看尽人间冷暖后，也不由得感叹：多少人有苦难诉啊！

［词人逸事］

康熙十一年（1672），徐乾学任顺天乡试考官，取纳兰性德为举人，因此徐乾学是他的“恩师”。这年，徐乾学与蔡启傅这两位纳兰性德的座师，也因科举选人不当，皆以“副傍未取汉军卷”的罪名被削职，降级调用。蔡启傅回归了故里浙江德清，徐乾学则回了老家江苏无锡。纳兰性德对两位座师之不幸深表同情，故本篇大约作于送座师的同时。他所赠虽为艺初，但艺初实为徐乾学之子，可见借题发挥之旨，词中既表达了对座师的同情和安慰，也流露出对自己前程的牢骚和不平。

又

楼上疏烟[1]楼下路，正招余、绿杨深处。奈卷地西风，惊回残梦[2]，几点打窗雨。

夜深雁掠东檐去。赤憎是、断魂砧杵（zhēn chǔ）[3]。算酌（zhuó）酒忘忧，梦阑酒醒，愁思知何许？

[注释]

①疏烟：谓香火冷落。

②残梦：谓零乱不全之梦。

③砧杵：捣衣石和棒槌，亦指捣衣。

[词解]

这首词写秋夜愁思：楼上香烟寥落，楼下大路上你正在绿杨深处召唤着我。怎奈一阵秋风吹来，几滴秋雨打在窗上，猛然醒来，才发现原来是一场梦。夜深了，有孤雁从屋檐上掠过。最令人生厌的是那使人断魂的捣衣之声，令人增愁添恨。本来要借酒消愁，谁知道酒醒之后却有如此多的愁思涌上心头呢？

于中好

离恨

背立盈盈[1]故作羞，手挼[2]梅蕊[3]打肩头。欲将离恨寻郎说，待得郎来恨却休。

云淡淡，水悠悠，一声横笛[4]锁空楼。何时共泛春溪月，断岸垂杨[5]一叶舟？

［注释］

①盈盈：形容举止、仪态美好。

②手挼：用手揉弄。

③梅蕊：梅花蓓蕾。

④横笛：笛子。即今七孔横吹之笛，与古笛之直吹者相对而言。

⑤垂杨：垂柳，古诗文中杨柳常通用。

［词解］

这首词是借闺中女子写离恨：记得往日幽会时，她娇嗔佯羞，手里捻着梅花，故意拍打我的肩头。如今想要将满腔离恨说给情郎听，等到情郎回来后，那恨自然又消失了。白云淡淡，春水悠悠，唯有笛声萦绕在空寂的楼阁中。什么时候才能和他一起共赏春溪的明月，一同在垂柳荫下共泛扁舟呢？

［词评］

性德词多用王彦泓诗中语，而每能化污为洁，转浊成清。其“手挼梅蕊打肩头”，即由“大将瓜子到肩头”出，然一雅致，一俗恶；一写闺中静好，一状楼头倡女，情趣高下，了然可见。性德偶有绮腻语，如“一晌偎人”云云，亦袭用前人而已，就其总体看，则有挚情而无滥欲，词品高华，固非彦泓可及。彦泓诗颇涉邪狎，境味尘下，少有佳章。余尝遍读其《疑雨》《疑云》，惟取其“阅世已知寒暖变，逢人真觉笑啼难”二句。

——赵秀亭《纳兰丛话》（续）

又

谁道阴山[1]行路难？风毛雨血[2]万人欢。松梢露点沾鹰绁，芦叶溪深没马鞍[3]。

依树歇，映林看。黄羊[4]高宴[5]簇金盘。萧萧一夕霜风[6]紧，却拥貂裘[7]怨早寒。

［注释］

①阴山：内蒙古自治区中部山脉，东西走向，包括狼山、乌拉山、色尔腾山、大青山等。

②风毛雨血：指狩猎时禽兽毛血纷飞的情状。

③马鞍：一种用包着皮革的木框做成的座位，内塞软物，形状做成适合骑者

臀部，前后均凸起。

④黄羊：因东汉阴识用黄羊祭祀灶神致富，后世即用以为典，表示祭灶的供品。

⑤高宴：盛大的宴会。

⑥霜风：刺骨寒风。

⑦貂裘：用貂的毛皮制作的衣服。

［词解］

这首词为塞上之作：谁说阴山道路艰难，让人犯愁，看那些狩猎的场面是多么令人欢欣鼓舞。松梢上的点点露水滴湿了衣裳，翱翔在高空里的鹰隼变得细小，潺潺的溪水和密密的芦苇淹没了马鞍。依靠着树休息，看着夕阳映林之景，夜幕初降，壮士们举杯欢宴庆祝狩猎成功。入夜，寒风四起，抱着貂裘埋怨为何塞外的天气这么早就开始寒冷了。

狩猎庆

同为草原男儿，纳兰也喜狩猎出征，并善骑射，常有所获。他常随康熙帝到塞外狩猎，在苍莽丛林中策马驱驰，尽显男儿英雄气概。

又

小构园林寂不哗(huá)，疏篱(lí)曲径仿山家①。昼长吟罢《风流子》②，忽听楸(qiū)枰③响碧纱。

添竹石④，伴烟霞。拟凭樽(zūn)酒⑤慰(wèi)年华。休嗟髀(bì)里今生肉⑥，努力春来自种花。

［注释］

①山家：山野人家。唐杜甫《从驿次草堂复至东屯茅屋》诗之二：“山家蒸栗暖，野饭射麋新。”

②《风流子》：原唐教坊曲名，后用为词牌。分单调、双调两体。单调三十四字，仄韵。

③楸枰：棋盘，古时多用楸木制作，故名。唐温庭筠《观棋》诗：“闲对楸枰倾一壶，黄华坪上几成卢。”

④竹石：竹与石。

⑤樽酒：犹杯酒。

⑥髀里今生肉：因为长久不骑马，大腿上的肉又长起来了。形容长久过着安逸舒适的生活，无所作为。语出《三国志·蜀书·先主传》裴松之注引晋司马彪《九州春秋》：“备曰：‘吾长身不离鞍，髀肉皆消。今不复骑，髀里肉生。’”

[词解]

这首词描绘的是隐士的生活和情趣：园林静寂，曲径疏篱，来到这世外的山野之家。与主人吟诗对弈，生活好不安闲惬意。再加以竹石和烟霞相伴，把酒当歌可谓人间极乐了。所以不要在那里叹老嗟卑，自寻苦恼，等春天来的时候亲手种花植草，这样的日子岂不安闲快活，羡煞旁人！

又

独背残阳上小楼，谁家玉笛①韵偏幽。一行白雁②遥天暮，几点黄花满地秋。

惊节序，叹沉浮，秾（nóng）华③如梦水东流。人间所事堪惆怅，莫向横塘④问旧游⑤。

[注释]

①玉笛：玉制的笛子，笛子的美称，指笛声。

②白雁：候鸟。体色纯白，似雁而小。

③秾华：指女子青春美貌。

④横塘：古堤名，一为三国吴大帝时于建业（今南京）南淮水（今秦淮河）南岸修筑，亦为百姓聚居之地；另一处在今江苏省吴西南。诗词中常以此堤与情事相联。

⑤旧游：从前游玩过的地方。

[词解]

秋日残阳里，独自登楼，闻见之间，不无伤感之景：耳中传来幽咽的笛声，眼底一行白雁飞入天际，菊花绽放，遍地深秋。于是触景生情，慨叹世事无常，人生如梦。人间有无限的惆怅之事，既已如此惆怅，那就不要在横塘路上询问旧游在何处了。

又

雁帖寒云次第①飞，向南犹自②怨归迟。谁能瘦马关山道，又到西风扑鬓(bìn)时。

人杳(yǎo)杳③，思依依④，更无芳树⑤有乌啼。凭将扫黛⑥窗前月，持向今宵照别离。

［注释］

①次第：依次，依一定顺序，一个挨一个地。

②犹自：尚，尚自。

③杳杳：犹隐约、依稀。

④依依：恋恋不舍。

⑤芳树：泛指佳木。

⑥扫黛：画眉。女子用黛描画眉毛，故称。

［词解］

这首词抒写相思，含思隽永、语近情遥：上阕写秋意渐浓，北雁南飞，犹怨归迟，而人却难归。人已难归，偏又逢西风扑鬓，瘦马关山。下阕写愁思，离人杳杳，相思依依，又闻树间乌鸦鸣啼。原来那曾在窗前画眉时见到的明月，如今又照在别离之人身上了。

又

别绪如丝睡不成，哪堪(kān)孤枕梦边城①。因听紫塞②三更雨，却忆红楼③半夜灯。

书郑重，恨分明，天将愁味酿(niàng)多情。起来呵手④封题⑤处，偏到鸳鸯两字冰。

［注释］

①边城：临近边界的城市。

②紫塞：北方边塞。

③红楼：红色的楼。泛指华美的楼房。指富贵人家女子的住房。

帐外雨潺潺

“此夜曲中闻折柳，何人不起故园情？”边塞将士面对漠漠风沙，思乡之情油然而生。纳兰尤甚，倾听帐外雨声潺潺，心思便飞回千里之外的家中。挑灯写信，诉尽相思，抒发离愁。

④呵手：向手呵气使暖和。

⑤封题：物品封装妥当后，在封口处题签，特指在书札的封口上签押，引申为书札的代称。

［词解］

这首词为塞上怀远之作：上阕写出使边城却魂牵梦绕闺中的妻子，别绪如丝，让人难以成眠。于是倾听塞外半夜雨声，却不自觉回忆起家中灯前的妻子。下阕说为解相思便写信抒发离愁别怨，然而边地严寒，即使呵气暖手，但到封题之处“鸳鸯”两字成“冰”。

又

冷露[1]无声夜欲阑(lán)，栖(qī)鸦不定朔风寒。生憎画鼓[2]楼头急，不放征人梦里还。

秋淡淡[3]，月弯弯，无人起向月中看。明朝匹马[4]相思处，知隔千山与万山。

［注释］

①冷露：清凉的露水。
②画鼓：有彩绘的鼓。
③淡淡：水波荡漾的样子。
④匹马：一匹马，后常指单身一人。

［词解］

这首词写征人怀思：夜色将尽，冷露无声，朔风猎猎，寒鸦飞起。可恶的鼓声偏又在楼头急响，声声恼人，不让征人在梦里还乡。秋波荡漾，月儿弯弯，却没有人起来观赏。料想明朝会越行越远，归程阻隔，万水千山。

又

送梁汾南还，为题小影

握手西风泪不干，年来多在别离间。遥知[1]独听灯前雨，转忆同看雪后山。

凭寄语，劝加餐，桂花时节约重还。分明[2]小像沉香[3]缕，一片伤心欲画难。

［注释］

①遥知：谓在远处知晓情况。

②分明：简单明了。

③沉香：熏香料名，又称“沉水香”“蜜香”。

［词解］

这是一首送别词，康熙二十年（1681），顾贞观因母丧，南归无锡，纳兰性德写词相送：秋风之中我们握手作别，泪水止不住地滑落，由于我长年在外，我们聚少离多，很少见面，如今相聚，你却要离开。知道你在远方也会在窗前听雨，回忆我们雪后一同看山的日子。劝你珍重，与你相约桂花开的时候一定要回来。你的小像在缕缕沉香的轻烟里历历可见，但那伤情却是无从画出的。

［词人逸事］

梁佩兰在纳兰性德的祭文中说：“黄金如土，惟义是赴。见才必怜，见贤必慕。生平至性，固结于君亲，举以待人，无事不真。”梁佩兰的话不无溢美之词，然而用于纳兰性德却决不夸张。对友情的珍视在他的诗词中随处可见，生平挚友如严绳孙、顾贞观、朱彝尊、姜宸英辈，当时都不过是汉人布衣，而纳兰性德已早登科第，又是皇族贵胄，然而却虚己纳交，待人至诚至真，推心置腹。当时朝野满汉种族之见甚深，而他的朋友却都是江南人，而且皆坎坷失意之士，纳兰性德倾尽自己的全力帮助他们，对顾贞观更是如此。

当顾贞观离开京城，回乡奔丧时，纳兰性德自是难舍难分。除本篇外，还有诗《送梁汾》、词《木兰花慢·立秋夜雨送梁汾南行》等，皆极尽深情地表达了诚挚的友情和一往情深的伤别之意。

又

咏史

马上吟成促(cù)渡江，分明闲气[1]属闺房[2]。生憎[3]久闭金铺暗[4]，花冷回心[5]玉一床[6]。

添哽咽(yè)，足凄凉。谁教生得满身香[7]。只今西海[8]年年月，犹为萧家照断肠。

［注释］

①闲气：为无关紧要的事情而生的气。《春秋孔演图》谓：“正气为帝，闲气为臣。”

②闺房：妇女的梳妆室、卧室或私人起居室。此处代指萧观音。

③生憎：最恨，偏恨。

④金铺暗：萧观音作有十首《回心院词》，其一有“扫深殿，闲久铜铺暗”之句。金铺，门户之美称。

⑤回心：指回心院。唐宫院名，高宗王皇后及萧淑妃被囚之所，词牌名辽萧后作。

⑥玉一床：比喻满床清冷的月色。玉，指月色。萧观音《回心院词·其七》有“笑妾新铺玉一床”句。

⑦“谁教”句：萧观音《回心院词·其九》：“若道妾身多秽贱，自沾御香香彻肤。”

⑧西海：本指传说中西方神海。此处指帝京中太液池。今北京之北海、中海、南海，元明时亦称“太液池”，因其在皇城之西，故又称“西苑”“西苑太液池”“西海子”。

［词解］

这首词是咏才色过人、薄命的辽代皇后萧观音：上阕说皇后骑在马上吟得诗句，并以诗催促皇帝挥戈渡江，因为这种无关紧要的小事惹皇帝，造成帝后失和。皇后萧观音也因此被幽囚冷宫，宫门紧闭，凄清孤苦，唯有一床明月相守。下阕写冷宫生活的寂寞冷清，暗自啜泣，感怀生平凄凉，都是因为自己才色过人所致。如今西海的明月从未改变，我却仍在为才华卓著却蒙尘而死的萧皇后悲伤扼腕。

［词人逸事］

辽代皇后多姓萧，且多有被黜者，其中辽懿德皇后萧观音，颖慧秀逸，才色绝伦，娇艳动人，她善诗词、书法、音律，弹得一手好琵琶，称为当时第一。曾作诗《伏虎林应制》，其句云：“威风万单压南邦，东云能翻鸭绿江。”讽谏皇帝之好猎。然而辽道宗正乐此不疲，根本听不进皇后的劝谏。帝后虽位在至尊，但其实只是皇帝的附属品，她们的命运大都操纵于皇帝之手，萧皇后也不例外，从此她便被道宗疏远，尝尽深宫孤寂。

萧观音作《回心院词》10首，希望打动丈夫的心，重拾往日的欢乐。萧观音叫宫廷乐师赵惟一谱上音乐，以玉笛、琵琶演奏。萧观音与赵惟一丝竹相合，每每使听的人怦然心动，于是后宫盛传两人情投意合。

才高遭人妒

世间女子，太美丽，容易祸国之殃；情太出众，又深为世人所忌。辽代皇后萧观音，才情出众，色艺绝佳，但因太过卓绝，惹来皇帝不满，被打入冷宫。后又遭人陷害，诬她与朝臣有染，于是，一条白练便了结了她的生命。与她相比，班婕妤算是好了许多，虽也招人忌恨，但总算平安度过余生。

辽道宗长期打猎，当时的皇族耶律乙辛因为平乱有功渐渐大权独揽，野心日益增大。于是趁流言四起之时构陷萧皇后，暗中派人作《十香词》进献萧皇后，说是宋国皇后所作，萧皇后若能把它抄下来并为它谱曲，便可称为二绝，也好为后世留一段佳话。《十香词》遣词用语都十分暧昧，但这正合孤寂中萧皇后的心态，于是她便亲手用彩绢抄写一遍，此外，她还在末端写了一首题为《怀古》的诗：“宫中只数赵家妆，败雨残云误汉王；惟有知情一片月，曾窥飞燕入昭阳。”

耶律乙辛以《十香词》为物证到辽道宗那里诋毁皇后，更就《怀古》诗进行曲解：“诗中‘宫中只数赵家妆’‘惟有知情一片月’，正包含了‘赵惟一’三字，此正是皇后思念赵惟一的表现。”至此辽道宗大怒，认定萧观音与赵惟一私通，敕令萧观音自尽，赵惟一凌迟处死。纳兰性德为此而填词咏“才色过人多薄命”之旨。

又

十月初四夜风雨，其明日是亡妇生辰

尘满疏帘[1]素带[2]飘，真成[3]暗度[4]可怜宵。几回偷拭青衫[5]泪，忽傍犀奁(xī lián)[6]见翠翘[7]。

惟有恨，转无聊。五更依旧落花朝。衰杨叶尽丝难尽，冷雨凄风[8]打画桥[9]。

［注释］

①疏帘：指稀疏的竹制窗帘。

②素带：白色的带子，服丧用。

③真成：真个，的确。

④暗度：不知不觉地过去。

⑤青衫：青色的衣衫，黑色的衣服。古代指书生。

⑥犀奁：以犀牛角制作而成的梳妆盒。

⑦翠翘：古代妇人首饰的一种，状似翠鸟尾上的长羽，故名。这里指亡妻遗物。

⑧冷雨凄风：形容恶劣的天气或悲惨凄凉的处境。

⑨画桥：雕饰华丽的桥梁。

［词解］

十月初五是纳兰性德亡妻卢氏的生日，此词为怀念亡妻的悼亡之作：上阕先写室内。她逝去后，尘满帘幕，素带飘动，我真的要成了独自度过孤苦夜晚的人。看到她用过的妆奁翠翘，不觉暗自伤怀，几度清泪偷弹。下阕视线移到室外。花落五更，衰杨叶尽，景色依然，你我却生死殊途，物是人非。此时凄风冷雨抽打着画桥，怎能不令人愁思满怀，百无聊赖。

河传

春浅[1]，红怨[2]，掩双环[3]，微雨花间昼闲。无言暗将红泪弹。阑(lán)珊[4]，香销轻梦还。

斜倚画屏[5]思往事，皆不是，空作相思字。记当时，垂柳丝，花枝[6]，满庭蝴蝶儿。

［注释］

①春浅：谓春意浅淡。

②红怨：为花落伤感。

③掩双环：掩门，关起门。

④阑珊：精神低落。

⑤画屏：有画饰的屏风。

⑥花枝：开有花的枝条。

［词解］

这首词通过连续的画面来抒发伤春伤怀之情：上阕说春浅花落，掩门锁户，细雨轻愁，令人倍觉凄凉伤感、哀怨无凭。梦醒之后，梦中的情景消逝了，眼前一片凄凉，那人早已不在身边。下阕说斜倚着屏风思念着往事。记得当时杨柳垂丝，蝶舞百花，一派春意盎然，然而这一切却令人伤感，一切都是凄清的，此时此刻只剩“相思”二字占据了全部情怀。

木兰花令

拟《古决绝词》

人生若只如初见，何事①秋风悲画扇②？等闲③变却故人④心，却道故人心易变。

骊(lí)山⑤语罢清宵⑥半，泪《雨霖(lín)铃》终不怨⑦。何如薄幸⑧锦衣郎⑨，比翼连枝当日愿。

意决绝

“人生若只如初见，何事秋风悲画扇？”世间多薄情男子，辜负了女子的一片深情。“闻君有两意，故来相决绝”，虽说意决绝，可仍旧一腔怨情。纳兰作此决绝词，借用痴情女的怨诉，向友人割袍断交。

［注释］

①何事：为何，何故。

②画扇：有画饰的扇子。此处用班婕妤典故。班婕妤为汉成帝妃，被赵飞燕谗害，退居冷宫，后有诗《怨歌行》，以秋扇为喻抒发被弃怨情。后人遂以秋扇喻女子被弃。

③等闲：无端，平白地。

④故人：指情人。

⑤骊山：在陕西临潼东南，因山形似骊马，呈纯青色而得名，是著名的游览、休养胜地。

⑥清宵：清静的夜晚。《太真外传》载，唐明皇与杨玉环曾于七月七日夜，在骊山华清宫长生殿里盟誓，愿世世为夫妻。

⑦“泪雨”句：唐郑处诲《明皇杂录补遗》：“明皇既幸蜀，西南行初入斜谷，属

霖雨涉旬，于栈道雨中闻铃，音与山相应。上既悼念贵妃，采其声为《雨霖铃》曲，以寄恨焉。”

⑧薄幸：薄情，负心，也指负心的人。

⑨锦衣郎：指唐明皇。

［词解］

这首词为拟古之作，借汉唐典故抒发闺怨，词情哀怨凄惋，屈曲缠绵：人生如果总像刚刚相识的时候，那样的甜蜜，那样的温馨，那样的深情和快乐，又怎么会像班婕妤那样落得秋风悲扇的境遇，应当相亲相爱，却成了今日的相离相弃？你如今轻易地变了心，却说情人的心本来就是容易变的。想要像唐明皇与杨贵妃那样的海誓山盟，即使最后命丧黄泉也终不怨悔。如今的你又怎么比得上当年的唐明皇呢？他毕竟还与杨玉环有过比翼鸟、连理枝的誓愿！

［词评］

决绝意谓决裂，指男女情变，断绝关系。唐元稹曾用乐府歌行体，模拟一女子的口吻，作《古决绝词》。容若此作题为“拟古决绝词谏友”，也以女子的声口出之。其意是用男女间的爱情为喻，说明交友之道也应该始终如一，生死不渝。

——盛冬铃《纳兰性德词选》

题目写明：模仿古代的《决绝词》，那是女方恨男方薄情，断绝关系的坚决表态。这里用汉成帝女官班婕妤和唐玄宗妃子杨玉环的典故来拟写古词。虽说意在“决绝”，还是一腔怨情，这就更加深婉动人。

——于在春《清词百首》

虞美人

秋夕信步①

愁痕满地无人省，露湿琅玕(gān)②影。闲阶③小立倍荒凉。还剩旧时月色在潇湘。

薄情转是多情累，曲曲柔肠碎。红笺(jiān)④向壁⑤字模糊，忆共灯前呵手为伊书。

［注释］

①信步：漫步，随意行走。

②琅玕：一种青色似珠玉的美石，是孔雀石的一种，又名“绿青”。喻竹。

③闲阶：空荡寂寞的台阶。
④红笺：红色笺纸，多用以题写诗词。
⑤向壁：面对墙壁。

［词解］

这首词描写对妻子的思念：秋夜闲庭信步，露湿苍竹，愁痕遍地却无人了解。在空荡的台阶前小立，只剩下这旧时的明月洒满庭院，心境倍感荒凉。无情的人都是因为当初太过多情，早已肝肠寸断了。信笺仍在，那信中模糊的字迹，让人又回忆起当初曾在凉夜的灯下呵手书写的情景来。

又

绿阴帘外梧桐影，玉虎[1]牵金井[2]。怕听啼鴂(jué)[3]出帘迟，恰到年年今日两相思。

凄凉满地红心草[4]，此恨谁知道？待将幽忆寄新词，分付芭蕉风定月斜时。

［注释］

①玉虎：井上的辘轳。
②金井：栏上有雕饰的水井，一般用以指宫廷园林里的井。
③啼鴂：啼鸣的杜鹃鸟。
④红心草：草名，一说为红心灰藋之俗称。相传唐王炎梦侍吴王，久之，闻宫中出辇，鸣箫击鼓，言葬西施。吴王悲悼不已，立诏词客作挽歌。炎应教作了《西施挽歌》，有“满地红心草，三层碧玉阶”之句。后以“红心草”作为美人遗恨的典故。

［词解］

这首词为怀念恋人之作：窗外洒下梧桐绿色的树荫，倒映在金井的辘轳之上。又到了年年相思的日子，因为害怕听到杜鹃的哀啼而迟迟不敢走出门去。那满怀相思的红心草已是凄凉满地，心头的遗恨又有谁能够明了？于是只好将这满怀的思绪写作一曲新词，在芭蕉风定、月影西斜时寄去我的相思。

又

春情[1]只到梨花薄，片片催零落[2]。夕阳何事近黄昏，不道人间犹有未招魂。

银笺[3]别梦当时句，密绾同心苣[4]。为伊判作梦中人，长向画图[5]清夜唤真真[6]。

[注释]

①春情：春天的景致或意趣。

②零落：树木枯凋。

③银笺：白色的信笺。

④同心苣：像连锁的火炬状图案花纹，或指织有同心苣状图案的同心结，古人常用以象征爱情。

⑤画图：图画。

⑥真真：唐杜荀鹤《松窗杂记》：“唐进士赵颜于画工处得一软障，图一妇人甚丽，颜谓画工曰：‘世无其人也，如可令生，余愿纳为妻。’画工曰：‘余神画也，此亦有名，曰真真，呼其名百日，昼夜不歇，即必应之，应则以百家彩灰酒灌之，必活。’颜如其言，遂呼之百日……果活，步下言笑如常。”后因以“真真”泛指美人。

[词解]

这首词以春到花落写相思之情：上阕写景，春天的景致又到了梨花零落的时候，夕阳西下，黄昏降临，却不知道人间尚有人相思惆怅，不能自已。下阕抒追忆之情，曾经浓情蜜意，海誓山盟。为了她甘愿做梦中之人，于是整日对着她的画像呼唤，希望能以至诚打动她，让她像“真真”那样从画中走出来与我相会。

又

曲阑深处重相见，匀泪偎人颤。凄凉别后两应同，最是不胜[1]清怨[2]月明中。

半生已分孤眠过，山枕[3]檀(tán)痕[4]涴[5]。忆来何事最销魂，第一折枝[6]花样[7]画罗裙[8]。

［注释］

①不胜：受不住，承担不了。

②清怨：凄清幽怨。

③山枕：枕头。古代枕头多用木、瓷等制作，中凹两端突起，其形如山，故名。

④檀痕：带有香粉的泪痕。

⑤涴：浸渍，染上。

⑥折枝：中国花卉画的画法之一，不画全株，只画连枝折下的部分。

⑦花样：供仿制的式样。

⑧罗裙：丝罗织成的裙子，多泛指妇女衣裙。

相思无处觅

人间自是有情痴，此恨不关风与月。不独女子多情，男子也是如此。对着心爱女子的画像回忆往昔种种情事，不停呼唤，希望有朝一日她能从画中走出来，再续情缘。

［词解］

这首词追忆恋人：上阕前两句化用李后主“画堂南畔见，一晌偎人颤”之句，写相见时的情景。后两句写离别之后两人同样在月夜相思，同样的凄清幽怨难以忍受。下阕写夜里孤寂幽独之感，寂寞孤枕，暗自垂泪，又回忆起你那堪称第一的绘有花卉图样的罗裙，真是让人黯然销魂。

又

峰高独石当头起，影落双溪①水。马嘶(sī)人语各西东，行到断崖无路小桥通。

朔(shuò)鸿②过尽归期杳(yǎo)，人向征鞍(ān)老。又将丝泪③湿斜阳，回首十三陵④树暮云黄。

［注释］

①双溪：此处指北京昌平境内的一条小溪。

②朔鸿：从北方向南飞的大雁。

③丝泪：微细如丝的眼泪。

④十三陵：明代十三个皇帝陵墓的总称，位于今北京昌平天寿山麓。

[词解]

这首词写行役中的感受：上阕写景，天寒地冻，高峰独石，边塞一片肃杀之气。征人马上相逢，来不及多说就又要各奔东西。旅途艰辛，行到断崖处，只有小桥为路。下阕写思归苦情，鸿雁飞过却不能代为传书，旅人他乡为客，音信杳然。泪水如丝染透夕阳，回首眺望，只看见十三陵附近亭亭如盖的大树和被夕阳染黄的暮云。

又

黄昏又听城头角，病起心情恶。药炉初沸短檠(qíng)[1]青，无那残香[2]半缕恼多情。

多情自古原多病，清镜[3]怜清影[4]。一声《弹指》[5]泪如丝，央及[6]东风休遣(qiǎn)[7]玉人[8]知。

[注释]

①短檠：矮灯架，借指小灯。
②残香：将要烧尽的香。
③清镜：明镜。
④清影：清朗的光影，月光，这里是清瘦的身影。
⑤弹指：指顾贞观所作的《弹指词》。
⑥央及：央告。
⑦休遣：暂时释放。
⑧玉人：容貌美丽的人，对亲人或所爱者的爱称。

[词解]

这首词为怀友之作，似乎是写给好友顾贞观的：黄昏时分，城头号角响起，拖着病体，心情低落。炉上的药在沸腾，案头的短灯明灭不定，残香缭绕笑我多情。多情之人自古以来都是多愁多病之身，揽镜自照，看着那清瘦的身影自怜自叹。只吟唱一声你所作的《弹指词》便伤心得泪下如丝，于是央求东风捎去我对你的思念。

又

彩云易向秋空散，燕子怜长叹。几番离合总无因，

赢得一回僝僽[1]一回亲。

归鸿[2]旧约霜前至，可寄香笺[3]字？不如前事不思量，且枕红蕤(ruí)[4]欹(qǐ)侧看斜阳。

君问归期未有期

彩云易散琉璃碎，美好的事物总是不会太过长久。才相聚便又分离，许久未见消息，让人心中挂念万分。相聚别离本是常情，在纳兰眼中却衍生出无尽的思念。

[注释]

①僝僽：烦恼，忧愁。

②归鸿：归雁。诗文中多用以寄托归思。

③香笺：散发香气的信笺。

④红蕤：红蕤枕。传说中的仙枕。唐张读《宣室志》卷六记载，玉清宫有三宝，碧玉环、红蕤枕和紫玉函。红蕤枕似玉，微红，有纹如粟。亦借指绣枕。

[词解]

这首词写闺妇相思的痛苦矛盾心情：秋天的彩云总是易散，燕子飞去，引人长叹。离合聚散总无因由，只赢得了满怀愁绪。约定霜期之前即归来，既使如此，也应该寄封书信来慰相思啊！还是不要想以前的那些事了，不如枕着绣枕侧身看夕阳西下。

又

银床[1]淅沥[2]青梧[3]老，屧(xiè)[4]粉秋蛩(qióng)[5]扫。采香[6]行处蹙(cù)连钱[7]，拾得翠翘[8]何恨不能言。

回廊[9]一寸相思地，落月成孤倚(yǐ)。背灯和月就花阴，已是十年踪迹十年心。

[汁释]

①银床：指井栏，一说为辘轳架。

②淅沥：象声词，形容轻微的风雨声、落叶声等。

③青梧：梧桐，树皮色青，故称。

④屧：鞋的木底。

⑤秋蛩：蟋蟀。

⑥采香：范成大《吴郡志》云："吴王夫差于香山种香，使美人泛舟于溪以采之。"喻指曾与她有过一段恋情的去处。

⑦连钱：连钱马，又名"连钱骢"。即毛皮色花纹、形状似相连的铜钱。

⑧翠翘：古代妇人首饰的一种，状似翠鸟尾上的长羽，故名。指翡翠翘头。

⑨回廊：用响屧廊的典故。宋范成大《吴郡志》："响屧廊，在灵岩山寺。相传吴王令西施辈步屧，廊虚而响，故名。"其遗址在今苏州市西灵岩山。

[词解]

这首词追忆曾经的恋人：秋风秋雨摧残了井边的梧桐。秋虫声声，芳草小径幽幽，伊人的芳踪已失，再也唤不回来。走到与伊人曾经走过之处，那里已是苔痕碧碧草凄凄。在草丛间偶然拾得她戴过的翠翘玉簪，胸中无限伤感无法倾诉。在曾经相约的回廊故地重游，独立于花阴月影之下，心潮起伏。而今，天上明月依旧，地上人事已非，转眼已过了十年光景。

又

为梁汾赋

凭君料理①《花间》②课③，莫负当初我。眼看鸡犬上天梯④，黄九⑤自招秦七⑥共泥犁(lí)⑦。

瘦狂那似痴肥⑧好，判任痴肥笑。笑他多病与长贫，不及诸公衮(gǔn)衮⑨向风尘⑩。

[注释]

①料理：处理、安排，指点、指教。此处含有辑集之意。

②《花间》：《花间集》，为后蜀人赵崇祚编辑的一部词集。集中搜录晚唐至五代18位词人的作品，共500首，分10卷，集中作品内容多写上层贵妇美人的日常生活和妆饰容貌，女人素以花比，而该集多写女人之媚，故称"花间"。

③课：指词作。

④天梯：古人想象中登天的阶梯。此处喻为入仕朝堂，登上高位。

⑤黄九：北宋诗人、书法家黄庭坚，排行第九，因以称之。

⑥秦七：北宋词人秦观辈行第七，故称。

⑦泥犁：佛教语，梵语的译音，意为地狱。

⑧瘦狂、痴肥：比喻仕途失意与得意。瘦狂，语见《南史·沈昭略传》，昭略答王约云：“瘦已胜肥，狂又胜痴。”此处为反其意用之。痴肥，肥胖而无所用心。

⑨诸公衮衮：源源不断而繁杂，旧时称身居高位而无所作为的官僚。

⑩风尘：比喻纷乱的社会或漂泊江湖的境况。这里指宦途、官场。

［词解］

这首词写给好友顾贞观，是二人同怀同道的写照：任你辑集花间词曲，浅吟低唱，只要不辜负我的一片真心便可。看那些仕途得意之人平步青云、鸡犬升天，就让你我这样的失意之人像前朝的文人一样，在别人眼中的“地狱”中相伴。仕途失意之人哪有得意之士那么踌躇满志，任那些得意的人去嘲笑好了，嘲笑失意之人贫病交加，仕途坎坷，不如他们那般志得意满、飞黄腾达。

［词人逸事］

纳兰性德虽为权臣之子、皇帝近臣、然而却是空有满腹才华，只能担当护卫武夫之职，因此与怀才不遇、仕途蹉跎的顾贞观等人大有同病相怜、惺惺相惜之意。顾贞观可以说是纳兰性德的第一知己，二人不唯交契笃厚，而且志趣相投，有着相同的词学主张。纳兰性德在《与梁药亭书》中说：“仆少知操瓢即爱《花间》致语，以其言情入微，且音调铿锵，自然协律。”他与顾贞观诗词唱和颇多，并请贞观为他的词作选集付梓。

借酒浇愁

狂欢过后只剩狼藉，痛饮过后仍旧抑郁，但心中块垒万端，只得借酒相浇。醉酒以后暂且可以抛开心头愁情，倒头大睡了。

又

风灭炉烟残灺①冷，相伴唯孤影。判②教狼藉（jí）③醉清樽（zūn）④，为问世间醒眼⑤是何人。

难逢易散花间酒，饮罢空搔（sāo）首⑥。闲愁总付醉来眠，只恐醒时依旧到樽前。

［注释］

①残灺：蜡烛的余烬。

②判：情愿，甘愿。

③狼藉：乱七八糟，散乱，零散。

④清樽：酒器，借指清酒。

⑤醒眼：眼光清醒。

⑥搔首：以手搔头，焦急或有所思貌。

[词解]

这首词宣泄了词人内心的孤清：残灯被风吹灭，炉子里的烟火也冷清下来了，与我相伴的只有自己孤独的身影。我情愿喝得杯盘狼藉，酩酊大醉，不想清醒地面对这个世界。良辰美酒总是难逢易散，喝醉之后犹自搔头沉思。心中无限闲愁只有在醉后才能消歇，恐怕醒来后依旧要借酒消愁了。

鹊桥仙

倦收缃帙(xiāng zhì)①，悄垂罗幕②，盼煞(shà)一灯红小。便容生受③博山④香，销折⑤得、狂名⑥多少。

是伊缘薄，是侬(nóng)情浅，难道多磨更好？不成⑦寒漏⑧也相催，索性⑨尽、荒鸡⑩唱了。

[注释]

①缃帙：浅黄色书套。亦泛指书籍、书卷。

②罗幕：丝罗帐幕。

③生受：承受，享受。

④博山：博山炉，因炉盖上的造型似传闻中的海中名山博山而得名。一说像华山，因秦昭王与天神博于此，故名。后为香炉的代称。

⑤销折：抵消，损耗。

⑥狂名：狂士的名声。

⑦不成：表示反诘语气。

⑧寒漏：寒天漏壶的滴水声。

⑨索性：直截了当，干脆。

⑩荒鸡：指三更前啼叫的鸡，旧以其鸣为恶声，主不祥。

[词解]

这首词是对往日甜蜜生活的追忆和怅惘：上阕忆旧，帘幕低垂，慵懒地收起书卷，看那灯前等待的人儿已经望穿秋波了。享受着这袅袅香烟之气，博得狂士之名。下阕赋今，和你的缘分太薄，如今缘尽人去，难道好事必将多磨？偏那寒漏之声又来催我入眠，可是愁苦难耐，难以成眠，索性等待鸡鸣天亮好了。

又

梦来双倚（yǐ），醒时独拥，窗外一眉新月。寻思常自悔分明，无奈却、照人清切①。

一宵灯下，连朝镜里，瘦尽十年花骨②。前期③总约上元④时，怕难认、飘零人物。

［注释］

①清切：清晰准确，真切。

②花骨：花骨朵。这里形容人的容貌优美俏丽。

③前期：从前的约定。

④上元：节日名，俗以农历正月十五日为上元节，也叫“元宵节”。

［词解］

这首词述说哀婉的怀思和身世的隐怨：梦里你我相偎相依，醒来时却是寂寞孤单，只有窗外的一弯新月做伴。当初在月色分明时与你共度的情景，细想来常自悔恨未能珍惜。怎奈如今又逢照人清切的明月，却已人事全非，容颜消瘦衰老。从前我们总是在上元时节相约，而今如果再相见，怕是我这飘零之人你已经难以辨认了。

又

七　夕①

乞巧楼②空，影娥池③冷，佳节只供愁叹。丁宁④休曝旧罗衣⑤，忆素手⑥为余缝绽（zhàn）⑦。

莲粉⑧飘红，菱丝⑨翳（yì）⑩碧，仰见明星空烂。亲持钿（diàn）合⑪梦中来，信天上人间非幻。

［注释］

①七夕：农历七月初七的晚上。神话传说天上的牛郎、织女每年在这个晚上相会。

②乞巧楼：乞巧的彩楼。乞巧，旧时风俗农历七月七日夜（或七月六日夜）妇女在庭院向织女星乞求智巧称为“乞巧”。《荆楚岁时记》载：“七月七日为牵牛、

七夕私语

七夕佳节，是牛郎织女相会的日子，也是人间情侣相庆的节日。妻子逝去之后，纳兰愁眉不展，何况是在此情人相会的节日？往年还可以与妻子月下私语，今日却只剩下孤零零一个人。

织女聚会之夜。是夕，人家妇女结彩缕，穿七孔针，或金银鍮石为针，陈瓜果于庭中以乞巧。有喜子（蜘蛛）网瓜上，则以符应。”《东京梦华录·七夕》云：“至初六、初七日晚，贵家多结彩楼于庭，谓之乞巧楼，铺阵磨喝乐、花瓜酒炙、笔砚针线。或儿童裁诗，女郎呈巧，焚香列拜，谓之乞巧。妇女望月穿针，或以小蜘蛛安合子内，次日看之，若网圆正，谓之得巧。”

③影娥池：汉代未央宫中池名，本凿以玩月，后以指清可鉴月的水池。《三辅黄图》谓：“汉武帝于望鹄台西建俯月台，台下穿池，月影入池中，使宫人乘舟弄月影，因名影娥池。”

④丁宁：同“叮咛”，反复地嘱咐。

⑤罗衣：轻软丝织品制成的衣服。

⑥素手：洁白的手，多形容女子之手。

⑦缝绽：缝补破绽。这里是缝制的意思。

⑧莲粉：莲花。

⑨菱丝：菱蔓。

⑩翳：遮掩。

⑪钿合：镶嵌金、银、玉、贝的首饰盒子。相传为唐玄宗与杨贵妃定情之物，泛指情人间的信物。

[词解]

这首词表达爱妻亡故之后人去楼空的伤感：又是七夕佳节，现在却人去楼空，物是人非，怎不叫人暗生凄凉之感呢！反复叮咛不要让人晾晒那件旧罗衣，因为那是你亲手为我缝制的，见到它会引起我深重的愁怀。俯看荷塘中莲花飘零，菱蔓遮掩了碧波，抬头看天空，群星灿烂。拿出你我定情的钿合表达我对你的痴情，但愿我们天上人间终能相见。

南乡子

飞絮晚悠飏(yáng)①，斜日波纹映画梁②。刺绣③女儿楼上立，柔肠④，爱看晴丝⑤百尺长。

风定却闻香，吹落残红⑥在绣床。休堕玉钗惊比翼⑦，双双，共唼（shà）⑧苹花绿满塘。

［注释］

①悠飏：飘忽不定貌，飘扬，飞扬。
②画梁：有彩绘装饰的屋梁。
③刺绣：用彩线在纺织品上绣出图画。
④柔肠：温柔的心肠，多指女子缠绵的情意。
⑤晴丝：虫类所吐的、在空中飘荡的游丝。
⑥残红：凋残的花，落花。
⑦比翼：传说中一种雌雄一起飞的鸟，飞时翅膀挨着翅膀。比喻恩爱夫妻。
⑧唼：吮吸。

［词解］

这首词描绘少女怀春的形象：上阕描摹时景，傍晚时候，柳絮飘飞，落日斜映在池塘上，波影映照着画梁。刺绣女儿伫立在绣楼之上，春怀寂寂、情意绵绵地看着空中飘荡的游丝。下阕进一步描绘孤寂之情，风停了，却闻到飘落在绣床上的落花的余香。池塘中的水鸟、鱼儿正成双成对地吮吸着满塘绿色的浮萍，千万别让头上的玉钗掉下惊扰了它们。

又

秋莫村居

红叶满寒溪①，一路空山万木齐。试上小楼极目望，高低，一片烟笼十里陂（pō）②。

吠犬杂鸣鸡，灯火荧荧③归路迷。乍逐横山时近远，东西，家在寒林④独掩扉。

［注释］

①寒溪：寒冷的溪流。
②陂：山坡。
③荧荧：灯光闪烁的样子。唐杜牧《阿房宫赋》：“明星荧荧，开妆镜也。”
④寒林：秋冬的林木。

［词解］

这首词描绘村野田园的风光意趣：深秋，寒冷的溪流中落满了红叶，空山之中，道路两旁，树木遍布。登楼远眺，看到高高低低的山峦，十里山坡被一片烟波笼罩。犬吠声夹杂着鸡鸣声一起传来，迷蒙的灯光照着归去的山路。眼前的山峰时远时近，山路回转蜿蜒，朝向时东时西，深山寒林处虚掩着的家门就在眼前。

村野意趣

秋天的乡村景色宜人，漫山红叶，稻香远飘。漫步山间，享受着秋熟的香气，看着四旁景色，不禁心旷神怡。

又

捣衣①

鸳瓦②已新霜，欲寄寒衣③转自伤④。见说征夫容易瘦，端相⑤，梦里回时仔细量。

支枕⑥怯空房，且拭清砧(zhēn)⑦就月光。已是深秋兼独夜，凄凉，月到西南更断肠。

［注释］

①捣衣：古人将洗过头次的脏衣服放在石板上捶击，去浑水，再清洗。明杨慎《丹铅总录·捣衣》："古人捣衣，两女子对立执一杵，如舂米然。尝见六朝人画捣衣图，其制如此。"

②鸳瓦：鸳鸯瓦，指成对的瓦。

③寒衣：冬天御寒的衣服。

④自伤：自我悲伤感怀。

⑤端相：细看，端详。

⑥支枕：将枕头竖起、倚靠。

⑦清砧：捣衣石的美称。

［词解］

这首词借捣衣来抒发征夫怨妇的情怀：上阕写思妇寄送寒衣时的心理变化，天气凉了，鸳鸯瓦已落满秋霜，想要为远方的人寄去寒衣，此时又开始暗自伤怀。都说出门在外的人容易消瘦，不知道是否是真的，下次在梦里相见的时候一定要好好端详端详你。空房独处，将枕头竖起倚靠，不免心生胆怯，于是权且在月光下擦拭捣衣之石来消磨时光。夜已经深了，又要与寂寞孤独相伴，连月亮都要落下了，怎能不叫人伤心断肠！

[词评]

“九月寒砧催木叶，十年征戍忆辽阳。”（沈佺期《古意呈补阙乔知之》诗）“长安一片月，万户捣衣声。秋风吹不尽，总是玉关情。”（李白《子夜吴歌》）秋风一起，戍边军士们的妻子就要忙着为远方的亲人准备寒衣了。水边砧上，清杵声声，那月下捣衣的动人情景，也饱含着思妇们的深情，牵动了骚人们的诗思。容若这一首《南乡子》也是以此为题材创作的，且意境凄清，心理描写非常细腻，在众多的同题作品中，有其独到之处。

——盛冬铃《纳兰性德词选》

又

柳沟晓发

灯影伴鸣梭(suō)[1]，织女[2]依然怨隔河。曙色[3]远连山色起，青螺[4]，回首微茫[5]忆翠蛾[6]。

凄切[7]客中过，料抵(dǐ)秋闺[8]一半多。一世疏狂[9]应为著，横波[10]，作个鸳鸯消得[11]么？

[注释]

①鸣梭：梭子，织具。

②织女：织女星的俗称，位于银河以东与牵牛星隔银河相对。古代神话相传织女与牛郎隔天河相对，每年七夕渡河相会。后人以此比喻夫妻或恋人分离，难以相见。

③曙色：破晓时的天色。

④青螺：喻青山。

⑤微茫：迷漫而模糊。

⑥翠蛾：妇女细而长的黛眉，古代女子以青黛描画修长的眉毛，故称，借指美女。

⑦凄切：凄凉悲切。

柳沟清晨晓发

纳兰为康熙侍卫，常年在外，身不由己，不能日日在家陪伴妻子，心中烦忧。虽然疏狂一世，但只羡鸳鸯不羡仙，希望能与妻子长相厮守，永不分离。于是晨起便作词一首，抒发心中渴望。

⑧秋闺：秋日的闺房，指易引秋思之所。

⑨疏狂：豪放，不受拘束。

⑩横波：比喻眼神闪烁流动，如水闪波。

⑪消得：值得，配得。

［词解］

上阕描绘了柳沟清晨晓发时的情景：灯影下梭子来回穿梭，仿佛织女在怪罪着银河的阻隔。天快要亮了，微茫中的远山，宛若闺中之人的翠蛾。下阕言情抒慨：此生多在客中度过，与闺中人大半在别离之中。一世疏狂，却只羡鸳鸯，但愿能与闺中之人常相厮守，度过一生。

又

烟暖雨初收，落尽繁花小院幽。摘得一双红豆子[1]，低头，说着分攜[2]泪暗流。

人去似春休，卮(zhī)酒[3]曾将酹(lèi)[4]石尤[5]。别自有人桃叶渡[6]，扁舟[7]，一种烟波各自愁。

［注释］

①红豆子：红豆，相思树的种子。果实成荚，微扁，子大如豌豆，色鲜红，古代文学作品中常用来象征相思，也叫“相思子”。

②分攜：离别。

③卮酒：犹言杯酒。

④酹：以酒浇地，表示祭奠，古代宴会往往行此仪式。

⑤石尤：传说古代有商人尤某娶石氏女，情好甚笃，尤远行不归，石氏思念成疾，临死叹曰：“吾恨不能阻其行以至于此。今凡有商旅远行吾当作大风为天下妇人阻之。”（见元伊世珍《琅嬛记》引《江湖纪闻》）后因称逆风、顶头风为“石尤风”，以之喻阻船之风。

⑥桃叶渡：渡口名。在今江苏南京秦淮河畔。相传因晋王献之在此送其爱妾桃叶而得名。后人以此指情人分别之地。

⑦扁舟：小船。

[词解]

这首词写离愁别恨：上阕追忆往昔。风雨初晴，小院中落花满地，更显幽静。采下两颗红豆，低头和你说着分别，不觉泪流。下阕写别后幽情。以酒饯行，人各东西，好像连春天也被你带走了。与你分别之后，定然还有人在这里乘小船作别。同样的分别，但各人却有其各自的离愁。

又

何处淬（cuì）①吴钩②？一片城荒枕碧流③。曾是当年龙战地④，飕飕。塞草霜风满地秋。

霸业⑤等闲休。跃马横戈⑥总白头。莫把韶华⑦轻换了，封侯⑧。多少英雄只废丘⑨。

[注释]

①淬：淬火。

②吴钩：钩兵器，形似剑而曲，春秋吴人善铸钩，故称，后也泛指利剑。

③碧流：绿水。

④龙战地：指古战场。龙战，本谓阴阳二气交战。《易·坤》："龙战于野，其血玄黄。"后遂以喻群雄争夺天下。

⑤霸业：指称霸诸侯或维持霸权的大业。

⑥跃马横戈：谓手持武器，纵马驰骋。指在沙场作战。

⑦韶华：美好的年华。

⑧封侯：封拜侯爵，泛指显赫功名。

⑨废丘：荒废的土丘。清汤潜《广陵杨花篇》诗："风流千古隋天子，回首雷塘只废丘。"

[词解]

这首词抒发了世事无常、兴亡无据的感慨：何处是当年吴钩染血的争战之地呢？如今只看到一片荒城，碧水东流。当年群雄并起厮杀的战场，如今却冷风飕飕，被满地的衰草与寒霜淹没了。那千古的霸业如今都已成空，纵横沙场的豪迈气魄也敌不过岁月的磨洗，总会有白头的那天。不要把美好的青春年华都浪费在换取显赫功名之上，你没看到那昔日的英雄如今都变成了一座座荒芜的土丘吗？

又

为亡妇题照

泪咽却无声，只向从前悔薄情。凭仗丹青[1]重省视[2]，盈盈[3]，一片伤心画不成[4]。

别语忒[5]分明。午夜鹣鹣[6]梦早醒。卿自早醒侬自梦，更更[7]，泣尽风檐夜雨铃。

[注释]

①丹青：丹和青是古代绘画常用的两种颜色，借指绘画。此处指亡妇的画像。

②省视：犹认识、忆起。

③盈盈：形容举止、仪态美好。

④“一片”句：套用唐代高蟾《金陵晚望》：“世间无数丹青手，一片伤心画不成。”另金代元好问有《家山归梦图》诗：“卷中正有家山在，一片伤心画不成。”

⑤忒：方言，太、特。

⑥鹣鹣：鸟名，即鹣鸟，比翼鸟，似凫，青赤色，相得乃飞。比喻夫妇情谊。

⑦更更：一更又一更，指整夜。

夜雨霖铃

纳兰与妻子天人永隔，除了在梦中，再无相见之理。孤身一人，深觉人间无味，不如随妻子一同离开。他将这首词写在妻子画像上，耳听夜雨淅沥，泪下无言。

[词解]

这首词是写在亡妇画像之上的：眼泪无声，为自己以前的薄情而后悔。如今，只剩你的画像让我拿来回忆了。你那盈盈之态，比眼前的画像更清晰，于是一片伤心，难以描画。分别时的言语太清晰分明了，天还没亮，与你双栖双飞的美梦就醒来了。你早已离开，而我却犹沉浸梦中，整夜在窗下聆听伤心的夜雨霖铃之声。

［词评］

“卿自早醒侬自梦”也即对“人间无味”是否醒悟的表述。词人设想爱妻“早醒”（逝去）也就早离尘海、弃去无味之人间，自己却仍梦着独处其间，了无生趣。怨苦、怨怼转生出离世超尘的幻念，是古代文人通常谋求心态平衡、自我解脱的药剂。

——严迪昌《清词史》

梅梢雪

元夜①月蚀

星球映彻②，一痕微褪梅梢雪。紫姑③待话经年别，窃药④心灰⑤，慵把菱花⑥揭。

踏歌⑦才起清钲(zhēng)歇，扇纨仍似秋期⑧洁。天公毕竟风流绝，教看蛾眉⑨，特放些时⑩缺。

［注释］

①元夜：元宵。

②映彻：晶莹剔透貌。

③紫姑：神话中厕神名。又称“子姑”“坑三姑”。相传为人家妾，为大妇所嫉，每以秽事相役，正月十五日激愤而死。故世人作其形夜于厕间或猪栏边祭之。（见南朝宋刘敬叔《异苑》卷五、南朝梁宗懔《荆楚岁时记》）一说她姓何名楣字丽卿，为唐寿阳刺史李景之妾，为大妇曹氏所嫉，正月十五日夜被杀于厕中，上帝怜悯命为厕神。旧俗每于元宵在厕中祀之，并迎以扶箕。（事见《显异录》以及宋苏轼《子姑神记》）

④窃药：传说后羿得不死之药于西王母，其妻嫦娥盗食之，成仙奔月。（见《淮南子·览冥训》）后以“窃药”喻求仙。

⑤心灰：谓心如死灰，极言消沉。

⑥菱花：指菱花镜。古代铜镜名，镜多为六角形或背面刻有菱花。

⑦踏歌：传统的群众歌舞形式，互相牵手或搭肩，以脚踏地为节拍。

⑧秋期：指七夕。牛郎织女约会之期。

⑨蛾眉：美人的秀眉。比喻新月前后的月相犹如一道弯眉，故名。这里喻月蚀时仍明亮的部分。

⑩些时：片刻，一会儿。

[词解]

这首词咏节序风物：天空星光璀璨，梅梢之雪不明，月已初蚀，紫姑欲与人诉说经年的别离之情，而嫦娥却自愧窃药奔月，心灰意懒，以致不愿揭开镜面。月蚀渐出，地上锣声才歇，人们便开始踏歌庆祝，那月光还像中秋时节一样清澈明亮。老天也是风流之人，为了让人们看到新月如眉的景色，故意将月缺的时间延长了。

红窗月

（按此律作红窗影，一名红窗迥）

燕归花谢，早因循[①]、又过清明[②]。是一般风景，两样心情。犹记碧桃[③]影里、誓三生[④]。

乌丝阑纸[⑤]娇红[⑥]篆（zhuàn），历历[⑦]春星[⑧]。道休孤[⑨]密约[⑩]，鉴（jiàn）取[⑪]深盟[⑫]。语罢一丝香露[⑬]、湿银屏[⑭]。

人面桃花相映红

转眼间，又是一年清明时，去年两人还在桃花树下情定三生，而今，只剩自己在人世间，凄苦万状。纳兰触景生情，尤其在这种特别节日，总能想起与妻子卢氏的点点滴滴，情难自抑。

[注释]

①因循：本为道家语，意谓顺应自然。

②清明：二十四节气之一，在此节日里人们扫墓和向死者供献特别祭品。

③碧桃：一种供观赏的桃树，花重瓣，有白、粉红、深红等颜色。

④三生：佛家所说的三世转生，即前生、今生和来生。

⑤乌丝阑纸：指上下以乌丝织成栏，其间用朱墨界行的绢素，后亦指有墨线格子的笺纸。

⑥娇红：鲜艳的红色。

⑦历历：一个个清晰分明。

⑧春星：星斗。

⑨孤：辜负，对不住。

⑩密约：秘密约会，秘密约定。

⑪鉴取：察知了解。

⑫深盟：指男女双方向天发誓，永结同心的盟约。

⑬香露：花草上的露水。

⑭银屏：银饰装饰的屏风。

［词解］

这首词写与恋人的离情：燕子归来，群花凋谢，又过了清明时节。风景与往年相同，然而心境却大不相同。还记得往年我们在桃花树下情定三生的情景。上阕写此时情景，点出本题，即风景如旧而人却分飞，不无伤离之哀叹。在丝绢上写就鲜红的篆文，好像那天上清晰的明星一般。当时说道不要辜负你我的密约，这绢丝上的深盟即可为凭。说罢一滴泪珠滴在银屏之上，那情景至今犹历历在目。

［词评］

《饮水词》有云："吹花嚼蕊弄冰弦。"又云："乌丝阑纸娇红篆"，容若短调，轻清婉丽，诚如其自道所云。

——况周颐《蕙风词话》

踏莎行

春水[1]鸭头，春衫鹦嘴，烟丝无力风斜倚。百花[2]时节好逢迎，可怜人掩屏山睡。

密语[3]移灯，闲情[4]枕臂，从教[5]酝酿(yùn niàng)孤眠味。春鸿[6]不解[7]讳相思，映窗书破[8]人人字。

［注释］

①春水：春天的河水。

②百花：各种花。

③密语：秘密的、悄悄的话语。

④闲情：闲散的心情。

⑤从教：任凭，听凭。

⑥春鸿：春天的鸿雁。

⑦不解：不懂，不理解。

⑧书破：书写错乱，指雁行不成"人"字形。

［词解］

春天到了，春水泛出了鸭头绿，身上的春衫鲜红得犹如鹦哥的红嘴。看那袅袅的烟丝被春风吹得歪歪斜斜，是那么的娇弱无力。百花盛开，正是情人幽会的好时节，但她却掩起屏风孤眠不起。将灯烛移近，追忆往日良宵共度的情景，想着那些秘密的话语，头枕着手臂，任凭闲愁的苦味发散开来。大雁不知避讳此时的相思，偏偏从窗外飞过，却不成“人”字的阵行。

又

倚柳题笺，当花侧帽[1]，赏心[2]应比驱驰[3]好。错教双鬓(bìn)受东风，看吹绿影[4]成丝早。

金殿[5]寒鸦，玉阶[6]春草，就中冷暖和谁道？小楼明月镇长[7]闲，人生何事缁(zī)尘[8]老。

[注释]

①侧帽：斜戴着帽子，语见《周书·独孤信传》，谓信：“在秦州，尝因猎，日暮，驰马入城，其帽微侧，诘旦，而吏人有戴帽者，咸慕信而侧帽焉。”后以谓洒脱不羁的装束。

②赏心：心意欢乐。

③驱驰：策马快奔。

④绿影：指乌亮的头发。

⑤金殿：金饰的殿堂，指帝王的宫殿。

⑥玉阶：玉石砌成或装饰的台阶，亦为台阶的美称，指朝廷。

⑦镇长：经常，时常。

⑧缁尘：黑色灰尘，常喻世俗污垢。

[词解]

这首词为寄赠之作，表达了词人对侍卫护从生涯的厌倦：赏花题柳，风流自赏，闲散度日的生活总比从驾驱驰、日夜奔波劳碌要好。后悔选择了这样的生活，让自己早生华发。在宫廷里生活、做事，其中的甘苦自识，冷暖自知，又能对谁叙说？不如悠闲地独上小楼赏月，何必要沾染这世俗的尘埃呢！

又

月华如水，波纹似练，几簇(cù)淡烟衰柳。塞鸿[1]一夜尽

南飞，谁与问倚楼人瘦？

韵拈风絮②，录成《金石》③，不是舞裙歌袖。从前负尽扫眉才④，又担阁⑤镜囊⑥重绣。

［注释］

①塞鸿：塞外的鸿雁。有唐王仙客苍头塞鸿传情的故事，因常以“塞鸿”指代信使。

②韵拈风絮：指谢道韫咏雪之典。谢道韫为谢安侄女，王凝之之妻。曾在家遇雪，谢安问如何形容雪花，其侄谢朗答“撒盐空中差可拟”，道韫认为“未若柳絮因风起”，受到谢安称赏。后世因而称女子的诗才为“咏絮才”。

③金石：指《金石录》，宋赵明诚撰。赵明诚之妻李清照，号易安居士，宋代著名词人，对金石书画也有相当高的造诣，《金石录》一书，实际是夫妇二人的合著。

④扫眉才：指有文学才能的女子。唐王建《寄蜀中薛涛校书》：“扫眉才子知多少，管领春风总不如。”

⑤担阁：耽搁，耽误。

⑥镜囊：盛镜子和其他梳妆用品的袋子。

［词解］

这首词是怀念妻子之作：秋夜，月光如水般清澈，水波如白练一般，月色下烟柳摇曳。大雁一夜之间都飞走了，谁来问问，靠在楼窗的人为何而变得清瘦？你的才情唯有谢道韫、李清照可比，你我意气相投，你又绝非那爱慕浮华之人。只怪我辜负了你的才情和往日那美好的时光，如今只能徒增感慨。

临江仙

寄严荪友①

别后闲情何所寄，初莺②早雁③相思。如今憔悴异当时，飘零心事，残月落花知。

生小④不知江上路，分明却到梁溪⑤。匆匆刚欲话分携，香消梦冷，窗白一声鸡。

［注释］

①严荪友：严绳孙。

②初莺：借喻暮春之时。

③早雁：借指秋来之日。

④生小：自小，幼小。

⑤梁溪：水名，在江苏无锡西，源出惠山，流入太湖。古时此水极窄，梁时疏浚，故名，这里指严荪友的家乡。

梁溪柳丝牵人肠

纳兰生性疏淡，结交的也是同样才华横溢、不随流俗者。严绳孙归隐故乡，别后杳无音讯，纳兰心中甚念，作词遥寄思念之情。

［词解］

这首词为寄赠之作，表达对挚友深切的怀念：春去秋来，我日日夜夜都在思念着你，然而这种孤独寂寞，除了残花落絮，却没有人能够知晓。我自己生来不知江南之路，然而梦里却到了你的家乡梁溪。只是好梦难留，正欲说说别后相思时，却一梦醒来，窗外传来鸡鸣之声，梦中温馨的情谊消逝了，令人不胜怅惘。

［词人逸事］

严绳孙，字荪友，号藕渔，又号藕塘渔人，江南无锡人。工隶、楷书，6岁即能作径尺大字，曝书亭匾为其所书。二十多岁时，抛弃举子业，游历于山水之间，与朱彝尊、姜宸英被誉为“江南三布衣”。清顺治六年（1649），参加由江南名士太仓吴伟业主盟的慎交社，结识了一批东南名流。顺治十一年（1654），与邑中顾贞观、秦松龄等十人结云门社，时称“云门十子”。康熙十四年（1675）结识满族词人、大学士明珠之子纳兰性德，成为莫逆。

康熙十八年（1679）三月，朝廷调举博学鸿儒，严绳孙以江南名布衣身份被荐与“鸿博”试，他却因受荐而避试，临场借目疾仅成《省耕诗》一首即退场，期望脱身。当时康熙帝笼络士子之心正切，遂引唐代祖以咏雪诗二十字入选的掌故，破格以“久知其名”擢置二等末，授其翰林院检讨，参与《明史》编纂，后历任日讲起居注官、山西乡试正考官、右中允兼翰林院编修、承德郎等职。康熙二十四年（1685）辞官回家乡隐居，杜门不出，以书画著述终老。

又

昨夜个人曾有约，严城[1]玉漏[2]三更。一钩新月[3]几疏星。夜阑犹未寝，人静鼠窥（kuī）灯。

原是瞿(qú)唐④风间阻⑤，错教人恨无情。小阑干外寂无声。几回肠断处，风动护花铃⑥。

［注释］

①严城：戒备森严的城池。唐皇甫冉《与张谭宿刘八城东庄》诗：“寒芜连古渡，云树近严城。”

②玉漏：古代计时漏壶的美称。

③新月：农历每月初出现的弯形的月亮。

④瞿唐：瞿塘，峡名，为长江三峡之首，也称“夔峡”。西起四川奉节白帝城，东至巫山大溪，两岸悬崖壁立，江流湍急，山势险峻，号称“西蜀门户”，峡口有夔门和滟滪堆。

⑤间阻：阻隔，间隔。

⑥护花铃：为保护花朵驱赶鸟雀而设置的铃。

［词解］

这首词写与情人相约却未能践约的喜怨交替之情：昨天夜里曾经约好黄昏后相见，然而现在已经是三更时分，却迟迟未能成行。空中有一弯新月几颗疏星，夜深人静却迟迟不能入睡。不能赴约是因为受到了阻隔，别有难言之隐，却叫相约的人错怪自己无情。栏杆外寂静无声，只有风吹护花铃的幽怨之声。

又

点滴芭蕉心欲碎，声声催忆当初。欲眠还展旧时书。鸳鸯小字①，犹记手生疏②。

倦眼乍低缃帙(xiāng zhì)③乱，重看一半模糊。幽窗冷雨一灯孤。料应情尽，还道有情无？

［注释］

①鸳鸯小字：指相思爱恋的文辞。《全元散曲·水仙子·冬》：“意悬悬诉不尽相思，谩写下鸳鸯字，空吟就花月词，凭何人付与娇姿。”

②生疏：不熟练。

③缃帙：浅黄色书套。亦泛指书籍、书卷。

[词解]

这首词为相思之作：夜雨芭蕉，声声传情，听来让人心碎。想要睡去却禁不住又打开旧时的书信，看着那写满相思情意的书笺，便记起她当时书写还不是很熟练的情景。茫然间书卷散乱，拾起重看，只到一半便泪眼模糊。伴着冷雨孤灯，原以为情已经尽了，却还在想着这情思到底还有没有？

又

永平①道中

独客单衾(qīn)②谁念我？晓来凉雨飕飕③。缄(jiān)书④欲寄又还休，个侬⑤憔悴，禁得更添愁。

曾记年年三月病，而今病向深秋。卢龙⑥风景白人头，药炉烟里，支枕听河流。

病向深秋

自古逢秋悲寂寥，更况边塞寒苦地。驻军山海关，又碰上连日阴雨，不胜凄凉，相思随秋雨，一阵阵侵入骨髓。盼鱼雁寄相思，又恐愁更甚。

[注释]

①永平：清代永平府，今隶属于河北秦皇岛市。

②单衾：薄被。

③飕飕：形容雨声。

④缄书：书信。

⑤个侬：这人，那人。

⑥卢龙：今山海关西南一带，滦河流经此地，清代属永平府。

[词解]

这是一首抒写乡关客愁的边塞词：孤眠独卧，夜来衾薄，清晓愁雨，不胜清寒，有谁会念及我呢？想要给你写信遥寄相思，又害怕你看了更添新愁，愈加憔悴，于是只好作罢。记得原来都是三月春愁多病，没想到今年却病向深秋了。在这深秋时节，卢龙风景萧疏，令人伤感，暗生白发。只得在药炉的烟雾缭绕下，侧耳倾听江河的奔流之声来排遣愁苦之情了。

又

谢饷樱桃[1]

绿叶成阴春尽也，守宫[2]偏护星星。留将颜色慰多情，分明千点泪，贮作玉壶冰[3]。

独卧文园方病渴[4]，强拈红豆[5]酬卿。感卿珍重报流莺[6]，惜花须自爱，休只为花疼。

［注释］

①谢饷樱桃：辽、金旧俗有“荐新”“献时新”之举，即或由皇帝赏赐大臣，或达官贵人互送刚刚成熟的果物珍品。樱桃一直被视为果中之珍，遂于仲夏成熟之日相互馈赠。此时诗人得到了友人馈赠的樱桃，故填词以示答谢。

②守宫：守宫槐，槐树的一种，其叶白日聚合，夜间舒展，俗称“马缨花”。《尔雅·释木》：“守宫槐叶昼聂宵炕。”郭璞注：“槐叶昼日聂合而夜炕布者，名为守宫槐。”此处借喻浓密的枝叶。

③玉壶冰：酒名。宋叶梦得《浣溪沙·送卢倅》词：“荷叶荷花水底天，玉壶冰酒酿新泉，一欢聊复记他年。”

④文园方病渴：汉司马相如曾任孝文园令，“常有消渴疾”，因此称病闲居。（见《史记·司马相如列传》）后遂以“文园病”指消渴病，这里谓文人落魄，病困潦倒。

⑤红豆：代指樱桃。

⑥流莺：莺。流，谓其鸣声婉转。

［词解］

这首词为答谢的应酬之作，然情真意深，措辞委婉：春天就要过去了，绿叶成荫，浓密的枝叶偏偏遮掩了粒粒樱桃。留下鲜红的樱桃慰问我这多情的人，这樱桃分明是送来千里外友情的泪水，而这泪水又化为浓香的醇酒。我正失意病卧，蒙你盛情馈送了樱桃，于是我强拈着它以示对你的酬答。在这黄莺啼遍的时候，感谢你还如此珍重友情。不过你也要珍重，怜惜花落时也要自爱，不要总是为花落而生悲。

又

丝雨如尘云着水，嫣香[1]碎入吴宫[2]。百花冷暖避东

风，酷怜娇易散，燕子学偎(wēi)红③。

人说病宜随月减，恹(yān)恹④却与春同。可能留蝶抱花丛，不成双梦影，翻笑杏梁⑤空？

［注释］

①嫣香：娇艳芳香，亦指娇艳芳香的花。

②吴宫：指春秋吴王的宫殿。春秋吴都有东西宫，据汉袁康《越绝书·外传记·吴地传》载："西宫在长秋，周一里二十六步，秦始皇帝十一年，守宫者照燕失火，烧之。"

③偎红：紧贴着红花。

④恹恹：精神萎靡不振的样子。

⑤杏梁：文杏木所制的屋梁，言其屋宇的高贵。汉司马相如《长门赋》："刻木兰以为榱兮，饰文杏以为梁。"

［词解］

这首词抒写暮春愁病交加，深含兴亡之叹：细雨蒙蒙，云中夹带着水气，吴宫里残花散落满地。最让人怜惜的是那娇美易落的宫花，故而连燕子也学着人的样子紧紧依偎在花下。人们都说病体会随着时间慢慢康复，然而我却像这暮春一样萎靡颓丧。蝴蝶飞舞，留连花丛，而燕子成双成对地飞走了，反而笑那屋宇梁上空空。

又

长记碧纱窗①外语，秋风吹送归鸦。片帆②从此寄天涯，一灯新睡觉，思梦月初斜。

便是欲归归未得，不如燕子还家。春云③春水④带轻霞⑤，画船⑥人似月，细雨落杨花。

［注释］

①碧纱窗：装有绿色薄纱的窗。

②片帆：孤舟，一只船。

③春云：春天的云。

④春水：春天的河水。

⑤轻霞：淡霞。

⑥画船：装饰华美的游船。南朝梁元帝《玄圃牛渚矶碑》：“画船向浦，锦缆牵矶。”

［词解］

这首词写在春天回忆秋天的离别：记得我们在碧纱窗外低语话别，当时秋风吹起，天色将晚，暮鸦飞回。从此以后我便一叶孤舟在天涯漂泊，半夜从梦中醒来，月亮才刚刚西斜。即使想回来却不能回来，连秋去春归的燕子都不如。春日里山水如画，若能一起欣赏烟柳画船、细雨杨花的美景，该是何等的惬意！

又

塞上得家报，云秋海棠[1]开矣，赋此

六曲阑干三夜雨，倩谁护取娇慵[2]？可怜寂寞粉墙[3]东，已分裙衩[4]绿，犹裹泪绡红[5]。

曾记鬓边斜落下，半床凉月惺（xīng）忪[6]。旧欢如在梦魂中，自然肠欲断，何必更秋风。

［注释］

①秋海棠：多年生草本植物，叶子斜卵形，叶背和叶柄带紫红色，花淡红色，供观赏，又称“八月春”“断肠花”。《采兰杂志》载：古代有一妇女怀念自己的心上人，但总不能见面，于是经常在墙下哭泣，眼泪滴入土中，后在洒泪之处长出一植株，花姿妩媚动人，花色像妇人的脸，叶子正面绿、背面红的小草，秋天开花，名曰“断肠草”。《本草纲目拾遗》也记载：“相传昔人有以思而喷血阶下，遂生此草，故亦名‘相思草’。”纳兰性德扈驾塞上，或奉命出使，于塞外得家书后作此词。

②娇慵：柔弱倦怠的样子，这里指秋海棠花。此系以人拟花，为作者想象之语。

③粉墙：用白灰粉刷过的墙。

④裙钗：裙子与头钗都是妇女的衣饰，旧时借指女子。

⑤绡红：生丝织成的薄纱、薄绢。

⑥惺忪：形容刚睡醒还未完全清醒的状态。

［词解］

这首词是词人身在塞上却心系故园之作：上阕化虚为实，海棠花开了，家中那

栏杆外愁雨不断，谁来呵护海棠那娇慵的身影？那美丽的花朵在粉墙东边娇艳而寂寞地绽放，绿叶托出了粉红色的花蕾，好像是在薄纱一样的花瓣上宿雨犹存。下阕转入追怀往昔，那令人怀念的往日美好时光如同在梦中，此时只剩肝肠欲断的凄苦之情，又何况秋风刮来呢？

又

卢龙[1]大树

雨打风吹都似此，将军[2]一去谁怜？画图曾见绿阴圆。旧时遗镞（zú）[3]地，今日种瓜田。

系马南枝[4]犹在否，萧萧欲下长川[5]。九秋[6]黄叶[7]五更烟。止应摇落尽，不必问当年。

［注释］

①卢龙：地名，在今山海关西南，清属永平府。

②将军：指将军树，即大树。《后汉书 · 冯异传》："每所止舍，诸将并坐论功，异常独屏树下，军中号'大将军树'。"后遂以"将军树"借指大树，亦用为建立军功之典，唐王昌龄《从军行》："虽投定远军，未坐将军树。"

卢龙大树

沧海桑田，世事变幻，往日英雄风略，只存在于青灯黄卷中。李广故去，墓碑无人凭吊，空留传奇事迹在世间。这将军树也是如此，曾留下过无数的英雄故事，不知现在是否依然挺立？

③遗镞：指遗弃或残剩的箭镞。

④南枝：朝南的树枝，比喻温暖舒适的地方。《古诗十九首 · 行行重行行》："胡马依北风，越鸟巢南枝。"因以指故土故国。

⑤长川：长流。

⑥九秋：指九月深秋。

⑦黄叶：枯黄的树叶，亦借指将落之叶。

［词解］

这首词借咏卢龙大树而抒凭吊之情、怀乡之意：雨打风吹都是如此这般，大树犹存而建立军功之人却一去不返，有谁来凭吊呢？绿荫覆盖的美景曾入画中，而昔日的战场如今却变成了种瓜之田。江河奔流，那曾经系马的树枝还在那里吗？是否都化为深秋的落叶、五更的晨烟？当年的英雄旧事又何须再提！

又

寒柳

飞絮飞花何处是？层冰①积雪摧残。疏疏②一树五更寒。爱他明月好，憔悴也相关③。

最是繁丝摇落后，转教人忆春山④。湔(jiān)裙⑤梦断续应难。西风多少恨，吹不散眉弯⑥。

[注释]

①层冰：犹厚冰。宋辛弃疾《念奴娇·和南涧载酒见过雪楼观雪》词："便拟明年，人间挥汗，留取层冰洁。"

②疏疏：稀疏貌。唐贾岛《光州王建使君水亭作》诗："夕阳庭眺，槐的滴疏疏。"

③相关：彼此关连，相互牵涉，互相关心。

④春山：春日的山，亦指春日山中。春日山色黛青，因喻指妇人姣好的眉毛，这里指代亡妻。

⑤湔裙：古代的一种风俗。旧俗于农历正月元日至月晦，仕女酹酒洗衣于水边，以辟灾度厄。

⑥眉弯：弯弯的眉毛。清龚自珍《太常行》词："似他身世，似他心性，无恨到眉弯。"

[词解]

这首词借咏柳而抒伤悼之情：在这冰天雪地的严冬，那迎风飘逝的柳絮去了哪里？稀疏萧条的树枝在五更天里忍受着晓寒，愿与月相伴，即使如今憔悴也会相互关心。偏偏是在这树叶落尽之后，让人回忆起春天的美丽景致。如今斯人已逝，即使梦里相见，可慰相思，但好梦易断，断梦难续。那凄楚的秋风中饱含幽怨，它们却无法吹散你的倩影。

[词评]

容若《饮水词》，在国初亦推作手，较《东白堂词》（佟世南撰）似更闲雅。然意境不深厚，措词亦浅显。余所赏者，惟《临江仙·寒柳》第一阕，及《天仙子·渌水亭秋夜》、《酒泉子》（谢却荼蘼）一篇，三篇耳，余俱平衍。又《菩萨蛮》云："杨柳乍如丝。故园春尽时。"亦凄惋，亦闲丽，颇似飞卿语，惜通篇不称。

——陈廷焯《白雨斋词话》

容若《饮水词》才力不足。合者得五代人凄惋之意。

——陈廷焯《白雨斋词话》

悼亡。

——《毛泽东读文史古籍批语集》

《词则大雅集》：缠绵沉着，似此真可伯仲小山，颉颃永叔。

——张草纫《纳兰词笺注》

清代词论家陈廷焯在《白雨斋词话》中说："余最爱《临江仙》'疏疏一树五更寒，爱他明月好，憔悴也相关'。言之有物，几令人感激涕零。容若词亦以此篇为压卷之作。"陈廷焯强调"比兴"，从这观点出发自然对此词十分推许。不过，纳兰性德咏寒柳，也确是"言之有物"。他写的既是受冰雪摧残的寒柳，也是一个遭到不幸的人。整首词，句句写柳，又句句写人，意境含蓄幽远，是一首写得比较成功的咏物诗。"

——黄天骥《纳兰性德和他的词》

性德《临江仙·寒柳》，文廷式推为《饮水》压卷，陈廷焯亦赏之。然今人多不知此词所云，以不解"湔裙梦断续应难"句意也。黄天骥引李义山《柳枝词序》注之，亦强作解人。按"湔裙"，用窦泰事也。《北齐书·窦泰传》："窦泰，字世宁，大安捍殊人也。初，泰母期而不产，大惧。有巫曰：'渡河湔裙，产子必易。'泰母从之，俄而生泰。"容若盖以喻卢氏难产而死也，则此词亦悼亡之作。

——赵秀亭《纳兰丛话》

咏物词要写好很不容易，正如南宋著名词人张炎在其论词著作《词源》中所说的那样："体认稍真，则拘而不畅；模写差远，则晦而不明。"如果单纯地就物咏物，即使刻画形容到惟妙惟肖的地步，总也呆板无神，意义不大，算不得上乘之作。所以论者多以为好的咏物词必须"不离不即"，也就是既不偏离所咏之物，又不黏着于物上，而做到有物有情。容若这一首咏寒柳之作，就在咏物时融入自己的思想感情，而且"收纵联密，用事合题"（此八字为《词源》对咏物词所提的要求），实际上借物寓情，因物见意，所以自臻妙境。对此，连一向对纳兰词持较苛的陈廷焯也表示叹服，评为"言中有物，几令人感激涕零"。

——盛冬铃《纳兰性德词选》

又

夜来带得些儿雪，冻云[1]一树垂垂。东风回首不胜悲。叶干丝未尽，未死只颦眉[2]。

可忆红泥亭子③外，纤腰舞困因谁？如今寂寞待人归。明年依旧绿，知否系斑骓(zhuī)④？

垂柳寄相思

冬日雪花漫漫，树干似不禁风，瑟缩在雪中。想起春日之事不禁悲从中来，当时妻子卢氏还曾为他长亭送别，折柳相赠。现在柳条萎尽，妻子也已故去，只能暗自垂泪。

［注释］

①冻云：严冬的阴云。宋陆游《好事近》词："扶杖冻云深处，探溪梅消息。"

②颦眉：皱眉。晋戴逵《放达为非道论》："是犹美西施而学其颦眉，慕有道而折其巾角。"

③红泥亭子：红亭，长亭。路途中行人休憩、送别之处。

④斑骓：毛色青白相杂的骏马。唐李商隐《无题》："斑骓只系垂杨岸，何处西南待好风。"

［词解］

这首词为咏寒柳之作，与前首一样意含悼亡之旨：垂柳带着前夜下的雪，望去犹如片片浮云。回首春天不胜伤悲，如今叶子已经落净，而柳丝尚存还没有冻死，只是像病了一般皱着眉头，如同愁病交加的我。记得当初你我在红亭送别时，那垂柳在为谁而摇曳多姿？如今只剩我自己寂寞地等待你归来。明年那垂柳依然会变绿，却不知道是否还会有人在那里系上骏马，长亭送别。

又

孤雁

霜冷离鸿①惊失伴，有人同病相怜。拟凭尺素②寄愁边。愁多书屡易，双泪落灯前。

莫对月明思往事，也知消减年年。无端嘹唳(liáo li)③一声传。西风吹只影，刚是早秋天。

［注释］

①离鸿：失群的大雁，比喻远离的亲友。

②尺素：书写用的一尺长左右的白色生绢，借指小的画幅，短的书信。陆机《文赋》："函绵邈于尺素。"

③嘹唳：形容声音响亮凄清，这里指孤雁哀鸣声。唐陈子昂《西还至散关答乔补阙知之》诗："葳蕤苍梧凤，嘹唳白露蝉。"

［词解］

这首词借咏孤雁来吟咏自己的孤独：秋霜遍地，离群的大雁失去了自己的同伴，它可知道地上有个人与它同病相怜。想要将满怀愁绪用书信寄出去，却发现愁绪太多变换不定，于是只能对着烛光暗自垂泪。不要对着明月遥想当年的往事，那会让人衣带渐宽，形影憔悴。忽然云中传来一声孤雁哀鸣，抬头望去，那孤单的身影在初秋的寒风之中缥缈远去。

蝶恋花①

辛苦最怜天上月，一昔②如环，昔昔都成玦③。若似月轮④终皎洁⑤，不辞冰雪为卿热。

无那尘缘容易绝，燕子依然，软踏帘钩⑥说。唱罢秋坟愁未歇，春丛⑦认取⑧双栖蝶⑨。

［注释］

①这首词与以下三首《蝶恋花》均为悼亡之作，作年不详。

②一昔：一夜。昔，同"夕"，见《左传·哀公四年》："为一昔之期。"纳兰性德曾在其词序说亡妻曾在梦中"临别有云：'衔恨愿为天上月，年年犹得向郎圆。'"

③玦：玉玦，佩玉的一种。形如环而有缺口，借喻月缺。

④月轮：泛指月亮。

⑤皎洁：明亮洁白，多形容月光。

⑥帘钩：卷帘所用的钩子。

⑦春丛：春日丛生的花木。

⑧认取：辨认，认得。取，语助词。

⑨双栖蝶：用梁山伯、祝英台死后化蝶的典故。

[词解]

这首词为悼念亡妻之作：最怜爱那天空辛苦的月亮，一月之中，只有一夜是如玉环般的圆满，其他的夜晚则都如玉玦般残缺。如果月光始终皎洁，那么我便不怕月中的寒冷，为你夜夜送去温暖。无奈尘世的情缘最易断绝，只有燕子依然轻轻地踏在帘钩上，呢喃叙语。纵使哀悼过了亡灵，但是满怀的愁情仍不能消解。花丛中的蝴蝶可以成双成对，人却生死分离，不能团聚。

行中感怀

纳兰与妻子卢氏琴瑟相和的美好时光只过了3年。之后，卢氏因难产去世。纳兰终日哀恸，无论出行或在家。他为妻子作了无数悼亡诗，甚至写下“但似月轮终皎洁，不辞冰雪为卿热”之语，情深意切。

[词评]

作者自己只活到三十二岁，可是，他的妻子比他还早死几年。他有许多题名是悼念亡妻的词。这一首虽没有题名，看起来也是悼亡的作品，而且是最动人感人的。

——于在春《清词百首》

《饮水》短制如《蝶恋花》诸阕，颇近欧柳，清雅过之而蕴藉不及。

——赵秀亭《纳兰丛话》(续)

四首是悼亡之作。性德原配卢氏，乃两广总督卢兴祖之女，于康熙十三年（1674）成婚，婚后三年，卢氏死于难产。继室官氏。这当是悼念卢氏。第一首首句，以后作者《沁园春》小序，点明悼念亡妻。其余秋坟鬼唱，化蝶双栖，斑骓无寻，梦成今古，暗香飘尽，惜花人去等，都是死别之词。缠绵悱恻，哀怨凄厉，诚如杨芳灿所云“思幽近鬼”（《饮水词序》语）者，谭献《箧中词》评曰：“势纵语咽，凄淡无聊，延巳（冯延巳）、六一（欧阳修）而后，仅见湘真（陈子龙）。”

——钱仲联《清词三百首》

这首《蝶恋花》是容若的代表作之一，历来受到论者和选家的重视。词上阕因月起兴，以月为喻，回忆当初夫妇间短暂而幸福的爱情生活，则曰“但似月轮终皎洁，不辞冰雪为卿热”，真是深情人作深情语。下阕借帘间燕子，花丛双蝶来寄托哀思，设想亡妻孤魂独处的情景，则曰“唱罢秋坟愁未歇，春丛认取双栖蝶”，这又是伤心人作伤心语。纳兰词既凄婉，又清丽的风格在这里得到了充分的体现，称它为传世的名篇，是当之无愧的。

——盛冬铃《纳兰性德词选》

容若《蝶恋花》:“辛苦最怜天上月，一昔如环，昔昔都成玦。若似月轮终皎洁，不辞冰雪为卿热。无那尘缘容易绝。燕子依然，软踏帘钩说。唱罢秋坟愁未歇，春丛认取双栖蝶。”此亦悼亡词。“昔”即“夕”字，见《左传》。

——吴世昌《词林新话》

又

眼底风光留不住，和暖和香，又上雕鞍(ān)①去。欲倩烟丝遮别路，垂杨那是相思树②。

惆怅玉颜成间阻③，何事东风，不作繁华主。断带④依然留乞句，斑骓一系无寻处。

[注释]

①雕鞍：雕饰有精美图案的马鞍。

②相思树：相传为战国宋康王的舍人韩凭和他的妻子何氏所化生。据晋干宝《搜神记》卷十一载：“宋康王舍人韩凭妻何氏貌美，康王夺之，并囚凭。凭自杀，何投台而死，遗书愿以尸骨赐凭合葬。王怒弗听，使里人埋之，两坟相望。不久二冢之端各生大梓木，屈体相就，根交于下，枝错于上。又有鸳鸯雌雄各一，常栖树上交颈悲鸣。宋人哀之，遂号其木曰‘相思树’。”

③间阻：阻隔。

④断带：割断了的衣带。这里用李商隐《柳枝词序》序，云：商隐从弟李让山遇洛中里女子柳枝，诵商隐《燕台诗》，“柳枝惊问：‘谁人有此，谁人为是？’让山谓曰：‘此吾里中少年叔耳。’柳枝手断长带，结让山为赠叔，乞诗。”

[词解]

这首词依然为怀念亡妻之作：眼底虽然有无限的春光，但春暖花开仍然难以留住征人，他又骑马离去了。请那如丝烟柳不要遮住去路，难道这垂柳也是相思之树吗？如今你那美丽的容颜，我再也见不到了，怎不叫人痛苦惆怅，为何那东风留不住繁华旧梦呢？割断的衣带上还留有当年我求你写的诗句，可你却早别我远去，不知归处了。

又

又到绿杨曾折处，不语垂鞭，踏遍清秋路。衰草①连

天无意绪②，雁声远向萧关③去。

不恨天涯行役(yì)④苦，只恨西风，吹梦成今古。明日客程还几许，沾衣况是新寒⑤雨。

［注释］

①衰草：干枯的野草。

②意绪：心意，情绪。南朝齐王融《咏琵琶》："丝中传意绪，花里寄春情。"

③萧关：古关名，故址在今宁夏固原东南，为自关中通向塞北的交通要冲。此处指边关。

④行役：旧指因服兵役、劳役或公务而出外跋涉，泛称行旅出行。

⑤新寒：气候开始转冷。

［词解］

这同样是一首悼亡之作：又来到过去与伊人折柳赠别的地方，引起了心中无限的惆怅。骑在马背上，沉思着往事，默默无言，任马踏着清秋的道路缓缓前行。衰草连天心绪烦乱，天边传来的雁鸣之声显示雁群已飞过了边关。我不恨这浪迹天涯、羁旅行役之苦，只恨这无情的西风，将梦一般的往事吹得无影无踪。思量明天的征程还有多远，不觉寒雨已经沾湿了衣襟。

又

散花楼送客

城上清笳①城下杵(chǔ)②。秋尽离人，此际心偏苦。刀尺又催天又暮，一声吹冷蒹葭(jiān jiā)③浦。

把酒留君君不住。莫被寒云④，遮断君行处。行宿黄茅山店⑤路，夕阳村社⑥迎神鼓。

［注释］

①清笳：谓凄清的胡笳声。唐杜甫《洛阳》诗："清笳去宫阙，翠盖出关山。"

②城下杵：指捣衣之声。杵，捣衣所用的棒槌。

③蒹葭：蒹和葭都是水草，本指在水边怀念故人，后以"蒹葭"泛指思念异地友人。语出《诗经·秦风·蒹葭》："蒹葭苍苍，白露为霜。所谓伊人，在水一方。"

送友人

友人上路远行，正逢秋色寂寥，柳叶凋零，胡笳声声诉凄凉。纳兰遥想友人夜晚投奔荒村，看社鼓迎神，与村民聊狐鬼趣事，可惜一切都不能与自己分享，心中不禁黯然。

④寒云：寒天的云。

⑤黄茅山店：指荒村野店。黄茅，茅草名。唐白居易《代书诗一百韵寄微之》："官舍黄茅屋，人家苦竹篱。"

⑥村社：旧时农村祭祀社神的日子或盛会，《旧唐书·文苑传下·司空图》："岁时村社雩祭祠祷，鼓舞会集，图必造之，与野老同席，曾无傲色。"

[词解]

这首词为赠别之作：秋日将尽，凄清的胡笳声掺和着砧杵声传入耳中，四周一片凄凉。深秋送别，心中无限凄苦。日落西山，长满蒹葭的水滨平添了萧疏凄冷。你将上路远行，置酒送别，想要将你留下却无法留住。不要让愁云遮住了你行走的路，使我看不到你远行的身影。你是否会在途中夜投荒村，在夕阳中看那里社鼓迎神的庆典。然而这一切我都无法看到了，只能独自黯然伤怀。

又

萧瑟[1]兰成[2]看老去，为怕多情，不作怜花句。阁泪[3]倚花愁不语，暗香飘尽知何处？

重到旧时明月路。袖口香寒，心比秋莲[4]苦。休说生生[5]花里住，惜花人去花无主。

[注释]

①萧瑟：寂寞凄凉。

②兰成：北周庾信之小字。北周庾信《哀江南赋》："王子滨洛之岁，兰成射策之年。"唐陆龟蒙《小名录》："庾信幼而俊迈，聪敏绝伦，有天竺僧呼信为兰成，因以为小字。"此处词人借指自己。

③阁泪：含着眼泪。宋无名氏《鹧鸪天·离别》："尊前只恐伤郎意，阁泪汪

汪不敢垂。”

④秋莲：荷花，因于秋季结莲，故称。

⑤生生：世世，一代又一代。

[词解]

我如同庾信一般在寂寞凄清中老去，害怕多情，所以不写怜花的诗句。于是含着眼泪，倚着花朵，不知落红散尽会香飘何处？又来到我们曾经一起走过的小路，当初明月清风，如今却袖口香寒，一颗心比秋莲还要愁苦。惜花的人已经永远离去，花已经没有了主人，还说什么生生世世都住在花里呢？

又

夏夜

露下庭柯[1]蝉响歇。纱碧如烟，烟里玲珑月。并著香肩[2]无可说，樱桃[3]暗解丁香结[4]。

笑卷轻衫鱼子缬(xié)[5]。试扑流萤[6]，惊起双栖(qī)蝶。瘦断玉腰[7]沾粉叶，人生那不相思绝。

[注释]

①庭柯：庭园中的树木。晋陶潜《停云》诗：“翩翩飞鸟，息我庭柯。”

②香肩：散发着香气的肩背。

③樱桃：比喻女子的嘴唇如樱桃般小巧红艳。此处代指恋人。

④丁香结：丁香的花蕾。用以喻愁绪之郁结难解。唐尹鹗《拨棹子》词：“寸心恰似丁香结，看看瘦尽胸前雪。”

⑤鱼子缬：绢织物名。唐段成式《嘲飞卿》：“醉袂几侵鱼子缬，飘缨长罥凤皇钗。”

⑥流萤：飞行无定的萤。唐杜牧《秋夕》诗：“红烛秋光冷画屏，轻罗小扇扑流萤。”

⑦玉腰：称美女的腰，指蝴蝶的身体。

[词解]

这首词描绘夏夜与恋人共度的情景：庭院结满露珠的树上，有蝉在鸣唱，轻纱如烟似雾，月色朦胧。你我默默地肩并着肩，心中的愁绪却暗自消解。朦胧月下，你笑着卷起衣袖，捕捉飞来飞去的萤火虫，却不经意惊起了花上双宿双栖的蝴蝶。如今想来怎不让人相思成病，日渐消瘦，伤心欲绝。

又

出塞

今古河山无定据①。画角②声中，牧马③频来去。满目荒凉谁可语？西风吹老丹枫树。

从前幽怨应无数。铁马金戈④，青冢(zhǒng)⑤黄昏路。一往情深深几许？深山夕照深秋雨。

[注释]

①无定据：没有一定。宋毛开《渔家傲·次丹阳忆故人》词："可忍归期无定据，天涯已听边鸿度。"

②画角：古管乐器。传自西羌，形如竹筒，本细末大，以竹木或皮革等制成，因表面有彩绘，故称。发声哀厉高亢，古时军中多用以警昏晓，振士气，肃军容。帝王出巡，亦用以报警戒严。

③牧马：指古代作战用的战马。

④铁马金戈：形容威武雄壮的士兵和战马。代指战事，兵事。

⑤青冢：指汉王昭君墓。在今内蒙古自治区呼和浩特南，传说当地多白草而此冢独青，故名。

山行

纳兰身为侍卫，当康熙扫平边疆，他也随同前往。他心中对此十分不满，千百年来权力变更，战事不断，白白糟蹋了大好江山。但这种幽怨又无处倾诉，只能寄与深山夕阳了。

[词解]

这首词描写出塞情景，词风苍凉慷慨：自古以来，权力纷争不止，江山变化无常。战事不断，战马在画角声中频繁往来。西风吹散落叶，满目的凄凉能与谁诉说？不停的纷争，不息的战火，这满怀的幽怨向谁倾诉？只有对昭君的青冢诉说了。曾经的一往情深能有多深？是否深似这山中的夕阳与深秋的苦雨呢？

[词评]

看出兴亡。

——《毛泽东读文史古籍批语集》

此首通体俱佳。唯换头"从前幽怨"不

叶，可倒为“幽怨从前”。

——吴世昌《词林新词话》

几乎是孤臣孽子的情绪了。

——严迪昌《清词史》

又

尽日惊风[1]吹木叶。极目嵯峨[2]，一丈天山[3]雪。去去[4]丁零[5]愁不绝，那堪客里还伤别。

若道客愁容易辍。除是朱颜[6]，不共春销歇[7]。一纸乡书和泪摺，红闺此夜团圆月。

［注释］

①惊风：狂风。

②嵯峨：形容山势高峻。

③天山：在今新疆中部。此处是以天山代指塞外之山。

④去去：一步一步地远行，越去越远。

⑤丁零：古代少数民族名，汉时游牧于我国北部和西北部。《史记·匈奴列传》：“后北服浑庾、屈射、丁零、鬲昆、薪犁之国。”张守义正义：“已上五国在匈奴北。”此处是借指塞外极边之地。

⑥朱颜：红润美好的容颜。

⑦销歇：衰败零落。

［词解］

这首词表现天涯羁旅、游子落拓的凄凉悲伤：在这里，尽日狂风呼啸，极目望去，天山脚下树叶尽落，积雪盈丈，一片皑皑白色。渐行渐远已经让人愁不自胜了，更何况还是在行役当中的伤别。若想行人的客愁能够停止，那除非是红润的容貌常在，不会像春花一样地凋萎。而现在朱颜憔悴，春华销歇，又当如何呢？写好书信，含着眼泪折起，而此时不也正有人孤独地对着团圆明月，怀念着我这远在天山的人吗！

又

准拟[1]春来消寂寞。愁雨愁风，翻[2]把春担阁[3]。不

为伤春情绪恶，为怜镜里颜非昨。

毕竟④春光谁领略⑤？九陌缁(zī)尘⑥，抵死⑦遮云壑(hè)⑧。若得寻春终遂约，不成长负东君⑨诺。

［注释］

①准拟：料想，打算。

②翻：同“反”。

③担阁：耽搁，迟延，耽误。

④毕竟：终归，终究，到底。

⑤领略：欣赏，晓悟。

⑥九陌：汉长安城中的九条大道。《三辅黄图·长安八街九陌》：“《三辅旧事》云：长安城中八街、九陌。”泛指都城大道和繁华闹市。缁尘：黑色灰尘。常喻世俗污垢。

⑦抵死：经常，总是。宋晏殊《蝶恋花》：“百尺楼头闲倚遍。薄雨浓云，抵死遮人面。”

⑧云壑：云气遮覆的山谷，此处借指僻静的隐居之所。唐于鹄《过凌霄洞天谒张先生祠》诗：“乃知轩冕徒，宁比云壑眠。”

⑨东君：传说中的太阳神或指司春之神。《史记·封禅书》：“晋巫祠五帝、东君、云中……之属。”

［词解］

这首词表现词人厌于侍卫生涯、蹉跎日老的感慨：本来打算在大好的春光下消遣寂寞，无奈愁风愁雨辜负了春光。情绪不好并不是因为伤春所致，而是因为对镜顾影自怜，形容已日渐憔悴。那繁华的闹市总是将幽僻的山谷遮蔽，有谁来领略这美好的春光？怎样才能不辜负春光，遂我心愿呢，难道总是让我有负春神吗？

唐多令

雨夜

丝雨①织红茵(yīn)②，苔阶③压绣纹。是年年、肠断黄昏。到眼芳菲④都惹恨，那更说，塞垣(yuán)⑤春。

萧飒⑥不堪闻，残妆⑦拥夜分⑧。为梨花、深掩重门⑨。梦向金微山⑩下去，才识路，又移军⑪。

[注释]

①丝雨：像丝一样的细雨。

②红茵：红色的垫褥。唐元稹《梦游春七十韵》：“铺设绣红茵，施张钿妆具。”这里指红花遍地，犹如红色地毯。

③苔阶：生有苔藓的石阶。

④芳菲：芳香的花草。

⑤塞垣：本指汉代为抵御鲜卑所设的边塞，后亦指长城，边关城墙。

⑥萧飒：形容风雨吹打草木所发出的声音。

⑦残妆：亦作“残装”，指女子残褪的化妆。

⑧夜分：夜半。

⑨重门：宫门，屋内的门。

⑩金微山：今天的阿尔泰山。汉永元三年（91）耿夔击北单于于金微山，大破之，单于走死，山在漠北，去朔方五千余里，唐置金微都督府。

⑪移军：转移军队。

肠断不忍见春色

雨打梨花深闭门，独坐起相思，肠断不忍见春色。梦中到疆场，却遍寻不见你的军队，醒来空有泪满襟。纳兰借妻子之态写自己的无尽相思，情深难遣。

[词解]

这首词写雨夜相思，描摹闺人思我的情景：细雨霏霏，使庭院里变得花红阶绿。午午都在令人愁断肠的黄昏中度过。满眼的芳菲都能无端惹起春愁，更不要说是这边关的春色了！那风雨萧飒的声音是不能听的，听了便会让人伤心。夜半时分拥衾无眠，妆已残，人孤单，为了不让梨花飞尽，于是紧紧关上闺门。梦里来到你征战的沙场，谁知才刚刚找到去路，你就已随军队转移，不知所踪。

南楼令

金液①镇心惊，烟丝似不胜。沁鲛绡（jiāo xiāo）②、湘竹无声。不为香桃③怜瘦骨，怕容易，减红情④。

将息⑤报飞琼⑥，蛮笺⑦署小名。鉴凄凉、片月⑧三星⑨。待寄芙蓉心上露，且道是，解朝酲（chéng）⑩。

[注释]

①金液：古代方士炼的一种丹液，谓服之可以成仙，也用来喻美酒。

②鲛绡：传说中鲛人所织的绡，亦借指薄绢、轻纱，亦可代指手帕、丝巾。

③香桃：指仙境里的桃树。唐李商隐《海上谣》："海底觅仙人，香桃如瘦骨。"亦可解为香桃骨，比喻女子的坚贞风骨。柳亚子《题莼农〈四婵娟室填词图〉》："嵚崎自爱香桃骨，哀怨难忘碧血花。"

④红情：犹言艳丽的情趣。

⑤将息：保重，调养。

⑥飞琼：许飞琼，传说中的仙女名，西王母的侍女，后泛指仙女或者美丽的女子。

⑦蛮笺：谓蜀笺，唐时指四川地区所造彩色花纸；或唐时高丽纸的别称。宋顾文荐《负暄杂录·纸》："唐中国纸未备，多取于外夷，故唐人诗多用蛮笺字，亦有谓也。高丽岁贡蛮纸，书卷多用为衬。"

⑧片月：一弯月，弦月。

⑨三星：《诗经·唐风·绸缪》："三星在天。"毛诗："三星，参也。"郑玄笺："三星，谓心星也。"天空中明亮的三星，有参宿三星、心宿三星、河鼓三星，均专指一宿而言，这里指心宿三星。

⑩朝酲：谓隔夜醉酒早晨酒醒后仍困惫如病。

[词解]

这首词用众多典故抒发朦胧之情：美酒喝过了，平静的心为之惊动，连那轻缓的香烟也仿佛承受不了。手帕上沁满了泪痕，连那满是泪痕的湘妃竹也默默无声。不贪恋那如仙境一般的境界，而是怜爱那仙女一般的人，怕的是容易消减了爱情。在信笺上写下诗句，签上小名，送与天上的仙女报声珍重。明镜一般的天空，弯月明星，倍觉凄凉。待我寄去荷花上的露水，让它宽慰你那如醉如痴的相思。

又

塞外重九

古木向人秋，惊蓬①掠鬓稠。是重阳、何处堪愁。记得当年惆怅事，正风雨，下南楼②。

断梦几能留，香魂③一哭休。怪凉蟾(chán)④、空满衾裯(qīn chóu)⑤。霜落乌啼浑不睡，偏想出，旧风流。

[注释]

①惊蓬：疾飞的断蓬，喻行踪漂泊不定。也用来形容散乱蓬松的头发。

②南楼：在南面的楼。南朝宋谢灵运有《南楼中望所迟客》诗。

③香魂：美人之魂。

④凉蟾：皎月，指秋月。唐李商隐《燕台诗·秋》："月浪衡天天宇湿，凉蟾落尽疏星入。"

⑤衾裯：指被褥床帐等卧具。语出《诗·召南·小星》："肃肃宵征，抱衾与裯实命不犹。"

重九忆旧

塞上秋寒，断蓬乱飞，惹来许多愁绪。忆当年风流倜傥，与美人南楼初见，无限缱绻萦怀。纳兰本自放达，长期羁旅塞外，心情苦闷抑郁，尤其重阳节独身一人在外。

[词解]

这首词写在塞上重阳伤感：深秋重阳，蓬草连飞，塞外一派萧疏荒凉，触动了离愁与相思。记得当年重九日，你在风雨之中走下南楼。梦断忆梦，梦中你音容宛然，但却一哭而别，好梦醒了。都怪那清冷的月光，照得满床清辉，把梦惊醒。窗外满地霜华，城乌夜啼，反反复复不能入眠，于是想起以前的风流旧事，愈加愁怀难耐。

踏莎美人

清明

（按此调为顾梁汾自度曲）

拾翠[1]归迟，踏青[2]期近，香笺[3]小叠邻姬讯[4]。樱桃花谢已清明，何事绿鬟[5]斜亸（duǒ）[6]宝钗横。

浅黛[7]双弯，柔肠几寸，不堪更惹其他恨。晓窗窥（kuī）梦有流莺，也说个侬[8]憔悴可怜生[9]。

[注释]

①拾翠：拾取翠鸟羽毛以为首饰，后多指妇女游春。语出三国魏曹植《洛神

赋》:“或采明珠，或拾翠羽。”

②踏青：清明前后到野外去观赏春景。

③香笺：信笺，因少女之手，散发香气，故云。

④邻姬：邻家女子。讯：通“信”。

⑤绿鬟：指乌黑发亮的头发。

⑥斜亸：斜斜地垂下来。

⑦浅黛：指女子用黛螺淡画的眉毛。

⑧个侬：犹这人或那人。

⑨生：用于形容词词尾。

［词解］

这首词写闺中女子清明相约踏青却百无聊赖的春愁：清明快要到了，正是游春踏青的好时节，邻家女伴写来信笺相邀游春。然而樱桃花都谢了，清明将过，却不知为了何事而蹉跎。只因疏慵倦怠，本就愁绪满怀，于是不愿再去沾惹新恨了。如此愁绪谁能明了，恐怕唯有那清晓窗外的流莺知晓了。

鬓云松令

枕函香，花径①漏。依约相逢，絮语②黄昏后。时节薄寒③人病酒④。刬地⑤梨花，彻夜东风瘦。

掩银屏，垂翠袖。何处吹箫，脉脉情微逗⑥。肠断月明红豆蔻(kòu)⑦。月似当时，人似当时否？

［注释］

①花径：花间的小路。南朝梁庾肩吾《和竹斋》：“向岭分花径，随阶转药栏。”

②絮语：连续不断地说话。

③薄寒：微寒。

④病酒：饮酒沉醉或谓饮酒过量而生病。

⑤刬地：无端地，平白地。

⑥逗：引发，触动。

⑦红豆蔻：植物名。宋范成大《桂海虞衡志·志花·红豆蔻》：“红豆蔻花丛生……一穗数十蕊，淡红鲜妍，如桃杏花色。蕊重则下垂如葡萄，又如火齐璎珞及剪彩鸾枝之状。此花无实，不与草豆蔻同种。每蕊心有两瓣相并，词人托兴曰比目、连理云。”

[词解]

这首词是写怀念恋人的痴情：枕头上还留有余香，花径里尚存春意，那梨花一夜之间在东风中飘落。病酒之后的黄昏恍惚间与她相遇，仿佛来到原来相约的地点，在夕阳下细语绵绵。而今却银屏重掩，影只形单。在孤孤单单中又听到了脉脉传情的箫声。此时，明月正照在那红豆蔻之上。那时曾月下相约，如今月色依然，人却分离，不知她是否依然如旧？

又

咏浴

鬓云松，红玉[1]莹。早月多情，送过梨花影。半晌斜钗慵[2]未整。晕入轻潮，刚爱微风醒。

露华[3]清，人语静。怕被郎窥，移却青鸾(luán)镜[4]。罗袜[5]凌波[6]波不定。小扇单衣，可耐[7]星前冷。

[注释]

①红玉：红色宝玉。比喻红色而有光泽的东西，古常以比喻美人的肤色。

②慵：慵懒。

③露华：清冷的月光。

④青鸾镜：镜子。相传，罽宾王于峻祁之山，获一鸾鸟，饰以金樊，食以珍馐，但三年不鸣。其夫人曰：尝闻鸟见其类而后鸣，何不悬镜以映之。王从其意，鸾睹形悲鸣，哀响中霄，一奋而绝。(见《艺文类聚》卷九十引南朝梁范泰《鸾鸟诗序》)后因以“青鸾”借指镜。清阮元《小沧浪笔谈》卷三：“青鸾不用羞孤影，开匣常如见故人。”

⑤罗袜：丝罗所制之袜。

⑥凌波：形容女子脚步轻盈，飘移如履水波。语出曹植《洛神赋》：

月映梨花

月上树梢，梨花莹莹泛着白光，女子悄出屋外，独赏清寒月色。整首词情态宛然，细腻生动，似是纳兰与妻卢氏甜蜜相合时所作。

“凌波微步，罗袜生尘。”

⑦可耐：怎奈，可恨。

［词解］

这首词描摹女子情态，粉香脂腻，接近花间词风：月色初上，穿过梨花，多情地映照着她蓬松的发髻，红润的肌肤。无奈她娇惰慵懒，迟迟不肯梳妆，脸上泛着红潮，享受着拂面的清风。直到月色清冷，夜阑人静，才开始梳妆，又怕被爱郎窥见，于是悄移明镜。看她怜步微移、步履轻盈，衣着单薄，怎么能耐得住这夜晚的寒冷呢？

淡黄柳

咏柳

三眠[1]未歇，乍到秋时节。一树斜阳蝉更咽(yè)，曾绾(wǎn)灞陵[2]离别。絮已为萍风卷叶，空凄切。

长条莫轻折。苏小[3]恨，倩他说。尽飘零、游冶[4]章台[5]客。红板桥[6]空，湔(jiān)裙人[7]去，依旧晓风残月。

［注释］

①三眠：指柽柳，又名“人柳”，即三眠柳，此柳的柔弱枝条在风中摇曳，时时伏倒。《三辅故事》：“汉苑中有柳状如人形，号曰人柳。一日三眠三起。”故柽柳又称“三眠柳”。

②灞陵：古地名。本作“霸陵”。故址在今陕西西安市东。汉文帝葬于此，故称。三国魏改名“霸城”，北周建德二年（573）废。

③苏小：苏小小。

④游冶：出游寻乐。

⑤章台：秦宫殿名，以宫内有章台而得名，此处指妓楼舞馆。唐韩翃有姬柳氏，以艳丽称。韩获选上第，归家省亲；柳留居长安，安史乱起，出家为尼。后韩使人寄柳诗曰：“章台柳，章台柳，昔日青青今在否？纵使长条似旧垂，亦应攀折他人手。”

⑥红板桥：红色木板搭建的桥。唐白居易《杨柳枝词》之四：“红板江桥青酒旗，馆娃宫暖日斜时。”

⑦湔裙人：代指情人或某女子。湔裙本为度厄避灾。唐李商隐《柳枝词序》云：洛中里女子柳枝与商隐之弟李让山相遇相约，谓三日后她将“湔裙水上”来会。后以此典借指情爱之事。

[词解]

这首词咏秋初之柳：三眠柳还没有来得及休息，秋天就乍然降临了。寒蝉幽咽，经过霸陵离别。如今飞絮飘落水面成为浮萍，风卷落叶飞舞，空留悲凉凄切。不要轻易折取柳条作别，苏小小的遗恨还需要它来诉说，那章台游玩之客看它零落殆尽，如今送别的红板桥已经空寂无人，伊人已去，徒留晓风伴残月。

青玉案

人日①

东风七日蚕芽②软。青一缕、休教剪。梦隔湘烟征雁远。那堪又是，鬓（bìn）丝吹绿，小胜③宜春颤（chàn）。

绣屏浑不遮愁断，忽忽年华空冷暖。玉骨④几随花骨换。三春醉里，三秋别后，寂寞钗头燕。

东巡至乌龙

康熙二十一年（1682）三四月，纳兰扈从康熙帝东巡至松花江，江上坚冰刚破，还春寒料峭。遥想此时家乡已是春暖花开，莺飞草长的景象了。心下无言，只觉伤怀，遂作词抒怀。

[注释]

①人日：旧俗以农历正月初七为人日。传说女娲初创世，在造出了鸡狗猪牛马等动物后，于第七天造出了人，所以这一天是人类的生日。汉东方朔《占书》载，正月一日为鸡，二日为狗，三日为猪，四日为羊，五日为牛，六日为马，七日为人，八日为谷。

②蚕芽：桑芽。

③小胜：玉胜，又称“华胜”。古代一种玉制的发饰，为花形首饰。传说为西王母所戴，汉代后多以剪彩为之。南朝梁宗懔在《荆楚岁时记》中曾记录楚地“剪春胜以相遗”的习俗：正月七日为人日。以七种菜为羹，剪彩为人，或镂金箔为人胜，以贴屏风，亦戴之头鬓。又造华胜以相遗。

④玉骨：清瘦秀丽的身架，多形容女子的体态。

[词解]

这首词吟咏节序，意在感伤离别：正月初七是为人日，桑树吐新芽，青青一缕。而离人却远隔千里，犹如南征之雁不在身边。纵然是绿鬓如云，金衣玉胜，也只能顾影自怜。时光流转，年华易逝，那春愁别恨岂是绣屏就能遮避的。如今容颜变换，青春流逝，那离愁别绪年复一年，不曾间断。

又

宿乌龙江[①]

东风卷地飘榆荚(jiá)[②]，才过了、连天雪。料得香闺[③]香正彻(chè)。那知此夜，乌龙江畔，独对初三月。

多情不是偏多别，别为多情设。蝶梦[④]百花花梦蝶。几时相见，西窗剪烛[⑤]，细把而今说。

[注释]

①乌龙江：今松花江。

②榆荚：榆树之荚，榆树结的果实。

③香闺：指青年女子的内室。

④蝶梦：《庄子·齐物论》："昔者庄周梦为胡蝶，栩栩然胡蝶也，自喻适志与！不知周也。俄然觉，则蘧蘧然周也。不知周之梦为胡蝶与，胡蝶之梦为周与？周与胡蝶，则必有分矣。此之谓物化。"后因以"蝶梦"喻迷离恍惚的梦境。

⑤西窗剪烛：犹言剪烛西窗。语出李商隐诗《夜雨寄北》："何当共剪西窗烛，却话巴山夜雨时。"此指与所思恋的人聚谈。

[词解]

这首词写行役在外、思念爱妻的深情：乌龙江一带天气早寒，夏天刚刚过去，冬天便立即到来。想必此时闺中正是花香四溢的时候。哪里知道在乌龙江上的离人正独自黯然神伤。并不是因为多情而多了离别，而是因为离别偏就是为多情人而设的。与你身处离别，犹如迷离恍惚之梦境。什么时候才能与你相聚，秉烛夜谈，诉说我的衷情呢！

[词评]

性德《青玉案·宿乌龙江》上阕云："东风卷地飘榆荚，才过了、连天雪。料得香闺香正彻。那知此夜，乌龙江畔，独对初三月。”此亦清康熙二十一年（1682）春夏扈从东巡之作。乌龙江，即松花江，此指驻跸之大乌剌虞村，地在鸡林（今吉林市）下游八十里。圣祖于三月二十八至四月初三皆驻大乌剌，故“独对初三月”云云全为写实。

——赵秀亭《纳兰丛话》（续）

冬天，诗人到了乌龙江畔，远离家乡，思念自己的亲人，渴望着团聚。这词一气呵成，不事雕饰，是作者真朴感情的自然流露。

——黄天骥《纳兰性德和他的词》

月上海棠

中元①塞外

原头野火烧残碣(jié)②，叹英魂、才魄暗销歇。终古江山，问东风、几番凉热③。惊心事，又到中元时节。

凄凉况是愁中别，枉沉吟④、千里共明月。露冷鸳鸯，最难忘、满池荷叶。青鸾(luán)⑤杳(yǎo)，碧天云海⑥音绝。

［注释］

①中元：中元节，指农历七月十五日。旧时道观于此日作斋醮，僧寺作盂兰盆会，民俗亦有祭祀亡故亲人等活动。

②残碣：残碑。

③凉热：寒暑，冷暖。

④沉吟：深思吟咏。

⑤青鸾：青鸟，神话传说中为西王母取食传信的神鸟，借指传送信息的使者。化用李商隐《无题》：“蓬山此去无多路，青鸟殷勤为探看。”

⑥碧天云海：形容天水一色，无限辽远。此句化用李商隐《嫦娥》：“嫦娥应悔偷灵药，碧海青天夜夜心。”

［词解］

这首词是作者在塞外鬼节之时的悲慨：中元时节到来，面对眼前荒漠的残碑断碣，想起古往今来那些浴血沙场的英魂。无论他们的贤愚不肖，都早已成为过去。历史就是如此无情，古今寒暑，盛衰兴亡都成陈迹。身处塞外，恰逢中元之日，但音书阻隔，令人更加孤独寂寞。于是独自沉吟那千里共明月的诗句，虽不免惘然神伤，但却可聊以自慰。

海棠月

瓶梅①

重檐②淡月浑如水，浸寒香③、一片小窗里。双鱼④冻合⑤，似曾伴、个人无寐。横眸(móu)⑥处，索笑⑦而今已矣。

与谁更拥灯前髻(jì)，乍横斜、疏影⑧疑飞坠。铜瓶小注，休教近、麝(shè)炉烟气。酬伊也，几点夜深清泪。

[注释]

①瓶梅：插在瓶中以供观赏的梅花。

②重檐：两层屋檐。

③寒香：清冽的香气，形容梅花的香气。

④双鱼：双鱼洗，镌刻有双鱼形象的洗手器。宋张元干《夜游宫》词："半吐寒梅未坼，双鱼洗，冰澌初结。"杨慎注："双鱼洗，盥手之器。"

⑤冻合：犹言冰封。唐李益《盐州过胡儿饮马泉》诗："从来冻合关山路，今日分流汉使前。"

⑥横眸：流动的眼神。

⑦索笑：逗乐，取笑。

⑧疏影：疏朗的影子。

[词解]

这首词借瓶梅抒发相思和伤逝之情：月光如水洒在屋檐上，瓶中的梅花开了，小窗里沉浸在一片清香当中。天气寒冷，双鱼洗已经结冰，孤单的人儿不能入睡。回想当时的眉目传情，而今都已一去不返。当初与谁一起在灯下花前，看那梅花的疏影。如今，又是铜瓶花开，麝烟缭绕，而你却不在身旁了，唯有以这几滴相思之泪寄托我的深情。

一丛花

咏并蒂莲①

阑(lán)珊②玉佩罢《霓(ní)裳》③，相对绾(wǎn)④红妆。藕(ǒu)丝风送凌波去，又低头、软语⑤商量。一种情深，十分心苦，脉脉背斜阳。

色香空尽转生香，明月小银塘⑥。桃根桃叶⑦终相守，伴殷勤、双宿鸳鸯。菰(gū)米⑧漂残，沉云乍黑，同梦寄潇湘⑨。

［注释］

①并蒂莲：并排长在同一茎上的两朵莲花。

②阑珊：零乱，歪斜。李贺《李夫人歌》："红璧阑珊悬佩珰，歌台小妓遥相望。"

③《霓裳》：《霓裳羽衣曲》。唐代著名舞曲，为开元中河西节度使杨敬忠所献，初名《婆罗门曲》，经唐玄宗润色并制歌词，后改用今名。传说中亦有唐玄宗登三乡驿、望女儿山及游月宫密记仙女之歌，归而所作等说。

④绾：盘绕，系结。

⑤软语：体贴温柔委婉的话。

⑥银塘：清澈明净的池塘。南朝梁简文帝《和武帝宴诗》之一："银塘泻清渭，铜沟引直漪。"

⑦桃根桃叶：桃叶是晋王献之爱妾，桃根是桃叶的妹妹。王献之《桃叶歌》："桃叶复桃叶，渡江不用楫。但渡无所苦，我自迎接汝。"又，"桃叶复桃叶，桃树连桃根。相怜两乐事，独使我殷勤。"

⑧菰米：菰之实。一名"雕胡米"，古以为六谷之一。

⑨潇湘：指湘江，因湘江水清深故名。相传舜二妃娥皇、女英没于湘水，遂为湘水之神。这里借二妃代指并蒂莲。

［词解］

这首词吟咏并蒂莲，形神兼备：并蒂莲花开了，犹如刚刚跳过舞的玉佩阑珊的美人，两朵莲花盘绕联结在一起。微风摇动，藕丝相连，在夕阳下，窃窃私语，含情脉脉，如凌波仙子般美丽动人，怎不叫人心生怜爱！明月之下，银塘之中，散发着醉人的清香。池中莲如桃根与桃叶般姐妹情深，永不分离，又有殷勤的鸳鸯游来做伴。即使风云变幻，花瓣凋落，也会像娥皇、女英般共同进退，生死不弃。

菡萏香飘

莲花高洁绝艳，"出淤泥而不染，濯清涟而不妖"，香气馥郁，沁人心脾。自古以来，莲花就备受君子的喜爱和赞赏，纳兰见到如此并蒂莲，也心生向往。

金人捧露盘

净业寺①观莲，有怀荪友

藕风轻，莲露冷，断虹(hóng)②收，正红窗、初上帘钩。田田③翠盖④，趁斜阳、鱼浪⑤香浮。此时画阁垂杨岸，睡起梳头。

旧游踪，招提⑥路，重到处，满离忧。想芙蓉、湖上悠悠。红衣狼藉，卧看桃叶送兰舟⑦。午风吹断江南梦，梦里菱讴(ōu)⑧。

［注释］

①净业寺：据《啸亭杂录》云："成亲王府在净业湖北岸，系明珠宅。"故净业寺在净业湖边，旧址大约在今北京什刹海后海宋庆龄故居附近。

②断虹：一段彩虹，残虹。

③田田：形容荷叶相连的样子。古乐府《江南曲》中有"莲叶何田田"的句子。

④翠盖：饰以翠羽的车盖，指形如翠盖的植物茎叶。

⑤鱼浪：波浪，鳞纹细浪。

⑥招提：音译为"拓斗提奢"，省作"拓提"，后误为"招提"，其义为"四方"，四方之僧称"招提僧"，四方僧之住处称为"招提僧坊"，北魏太武帝造伽蓝，创招提之名，后遂为寺院的别称。此处指净业寺。

⑦兰舟：木兰木制造的船。这是文学作品中常用的对船的美称。

⑧菱讴：菱歌，采菱之歌。

［词解］

这首词抒写故地重游、怀念友人之情：夕阳中，清风徐来，残虹渐收，风吹莲动，美不胜收。是谁在此时闲坐在杨柳画阁中，刚刚睡起梳头。故地重游，回忆旧事，不胜离愁。你此刻是否在芙蓉湖畔逍遥自在呢？那么惬意的生活是多么令人向往，梦中来到那里，听菱歌唱晚，看美人泛舟，只是这午后恼人的清风将我的江南美梦吹醒。

洞仙歌

咏黄葵①

铅华②不御(yù)，看道家妆③就。问取人家入时否。为孤

情淡韵，判不宜春，矜(jīn)标格④、开向晚秋⑤时候。

无端轻薄雨，滴损檀心⑥，小叠宫罗⑦镇⑧长皱。何必诉凄清，为爱秋光，被几日、西风吹瘦。便零落、蜂黄⑨也休嫌，且对倚(yǐ)斜阳，胜偎红袖。

知己别天涯

人生难得一知己，无奈仍要离别。往日一同携酒赏花，对月阔谈，今朝友人远去，独留自己面对愁风冷雨。天涯路迢迢，唯有借酒相送，祝友人一路顺风。

[注释]

①黄葵：植物名，即秋葵、黄蜀葵。唐薛能有《黄蜀葵》诗，唐韩偓有《黄蜀葵赋》。每年七至十月开花，状貌似蜀葵，花不像蜀葵之色彩纷繁，大多为淡黄色，近花蕊处呈紫褐色。

②铅华：用来化妆的铅粉。

③道家妆：身着黄色的道袍。

④标格：风范，品格。

⑤晚秋：秋季的末期，深秋。

⑥檀心：这里指黄葵紫褐色的花蕊。

⑦官罗：一种质地较薄的丝织品。

⑧镇：久、常之意。

⑨蜂黄：古代妇女涂额的黄色妆饰。也称“花黄”“额黄”。唐李商隐《酬崔八早梅有赠兼示之作》诗：“何处拂胸资蝶粉，几时涂额藉蜂黄。”

[词解]

这首词吟咏黄葵的形貌和情致：黄葵花开，不香艳浓烈，不施粉黛、洗尽铅华，只是一身素雅的黄衣，犹如遁世的道人。且要问这身装扮是否入时？她那孤寂凄清的风范，必然不流世俗，也不愿迎合春天，只愿开在这深秋时候。秋雨淅沥，滴洒在花上，使那像宫罗一样的花蕊微微地折皱。何必述说凄清悲凉呢，只因为爱这秋日，哪怕被秋风吹散也无怨尤，即便零落凋残后比不上那涂额花黄也不要嫌恶。至少能与夕阳相伴，总胜过依附在美人的额头。

剪湘云

送友

（按此调为顾梁汾自度曲）

险韵①慵拈（yōng niān），新声②醉倚。尽历遍情场，懊恼曾记。不道当时肠断事，还较而今得意。向西风、约略③数年华，旧心情灰矣。

正是冷雨秋槐（huái），鬓丝憔悴，又领略愁中送客滋味。密约④重逢知甚日，看取青衫和泪⑤。梦天涯、绕遍尽由人，只樽前迢（tiáo）递⑥。

［注释］

①险韵：韵字生僻难押的诗韵。

②新声：新作的乐曲，新颖美妙的乐音。或指新乐府辞或其他不能入乐的诗歌。

③约略：大概，大略。

④密约：秘密约会，秘密约定。

⑤青衫和泪：唐白居易贬官江州司马时所作《琵琶行》："座中泣下谁最多，江州司马青衫湿。"后喻指失意之官吏。

⑥迢递：形容时间久长。唐韦应物《春宵燕万年吉少府中孚南馆》诗："河汉上纵横，春城夜迢递。"

［词解］

这首词写恋友惜别：上阕说采用新声填词，不愿采用险韵，在酒醉中随意填写新词，无拘无束。还记得往日情场失意，懊恼不已，而今日的失意却要比往日的失意更令人沉痛，透出送别的浓浓伤感。对着秋风暗数年华，无论今昔都令人心灰意冷。下阕写愁风冷雨，形容憔悴，又一次领略到送别的愁苦滋味。盼望重逢却不知何时可见，看泪满青衫，离愁无限，天涯路远，唯有以酒相送了。

东风齐著力

电急流光①，天生薄命，有泪如潮。勉为欢谑（xuè）②，到

底总无聊。欲谱频年离恨，言已尽、恨未曾消。凭谁把、一天愁绪，按出琼(qióng)箫③。

往事水迢迢④。窗前月，几番空照魂销。旧欢新梦，雁齿⑤小红桥。最是烧灯时候，宜春髻、酒暖蒲萄⑥。凄凉煞(shà)、五枝青玉⑦，风雨飘飘。

［注释］

①电急流光：形容时间过得极快，犹如电闪流急。

②欢谑：欢乐戏谑。南朝梁刘勰《文心雕龙·谐隐》："怨怒之情不一，欢谑之言无方。"

③琼箫：玉箫。

④迢迢：形容遥远。也作"迢递"。

⑤雁齿：比喻排列整齐之物，常比喻桥的台阶。

⑥蒲萄：葡萄酒。

⑦五枝青玉：指灯。《西京杂记》谓："(咸阳宫)有青玉五枝灯，高七尺五寸，作蟠螭，以口衔灯，灯燃，鳞甲皆动。"

［词解］

这首词诉说自己透彻心扉的伤感与苦情：时光飞逝，人生苦短，又加上天生福薄，想到这些不觉泪如雨下。即使强颜欢笑，最后也是百无聊赖。想要将胸中的愁苦写下，然而所有的语言都已说尽，但心头之恨仍然未消。是谁在吹奏玉箫，那箫声如此凄切，使人销魂。那窗前的明月，又一次照着月下这销魂之人。往事如同江水般连绵不断地涌上心间，梦里忆里都是你我往日的欢会，那最宜人的是元宵佳节，可以久久地欣赏你那形状美丽的发髻，饮着那暖人的葡萄美酒。如今梦已醒，忆成空，只有凄风冷雨，寂寞孤灯，怎不叫人断肠伤情。

满江红

茅屋新成，却赋①

问我何心，却构此、三楹茅屋②。可学得、海鸥③无事，闲飞闲宿？百感都随流水去，一身还被浮名束。误东风、迟日杏花天④，红牙⑤曲。

逍遥人间世

纳兰本皇室贵胄，但不恋富贵，生性旷达，喜结交淡泊之士。为迎接好友顾贞观回京，他特地修建茅屋三楹，期待明日能与好友把酒赏月，看雪听雨，恣意享受人生。

尘土梦，蕉中鹿⑥。翻覆手⑦，看棋局。且耽闲殢(tì)酒⑧，消他薄福。雪后谁遮檐角翠，雨余好种墙阴绿。有些些⑨、欲说向寒宵⑩，西窗烛。

［注释］

①却赋：再赋。却，再。

②三楹茅屋：泛指几间茅屋之意。楹，房屋一间为一楹。

③海鸥：海上常见的一种海鸟。性喜群飞，羽毛多黑白相间，以鱼螺、昆虫或谷物、植物嫩叶等为食。古人以与海鸥为伴表示闲适或隐居。

④杏花天：杏花开放时节，指春天。

⑤红牙：乐器名，檀木制的拍板，用以调节乐曲的节拍。

⑥蕉中鹿：《列子·周穆王》："郑人有薪于野者，遇骇鹿，御而击之，毙之。恐人见之也，遽而藏诸隍中，覆之以蕉，不胜其喜。俄而遗其所藏之处，遂以为梦焉。"后以此典而成"蕉中鹿"，形容世间事物真伪难辨，得失无常等。蕉，通"樵"。

⑦翻覆手：《史记·郦生陆贾列传》："陆生因进说他曰：'……汉诚闻之，掘烧王先人冢，夷灭宗族，使一偏将将十万众临越，则越杀王降汉，如反覆手耳。'"杜甫诗《贫交行》："翻手作云覆手雨，纷纷轻薄何须数。"后以此典而成"翻云覆雨""翻覆手"等，形容人反复无常或惯耍手段。

⑧殢酒：沉湎于酒，醉酒。宋刘过《贺新郎》词："人道愁来须殢酒，无奈愁深酒浅。"

⑨有些些：有少量，有一点点。

⑩寒宵：寒夜。

［词解］

这首词的上阕侧重叙志。问我为什么要造这三间草房，可是为了像海鸥那样无忧无虑，自由自在？将心中的感慨都付与流水，抛开这人世浮名的束缚。在那春天赏花歌舞。下阕点出为何要摆脱"浮名束"。是因为这人生如梦，变幻无常，令人无可奈何，不如冷眼旁观，与友人把酒言欢，消受清福。一起看雪赏雨，西窗剪烛。

[词人逸事]

纳兰性德虽人在仕途，却淡泊功名，欲效陶渊明等先贤的心情则更为明显，他有诗云："吾本落拓人，无为自拘束。倜傥寄天地，樊笼非所欲。"

康熙二十三年（1684），顾贞观南归整三年，为招顾贞观回京，纳兰性德特地修建了茅屋三间，并写下了《满江红·茅屋新成却赋》以迎接顾贞观，同时作诗以明志《寄梁汾并葺茅屋以招之》："三年此离别，作客滞何方？随意一尊酒，殷勤看夕阳。世谁容皎洁，天特任疏狂。聚首羡麋鹿，为君构草堂。"可见他与顾贞观的友情之深厚。

又

代北①燕南②，应不隔、月明千里。谁相念、胭脂山③下，悲哉秋气④。小立乍(zhà)惊清露湿，孤眠最惜浓香腻。况夜乌、啼绝四更头，边声⑤起。

销不尽，悲歌意；匀不尽，相思泪。想故园今夜，玉阑谁倚？青海⑥不来如意梦，红笺⑦暂写违心⑧字。道别来、浑是不关心，东堂桂⑨。

狂风大作鸦鹊飞

鸦噪塞上，秋风卷地起，树叶飞落，树上鸟巢被风吹落，惊起一片鸦鹊，聒噪连连。纳兰驻守在外，见此萧瑟景象，更觉凄凉。

[注释]

①代北：泛指汉、晋代郡和唐以后代州北部或以北地区。今山西北部及河北西北部一带。

②燕南：泛指黄河以北地区。

③胭脂山：焉支山、燕支山。古在匈奴境内，以产燕支（胭脂）草而得名。匈奴失此山，曾作歌曰："失我焉支山，使我妇女无颜色。"因水草丰美，宜于畜牧，一向为塞外值得怀念的地方。

④秋气：指秋日的凄清、肃杀之气。

⑤边声：边境上的马嘶、风号等声

音。范仲淹《渔家傲》:“四面边声连角起，千嶂里，长烟落日孤城闭。”

⑥青海：本指青海省内最大的咸水湖，蒙语为“库库诺尔”，意即“青色的湖”。在青海东北部大通山、日月山和青海南山之间，北魏时始用此名。后比喻边远荒漠之地。

⑦红笺：红色笺纸。多用以题写诗词。

⑧违心：跟心愿相违背，不是出自本心。

⑨东堂桂：语出《晋书·郤诜》：郤诜以对策上第，拜仪郎。后迁官，晋武帝于东堂会送，问诜曰:“卿自以为何如？”诜对曰:“臣举贤良对策，为天下第一。犹桂林之一枝，无锡之片玉。”后称科举考试及第为“东堂桂”。

［词解］

这首词写的是塞上月夜怀妻：上阕写你我天南地北，然而却不能阻隔千里明月，天涯此时。我伫立在寒夜风中，承受着这寒冷凄清，孤枕难眠。已近四更，城乌夜啼，边声四起，此刻谁又在远方挂念塞外苦寒的我呢？悲歌不胜消受，悲泪暗流不止，在家乡的故园里，谁又在独倚着栏杆同样神伤呢？只恨无梦可慰相思，唯以违心之字的书信自慰。

又

为问[1]封姨[2]，何事却、排空卷地。又不是、江南春好，妒花天气。叶尽归鸦栖(qī)未得，带垂惊燕飘还起。甚天公不肯惜愁人，添憔悴。

揽一霎(shà)，灯前睡。听半晌，心如醉。倩[3]碧纱[4]遮断，画屏深翠。只影[5]凄清残烛下，离魂[6]飘渺[7]秋空里。总随他、泊粉[8]与飘香，真无谓。

［注释］

①为问：犹相问、借问。

②封姨：古时神话传说中的风神，亦称“封家姨”“十八姨”“封十八姨”。唐谷神子《博异志·崔玄微》载，唐天宝中，崔玄微于春季月夜，遇美人绿衣杨氏、白衣李氏、绛衣陶氏、绯衣小女石醋醋和封家十八姨。崔命酒共饮。十八姨翻酒污醋醋衣裳，不欢而散。明夜诸女又来，醋醋言诸女皆往苑中，多被恶风所挠，求崔于每岁元旦作朱幡立于苑东，即可免难。时元旦已过，因请于某日平旦立此幡。是

日东风刮地，折树飞沙，而苑中繁花不动。崔乃悟诸女皆花精，而封十八姨乃风神也。

③倩：乞求，恳求。

④碧纱：碧纱窗，绿色的窗户。

⑤只影：谓孤独无偶。

⑥离魂：指远游他乡的旅人。

⑦飘渺：隐隐约约，若有若无。

⑧泊粉：指少许的残花。

黄楝亭

纳兰与康熙密臣曹寅相交颇深，两人皆为当世奇才，互相敬慕推崇。曹寅即曹雪芹祖父，曹家先人在庭外栽种了一株黄楝，传说曹家地位显赫，如日中天，皆是这亭旁的楝树之荫。

［词解］

这首词写塞上秋风排空卷地之景和自己的凄清无聊之情：相问秋风，因何这般排空卷地而来。现在又不是江南的妒花时节，为何要如此狂风大作。狂风将树叶吹落，使归来的乌鸦无处栖息，使小燕惊飞，几欲坠落，又被风吹起。老天不肯怜惜愁苦的旅人，偏要为他增添憔悴。在灯前刚刚睡去，便被狂风声搅醒。耳旁的狂风吹了半晌，心如酒醉一般浑沌不明。指望那绿窗与画屏能遮挡住狂风。孤灯残影，离魂飘渺，吹残的花瓣与飘散的花香都随之而去，怎不叫人倍觉伤情。

又

为曹子清①题其先人所构楝亭②，亭在金陵③署中

籍(jí)甚平阳④，羡奕叶⑤、流传芳誉(yù)⑥。君不见、山龙⑦补衮(gǔn)，昔时兰署⑧。饮罢石头城⑨下水，移来燕子矶⑩边树。倩一茎黄楝⑪作三槐⑫，趋庭处。

延夕月，承晨露。看手泽⑬，深余慕。更凤毛才思⑭，登高能赋。入梦凭将图绘写，留题合遣纱笼⑮护。正绿阴青子⑯盼乌衣⑰，来非暮。

[注释]

①曹子清：曹寅，字子清，号荔轩，又号楝亭，清文学家，先世为汉族，原籍丰润（今属河北），自其祖父起为满洲贵族的包衣（奴仆），隶属于正白旗，为小说家曹雪芹祖父。

②楝亭：曹寅之先人所建，亭边植楝木，故以“楝”名亭。

③金陵：古邑名，今南京市的别称。

④平阳：地名，在今山西境内，相传古帝尧时为都。这里指金陵。

⑤奕叶：累世，代代。

⑥芳誉：美好的名声。

⑦山龙：指古代绘于衮服或旌旗上的山、龙图案。

⑧兰署：兰台，指秘书省。

⑨石头城：古城名，又名“石首城”。故址在今江苏南京清凉山，本楚金陵城，汉建安十七年（212）孙权重筑改名，城负山面江，南临秦淮河口，当交通要冲，六朝时为建康军事重镇。

⑩燕子矶：地名，在今江苏南京东北部观音山，突出的岩石屹立长江边，三面悬绝，宛如飞燕，故名。

⑪黄楝：落叶乔木，树皮味极苦，紫褐色，有灰色斑纹，羽状复叶，小叶卵状披针形，花小，绿黄色，树皮可入药，有祛湿热的作用，也叫“苦树”。

⑫三槐：相传周代宫廷外种有三棵槐树，三公朝见天子时，面向三槐而立，后因以“三槐”喻三公。

⑬手泽：先辈存迹，此处指皇帝的题字。

⑭凤毛才思：比喻子孙有才似其父辈者。

⑮纱笼：谓以纱蒙覆贵人、名士壁上题咏的手迹表示崇敬。王定保《唐摭言》：“王播少孤贫，尝客扬州惠昭寺木兰院，随僧食飧，诸僧厌怠，播至，已饭矣。后二纪，播自重位出镇是邦，因访旧游，问之，题已皆碧纱幕其上，播继以二绝句曰：‘……上堂已了各西东，惭愧阇黎饭后钟。二十年来尘扑面，如今始得碧纱笼。’”

⑯青子：指梅实，泛指尚未黄熟的果实。

⑰乌衣：指燕子。

[词解]

这首词是写给皇帝心腹之臣曹寅的题赠之作：曹氏一家声名显赫，芳誉流传。昔日享有高官厚禄，名满金陵。先人栽种了一株黄楝于亭外，这便预示了曹家鼎盛，必有三公之功高位显者在。果然泽被后世，让曹家世代显赫。看到天子为曹氏的题字，深深为之钦慕。其子孙也承继了祖上的遗风遗业，都有着超人的才华。曹家祖上自是显赫，如今更是地位非同寻常。此际正日中天，那亭畔之黄楝绿色成荫，青果累累，盼燕子飞还。

[词人逸事]

曹子清即曹寅，先世汉族，自其祖父起为满洲贵族的包衣，隶属于正白旗。曹寅16岁时入宫为康熙御前侍卫，一说曾做过康熙伴读，曹寅与康熙这对少年君臣在幼时建立了良好的关系，一生深得康熙信任。曹寅与纳兰性德同为康熙帝侍卫8年，交谊很深。曹寅描述纳兰性德时曾这样写道："忆昔宿卫明光宫，楞伽山人貌姣好。"楞伽山人就是纳兰性德的号。而纳兰性德的骑术、剑术、武艺、文章在当时皆是一流。而纳兰性德对曹寅也不吝赞美之词，这首《满江红》就是康熙二十二年（1683）他扈驾南巡到江宁时所作。可见二人的交情和对彼此的仰慕。

江山寂寥

"十年尘土青衫色，万里江山画角声。"词人伫立松花江上，看波涛翻滚，往日种种都涌上心头。松花江本是满族早年混战的疆场，战火纷飞，但现在只留断壁残垣，所有功业都随水流走。

甚至到了曹寅的孙子曹雪芹时依然延续，和珅将曹雪芹所著的《红楼梦》奉呈乾隆皇帝，弘历阅读后说："此盖为明珠家事作也。"难怪俞樾在《小浮梅闲话》中据此说贾宝玉就是纳兰性德，开了《红楼梦》研究中索隐派先河。

满庭芳

堠(hòu)①雪翻鸦，河冰跃马，惊风吹度龙堆②。阴磷③夜泣，此景总堪悲。待向中宵起舞④，无人处、那有村鸡。只应是、金笳(jiā)⑤暗拍，一样泪沾衣。

须知今古事，棋枰胜负，翻覆如斯。叹纷纷蛮触⑥，回首成非。剩得几行青史⑦，斜阳下、断碣(jié)残碑。年华共、混同江⑧水，流去几时回。

[注释]

①堠：古代瞭望敌情的土堡，或记里数的土堆。

②龙堆：白龙堆的略称，古西域沙丘名。汉扬雄《法言·孝至》："龙堆以西，

大漠以北，乌夷兽夷，郡劳王师，汉家不为也。”

③阴磷：阴火，磷火，鬼火。唐李益《从军夜次六胡北饮马磨剑石为祝殇辞》：“水流呜咽幽草根，君宁独不怪阴磷。”

④中宵起舞：中夜起舞。《晋书·祖逖传》：“(祖逖)与司空刘琨俱为司州主簿，情好绸缪，共被同寝。中夜闻荒鸡鸣，蹴琨觉曰：‘此非恶声也。’因起舞。”

⑤金笳：胡笳的美称，古代北方少数民族常用的一种管乐器。

⑥蛮触：《庄子·则阳》：“有国于蜗之左角者，曰触氏；有国于蜗之右角者，曰蛮氏，时相与争地而战，伏尸数万。逐北，旬有五日而后反。”后有“触蛮之争”之语，常以喻指为小事而争斗者。

⑦青史：古时用竹简记事，所以后人称史籍为“青史”。

⑧混同江：指松花江。

［词解］

这首词借古代战场抒发今日悲愤：站在这古代战场的遗址之上，看如今寂寞荒凉之境，升起荒寒阴森之感。本有祖逖闻鸡起舞的爱国之心，但村鸡却已踪迹全无，无处寻找。只听得金笳声声，不觉泪湿衣襟，徒增伤感。要知道古往今来，胜败得失，都如翻云覆雨般变化无常，虚无短暂。一切纷争、一切功业，到头来只不过徒留几行青史，除了夕阳下斜矗的断碣残碑之外，什么都剩不下。年华就如同这松花江水一般，流去之后不知什么时候能够再回来。

［词评］

纳兰性德到了松花江畔。这一带，正是满族在入关前各个部族互相吞并斗争的地方。诗人凭吊古战场，满怀心事，情绪悲怆。当然，纳兰性德不懂得满族内部统一的历史意义，但是，战乱总给人民带来损害，所以诗人也有他不满的理由。读了这首词，我们多少可以体会到残酷的战争在人们心中留下的创伤。

——黄天骥《纳兰性德和他的词》

按满族在明代分为三大部族：建州女真、海西女真、野人女真。纳兰氏属于海西女真的叶赫部。各部之间经常互相残杀。后建州女真的努尔哈赤翦平各部族，作者的高祖金台什战败，自焚而死。叶赫部世居混同江畔，因此这首词不是一般的怀古，还包含着对自己的祖先在部族战争中被残杀的隐痛。参考黄天骥《纳兰性德和他的词》。

——张草纫《纳兰词笺注》

此词也是容若出使梭龙途中之作。上半阕极写绝塞隆冬的荒凉景况和自己悲怆的心情，下半阕则感喟古今兴亡，如同棋局翻覆、蛮触相争，转眼成空，毫无意义。这可能是因当年建州女真与海西女真之间的争斗而兴叹。全词写景、抒情、议论，三者互相映衬，又一气贯通，融合为茫茫边愁，从艺术上看，有它成功的地方。

——盛冬铃《纳兰性德词选》

[词人逸事]

纳兰性德现可考的始祖名星恳达尔汉，蒙古人，姓土默特，发展壮大后一举剪灭女真纳喇部，移居其地，改姓纳喇。后族众繁衍，人多势盛，迁至叶赫河岸，形成拥有15个部落的叶赫部，被称为叶赫纳喇（又译纳兰、那拉）氏，为满洲八大姓之一。当时清太祖努尔哈赤尚势薄兵寡，势力强大的叶赫部长杨吉砮十分器重努尔哈赤的才干，将幼女孟古许配之，孟古后生清太宗皇太极，被尊为孝慈高皇后。努尔哈赤在关外建立基业后，姻眷之间却因争夺疆土变成了水火不容的仇敌。

叶赫部长杨吉砮在对抗努尔哈赤统一东北女真的战争中，城陷身死。天命四年（1619），努尔哈赤大败叶赫部，性德的曾祖父叶赫部首领贝勒金台什被困城楼台，宁死不降，自焚身亡。并诅咒：“我叶赫那拉氏，就算只剩下一个女子，也要灭你们满洲国！”清末的慈禧太后，即出于叶赫那拉氏。因此，世俗有一说，这正是应验了金台什的诅咒，以致慈禧倒行逆施，果然使大清因她而亡国。其子尼雅韩束手归降，尼雅韩即为纳兰祖父。此后，金台什劫后的子孙就被划为满洲正黄旗。

又

题元人《芦洲聚雁图》

似有猿啼，更无渔唱①，依稀落尽丹枫②。湿云影里，点点宿宾鸿③。占断④沙洲寂寞，寒潮上、一抹烟笼。全不似、半江瑟瑟，相映半江红。

楚天秋欲尽，荻（dí）花吹处，竟日冥蒙⑤。近黄陵祠庙⑥，莫采芙蓉。我欲行吟去也，应难问、骚客⑦遗踪。湘灵⑧杳、一樽遥酹（lèi）⑨，还欲认青峰。

[注释]

①渔唱：渔人唱的歌。

②丹枫：经霜泛红的枫叶。唐李商隐《访秋》诗：“殷勤报秋意，只是有丹枫。”

③宾鸿：鸿雁，大雁。

④占断：全部占有，占尽。唐吴融《杏花》诗：“粉薄红轻掩敛羞，花中占断得风流。”

⑤冥蒙：幽暗不明。

⑥黄陵祠庙：黄陵庙。传说为舜二妃娥皇、女英之庙，亦称“二妃庙”，在今湖南湘阴之北。北魏郦道元《水经注·湘水》：“湖水西流，径二妃庙南，世谓之黄陵庙也。”

⑦骚客：指屈原。

⑧湘灵：古代传说中的湘水之神；一说为舜妃，即湘夫人。

⑨酹：以酒浇地，表示祭奠。

［词解］

这首词为题画之作：上阕摹写画图之景，这图画栩栩如生，仿佛能听到猿啼，却没有渔唱之声，红色的枫叶已经落尽，天空的湿云里飞过点点雁影。寂寞沙洲，滚滚寒潮，轻烟朦胧，完全不像白居易所描绘的江边傍晚美丽的情景。已近深秋，芦花处处，一派迷蒙之景。经过二妃黄陵祠庙，千万不要采摘荷花。我欲行吟而去，想起三闾大夫，如今却难寻踪迹。想起娥皇、女英，她们的踪影已杳不可见，于是不胜叹惋，只有举杯遥祭。

水调歌头

题《西山[1]秋爽[2]图》

空山梵(fàn)呗[3]静，水月影俱沉。悠然一境人外，都不许尘侵。岁晚忆曾游处，犹记半竿斜照，一抹界疏林[4]。绝顶茅庵[5]里，老衲[6]正孤吟。

云中锡[7]，溪头钓，涧(jiàn)边琴。此生著几两屐，谁识卧游[8]心？准拟乘风归去，错向槐安[9]回首，何日得投簪[10]？布袜青鞋[11]约，但向画图寻。

［注释］

①西山：山名，北京西郊群山的总称。南起拒马山，西北接军都山。有百花山、灵山、妙峰山、香山、翠微山、卢师山、玉泉山等峰，林泉清幽，为京郊名胜地。

②秋爽：秋日的凉爽之气。

③梵呗：佛教徒作法事时念诵经文的声音。

④疏林：稀疏的林木。

⑤茅庵：茅庐，草舍。

⑥老衲：年老的僧人。亦为老僧自称。亦有借用于道士者。唐戴叔伦《题横山寺》诗："老衲供茶碗，斜阳送客舟。"

⑦锡：锡杖，谓僧人出行。

⑧卧游：指欣赏山水画、游记、图片等代替游览。

⑨槐安：槐安国或槐安梦的省称。唐李公佐《南柯太守传》载，淳于棼饮酒古槐树下，醉后入梦见一城楼题大槐安国。槐安国王招其为驸马，任南柯太守30年，享尽富贵荣华。醒后见槐下有一大蚁穴，南枝又有一小穴，即梦中的槐安国和南柯郡。后用来比喻人生如梦，富贵无常。宋范成大《次韵宗伟阅香乐》："尽遣余钱付桑落，莫随短梦到槐安。"

⑩投簪：丢下固冠用的簪子。比喻弃官。晋陆机《应嘉赋》："苟形骸之可忘，岂投簪其必谷。"

⑪布袜青鞋：多指隐者或平民的装束，借指隐居。语出唐杜甫《奉先刘少府新画山水障歌》："青鞋布袜从此始。"

悬崖绝瀑

幽居山中，看花开花落，云起云灭，听鸟鸣猿啼，瀑响林间，快活无比。纳兰一直希望能归隐山林，过悠闲散人的生活，可惜事与愿违，只能对着画卷寄托情怀。

[词解]

这首词是题画之作：上阕侧重景与境的描写。空山梵呗，水月洞天，这世外幽静的山林，不惹一丝世俗的尘埃。还记得那夕阳西下时，疏林上一抹微云的情景。在悬崖绝顶之上的茅草屋中，一位老和尚正在沉吟。下阕侧重观画之感受与心情的刻画。行走在云山之中，垂钓于溪头之上，弹琴于涧水边，真是快活无比。隐居山中，四处云游，一生又能穿破几双鞋子，而我赏画神游的心情又有谁能理解？往日误入仕途，贪图富贵，如今悔恨，想要归隐山林，但是这一愿望要到何日才可以实现呢！只希冀从这画中得到安慰。

又

题《岳阳楼①图》

落日与湖水，终古②岳阳城。登临半是迁(qiān)客③，历历数

题名。欲问遗踪何处，但见微波④木叶⑤，几簇打鱼罾⑥。多少别离恨，哀雁下前汀（tīng）。

忽宜雨，旋宜月，更宜晴。人间无数金碧⑦，未许著空明⑧。淡墨生绡（xiāo）⑨谱就，待倩横拖一笔，带出九疑⑩青。仿佛潇湘夜，鼓瑟⑪旧精灵⑫。

［注释］

①岳阳楼：湖南岳阳西门古城楼。相传三国吴鲁肃在此建阅兵台，唐开元四年（716）中书令张说谪守巴陵（即今岳阳）时，在旧阅兵台基础上兴建此楼。主楼三层，巍峨雄壮。登楼远眺，八百里洞庭尽收眼底，为古今著名风景名胜。唐代著名诗人李白、杜甫、白居易、李商隐等都有咏岳阳楼诗。宋庆历五年（1045）滕子京守巴陵时重修，范仲淹为撰《岳阳楼记》，名益著。其后迭有兴废。

②终古：往昔自古以来。

③迁客：遭贬迁的官员。

④微波：细小的波纹。

⑤木叶：树叶。《九歌·湘夫人》："袅袅兮秋风，洞庭波兮木叶下。"元萨都剌《芙蓉曲》："鲤鱼吹浪江波白，霜落洞庭飞木叶。"

⑥鱼罾：渔网。唐杜甫《寄刘峡州伯华使君》诗："林居看蚁穴，野食待鱼罾。"

⑦金碧：金黄和碧绿的颜色。此处指金碧山水画。

⑧空明：空旷澄澈。

⑨生绡：未漂煮过的丝织品。古时多用以作画，因亦以指画卷。唐韩愈《桃源图》诗："流水盘回山百转，生绡数幅垂中堂。"

⑩九疑：亦称"九嶷"，山名，在今湖南宁远南。《山海经·海内经》："南方苍梧之丘，苍梧之渊，其中有九嶷山，舜之所葬，在长沙零陵界中。"郭璞注："其山九溪皆相似，故云'九疑'。"

⑪鼓瑟：弹瑟，这里指"湘灵鼓瑟"，谓湘水女神弹奏古瑟。《楚辞·远游》："使

岳阳楼图

"衔远山，吞长江，浩浩汤汤，横无际涯；朝晖夕阴，气象万千。"岳阳楼胜景，自范仲淹著述之后，备受世人关注。纳兰对岳阳楼画，融古人典故与自己欣羡之情，写下绝妙词作。

湘灵鼓瑟兮，令海若舞冯夷。”明张景《飞丸记·芸窗望遇》：“我也曾见湘灵鼓瑟曲里称神。”

⑫精灵：指湘灵。

[词解]

这首词为题画之作，赞美图画，感慨人事：这岳阳楼的落日与湖水自古以来都是岳阳城的名胜。来到这里的大都是迁客骚人，留下了无数不朽的诗句。但要问寻他们的遗踪，却只能看到洞庭微波，木叶凋零，几处渔网横卧。人世间多少离恨，都如同这寂寞哀雁飞下孤洲。无论风雨晴空，无论明月暮霭，都各具风情。人间无数精美的金碧山水画，都不及它的澄澈空明。只用淡墨生绢摹画，巧妙地横向拖出一笔，那九疑山青青的风神便呈现出来，就如同那湘水之神正在这潇湘夜色中弹奏着古瑟般栩栩如生！

[词评]

这是一首意境空灵、格调超逸的题画词。词中结合画面所见的景色，融入了不少有关岳阳楼、洞庭湖的典故名句，流畅自如，不露痕迹。全词音节铿锵，一气呵成，而又余韵袅袅，回响不绝。

——盛冬铃《纳兰性德词选》

凤凰台上忆吹箫

除夕得梁汾闽中信，因赋

荔[1]粉初装，桃符[2]欲换，怀人拟赋然脂[3]。喜螺江[4]双鲤[5]，忽展新词。稠(chóu)叠[6]频年[7]离恨，匆匆里、一纸难题。分明见、临缄重发，欲寄迟迟。

心知。梅花佳句，待粉郎[8]香令[9]，再结相思。记画屏今夕，曾共题诗。独客料应无睡，慈恩[10]梦、那值微之[11]。重来日，梧桐夜雨，却话秋池[12]。

[注释]

①荔：植物名，又称“木莲”。常绿藤本，蔓生，叶椭圆形，花极小，隐于花托内。果实富胶汁，可制凉粉，有解暑作用。

②桃符：古时挂在大门上的两块画着门神或写着门神名字的桃木板，用于辟

邪。后在其上贴春联。借代春联。

③然脂：泛指点燃火炬、灯烛之属。

④螺江：水名，也称“螺女江”。在今福建福州西北。宋葛长庚《寄三山彭鹤林》：“瞻彼鹤林，在彼长乐嵩山之上，螺江之角。”

⑤双鲤：一底一盖，把书信夹在里面的鱼形木板，常指代书信。

⑥稠叠：稠密重叠，密密层层。

⑦频年：连续几年。

⑧粉郎：傅粉郎君，三国魏何晏美仪容，面如傅粉，尚魏公主封列侯，人称“粉侯”，亦称“粉郎”。

⑨香令：晋习凿齿《襄阳记》：“刘季和曰：‘荀令君至人家，坐处三日香。’”后以“香令”指三国魏荀彧。亦用以借指高雅才识之士。

⑩慈恩：慈恩寺的省称。唐代寺院名。旧寺在今陕西长安东南、曲江北，宋时已毁，仅存雁塔（大雁塔）。今寺为近代新建，在今陕西西安南郊。唐贞观二十二年（648）李治（高宗）为太子时，就隋无漏寺旧址为母文德皇后追福所建，故名“慈恩寺”。

⑪微之：元稹，字微之。

⑫话秋池：唐李商隐《夜雨寄北》：“问君归期未有期，巴山夜雨涨秋池。何当共剪西窗烛，却话巴山夜雨时？”

[词解]

这首词是除夕之夜得到友人所寄信函后的怀友之作：薜荔萌发，春联欲换，在这辞旧迎新的时刻，怀人之情油然而起，遂点灯而赋。却欣喜地得到了来自闽中友人的书信，展开来奉读那动人的新词。这多年的离愁别恨，又岂能在这匆匆书写的一纸信文中说尽。于是信写好后，将封寄出，又拆开来，犹恐漏掉什么、未尽深意。记得曾经的除夕之夜，我们在一起题诗。心中明了，那咏梅的佳句还在等着你回来题赋。料想你独在闽中，此时正辗转不眠，而京华旧游之事犹如梦幻，你已不在其中。遥想他日重逢，当是在梧桐夜雨之时，那时定然能一起追忆今日的情景。

又

守岁[①]

锦瑟[②]何年，香屏[③]此夕，东风吹送相思。记巡檐[④]笑罢，共捻梅枝。还向烛花影里，催教看、燕蜡鸡丝[⑤]。如今但、一编消夜，冷暖谁知？

当时。欢娱见惯，道岁岁琼筵[⑥]，玉漏[⑦]如斯。怅难

寻旧约，枉费新词。次第朱幡[8]剪彩[9]，冠儿侧、斗转[10]蛾儿[11]。重验取[12]，卢郎[13]青鬓，未觉春迟。

［注释］

①守岁：农历除夕一夜不睡，送旧迎新。

②锦瑟：漆有织锦纹的瑟。借喻往日的好时光。李商隐《锦瑟》："锦瑟无端五十弦，一弦一柱思华年。"

③香屏：华美的屏风。南朝梁简文帝《美女篇》："朱颜半已醉，微笑隐香屏。"

④巡檐：来往于檐前。

⑤燕蜡鸡丝：燕蜡与鸡丝，旧俗农历正月初一所做的节日食品。明瞿佑《四时宜忌·正月事宜》谓："洛阳人家，正月元日造丝鸡、蜡燕、粉荔枝。"

⑥琼筵：盛宴，美宴。

⑦玉漏：古代计时漏壶的美称。唐苏味道《正月十五夜》诗："金吾不禁夜，玉漏莫相催。"

⑧次第：依次地。朱幡：指显贵之家所用的红色旗幡。

⑨剪彩：古代正月七日，以金银箔或彩帛剪成人或花鸟图形，插于发髻或贴在鬓角上，也可贴于窗户、门屏，或挂在树枝上作为装饰，谓之"剪彩"。

⑩斗转：乱转。宋康与之《瑞鹤仙·上元应制》："闹蛾儿、满路成团打块，簇着冠儿斗转。"

⑪蛾儿：古代妇女于元宵节前后插戴在头上的剪裁而成的应时饰物。

⑫验取：检验，查看。

⑬卢郎：传说唐时有卢家子弟为校书郎时年已老，因晚娶，而遭妻怨。宋钱易《南部新书》云："卢家有子弟，年已暮犹为校书郎，晚娶崔氏女，崔有词翰，结褵之后，微有慊色。卢因请诗以述怀为戏。崔立成诗曰：'不怨卢郎年纪大，不怨卢郎官职卑。自恨妾身生较晚，不见卢郎年少时。'"后用为典故。

独坐相思

当年日日欢娱，与爱人庭中笑语，踏雪赏梅，未料得如今形单影只，茕茕孑立。见家家户户兴高采烈迎新春，更觉落寞伤怀。纳兰一生惯见别离，少时与表妹离别，待到娶妻卢氏，不过几年光景，又与卢氏永诀。故纳兰词多凄清哀怨，弥漫着孤寂之情。

［词解］

这首词借写节序抒发怀人之感：什么

时候才能再有那美好的时光啊，今岁的除夕只剩有锦瑟相伴，东风吹来则更增添了相思。还记得当年你我共度除夕的情景，那时你我欢笑着往来于檐下，之后又共捻梅枝。在灯影里催看手中的蜡燕、丝鸡做得如何。如今我却手持着一卷书来消磨这除夕，我的伤心寂寞还有谁能知晓？那时见惯了欢娱的情景，没想到会有今日的孤寂。当时还说以后年年都会有美宴，漏壶的滴答声也会永远如此。如今却难以实现旧时的愿望，如何不叫人惆怅。家家户户挂起朱幡彩旗，人们高高兴兴地戴上了迎新的装饰。再来看看我，虽然仍是青春年少，然而心却已老。

金菊对芙蓉

上元[1]

金鸭[2]消香，银虬（qiú）[3]泻水，谁家夜笛飞声？正上林[4]雪霁（jì），甃甃[5]晶莹。鱼龙舞[6]罢香车[7]杳，剩尊前、袖掩吴绫[8]。狂游似梦，而今空记，密约烧灯[9]。

追念往事难凭。叹火树星桥，回首飘零。但九逵[10]烟月，依旧笼明。楚天一带惊烽火[11]，问今宵、可照江城[12]？小窗残酒，阑珊灯灺（xiè），别自关情。

［注释］

①上元：上元节。节日名，俗以农历正月十五日为上元节，也叫“元宵节”。

②金鸭：一种镀金的鸭形铜香炉，多用以熏香或取暖。唐戴叔伦《春怨》诗：“金鸭香消欲断魂，梨花春雨掩重门。”

③银虬：亦作“银蚪”，银漏、虬箭。古代一种计时器，漏壶底部的银质流水龙头。

④上林：上林苑，古宫苑名。一为秦旧苑，汉初荒废，至汉武帝时重新扩建。故址在今西安市西及周至、户县界；一为东汉光武帝时建造，故址在今河南洛阳市东，汉魏洛阳故城西，东汉永平十五年（72）冬车骑校猎上林苑，即此；一为南朝宋大明三年（459）建造，故址在今江苏南京市玄武湖北。后泛指帝王的园囿。

⑤甃甃：用对称的砖瓦砌成的井壁，亦借指井。宋秦观《水龙吟》词：“卖花声过尽，斜阳院落，红成阵，飞甃甃。”

⑥鱼龙舞：古代百戏杂耍节目，亦称“鱼龙杂戏”“鱼龙百戏”。唐宋时京城于元宵节盛行此戏，唐张说《侍宴隆庆池》诗：“鱼龙百戏分容与，凫双舟较溯洄。”鱼龙，指古代百戏杂耍中能变化为鱼和龙的猞猁模型，亦为该项百戏杂耍名。

⑦香车：用香木做的车，泛指华美的车或轿。

⑧吴绫：古代吴地所产的一种有纹彩的丝织品，以轻薄著名。

⑨烧灯：点灯，举行灯会或灯市，指元宵节。旧俗于正月十五晚张灯结彩供人通宵观赏，故称。

⑩九逵：四通八达的大道，后多指京城的大路。

⑪楚天：古代楚国在今长江中下游一带，位居南方，所以泛指南方天空为楚天。烽火：古时边防报警的烟火，比喻战火或战争。

⑫江城：临江之城市、城郭。唐崔湜《襄阳早秋寄岑侍郎》诗："江城秋气早，旭旦坐南闱。"

[词解]

这首词抒写上元之日的感怀：元宵佳节到来，看香炉中轻烟袅袅，漏壶滴水，不知哪里传来了玉笛之声。现在园囿中正是大雪初霁，飞檐碧瓦分外晶莹。街市上热闹非常，鱼龙杂耍，香车宝马，只有我一个人对酒独坐。记得当初相约今日一起赏灯，如今却恍然成梦。怀念往事，心中难平。那满眼的灯火璀璨，却是不堪回首。那京城的通衢大道上，烟云缭绕，月色朦胧。如今南方战事未平，不知今日是否也会有如此热闹的灯火相照？而我却对着小窗残酒，望着微弱的烛光，感慨万千。

琵琶仙

中秋

碧海[1]年年，试问取、冰轮[2]为谁圆缺？吹到一片秋香，清辉了如雪。愁中看、好天良夜，知道尽成悲咽[3]。只影而今，那堪重对，旧时明月。

花径里戏捉迷藏，曾惹下萧萧井梧叶[4]。记否轻纨小扇[5]，又几番凉热。只落得、填膺(yīng)[6]百感，总茫茫、不关离别。一任紫玉[7]无情，夜寒吹裂。

中秋月

中秋月团圆，而人却聚散无定。桂子飘香，月华如水，孤身一人遥望夜空，更觉愁绪无处安放。不期有笛声悠悠传来，过往旧梦，一起涌上心头。此词凄婉哀凉，应为纳兰妻卢氏去世后所作。

［注释］

①碧海：此处指青天。

②冰轮：圆月。

③悲咽：悲伤呜咽。

④井梧叶：井边梧桐的树叶。

⑤轻纨小扇：指纨扇，即用细绢制成的团扇。

⑥填膺：充塞于胸中。

⑦紫玉：古人多截取紫玉竹为箫笛，因以“紫玉”为箫笛之代称。

［词解］

这首词描绘了中秋月下的景致：年年岁岁，问那天上的明月在为谁圆缺？待到了桂花飘香时，那月色更加清净如雪。这花好月圆的美好景色，在满怀愁绪的人看来也只觉伤感呜咽。形单影只，该如何去面对那旧时的明月？曾记得我们在鲜花小径追逐嬉戏，惹得梧桐树叶纷纷飘落，还记得那轻纱团扇陪伴了几个寒秋。如今却只落得胸中百感交集，无处申诉。任凭那幽咽的笛声唤起旧梦，吹到天明。

御带花

重九[1]夜

晚秋却胜春天好，情在冷香[2]深处。朱楼[3]六扇小屏山[4]，寂寞几分尘土。虬（qiú）尾[5]烟消，人梦觉、碎虫零杵[6]。便强说欢娱，总是无憀[7]心绪。

转忆当年，消受尽皓腕[8]红萸（yú）[9]，嫣然一顾。如今何事，向禅榻[10]茶烟，怕歌愁舞。玉粟[11]寒生，且领略、月明清露。叹此际凄凉，何必更、满城风雨。

［注释］

①重九：重阳，农历九月九日。旧时在这一天有登高的风俗。

②冷香：指清香的花。唐王建《野菊》诗：“晚艳出荒篱，冷香着秋水。”

③朱楼：谓富丽华美的楼阁，《后汉书·冯衍传下》：“伏朱楼而四望兮，采三秀之华英。”

④屏山：屏风。

⑤虬尾：指盘曲若虬的盘香。虬，古代传说中有角的小龙。

⑥碎虫零杵：断续的虫声和杵声。

⑦无憀：空闲而烦闷的心情。

⑧皓腕：洁白的手腕，多用于女子。三国魏曹植《洛神赋》：“攘皓腕于神浒兮，采湍濑之玄芝。”

⑨红萸：指重阳节插戴茱萸。

⑩禅榻：禅床。宋郭彖《睽车志》卷三：“惟丈室一僧，独坐禅榻。”

⑪玉粟：形容皮肤因受寒呈粟状。

［词解］

这首词写重阳节的无聊心绪，同时忆旧抒怀：深秋季节的景致要比春天更美好，无限风情尽在秋日的花香深处。小楼的屏风落下些许微尘，却无人打扫。盘香烟消，孤独的人被窗外传来的虫鸣声和捣衣声惊醒，再难成眠。即使强颜欢笑，那百无聊赖的心绪也难以消减。记得当年，有伊人相伴一旁，那嫣然一笑，如今犹自灿烂。现如今，却空寂无聊，独自禅坐，怕见那歌舞繁华。清风雨露，霜华渐生，不觉寒冷。纵使不是满城风雨，而是胜却春天的美好秋夜，也已经能感受到无比的凄凉冷清了。

百字令

人生能几？总不如休惹、情条[1]恨叶。刚是尊前同一笑，又到别离时节。灯灺挑残，炉烟爇(ruò)[2]尽，无语空凝咽[3]。一天凉露，芳魂[4]此夜偷接。

怕见人去楼空，柳枝无恙，犹扫窗间月。无分暗香深处住，悔把兰襟[5]亲结。尚暖檀(tán)痕[6]，犹寒翠影，触绪添悲切。愁多成病，此愁知向谁说？

而今真个不多情

既写芳魂，自然是指纳兰亡妻卢氏了。纳兰与妻感情深厚，赌书泼茶，岁月静好。可惜天妒红颜，婚后二年卢氏便香消玉殒。纳兰此际愁苦之情不堪诉说，早知今日分离，当初就不该那样亲密。而今相思无处寄，空对秋霜。

［注释］

①情条：指纷乱的情绪。

②爇：燃烧。

③凝咽：犹哽咽，哭时不能痛快出声。

④芳魂：谓美人的魂魄。

⑤兰襟：芬芳的衣襟，比喻知心朋友。襟，连襟，彼此心连心。

⑥檀痕：带有香粉的泪痕。檀，即檀粉，化妆用的香粉。

[词解]

人生几何？还是不要去招惹那些情恨爱愁吧。才刚对酒一笑，离别的季节便又来到。看残灯摇曳，炉烟燃尽，只能默默无语暗自垂泪。你的芳魂在这满天的凉露中与我相逢。柳枝遮掩了窗间的月色，我却害怕看到人去楼空的凄凉景色。你我有缘无分，不能同居共处，真悔恨当初那样的亲昵。泪痕犹在，芳影尚存，触动我无边的愁绪。愁苦成病，相思成疾，如今这寂寞哀愁又该对谁倾诉呢？

又

绿杨飞絮，叹沉沉①院落、春归何许②？尽日缁(zī)尘③吹绮(qǐ)陌④，迷却梦游归路。世事悠悠，生涯未是，醉眼斜阳暮。伤心怕问，断魂何处金鼓⑤？

夜来月色如银，和衣独拥，花影疏窗度。脉脉此情谁得识？又道故人别去。细数落花，更阑(lán)⑥未睡，别是闲情绪。闻余长叹，西廊唯有鹦鹉。

[注释]

①沉沉：幽深的样子。

②何许：什么，哪里。

③缁尘：黑色灰尘。常喻世俗污垢。

④绮陌：繁华的街道，亦指风景美丽的郊野道路。

⑤金鼓：钲。《汉书 · 司马相如传上》：“拟金鼓，吹鸣籁。”颜师古注：“金鼓谓钲也。”王先谦补注：“钲，铙。其形似鼓，故名金鼓。”

⑥更阑：更深夜尽，深夜。

[词解]

这首词唱叹与故人别后的孤苦寂寞：窗外绿杨飞絮，庭院深深，不知春归何处？终日的凡尘俗事让人迷乱，已经找不到来时的路。世事变换，人生无常，唯有一双醉眼看斜阳。何处传来金鼓之声，听了如此让人伤心断肠？夜来月色如银似水，孤独的人却只能和衣独坐在窗前的花影里。知我者又别我而去，这种孤苦无告，幽独寂寞又有谁能知晓？夜深难眠，空数落花，心绪寂寞如斯，那慨然长叹之声也只有西廊的鹦鹉能听到了。

又

废园有感

片红①飞减，甚东风不语、只催漂泊。石上胭脂②花上露，谁与画眉③商略④？碧甃(zhòu)⑤瓶沉，紫钱⑥钗⑦掩，雀踏金铃索⑧。韶华⑨如梦，为寻好梦担阁。

又是金粉⑩空梁，定巢燕子，一口香泥落。欲写华笺凭寄与，多少心情难托。梅豆⑪圆时，柳绵飘处，失记当初约。斜阳冉(rǎn)冉，断魂⑫分付残角⑬。

［注释］

①片红：残花。

②胭脂：一种化妆用的红色颜料。这里指花瓣。

③画眉：画眉鸟，鸣声婉转动听，是著名的笼禽，因有色眼圈而得此名。

④商略：商讨。

⑤碧甃：青绿色的井壁，借指井。

⑥紫钱：指苔藓。

⑦钗：妇女的一种首饰，由两股簪子合成。

⑧金铃索：系护花铃的绳索。

⑨韶华：韶光，美好的时光。

⑩金粉：喻指繁华绮丽的生活。

⑪梅豆：梅花苞蕾。

⑫断魂：灵魂从肉体离散，指爱得很深或十分苦恼、哀伤。

⑬残角：远处隐约的角声。唐刘复《夕次襄邑》诗：“古戍飘残角，疏林振夕风。”

［词解］

这首词写因废园之景而起的无限愁怀：残花飘飞，东风不语，只是催促着它的凋谢。石头上已经落下了红红的一片，画眉啼鸣婉转，犹如人之商讨一般。井壁被杂草深掩，钗头被苔藓掩盖，麻雀还踏在护花铃绳上鸣啼，往日相游相嬉的踪迹都不见了。人生如梦，美好的时光易逝，都因为寻找旧梦耽搁了。又是春满人间，原来华美的屋梁上，燕子又飞回衔泥筑巢了。想要写信寄去相思，只怕用尽所有语言也难以诉尽衷肠。梅花开时，柳絮飘处，都有我们当时的盟约。夕阳西下，残角声起，无限凄凉。

又

宿汉儿村

无情野火，趁西风烧遍、天涯芳草。榆塞①重来冰雪里，冷入鬓(bìn)丝吹老。牧马长嘶，征笳(jiā)②乱动，并入愁怀抱。定知今夕，庾郎③瘦损④多少。

便是脑满肠肥，尚难消受此，荒烟落照。何况文园⑤憔悴后，非复酒垆(lú)⑥风调。回乐峰⑦寒，受降城⑧远，梦向家山绕。茫茫百感，凭高唯有清啸⑨。

[注释]

①榆塞:《汉书·韩安国传》:“后蒙恬为秦侵胡，辟数千里，以河为竟。累石为城，树榆为塞，匈奴不敢饮马于河。”后因以“榆塞”泛称边关、边塞。

②征笳：旅人吹奏的胡笳。

③庾郎：指北周诗人庾信，借指多愁善感的诗人。

④瘦损：消瘦。

⑤文园：指汉司马相如，因司马相如曾任文园令。《史记》曰:“口吃而善著书，常有消渴疾。与卓氏婚，饶于财。其进仕官，未尝肯与公卿国家之事，称病闲居，不慕官爵。”

⑥酒垆：卖酒处安置酒瓮的砌台，亦借指酒肆、酒店。这里指司马相如过饮于卓氏，以琴心挑之，文君夜奔相如，同驰归成都。因家贫复回临邛，尽卖其车骑，置酒舍卖酒。相如身穿犊鼻裈，与奴婢杂作、涤器于市中，而使文君当垆，卓王孙深以为耻，不得已而分财产与之，使回成都。

⑦回乐峰：回乐县境内的一座山峰。回乐县唐属灵州，为朔方节度治所，在今宁夏灵武西南。

⑧受降城：城名。汉唐筑以接受敌人投降，故名。汉故城在今内蒙古乌拉特旗北，唐筑有三城，中城在朔州，西城在灵州，东城在胜州。唐李益《夜上受降城

闻笛》:“回乐峰前沙似雪,受降城外月如霜。”

⑨清啸:清越悠长的啸鸣。

[词解]

这首词抒发出使塞上途中的感慨:塞上荒凉萧索,无情的野火趁着秋风将无边的芳草都烧遍了。再一次来到边塞,又是风雪交加,寒风刺骨,催人老去。战马嘶鸣,号角声起,凄冷苦寒,让人伤怀,如庾郎愁怀难遣,致使身心憔悴消瘦。即便是脑满肠肥的得意之人,也难以承受这长河落日、大漠孤烟的悲凉之景。何况是如同司马相如这样往日风采不再的多愁多病之身呢?塞外苦寒荒凉,旅人梦回故乡,心中百感陈杂,思绪茫茫,只有登高长啸才能抒怀。

东风第一枝

桃 花

薄劣东风,凄其夜雨,晓来依旧庭院。多情前度崔郎[①],应叹去年人面。湘帘[②]乍卷,早迷了、画梁栖燕。最娇人、清晓莺啼,飞去一枝犹颤。

背山郭、黄昏开遍。想孤影、夕阳一片。是谁移向亭皋[③],伴取晕眉[④]青眼[⑤]。五更风雨,莫减却、春光一线。傍荔墙[⑥]、牵惹游丝[⑦],昨夜绛楼[⑧]难辨。

[注释]

①崔郎:崔护,字殷功,博陵(今河北定县)人。唐代诗人,官至御史大夫、岭南节度使。据唐孟棨《本事诗·情感》记载:崔护于清明日游长安城南,因渴求饮,见一女子独自靠着桃树站立,遂一见倾心。次年清明又去,人未见,门已锁。崔因题诗于左扉:“去年今日此门中,人面桃花相映红。人面不知何处去,桃花依旧笑春风。”

②湘帘:用湘妃竹做的帘子。宋范成大《夜宴曲》诗:“明琼翠带湘帘斑,风帏绣浪千飞鸾。”

③亭皋:水边的平地。《汉书·司马相如传上》:“亭皋千里,靡不被筑。”王先谦补注:“亭当训平……亭皋千里,犹言平皋千里。皋,水旁地。”

④晕眉:谓妇女晕淡的眉目。

⑤青眼:柳眼。

⑥荔墙:薜荔墙。

人面桃花相映红

“桃之夭夭，灼灼其华。”夜雨过后，桃枝上雨露犹在，泛出粉色的光芒，有黄莺在枝头歌唱。黄莺飞过，桃枝微微颤抖，散下一地晶莹。崔护曾说“人面桃花相映红”，花美人亦美，让人遐想万千。

⑦游丝：漂浮在空中的蛛丝。

⑧绛楼：红楼。

［词解］

这首词为咏桃花之作：薄情的东风，凄迷的夜雨，早晨的庭院依然如旧。然而多情的桃花却绽开了，此情此景如果崔护看到，应当会发出“人面桃花”的感叹吧。卷起竹帘，看到梁间栖燕。清晓，耳边黄莺在枝头歌唱，那细嫩轻柔的啼鸣声最是动人，当它飞去后，桃枝犹自颤抖。桃花开遍山郭，在夕阳里它的风采依然美丽，谁又将它移到水边与杨柳为伴，从而使它愈加动人迷离。接下去转写感受和良好的愿望。结处忽宕起一笔，点醒题旨，回照了开端，景情融铸合一，含悠然不尽之意，给人以感发，给人以联想，给人以朦胧之美。夜来的风雨减损了春色，而那鲜艳的桃花依傍在薜荔墙下，愈发红艳可爱，牵惹着游丝，与那红色的楼阁互掩难辨。

秋水

听雨

（按此调谱律不载，疑亦自度曲）

谁道破愁须仗酒，酒醒后，心翻醉。正香消翠被[1]，隔帘惊听，那又是、点点丝丝和泪。忆剪烛[2]、幽窗小憩[3]。娇梦垂成[4]，频唤觉、一眶秋水[5]。

依旧乱蛩声里，短檠(qíng)[6]明灭，怎教人睡。想几年踪迹，过头风浪[7]，只消受、一段横波[8]花底。向拥髻[9]、灯前提起。甚日还来，同领略、夜雨空阶滋味。

［注释］

①翠被：翡翠羽制成的背帔。

②忆剪烛：语出唐李商隐《夜雨寄北》诗：“何当共剪西窗烛，却话巴山夜雨时。”谓剔烛芯。后以“剪烛”为促膝夜谈之典。元杨载《题火涉不花同知画像》诗：“鹔鹴裘暖鸣鞭疾，翡翠帘深剪烛频。”

③小憩：短暂休息。

④垂成：事情将近成功。

⑤秋水：秋天的水，比喻人（多指女人）清澈明亮的眼睛。

⑥短檠：矮灯架，借指小灯。唐韩愈《短灯檠歌》：“一朝富贵还自恣，长檠焰高照珠翠。吁嗟世事无不然，墙角君看短檠弃。”

⑦风浪：比喻艰险的遭遇。

⑧横波：水波闪动，比喻女子眼神闪烁。

⑨拥髻：谓捧持发髻，是为女子心境凄凉的情态。

[词解]

这首词写诗人听秋雨而生发的情感：谁说消愁一定要喝酒，酒醒之后，心反而醉了。伊人已不在身边，寂寞无聊，却听得窗外淅淅沥沥地下起了秋雨，可知那雨水是伴着泪水流下的。记得当初秋夜闻雨，西窗剪烛，你当时刚要睡着却又被频频唤醒，眼神迷离的情景。现在已经是秋虫哀鸣，灯光明灭，可寂寞却叫人无法入睡。回想这几年的足迹，经历的风风雨雨，只有与你相守的日子是最让人安慰的。想和灯烛前拥髻的你诉说，又不知什么时候才能再回来，让我们一起领略这秋雨缠绵的无尽秋意！

木兰花慢

立秋夜雨，送梁汾南行

盼银河迢递，惊入夜，转清商[1]。乍西园蝴蝶，轻翻麝(shè)粉[2]，暗惹蜂黄[3]。炎凉。等闲瞥眼，甚丝丝、点点搅柔肠。应是登临送客，别离滋味重尝。

疑将。水墨[4]画疏窗[5]。孤影[6]淡潇湘[7]。倩一叶高梧，半条残烛，做尽商量[8]。荷裳[9]。被风暗剪，问今宵、谁与盖鸳鸯。从此羁愁[10]万叠[11]，梦回分付啼螿(jiāng)[12]。

[注释]

①清商：商声，古代五音之一。古谓其调凄清悲凉，故称。此处谓秋雨、秋

风之声。晋潘岳《悼亡诗》："清商应秋至，溽暑随节阑。"

②麝粉：香粉，代指蝴蝶翅膀。

③蜂黄：也称"花黄""额黄"，古代妇女涂额的黄色妆饰。此处代指蜜蜂。

④水墨：浅黑色，常形容或借指烟云。

⑤疏窗：雕刻有花纹图案的窗户。

⑥孤影：孤单的影子。

⑦潇湘：本指湘江，或指潇水、湘水。此处代指竹子。

⑧商量：斟酌，商讨。

⑨荷裳：用荷叶做衣服。这里指荷叶。

⑩羁愁：旅人的愁思。

⑪万叠：形容愁情的深厚。

⑫螀：寒蝉，蝉的一种，比较小，墨色，有黄绿色的斑点，秋天出来鸣叫。

雨霖铃

秋夜梧桐雨，点点滴滴侵入心底。江畔送别，秋风拂面，寒凉透骨。离人远行，此去经年，应是良辰好景虚设，夜夜愁对寒蝉。

[词解]

这首词为送别之作：盼望着高远的天河出现，入夜却偏偏下起了悲凄的秋雨。秋风乍起，园中蜂飞蝶舞，一片凄凉的景象。世态炎凉。入秋夜雨本来是件等闲之事，但今夜那丝丝点点之声却搅断了我的寸寸柔肠。送别又偏偏是在立秋夜雨之时，更加愁上添愁。烟雨蒙蒙，好像一幅疏窗孤影的水墨画。加上夜雨梧桐、泣泪残烛，令我费尽思量。荷叶被西风吹散，今夜谁来让鸳鸯栖息呢？从此以后旅途劳顿，离忧恼人，当梦醒的时候，唯有悲切的寒蝉声相伴了。

水龙吟

题《文姬[1]图》

须知名士倾城，一般易到伤心处。柯(kē)亭[2]响绝，四弦[3]才断，恶风吹去。万里他乡，非生非死，此身良苦。对黄沙白草[4]，呜呜卷叶，平生恨、从头谱。

应是瑶台[5]伴侣。只多了、毡裘(qiú)[6]夫妇。严寒觱篥[7]，几行乡泪，应声如雨。尺幅[8]重披[9]，玉颜千载，依然无

主。怪人间厚福⑩，天公尽付，痴儿呆女⑪。

［注释］

蔡文姬

蔡文姬本蔡邕之女，才情高洁，然命运多舛，被匈奴所掠，并生下二子，幸得曹操所救，才不致埋骨他乡。文姬之事，常为后世人慨叹，认为她“此身良苦”。

①文姬：汉蔡文姬，名蔡琰，字文姬，生卒年不详。陈留圉（今河南杞县南）人。为汉大文学家蔡邕之女。博学能文，有才名，通音律。有《悲愤诗》两首传世。

②柯亭：古地名。又名“高迁亭”。在今浙江绍兴西南，以产良竹著名。晋伏滔《〈长笛斌〉序》：“邕避难江南，宿于柯亭。柯亭之观，以竹为椽。邕仰而眄之曰：‘良竹也。’取以为笛，奇声独绝。历代传之，以至于今。”

③四弦：指琵琶。因有四弦，故称。

④黄沙白草：形容边塞的荒凉景象。

⑤瑶台：美玉砌的楼台。亦泛指雕饰华丽的楼台，指传说中的神仙居处。

⑥毡裘：古代北方少数民族用毛制成的衣服。

⑦觱篥：古代的一种管乐器，形似喇叭，以芦苇为嘴，以竹做管，吹出的声音悲凄，羌人所吹。唐刘商《胡笳十八拍》第七拍：“龟兹觱篥愁中听，碎叶琵琶夜深怨。”

⑧尺幅：指小幅的纸或绢，泛称文章、画卷。

⑨披：披露，陈述。

⑩厚福：多福，大福。

⑪痴儿呆女：指迷恋于情爱的男女。

［词解］

这首词为题画之作，描绘了文姬赴漠北的情景：要知名士与美人都是多情而敏感的，他们最易生愁动感。昨日的飘逸生活和无限才情都被无情的风雨吹去。从此以后孤身一人远在万里他乡，生死难度，苦难良多。面对这荒凉边塞，北风卷地，平生无限悲恨便从此开始了！蔡文姬本可以成为汉家的贵妇人，或是宫中的后妃，如今却身穿毡裘，远嫁异族。面对这清苦生活，思乡之泪滂沱。这画中的人儿已经过千秋万载，却依然未变。怪老天如此不公，使天下痴儿呆女偏得人间厚福。

［词人逸事］

蔡文姬，名琰，字昭姬，为避司马昭的讳，改为文姬。蔡文姬的父亲是大名鼎鼎的蔡邕。文姬在父亲的熏陶下自小耳濡目染，既博学能文，又善诗赋，兼长辨才与音律。初嫁河东卫家，卫家是河东世族，她的丈夫卫仲道更是太学出色的士子，夫妇两人恩爱非常，可惜好景不长，不到一年，卫仲道便因咯血而死。文姬守寡在家。

当时正处东汉末年，军阀混战，北方匈奴趁机掠掳中原一带，在“中土人脆弱、来兵皆胡羌，纵猎围城邑，所向悉破亡。马边悬男头，马后载妇女，长驱入朔漠，回路险且阻”的状况下，蔡文姬与许多被掳去的妇女一齐被带到南匈奴。

饱受番兵的凌辱和鞭笞，一步一步走向渺茫不可知的未来，当时蔡文姬刚刚23岁，正值青春年华。然而这一去就是12年。她嫁给了虎背熊腰的匈奴左贤王，饱尝了异族异乡异俗生活的痛苦。后为左贤王生下两个儿子，她学会了吹奏“胡笳”，相传《胡笳十八拍》即为其所作，曲调哀怨，动人心魄。后来曹操统一北方，“挟天子以令诸侯”。曹操少年时代曾受蔡邕教导，得知文姬被掳，便派使者携带黄金千两，白璧一双，将她赎回，后改嫁董祀。

纳兰性德所题之画正是文姬被掳时的情景，对她“万里他乡，非生非死。此身良苦”“玉颜千载，依然无主”的命运表达了深刻的哀叹和同情。

又

再送荪友①南还

人生南北真如梦，但卧金山②高处。白波③东逝，乌啼花落，任他日暮。别酒盈觞（shāng），一声将息，送君归去。便烟波万顷，半帆残月，几回首，相思否。

可忆柴门深闭，玉绳④低、剪灯夜雨。浮生如此，别多会少，不如莫遇。愁对西轩，荔墙⑤叶暗，黄昏风雨。更那堪几处，金戈铁马⑥，把凄凉助。

[注释]

①荪友：严绳孙，自号勾吴严四，又号藕荡老人、藕荡渔人。江苏无锡人。清初诗人、文学家、画家。

②金山：山名，在今江苏镇江西北。古有氐父、获苻、伏牛、浮玉等名，唐时裴头陀获金于江边，因改名。这里代指严绳孙的家乡。

③白波：白色波浪，水流，此处喻指时光。

④玉绳：星名，常泛指群星，北斗七星之斗勺，在北斗第五星玉衡之北，即天乙、太乙二星。

⑤荔墙：薜荔墙。荔，薜荔，又称“木莲”，常绿藤本，蔓生，叶椭圆形，花

极小，隐于花托内，果实富胶汁，可制凉粉，有解暑作用。

⑥金戈铁马：金属制的戈，配有铁甲的战马。指战争。

［词解］

这首词为送别之作，表达怆然伤别的深挚友情：天南地北，人生如梦，不如归隐高卧。看江水东流，花开花落，莺歌燕语，任凭时光飞逝，何等惬意。眼前你我离别之情充满了酒杯，只能一声叹息，送你离去。千里烟波，孤帆远影，晓风残月，相思之苦不堪回首。忆起柴门紧闭，斗转星移，夜雨畅谈的时光。人生如此惆怅，既然要有那么多离别，不如当初没有相知相遇。如今离别，愁风冷雨。更何况还有战事不断，更把这凄凉推向高潮。

台城路

上元

阑珊火树鱼龙舞，望中宝钗楼[1]远。靺鞨(mò hé)[2]余红，琉璃[3]剩碧，待嘱花归缓缓。寒轻漏浅。正乍敛烟霏[4]，陨(yǔn)星[5]如箭。旧事惊心，一双莲影藕丝断。

莫恨流年似水，恨销残蝶粉[6]，韶光忒[7]贱。细语吹香，暗尘[8]笼鬓，都逐晓风零乱。阑(lán)干敲遍。问帘底纤纤[9]，甚时重见？不解相思，月华[10]今夜满。

元夜出游

元宵节是合家出游的大好时节，许多养在深闺人未识的女子也可以在当天抛头露面，赏花灯、猜谜语、逛庙会……成就了多少邂逅和传奇。纳兰身处繁华，不经意又想起过世的亡妻，心中惆怅。

［注释］

①宝钗楼：唐宋时咸阳酒楼名，指歌楼酒肆。

②靺鞨：红靺鞨，又称“靺羯芽”，即红玛瑙。相传产于靺鞨国，故名。

③琉璃：用铝和钠的硅酸化合物烧制成的釉料，常见的有绿色和金黄色两种，多加在黏土的外层，烧制成缸、盆、砖瓦等。

④烟霏：云烟弥漫，烟雾云团。

⑤陨星：流星，代指燃放之烟火。

⑥蝶粉：蝶翅上的天生粉屑，指唐人宫妆。

⑦忒：副词，太、过于。

⑧暗尘：积累的尘埃，前蜀薛昭蕴《小重山》词："思君切，罗幌暗尘生。"

⑨纤纤：形容小巧或细长而柔美。这里代指所思念的女子。

⑩月华：月光，月色。

[词解]

这首词写的是在元宵之夜的所见所想：上元之夜，灯事已近尾声，人们渐渐离去，远远望去，闹市中的歌楼酒馆也愈来愈远了。远远望去灯市上红红绿绿的灯火像鞡鞨、琉璃般星星点点，缓缓地消散。夜已深，寒意袭人，漏壶的水也快要滴完了。突然见到一双莲花形的灯影，于是陈年旧事被勾起，如同烟花般骤然升起，并迅速扩散，令人心惊，又令人情思难断。莫怪美好时光太过短暂。想你当时细声细气的谈笑，吐气如兰，如今我却是两鬓生尘，散落在清晨的寒风里。寻遍栏杆，那帘下的纤纤丽人，何时还能再见？月亮不知道人的相思，偏偏要在今夜团圆。

又

洗妆台①怀古

六宫佳丽②谁曾见，层台③尚临芳渚(zhǔ)④。露脚⑤斜飞，虹腰⑥欲断，荷叶未收残雨。添妆何处，试问取雕(diāo)笼⑦，雪衣⑧分付。一镜空蒙，鸳鸯拂破白蘋去。

相传内家⑨结束，有帕(pà)装⑩孤稳⑪，靴缝女古⑫。冷艳⑬全消，苍苔玉匣(xiá)⑭，翻出《十眉遗谱》⑮。人间朝暮。看胭粉亭西，几堆尘土。只有花铃，绾风深夜语。

[注释]

①洗妆台：指金章宗为李妃所建的梳妆楼，在今北京北海琼华岛上，高士奇《金鳌退食笔记》称之为"广寒之殿"，今已不存。晚明王圻《稗史汇编·地理门·郡邑》谓："琼花岛梳妆台皆金故物也。……妆台则章宗所营，以备李妃行园而添妆者。"其自注云："都人讹为萧太后梳妆楼。"时人误以为是辽萧太后之梳妆楼，

遂多有讹而咏之者，本篇亦如是。

②六宫：古代皇后的寝宫，正寝一，燕寝五，合为六宫。《礼记·昏义》：“古者，天子后立六宫，三夫人、九嫔、二十七世妇、八十一御妻，以听天下之内治，以明章妇顺，故天下内和而家理。”郑玄注：“天子六寝，而六宫在后，六官在前，所以承副施外内之政也。”因用以称后妃或其所居之地。佳丽：美貌的女子。

③层台：重台，高台。

④芳渚：长有芳菲花卉的水边。

⑤露脚：露滴。宋周邦彦《早梅芳·牵情》词：“河阴高转，露脚斜飞夜将晓。”

⑥虹腰：本意虹的中部，这里指虹桥、拱桥，指今北海太液池之永安桥。

⑦雕笼：指雕刻精致的鸟笼，代指笼中之鸟。

⑧雪衣：白色的羽毛，即雪衣女，泛指某些白色的鸟类，这里指白鹦鹉。《太平御览》卷九二四引唐郑处诲《明皇杂录》：“开元中，岭南献白鹦鹉，养之宫中……忽一日，飞上贵妃镜台，语曰：‘雪衣娘昨夜梦为鸷鸟所搏，将尽于此乎！’”

湖月两茫茫

眼前烟水苍茫，白苹摇曳，鸳鸯来往嬉戏，一派孤寂落寞之景，谁人能想到千年的过往，此地后宫佳丽云鬟雾鬓，衣袂飘飘，胭脂香粉旬月缭绕。繁华落尽后，只剩苍凉。

⑨内家：指皇宫宫廷，或指宫女、太监。

⑩帊装：帕服，谓盛服。

⑪孤稳：玉，古代契丹语的音译。

⑫女古：金，黄金，亦为古代契丹语的音译。

⑬冷艳：形容花耐寒而艳丽，也指耐寒而艳丽的花或人物冷傲而美艳。

⑭玉匣：玉饰的匣子，亦指精美的匣子，汉代帝王葬饰，亦赐大臣，以示优礼，即所谓“金缕玉匣”。

⑮十眉遗谱：《十眉图》，十样不同的美女眉型画图。唐玄宗命画工绘制。唐张泌《妆楼记·十眉图》：“明皇幸蜀，令画工作十眉图，横云、斜月，皆其名。”明杨慎《丹铅续录·十眉图》：“唐明皇令画工画十眉图。一曰鸳鸯眉，又名八字眉；二曰小山眉，又名远山眉；三曰五岳眉；四曰三峰眉；五曰垂珠眉；六曰月棱眉，又名却月眉；七曰分梢眉；八曰逐烟眉；九曰拂云眉，又名横烟眉；十曰倒晕眉。”

［词解］

这首词为登临吊古，以辽太后往事，抒发以古为鉴之意：往日那六宫中美丽的皇后妃嫔早已消逝，谁又见到过呢？而今只有这太液池畔高高的楼台依稀尚存。雨脚斜飞，水漫拱桥，荷叶田田，残雨潇潇，眼前是一片迷蒙的景象。要问在何处添妆，只有笼中的鹦鹉能够回答。眼前只有一片空蒙碧水，鸳鸯游荡于白蘋之间。辽代宫中曾以玉饰首，以金饰足，而不再采用汉家宫中的妆束样式。如今繁华落尽，玉匣生苔，从中翻出唐代的《十眉图》。人间变换只在朝夕之间。看那曾经的胭粉亭早已是尘土堆积，只有护花铃还摇曳在深夜的风雨之中。

又

塞外七夕[1]

白狼河[2]北秋偏早，星桥[3]又迎河鼓[4]。清漏频移，微云欲湿，正是金风玉露[5]。两眉愁聚。待归踏榆花，那里才诉。只恐重逢，明明相视更无语。

人间别离无数。向瓜果筵(yán)[6]前，碧天[7]凝伫(zhù)[8]。连理千花，相思一叶，毕竟随风何处。羁栖[9]良苦。算未抵空房，冷香[10]啼曙(shǔ)。今夜天孙[11]，笑人愁似许。

［注释］

①七夕：农历七月七日。

②白狼河：古水名，即今辽宁境内的大凌河，因发源于白狼山而得名。

③星桥：神话中的鹊桥。北周庾信《舟中望月》诗：“天汉看珠蚌，星桥似桂花。”

④河鼓：星名，属牛宿，在牵牛之北，一说即牵牛。《史记·天官书》：“牵牛为牺牲。其北河鼓，河鼓大星，上将；左右，左右将。”司马贞《索隐》引孙炎曰：“河鼓之旗十二星，在牵牛北。或名河鼓为牵牛也。”《尔雅·释天》：“何鼓谓之牵牛。”

⑤金风玉露：秋风和白露，亦借指秋天。秦观《鹊桥仙》：“金风玉露一相逢，便胜却人间无数。”

⑥瓜果筵：七夕夜食瓜果的习俗。

⑦碧天：青天，蓝色的天空。

⑧凝伫：凝望伫立，停滞不动。

⑨羁栖：滞留他乡。

⑩冷香：指花、果的清香或清香之花，代指女子。清侯方域《梅宣城诗序》：“‘昔年别君秦淮楼，冷香摇落桂华秋。’冷香者，余栖金陵所狭斜游者也。”

⑪天孙：星名，即织女星，指传说中巧于织造的仙女。

［词解］

七夕望长空

此词作于第一次随君出征时，当时的纳兰恐怕不会想到以后会频繁出征塞外。旅途之中孤寂苦闷，惦记家中的妻子，长夜无眠，只得仰头望牛郎织女星。

这首词咏七夕，作于第一次扈驾出巡塞外，抒发羁栖之苦：又是七夕之夜，白狼河的秋天来得格外的早，又到了牛郎织女鹊桥相会的日子。时光流转，湿云微微，正是这秋风白露相逢的初秋时节。两眉凝聚，乡愁升起，只有等到踏上回家的路，才能倾诉。只怕相逢的时候，明明四目相对，却仍旧相顾无言。人世间有别离无数，都在这七夕之夜，举头仰望碧天，遥寄相思。那连理枝、相思树的誓言，如今都随风飘向了何处？羁旅之苦，想来家中伊人同样独守空闺，相思成灾，暗自垂泪。今夜天空的织女星，恐怕也要笑人间也有如此的离愁别苦！

［词评］

逼真北宋慢词。

——谭献《箧中词》

情怀迥然不像出于华阀的“富贵花”所有，这就是纳兰才性异于常人处。有谁如纳兰这样年方青壮、位处清贵，却把随天子出巡看成行役天涯的苦差使呢？

——严迪昌《清词史》

瑞鹤仙

丙辰[1]生日自寿。起用《弹指词》句，并呈见阳[2]

马齿[3]加长矣，枉碌碌乾坤，问汝何事。浮名总如水。判尊前杯酒，一生长醉。残阳影里，问归鸿[4]、归来也未？且随缘[5]、去住无心[6]，冷眼[7]华亭鹤唳[8]。

无寐(mèi)。宿酲(chéng)[9]犹在。小玉[10]来言，日高花睡。明月阑

仰观鸿雁

“木秀于林，风必摧之。”纳兰一生才高过人，又不善逢迎，自是招来许多人的忌恨。值此生日之际，感慨人生，冷眼对功名。

干，曾说与、应须记。是蛾眉⑪便自、供人嫉妒，风雨飘残花蕊。叹光阴、老我无能，长歌⑫而已。

［注释］

①丙辰：康熙十五年（1676），此年纳兰性德22岁。

②《弹指词》：指顾贞观《弹指词》（金缕曲·丙午生日自寿）。见阳：张见阳，即张纯修，字子敏，号见阳，辽阳人。隶汉军正白旗，累官安徽庐州府知府，有《语石轩词》一卷。

③马齿：马的牙齿。后因以谦称自己虚度年华，没有成就。《穀梁传·僖公二年》：“荀息牵马操璧而前曰：‘璧则犹是也，而马齿加长矣！’”

④归鸿：归雁，诗文中多用以寄托归思。

⑤随缘：佛教语，谓佛应众生之缘而施教化。缘，指身心对外界的感触，后指顺应机缘。任其自然。

⑥无心：不是存心的。

⑦冷眼：冷静理智的眼光，冷淡的态度。

⑧华亭鹤唳：南朝宋刘义庆《世说新语·尤悔》：“陆平原河桥败，为卢志所谗，被诛，临刑叹曰：‘欲闻华亭鹤唳，可复得乎？’”华亭，在今上海松江西，陆机于吴亡入洛以前常与弟云游于华亭墅中。后以“华亭鹤唳”为感慨生平悔入仕途之典。

⑨宿酲：犹宿醉。三国魏徐干《情诗》：“忧思连相属，中心如宿酲。”

⑩小玉：神话中仙人侍女名，泛称侍女。

⑪蛾眉：美人的秀眉，也喻指美女，美好的姿色。屈原《离骚》：“众女嫉余之蛾眉兮，谣诼谓余以善淫。”

⑫长歌：放声高歌。

［词解］

这首词是作者22岁生日抒怀自寿之作：年龄又长了一岁，自问在这莽莽乾坤中，在这大千世界里，徒自碌碌无为，所营何事！这人世浮名如同流水，转眼即逝。不如一醉方休，常睡不醒。夕阳西下，问天空鸿雁是否已经归来？不如达观处世，顺其自然，对富贵功名之事须冷眼相看。心绪不佳唯借酒解忧，疏懒度日，日高不起。侍女说你我在月明凭轩之时，曾经共语人生，既是高标见妒，出众的人才，便自然要遭人嫉妒，犹如那美丽的鲜花遭遇风雨的摧残一样。感叹时光蹉跎，一事无成，唯有长歌解忧。

雨霖铃

种柳

横塘①如练。日迟帘幕②，烟丝斜卷。却从何处移得，章台③仿佛，乍(zhà)舒娇眼。恰带一痕残照，锁黄昏庭院。断肠处、又惹相思，碧雾④蒙蒙⑤度双燕。

回阑(lán)⑥恰就轻阴⑦转。背风花⑧、不解春深浅。托根⑨幸自天上，曾试把、《霓(ní)裳》⑩舞遍。百尺⑪垂垂⑫，早是酒醒，莺语⑬如剪。只休隔、梦里红楼，望个人儿见。

［注释］

①横塘：古堤名，在今江苏吴西南，泛指水塘。

②帘幕：遮蔽门窗用的大块帷幕。

③章台：秦宫殿名，以宫内有章台而得名，泛指京城的宫苑。

④碧雾：青色的云雾。

⑤蒙蒙：迷茫貌。

⑥回阑：回栏，曲折的栏杆。

⑦轻阴：淡云或疏淡的树荫。

⑧风花：风中的花。

⑨托根：犹寄身。

⑩霓裳：就是《霓裳羽衣曲》，唐代乐曲名，相传为唐玄宗所制。

⑪百尺：十丈。喻高、长或深。

⑫垂垂：渐渐。

⑬莺语：莺的啼鸣声，或形容悦耳的语音或歌声。

章台依依柳

“章台柳，章台柳，昔日青青今在否？”当日曾与人折柳惜别，今朝弱柳仍依依，却不知人在何处。

［词解］

这首词写相思相忆的恋情：庭院里，水塘边，夕阳下的弱柳依依，如烟似雾。且问是从哪里移来的，张开娇眼，说是从章台而来。此时夕阳残照，仿佛锁住了黄昏的庭院。成双成对的燕子在青色的云雾中飞来飞去，惹起了无尽的相思。轻云随回栏流转，而背风的花朵不受风欺，不知春天的变化。幸而曾寄身于天上，已舞遍《霓裳羽衣曲》。酒醒之后，黄莺宛转，那百尺长条随风飘摇，摇曳生姿。只是不要在梦中出现在红楼之上，看到的人会柔肠百转。

疏影

芭蕉①

湘帘卷处，甚离披②翠影，绕檐遮住。小立吹裙，常伴春慵③，掩映④绣床⑤金缕⑥。芳心⑦一束浑难展，清泪裹、隔年愁聚。更夜深、细听空阶雨滴，梦回无据。

正是秋来寂寞，偏声声点点，助人离绪。缬(xié)被⑧初寒，宿酒全醒，搅碎乱蛩⑨双杵。西风落尽庭梧叶，还剩得、绿阴如许。想玉人⑩、和露折来，曾写断肠句。

雨打芭蕉深闭门

“何处合成愁？离人心上秋。纵芭蕉，不雨也飕飕。”更况深夜不眠，听细雨打芭蕉，一叶叶，一声声，点滴到天明。

［注释］

①芭蕉：芭蕉属多年生的树状的草本植物，叶子很大，果实像香蕉，可以吃。

②离披：分散下垂貌，纷纷下落貌。《楚辞·九辩》：“白露既下百草兮，奄离披此梧楸。”

③春慵：春天的懒散情绪。 五代刘兼《昼寝》诗：“花落青苔锦数重，书淫不觉避春慵。”

④掩映：彼此遮掩，互相衬托。

⑤绣床：装饰华丽的床，多指女子的睡床。

⑥金缕：指金丝制成的穗状物。

⑦芳心：指女子的心境。

⑧缬被：染有彩色花纹的丝被。

⑨蛩：蟋蟀的别称。

⑩玉人：容貌美丽的人。

［词解］

这首词借咏芭蕉寓托怀人之意：卷起竹帘，看到那摇动的芭蕉绿影婆娑，遮住了屋檐。伊人春日慵懒，晚起后小立风中，轻风吹起她的罗裙，绣床金缕掩映。芭蕉芳心裹泪，如人心之愁聚。深夜侧耳倾听空阶夜雨，愁绪使人难以成眠。本来正是秋来寂寞之时，偏又雨打芭蕉，声声助怨。锦被难以御寒，宿醉已经全醒，耳边传来虫鸣杵捣之声，离愁于是更甚。秋风袭来，梧叶落尽，而芭蕉绿荫依旧。和着露水被伊人折下，借叶题诗，以寄相思离恨。

潇湘雨

送西溟[1]归慈溪[2]

（按此调谱律不载，疑亦自度曲）

长安一夜雨，便添了、几分秋色。奈此际萧条[3]，无端[4]又听、渭(wèi)城[5]风笛[6]。咫(zhí)尺[7]层城[8]留不住，久相忘[9]、到此偏相忆。依依白露丹枫，渐行渐远，天涯南北。

凄寂。黔(qián)娄[10]当日事，总名士、如何消得？只皂帽[11]蹇(jiǎn)驴[12]，西风残照，倦游踪迹。廿载江南犹落拓[13]，叹一人、知己终难觅。君须爱酒能诗，鉴湖[14]无恙(yàng)，一蓑(suō)一笠。

［注释］

①西溟：姜宸英，号湛园，又号苇间，浙江慈溪人。康熙三十六年（1697）探花，授编修，年已七十。初以布衣荐修明史，与朱彝尊、严绳孙并称“三布衣”。

②慈溪：隶属浙江，因治南有溪，东汉董黯“母慈子孝”传说而得名。

③萧条：寂寥冷落，草木凋零。

④无端：没来由，没道理。

⑤渭城：地名，本秦都咸阳，汉高祖元年改名“新城”，后废。武帝元鼎三年（前114）复置，改名“渭城”，治所在今陕西咸阳东北二十里，唐王维《送元二使

安西》："渭城朝雨浥轻尘，客舍青青柳色新。劝君更进一杯酒，西出阳关无故人。"此诗又称《渭城曲》，后人以之代作送客、离别。

⑥风笛：管乐器，笛子的一种。

⑦咫尺：比喻相距很近。

⑧层城：古代神话中昆仑山上的高城，后指重城、高城。

⑨相忘：相忘鳞。《庄子·大宗师》："泉涸，鱼相与处于陆，相呴以湿，相濡以沫，不如相忘于江湖。"后以"相忘鳞"喻优游自得者。

⑩黔娄：人名。隐士，不肯出仕，家贫，死时衾不蔽体。汉刘向《列女传·鲁黔娄妻》载黔娄为春秋时鲁人。《汉书·艺文志》、晋皇甫谧《高士传·黔娄先生》则说是齐人。

⑪皂帽：黑色帽子。

⑫蹇驴：跛脚驽弱的驴子。

⑬落拓：贫困失意。

⑭鉴湖：湖名，即镜湖，又称"长湖""庆湖"。在今浙江绍兴城西南二公里，为绍兴名胜之一。西溟之故里慈溪在今绍兴东北，故云。

感怀

纳兰不畏世情，不理常俗，结交者多为耿介之士。每有友人贬官归故里时，其他人唯恐避而不及，唯纳兰一力相送，并作词以赠。此词劝慰友人，同时也流露出自己厌倦官场，想隐居山野的心态。

[词解]

这首词为赠别之作，劝慰与不平并行：京城下了一夜的秋雨，更增添了几分秋色。面对这秋色萧条，正无奈之际，又没来由地传来了声声的别离之曲，这就更增添了离愁别恨。近在咫尺的高城却无法将你留住，昔日你我共处时的优游自得之乐，此后便成了令人思念的往事。你将渐行渐远，从此你我天各一方。心中有无限凄凉孤寂。忽然想起当年黔娄的故事，即使是名士风流，又如何承受得了呢？从此两袖清风，浪迹天涯。虽然你二十年来在江南负有盛名，但至今仍以疏狂而落落寡合，难逢知己。别后想必会更加且醉且歌，洒脱不羁，独钓于江湖之上。

[词人逸事]

姜宸英，字西溟，擅词章，工书画。生性疏放，屡试不第。初以布衣荐修明史，与朱彝尊、严绳孙并称"三布衣"。康熙三十六年（1697）中探花，授编修，年已七十。后因顺天乡试案被牵连而于死狱中。有《苇间诗集》《湛园未定稿》《湛园藏稿》等。其山水笔墨道劲，气味幽雅。楷法虞、褚、欧阳，以小楷为第一。唯其书拘谨少变化。包世臣称其行书能品上。兼精鉴，名重一时。家藏兰亭石刻，至今扬本称姜氏兰亭。

纳兰性德与其相识很早，姜宸英回忆说：“君年十八九，举礼部，当康熙之癸丑岁。未几也，余与相见于其座主东海阁学士公（徐乾学）邸。”姜宸英生性豪迈疏狂，而纳兰性德却并不以其狂怪为戒，且交游甚厚，康熙十七（1678）、十八年（1679）留居西溟于府邸。二人诗词往还，多唱和之作。

风流子

秋郊即事

平原草枯矣，重阳后，黄叶树骚骚①。记玉勒②青丝③，落花时节，曾逢拾翠④，忽听吹箫。今来是、烧痕残碧尽，霜影乱红凋。秋水映空，寒烟如织，皂雕⑤飞处，天惨云高。

人生须行乐，君知否，容易两鬓(bìn)萧萧⑥。自与东君作别，刬(chǎn)地⑦无聊。算功名何许，此身博得，短衣⑧射虎⑨，沽(gū)酒⑩西郊。便向夕阳影里，倚马挥毫⑪。

[注释]

①骚骚：形容大风的声音。

②玉勒：玉饰的马衔。

③青丝：青色的丝绳，指马缰绳。

④拾翠：拾取翠鸟羽毛以为首饰，后多指妇女游春。

⑤皂雕：一种黑色大型猛禽。

⑥萧萧：花白稀疏的样子。

⑦刬地：照样，依旧。

⑧短衣：指带短下摆或短后摆的紧身上衣，为打猎的装束。

⑨射虎：指汉李广和三国吴孙权射虎的故事，诗文中常用以形容英雄豪气。

青山从猎

八旗子弟善骑射，纳兰也不例外，他不仅工诗书，也长弓箭，武艺卓绝。当秋日高原时，鹰飞兔奔，正是打猎的好时节，此时沽酒放箭，英姿勃发。

⑩沽酒：买酒。

⑪挥毫：写毛笔字或作画。

［词解］

这首词是词人经邦济世的抱负难以实现的慨叹：重阳节过后，平原上的草都枯萎了，黄叶在疾风中凋落。记得春日骑马来此踏青时，多么的意气风发。如今故地重游已是萧瑟肃杀，空旷凋零。秋水映破长空，寒烟弥漫，苍穹飞雕，一片苍茫。人生在世，年华易逝，须及时行乐。春天过后，依旧心绪无聊。想想功名利禄算得了什么，不若沽酒射猎，英姿勃发，在夕阳下挥毫泼墨那是何等畅快！

［词评］

意境虽不甚深，风骨渐能骞举，视短调为有进，更进，庶几沉着矣。

——况周颐《蕙风词话》

［词人逸事］

纳兰性德并不仅仅是一位只会感伤、吟风弄月的文弱书生。作为满人的后裔，八旗子弟在清初，还较多保留着善骑射、骁勇尚武的传统习俗，纳兰性德作为御前护卫更是不可能例外！韩菼说他“上马驰猎，拓弓作霹雳声，无不中”；徐乾学赞他“有文武才，每从猎射，鸟兽必命中”，可见其武功与身手。特别当他不在帝王身边时，沽酒射猎，却是英姿勃发，神采飞扬。

纳兰性德在京西郊猎时有词《风流子·秋郊射猎》，正表明他血脉中仍有这种武士豪迈激情的涌动，尽管他终想回避尘寰闹市，于宁静淡泊中觅诗寻梦，尽管他诗词有卿卿之情，不乏细腻精致，但柔中不软，悲中不颓。亦或有绵绵凄惋之致，却不同靡靡之音，更没有扭捏之态。

沁园春

试望阴山①，黯（àn）然销魂，无言徘徊。见青峰几簇，去天才尺；黄沙一片，匝地②无埃。碎叶城③荒，拂云堆④远，雕外寒烟惨不开。踟蹰（chí chú）⑤久，忽砯崖转石，万壑（hè）惊雷。

穷边自足秋怀。又何必、平生多恨哉？只凄凉绝塞，蛾眉遗冢⑥；销沉腐草，骏骨⑦空台。北转河流，南横斗

柄⑧，略点微霜鬓早衰。君不信，向西风回首，百事堪哀。

阴山寒苦

边塞自古多传奇，昭君青冢对黄昏，昭王高台掩野草，千里白骨散作灰，唯有河水无语东流。

［注释］

①阴山：指今内蒙古自治区中部山脉。东西走向，包括狼山、乌拉山、色尔腾山、大青山等。

②匝地：满地，遍地。

③碎叶城：唐高宗调露元年（679）置，属条支都督府，在今吉尔吉斯斯坦首都比什凯克以东的托克马克市附近，它与龟兹、疏勒、于田并称为唐代“安西四镇”。

④拂云堆：古地名，在今内蒙古包头西北，唐时朔方军北与突厥以河为界，河北岸有拂云堆神祠，突厥如用兵必先往祠祭酹求福。张仁愿既定漠北，于河北筑中、东、西三受降城以固守，中受降城即在拂云堆，故“拂云堆”又为中受降城的别称。

⑤踟蹰：徘徊，心中犹疑，要走不走的样子。

⑥蛾眉遗冢：指古代和亲女子之墓。此处用王昭君出塞的典故。《汉书·匈奴传下》：“元帝以后宫良家子王嫱，字昭君赐单于。”王昭君墓在今内蒙古自治区呼和浩特南。传说当地多白草而此冢独青，人称“青冢”。

⑦骏骨：据《战国策·燕策一》载郭隗用买马作喻，说古代有用五百金买千里马的马头骨，因而在一年内就得到三匹千里马的，劝燕昭王厚币以招贤，后遂以“骏骨”喻杰出的人才。

⑧斗柄：构成北斗柄部的三颗星。

［词解］

这首词是康熙二十一年（1682）出使觇唆所作，抒发凄凉伤感之情：遥望苍凉的阴山，不禁令人黯然销魂，徘徊不前。只见那高高的山峰高耸入云，接近天际，眼前黄沙遍地，却不起一丝尘埃。那唐代的碎叶古城早已荒凉，拂云堆也遥远得看不见。唯见飞翔云外的雕鹰和那寒烟茫茫、愁惨不散的荒漠景象。正徘徊不前之际，忽听得山崖轰鸣，仿佛是巨石滚动，又像是万丈深壑里发出的惊雷隆隆。人生不必有多少遗恨才能伤感，看了这荒凉边塞已经让人愁苦满怀了！想到王昭君凄凉出塞，如今人已死去，但遗冢犹存；而那掩埋在荒漠野草中的，是当年燕昭王求贤所筑的高台。河水依然向北流去，北斗星柄仍是横斜向南。愁苦之人已经未老先衰。你若不相信，只需要在秋风中回首往事，必定愁苦满怀！

又

丁巳重阳前三日①，梦亡妇淡妆素服，执手哽咽，语多不复能记。但临别有云：“衔恨愿为天上月，年年犹得向郎圆。”妇素未工诗，不知何以得此也，觉后感赋。

瞬息浮生，薄命如斯，低徊(huái)②怎忘。记绣榻闲时，并吹红雨③；雕阑(diāo lán)曲处，同倚斜阳。梦好难留，诗残莫读，赢得更深④哭一场。遗容在，只灵飙(biāo)⑤一转，未许端详。

重寻碧落⑥茫茫。料短发、朝来定有霜。便人间天上，尘缘未断；春花秋叶，触绪还伤。欲结绸缪(móu)⑦，翻惊摇落，减尽荀衣昨日香。真无奈，倩声声邻笛，谱出回肠。

［注释］

①丁巳重阳前三日：指康熙十六年（1677）农历九月初六日，即重阳节前三日。此时纳兰性德亡妻已病逝三个多月。

②低徊：形容萦绕回荡。

③红雨：指落花。唐李贺《将进酒》：“况是青春日将暮，桃花乱落如红雨。”

④更深：更深夜尽，深夜。

⑤灵飙：灵风，神风。指梦中爱妻飘飞的身影。

⑥碧落：天空。语出白居易《长恨歌》：“上穷碧落下黄泉，两处茫茫皆不见。”

⑦绸缪：紧密缠缚，缠绵，情意深厚。这里指夫妻恩爱。

重寻碧落茫茫

你我天各一方，但情缘未尽，春花秋叶都在向我诉说你的情思。可惜你音容已逝，“上穷碧落下黄泉，两处茫茫皆不见。”纳兰自妻逝后，无日不饱受思念的折磨。

［词解］

这首词以记梦来写悼亡：人生苦短，瞬息即逝，亡妻早逝命薄，萦绕往复怎能忘怀。经过命运的那番无情摧折，怎不叫人潸然泪下。你我几年夫妻，梦到你又有何妨？只可惜好梦不长，你仿佛被催促般匆匆离去，只剩我独自在这深夜痛哭流涕。你的遗容尚在，只是飘忽不定，走得太过匆忙，我还尚未来得及仔细端详。音容俱逝，天地茫茫，无处可寻，不胜凄怆，料想我清晨醒来后，必定已经愁白了两鬓。但我相信你我虽天上人间，但尘缘并不会就此割断，那春花秋叶都是触动感伤的琴弦。想要与你永结同心，只可惜人生无常，本是鸳鸯却只能两处漂泊。耳畔传来屋檐滴水的寥落声响，将我的思绪带入凄苦的忧愁之境，此情此景如何不叫人无奈感伤！

又

代悼亡

梦冷蘅芜(héng wú)[1]，却望姗姗[2]，是耶非耶？怅兰膏[3]渍粉[4]，尚留犀合；金泥[5]蹙(cù)绣[6]，空掩蝉纱[7]。影弱难持，缘深暂隔，只当离愁滞(zhì)海涯。归来也，趁星前月底，魂在梨花。

鸾(luán)胶[8]纵续琵琶。问可及当年萼(è)绿华[9]？但无端摧折，恶经风浪；不如零落，判委尘沙[10]。最忆相看，娇讹道字[11]，手剪银灯自泼茶。今已矣，便帐中重见，那似伊家。

［注释］

①蘅芜：香草名。晋王嘉《拾遗记·前汉上》：“（汉武）帝息于延凉室，卧梦李夫人授帝蘅芜之香。帝惊起，而香气犹着衣枕，历月不歇。”闽徐夤《梦》诗：“文通毫管醒来异，武帝蘅芜觉后香。”

②姗姗：走路从容、不紧不慢的样子。

③兰膏：一种润发的香油。

④渍粉：残存的香粉。

⑤金泥：用以饰物的金屑。

⑥蹙绣：蹙金，一种刺绣方法，用金线绣花而皱缩其线纹，使其紧密而匀贴，亦指这种刺绣工艺品。

⑦蝉纱：像蝉翼一样薄的纱。

⑧鸾胶：相传以凤凰嘴和麒麟角煎成的胶，可黏合弓弩拉断了的弦。后多以喻丧妻男子再婚。

⑨萼绿华：传说中的仙女名。自言是九疑山中得道女子罗郁。晋穆帝时，夜

降羊权家，赠权诗一篇，火澣手巾一方，金玉条脱各一枚。（见南朝梁陶弘景《真诰·运象》）李商隐《重过圣女祠》：“萼绿华来无定所，杜兰香去未移时。”

⑩判：甘愿，甘心。尘沙：尘世。

⑪道字：一种将字拆开的文字游戏。

相思声声

生未同生，但死求同穴，生生世世相伴，再不分离。纳兰与其妻感情深厚，妻子死后，他一直落落寡合，所见所听，皆妻子音容，满纸所书，亦尽皆相思。

［词解］

这首词为悼亡爱妻之作：蘅芜袅袅，似梦非梦，看到你步履轻缓，从容不迫地姗姗走来，这景象是真是幻？眼前你润发用的香油，粉盒中残存的香粉，依旧在妆奁中静静地躺着；装饰用的金屑和没有绣完的绣品还放在那里。面对着这些你曾用过的东西，睹物思人，怎能不怅然心伤。真希望我们不是天人永隔，滞留天涯。你忽然回到我身边，趁着这明月星空，在曾经相约的梨花树下与我相见。纵然是续娶了后妻，但又怎么能与你相比呢？如今让我无端经受这样的打击，如尘沙般孤独零落。最令人伤神追忆的是你读错了字的娇柔之声，和那剪去灯蕊，赌气泼茶的柔媚之态。如今一切美好都已结束，即使再次相见，也不是当时的样子了。

［词人逸事］

纳兰性德性格落拓无羁，禀赋超逸脱俗，才华出众，与他出身豪门，钟鸣鼎食，入值宫禁，金阶玉堂的前程，构成一种常人难以体察的矛盾感受和心理压抑。再加上爱妻早亡，后续难圆旧梦，以及挚友聚散，内心深处的困惑与悲观是难以释怀的。对仕途的厌倦和不屑，使他对凡能轻取的身外之物无心一顾，但对求之却不能长久的爱情，对心与境合的自然和谐状态，却流连向往。

康熙二十四年（1685）暮春，纳兰性德抱病与好友一聚、一醉、一咏三叹，然后便一病不起，七日后溘然而逝。病时，康熙曾派人探望并送御药，闻其亡故之讯，为之惋惜。纳兰性德的业师徐乾学为其撰写墓志铭、神道碑。纳兰性德葬于京西皂甲屯纳兰祖茔，带着无限的爱与永远十九岁的娇妻卢氏合葬于山明水秀之境，从此相依相伴、永不分离。

金缕曲

赠梁汾[①]

德[②]也狂生耳。偶然间、淄尘[③]京国[④]，乌衣门第[⑤]。有酒惟浇赵州土[⑥]，谁会成生[⑦]此意？不信道、遂成知己。青眼[⑧]高歌俱未老，向樽(zhūn)前、拭(shì)尽英雄泪。君不见，月如水。

共君此夜须沉醉。且由他、蛾眉[⑨]谣诼(zhuó)[⑩]，古今同忌。身世悠悠何足问，冷笑置之而已。寻思起、从头翻悔[⑪]。一日心期千劫[⑫]在，后身缘、恐结他生里。然诺[⑬]重，君须记。

［注释］

①梁汾：即顾贞观。

②德：作者自指。

③缁尘：黑色灰尘，常喻世俗污垢。

④京国：京城，国都。

⑤乌衣门第：指世家望族。

⑥赵州土：平原君好养士，死后虽未葬赵州，但他是赵国公子，又是赵相，故称他的墓为“赵州土”。

⑦成生：纳兰性德自指，纳兰原名成德，故云。

⑧青眼：黑色的眼珠在眼眶中间，青眼看人则是表示对人的喜爱或重视、尊重。相传晋阮籍为人能作青白眼，见愚俗之人为白眼，见高人雅士、与己意气相投者则为青眼。

⑨蛾眉：美人的秀眉，也喻指美女，美好的姿色。

⑩谣诼：造谣诽谤。屈原《离骚》：“众女嫉余之蛾眉兮，谣诼谓余以善淫。”

⑪翻悔：对先前允诺的事情后悔而拒绝承认。

⑫千劫：佛教语，指旷远的时间与无数的生灭成败。现多指无数灾难。

夜月对饮

纳兰本翩翩佳公子，但性自疏狂，不理世俗缛节。幸结识顾贞观这一知己，两人相知相酬。顾贞观被流言中伤，纳兰帮他开解，值此有为之年，无须顾忌小人行径。无妨对此如水明月，开怀畅饮，快意人生。

⑬然诺：允诺，答应。

［词解］

这首词是词人与顾贞观相识不久的题赠之作，表达了诚挚的友情：我天生痴狂，生长在豪门望族之家，又在京城里供职，这一切实属偶然。我仰慕平原君的人品，并有平原君那样礼贤下士、喜好交友的品格，但如此的性格又有谁能理解。你我结为莫逆之交，彼此青眼相对，互相器重，而今正当大有可为之年，不须伤悲，应拭去悲慨之泪，振作精神。看那月色如水，照彻晴空。今夜就让你我一醉方休。姑且由那些小人去造谣中伤，要知道这种卑鄙的事自古以来就是这样。身世地位有什么可在意的，只需冷笑置之罢了！你我一日心期相许，成为知己，即使横遭千劫，情谊也会长存的，但愿来生你我还有交契的因缘。重信守诺，千万不要忘记今天誓言！

［词评］

岁丙辰，容若年二十有二，乃一见即恨识余之晚，阅数日，填此曲为余题照。极感其意，而私讶他生再结语殊不祥，何意竟为乙丑五月之谶也。伤哉。

——顾贞观《弹指词》

词旨嵚崎磊落，不啻坡老、稼轩，都下竞相传写，于是教坊歌曲无间不知有侧帽者。

——徐釚《词苑丛谈》

今读容若“后生缘恐结他生里”句，山阳闻笛，愈增腹痛矣。

——谢章铤《赌棋山庄词话》

金粟顾梁汾舍人，风神俊朗，大似过江人物。无锡严荪友诗：“曈曈晓日凤城开，才是仙郎下直回。绛蜡未消封诏罢，满身清露落宫槐。”其标格如许。

——冯金伯《词苑萃编》

纳兰容若（成德）深于情者也。固不必刻画花间，俎豆兰畹，而一声河满，辄令人怅惘欲涕。情致与弹指最近，故两人遂成莫逆。读两家短调，觉阮亭脱胎温、李，犹费拟议。其中赠寄梁汾《贺新凉》《大酺》诸阕，念念以来生相订交，情至此，非金石所能比坚。仆亡友侯官张任如（仁恬），才高命薄，死之日，仆挽之云：“本是肺腑交，已矣，似此人间谁识我。可怜肝肠断，嗟乎，从今地下始逢君。”戊申，仆寓居宁德，寒食怀人，凄怆欲绝，填《百字令》云：“春光似箭，看莺娇蝶懒，清明又到。梨树阴阴闻故鬼，如诉如啼如祷。南国家山，杜鹃滴血，绿遍王孙草。满城苦雨，柳条檐际飞扫。却忆张籍当时，酒边戏语，百样添烦恼。寒食西风吹点泪，此际才为情好。一别六年，夜台无雁，幽信何从讨。孤游已屡，个人曾否知道。”盖仆曾与君泛论交际，君笑曰：“清明肯流几点泪，方见好也。”心怪其语不祥，越一年，而君竟殁。今读容若“后生缘恐结他生里”句，山阳闻笛，愈增腹痛矣。

——丁绍仪《听秋声馆词话》

这首慢词，赠顾贞观，风格便与贞观的《金缕曲》二首相近。为自己写照，也为其交友写照，中间又交错着对蛾眉谣诼的感叹，歇拍云“重然诺，君须记。”可以参证性德身任救吴汉槎入关一事。读此令人增风谊之重。徐釚《词苑丛谈》云：“词旨嵚崎磊落，不啻坡老、稼轩，都下竞相传写。”

——钱仲联《清词三百首》

［词人逸事］

这首词作于康熙十五年（1676），纳兰性德此年获殿试二甲七名，赐进士出身，并授三等侍卫，不久又晋为一等。据顾贞观记云：“岁丙辰，容若年二十有二，乃一见即恨识余之晚，阅数日，填此曲为余题照。”

纳兰性德以贵胄公子、皇帝近侍的身份与沉居下僚的顾贞观相识，不但大有相见恨晚之叹，且对其不幸的遭遇深表同情。两人遂成为生死之交，直到纳兰性德去世，这份情意也没有断绝。《炙砚琐谈》提到，纳兰性德为顾贞观题照“一日心期千劫在，后身缘、恐结他生里。然诺重，君须记。”顾贞观答词亦有“托结来生休悔”之语。等到纳兰性德去世后，顾贞观回到故里，一天晚上梦到纳兰性德对他说：“文章知己，念不去怀。泡影石光，愿寻息壤。”当天夜里，其妻生了个儿子，顾贞观就近一看，发现长得跟纳兰性德一模一样，知道是其再世，心中非常高兴。一月后，再次梦到纳兰性德与自己作别。醒来后连忙询问别人，听说孩子已经夭折。这段传说足见两人友情的深厚和生死不渝。

又

再赠梁汾，用秋水轩①旧韵

酒涴(wò)②青衫③卷，尽从前、风流京兆④，闲情未遣。江左⑤知名今廿载，枯树⑥泪痕休泫(xuàn)⑦。摇落尽、玉蛾⑧金茧(jiǎn)⑨。多少殷勤红叶句⑩，御沟⑪深、不似天河⑫浅。空省识，画图展。

高才自古难通显。枉教他、堵墙⑬落笔，凌云⑭书扁。入洛⑮游梁⑯重到处，骇(hài)看村庄吠犬。独憔悴、斯人不免。衮衮门前题凤⑰客，竟居然、润色朝家典⑱。凭触忌，舌难剪。

［注释］

①秋水轩：明末清初孙承泽之别墅，位于都城西南隅。

春郊对饮

纳兰与顾贞观友情之深，一直为人所称道，两人在污浊尘世互相勉励。顾贞观曾帮纳兰将其词编辑成册，是为著名的《饮水词》。虽“家家争唱饮水词，纳兰心事几人知”，两人心灵相知可见一斑。

②涴：污染。

③青衫：青色的衣衫，黑色的衣服。古代指书生。

④京兆：指京师所在地区。这里指北京。

⑤江左：古时在地理上以东为左，江左也叫“江东”，指长江下游南岸地区，也指东晋、宋、齐、梁、陈各朝统治的全部地区。梁汾为江苏无锡人，故云。

⑥枯树：凋枯之树。这里指南朝梁庾信之《枯树赋》。

⑦泫：流泪。

⑧玉蛾：白色飞蛾，喻雪花。元薛昂夫《端正好·高隐》套曲：“须臾云汉飘白蕊，咫尺空中舞玉蛾。”

⑨金茧：金黄色的蚕茧，比喻灯火。清陈维崧《瑞鹤仙·上元和康伯可韵》词：“看火蛾金茧，春城飞遍。”

⑩“红叶”句：红叶题诗的典故。唐代红叶题诗、结成良缘的故事较多，情节略同而人事各异。僖宗时，宫女韩氏以红叶题诗，自御沟流出，为于佑所得。佑亦题一叶，投沟上流，亦为韩氏所得。不久，宫中放宫女三千人，佑适娶韩氏。成礼日，各取红叶相示，方知红叶是良媒。（见宋刘斧《青琐高议·流红记》）

⑪御沟：流经宫苑的河道。

⑫天河：银河。

⑬堵墙：此谓围观者密集众多，排列如墙。唐杜甫《莫相疑行》：“忆献三赋蓬莱宫，自怪一日声烜赫。集贤学士如堵墙，观我落笔中书堂。”后多用以为典实。

⑭凌云：杜甫《戏为六绝句》之一：“庾信文章老更成，凌云健笔意纵横。”本为赞扬庾信笔势超俗，才思纵横出奇，后遂以“凌云笔”泛指为文作诗的高超才华。

⑮入洛：用陆机、陆云兄弟入洛的典故。陆氏二人于晋太康末自吴入洛，后得以发迹，但最终被谗遇害，见《晋书·陆机传》。

⑯游梁：典出《史记·司马相如列传》：“（司马相如）以赀为郎，事孝景帝，为武骑常侍，非其好也。会景帝不好辞赋，是时梁孝王来朝，从游说之士齐人邹阳、淮阴枚乘、吴庄忌夫子之徒，相如见而说之，因病免，客游梁。”后以“游梁”谓仕途不得志。

⑰题凤：南朝宋刘义庆《世说新语·简傲》："嵇康与吕安善，每一相思，千里命驾。安后来值康不在。喜（康兄）出户延之，不入。题门上作'凤'字而去。喜不觉，犹以为欣，故作'凤'字，凡鸟也。"后因以"题凤"为访友的典故。

⑱朝家典：朝廷的典策。

[词解]

这首词是词人用秋水轩旧韵表现自己的心志之作：一杯浊酒，泪湿青衫，从前在京兆的秋水轩唱和的风雅之事，闲情尚未排遣。你的名声在江南已经有二十多年了，却仍像庾信那样伤感流泪。你的才华如同白雪盈满天空，烟火灿烂散落。只是在朝为官比登天还难，朝廷对人才并不是真的重用，所以才华难以施展。枉费了你堵墙凌云的旷世才华。仕途坎坷，志向难酬，于是难免斯人憔悴。才华卓越，横空出世的风流人物居然只能为朝廷粉饰太平，怎不叫人愤懑。纵然对朝廷有犯忌之论，以至招灾惹祸，但仍不改刚正不阿的本性。

[词评]

唱和篇什中所激射的莫名悲凉和惆怅、难以言传的郁积极其显然。

——严迪昌《清词史》

[词人逸事]

关于秋水轩韵出处，必须追溯到明末清初的一次文坛活动。秋水轩本是明末孙承泽的别墅，位于京城西南隅，有江湖旷朗之胜。清初周亮工之子周在浚居京，孙氏借别墅给他入住。康熙十年（1671）秋，周在浚自为座主，主持一个大型唱和活动。参加者有二十多家，由曹尔堪开题首唱，填了一首铣韵《贺新郎》。龚孝升响应，今阅《定山堂集》，他先后填了23首，可谓洋洋大观了。且皆以"卷"字韵起，以"剪"字韵止。于是海内名士胜流，风起云涌纷纷竞填此调，你寄我，我寄你，邮简为之堆积如山。可见这次词坛盛事，波澜万顷。其后辑为《秋水轩唱和词》。

纳兰此篇即用其韵而成。

又

再用秋水轩旧韵

疏影[1]临书卷。带霜华、高高下下，粉脂都遣。别是幽情[2]嫌妩媚[3]，红烛啼痕[4]休泫（xuàn）[5]。趁皓月、光浮冰茧[6]。恰与花神[7]供写照[8]，任泼来、淡墨无深浅。持素障，夜中展。

残釭[9]掩过看逾显。相对处、芙蓉玉绽，鹤翎[10]银扁。但得白衣[11]时慰藉，一任浮云苍犬[12]。尘土隔、软红偷免。帘幕西风人不寐，恁[13]清光[14]、肯惜 shuāng 鹴裘[15]典[16]。休便把，落英剪。

[注释]

①疏影：疏朗的影子。

②幽情：深远或高雅的情思。

③妩媚：姿态美好可爱。

④啼痕：泪痕。

⑤泫：下滴貌。

⑥冰茧：冰蚕所结的茧，为普通蚕茧的美称。这里指蚕茧纸，用蚕茧壳制成的纸，取其洁白缜密。

⑦花神：指花的精神、神韵。

⑧写照：描写刻画，犹映照。

⑨残釭：油尽将熄的灯。

⑩鹤翎：鹤的羽毛，喻指白色的花瓣。

⑪白衣：白色衣服，指白色花朵。

⑫浮云苍犬：白云苍犬，白衣苍狗。喻事物变幻无常。宋杨万里《送乡人余文明劝之以归》诗："苍狗白衣俱昨梦，长庚孤月自青天。"

⑬恁：如此，这样。

⑭清光：清亮的光辉，多指月光。

⑮鹴裘：鹔鹴裘。相传为汉司马相如所穿的裘衣，由鹔鹴鸟的皮制成；一说，用鹔鹴飞鼠之皮制成。

⑯典：典当。

月夜赏梅

月华如水，在月光照耀下，一切更显晶莹自然，特别是梅花，雪白通透，不带半点粉色，幽冷绝艳。举灯照花，见绰约风姿，心向往之，愿终生长伴梅花。纳兰痴情执著之念不止于人，还延及世间万物。

[词解]

这首词借月夜梅花抒发悲凉惆怅之情：梅花疏朗的影子落在了书卷上。那花瓣带着霜华，高高低低，看不到一点粉红的颜色。不须红烛滴泪照明，别是一种幽情和妩媚。月当空，朵朵梅花如同洁白的蚕茧。恰好这梅花之形与其神相映照，仿佛随意画出的淡墨写意，这美好的图画就好像是在夜间展开了的一幅出神入化的幛子。将残灯遮起，再看那梅影就更清晰动人。就像刚刚绽开的玉芙蓉，处处是银白色的花瓣。只要这白色精灵时时来慰藉我，哪里还需要去管什么世事无常、风云变幻？尘世污浊，一切繁华都如过眼云烟。想及此，无限惆怅，站在帘下的晚风之中不能入睡。清光之下宁愿将这稀世的鹴裘典当来换取梅花不落，永远相伴。

又

生怕芳樽①满。到更深、迷离醉影，残灯相伴。依旧回廊新月在，不定竹声撩乱。问愁与、春宵长短。人比疏花还寂寞，任红蕤(ruí)②、落尽应难管。向梦里，闻低唤。

此情拟倩东风浣。奈吹来、余香病酒，旋添一半。惜别江郎③浑易瘦，更著轻寒轻暖。忆絮语④、纵横茗(míng)碗。滴滴西窗红蜡泪，那时肠、早为而今断。任枕角⑤，攲(qī)⑥孤馆⑦。

[注释]

①芳樽：精致的酒器，亦借指美酒。

②红蕤：花萼。

③江郎：指南朝齐江敩或南朝梁江淹。

④絮语：连续不断地说话。

⑤枕角：角制的或用角装饰的枕头。

⑥攲：斜靠着。

⑦孤馆：孤寂的客舍。唐许浑《瓜州留别李诩》诗：“孤馆宿时风带雨，远帆归处水连云。”

[词解]

这首词为怀友之作：入夜起相思，酒不但不能排解愁情，而且只有孤灯相伴，惆怅反而更胜。当时相聚的景象依然，但人却已经分离。愁情绵绵不绝，比这春宵还要更长。红花落尽，花枝萧疏，这花仿佛也是孤独寂寞，但是此时的人又比这疏花还要寂寞。唯有梦里才可与你相见。请东风消愁不但消不得，反倒是添愁添恨了。本已为离别而瘦损，如今又偏逢这乍暖还寒的时节，于是就更令人生愁添恨了。当年我们一边品茶，一边低声说话，议论纵横。分别时西窗蜡滴红泪，这记忆如今想起，更使人伤心肠断。独自寄寓在孤独寂寞的会馆中，更感四周冷静凄清。

又

简①梁汾

洒尽无端泪。莫因他、琼（qióng）楼②寂寞，误来人世。信道痴皓儿多厚福，谁遣偏生明慧③。莫更着、浮名相累。仕宦④何妨如断梗⑤，只那将、声影供群吠⑥。天欲问，且休矣。

情深我自判憔悴。转丁宁⑦、香怜易爇（ruò）⑧，玉怜轻碎。羡杀软红尘⑨里客，一味醉生梦死。歌与哭、任猜何意。绝塞生还吴季子⑩，算眼前、此外皆闲事。知我者，梁汾耳。

共诉衷肠

纳兰是一个至真至情之人，对待知己肝胆相照，他与顾贞观相知，进而结识顾贞观之友吴兆骞，并竭尽全力相帮。他深知良臣遭妒，美玉易碎，生于这浊世注定被人嫌忌，只能向好友倾诉衷肠了。

［注释］

①简：简札，书信。

②琼楼：形容华美的建筑物，诗文中有时指仙宫中的楼台。

③明慧：聪明，聪慧。汉刘向《说苑·谈丛》："辩智明慧，不如遇世。"

④仕宦：指做官。

⑤断梗：折断的桃梗，比喻漂泊不定。

⑥声影供群吠：语本汉王符《潜夫论·贤难》："谚曰：一犬吠形，百犬吠声。"后以"吠形吠声"比喻不察真伪，随声附和。形，或作"影"，故以"声影"谓没有根据的谣传。

⑦丁宁：叮咛，反复地嘱咐。

⑧爇：烧，点燃。

⑨软红尘：飞扬的尘土，形容繁华热闹，亦指繁华热闹的地方。宋卢祖皋《鱼游春水》词："软红尘里鸣鞭镫，拾翠丛中勾伴侣。"

⑩吴季子：指顾贞观好友吴兆骞，字汉槎，吴江人，为江南才子，被称为“江左三凤”之一。

［词解］

这首词是写给好友顾贞观的，抒发自己的担忧和对现实的不满：仕宦不利，命多乖舛，未得朝廷重用，错来人世一遭。终于相信了痴儿多厚福的说法，可老天为何还要生出那么聪明的人来呢。不要再为世上的浮名所累。仕途为官如同断梗，漂泊无定，本算不得什么，只有那些诬陷和中伤如同群犬吠声，又无法辩诬之事，才是令人悲哀的。还是不要问那么多了！我这里对你深情思念，以至形容憔悴，但也心甘情愿。且听我说，香草易于点燃，美玉易于破碎，忠良之士易受侵害。多么羡慕那些醉生梦死的凡夫俗子，他们哪有那么多的烦恼。眼前最重要的事是吴汉槎自边塞宁古塔归来，其他的都是等闲小事，我自倾尽全力！能明白我的人，也只有你顾梁汾了。

［词人逸事］

纳兰性德为人至情至性，对朋友更是肝胆相照，即使是对从来没有见过面的吴兆骞也是全力帮助，不求回报。

吴兆骞，字汉槎，吴江人，江南才子，被称为“江左三凤”之一。吴兆骞为顾贞观好友，为人恃才傲物，落拓不羁。顺治十四年（1657），以丁酉科场案被告发“舞弊”，翌年3月于京师复试，因清高不愿受辱而拒不参加，后被清廷降罪，发配至黑龙江宁古塔充军，二十余年不得赦归。好友顾贞观全力营救，无奈奔波十余年都没有成功。后在京认识纳兰性德后，一日作《金缕曲》2首，寄吴兆骞，被纳兰性德看到，大为感动，认为西汉苏武和李陵的赠答诗、西晋向秀的《思旧赋》和顾贞观这两首以书信形式填的词，堪称文坛三件极品，并决心营救。

纳兰性德经过五年的努力，最后托身为宰相的父亲明珠帮助，使吴兆骞结束了流放生涯。之后又感到吴兆骞久经风霜，担心他衣食有忧，于是在他回京后便聘其为馆师，教授其弟学业。康熙二十三年（1684）十月，吴兆骞病故，纳兰性德回京后，亲自为他操办丧事，出资送灵柩回吴江。他对朋友可谓是仁至义尽，有始有终，而“生馆死殡”的侠义行为也被后世传诵为友谊的楷模。

又

慰西溟[①]

何事添凄咽[②]？但由他、天公簸弄[③]，莫教磨涅（niè）[④]。失意每多如意少，终古几人称屈。须知道、福因才折。

独卧藜(lí)床[5]看北斗[6]，背高城、玉笛吹成血。听谯(qiáo)鼓[7]，二更彻(chè)。

丈夫未肯因人热，且乘闲[8]、五湖料理[9]，扁舟一叶。泪似秋霖(lín)[10]挥不尽，洒向野田[11]黄蝶[12]。须不羡、承明[13]班列[14]。马迹车尘忙未了，任西风、吹冷长安月。又萧寺[15]，花如雪。

［注释］

①西溟：姜宸英，又字湛园，浙江慈溪人。

②凄咽：形容声音悲凉呜咽。

③簸弄：在手里摆弄，挑动。

④磨涅：磨砺浸染。

⑤藜床：用藜茎编织的床。

⑥北斗：指北斗七星。北斗星的位置近于天的中心，比喻地位非常尊贵，因常以喻指朝廷。

⑦谯鼓：更鼓。古代于城门望楼之上置鼓，为鼓楼，用以报时或警戒盗贼。

⑧乘闲：趁着空闲。唐韩愈《复志赋》："时乘闲以获进兮，颜垂欢而愉愉。"

⑨五湖：太湖及附近四湖。汉赵晔《吴越春秋·夫差内传》："入五湖之中。"徐天佑注引韦昭曰："胥湖、蠡湖、洮湖、滆湖，就太湖而五。"春秋时，范蠡佐越王勾践灭吴后，浮舟太湖，易名鸱夷子皮、陶朱公，谓隐退江湖之志。唐李白《留别王司马嵩》诗："陶朱虽相越，本有五湖心。"料理：安排，办理。

⑩秋霖：秋日的淫雨。《管子·度地》："冬作土功，发地藏，则夏多暴雨，秋霖不止。"

⑪野田：田野。

⑫黄蝶：黄色的蝴蝶。唐王建《过绮岫宫》诗："武帝去来罗袖尽，野花黄蝶领春风。"谓郊野田间黄蝶蹉跎蹁跹，

闲数落花

才高易见妒，世事常与愿违，如意之事甚少。纳兰作词开导友人放开心怀，其实也是在自我安慰，既然俗世不容我，何不闲看落花，对酒当歌？

引申为家园、知己。

⑬承明：承明庐，汉承明殿旁屋，侍臣值宿所居，称“承明庐”；又三国魏文帝以建始殿朝群臣门曰承明，其朝臣止息之所，亦称“承明庐”。

⑭班列：指朝廷或朝官，官阶，品级。

⑮萧寺：西溟居京时曾寓萧寺。姜西溟在为纳兰性德撰写的《祭文》中云：“于午未间，我蹶而穷，百忧萃止，是时归兄，馆我萧寺。”

［词解］

这首词是词人于康熙十八年（1679）安慰姜西溟于落选而作：为了什么哽咽哭泣呢？既然命运不济，试而不第，那就放开胸怀，任老天爷摆弄，总不能因此而折磨自己。人世间的事本来就是失意的比如意的多，自古以来都是这样。要知道是因为自己才气太高，福气才会减损啊。不若远离繁华闹市，归隐山林，独自高眠，卧看北斗七星，吹笛自乐，听更鼓报夜。大丈夫不要因求仕不得而躁急。虽求官不成，但正好学范蠡，泛游五湖，消闲隐居，怡然自得。纵有伤情之泪，亦当洒向知己者。不要羡慕那些位列朝堂的人，那些京城里的衮衮诸公终日为仕途而忙于奔走，不如以达观处之，任那些得意人儿去奔忙吧！自己闲看萧寺中鲜花盛开，如雪般散落！

［词评］

“慨然长叹，劝慰中透不平”，“殊有风鸣万窍、怒涛狂卷的气韵。绝不是自缚于南唐一家者所能出手的，至于神虚情赝的工匠们更是难加问津。”

——严迪昌《清词史》

又

姜西溟言别，赋此赠之①

谁复留君住？叹人生、几番离合，便成迟暮②。最忆西窗同剪烛，却话家山夜雨③。不道只、暂时相聚。滚滚长江萧萧木④，送遥天白雁哀鸣去。黄叶下，秋如许。

曰归因甚添愁绪。料强似、冷烟寒月，栖迟⑤梵(fàn)宇⑥。一事伤心君落魄，两鬓(bìn)飘萧未遇。有解忆、长安儿女⑦。裘(qiú)敝入门空太息⑧，信古来、才命真相负。身世恨，共谁语？

[注释]

①康熙十八年（1679）秋，姜西溟以母丧返里，纳兰性德资助之，并赋诗词以赠，本篇为其中的一首。

②迟暮：黄昏，比喻晚年，暮年。

③“最忆”二句：化用李商隐《夜雨寄北》：“君问归期未有期，巴山夜雨涨秋池。何当共剪西窗烛，却话巴山夜雨时。”

④“滚滚”句：用杜甫《登高》：“无边落木萧萧下，不尽长江滚滚来。”

⑤栖迟：滞留，淹留。

⑥梵宇：佛寺。

⑦“有解”句：仿杜甫《月夜》“遥怜小儿女，未解忆长安”之意而用之。

⑧“裘敝”句：指“裘弊金尽”的典故。《战国策·秦策一》：苏秦“说秦王书十上而说不行。黑貂之裘敝，黄金百斤尽，资用乏绝，去秦而归。”皮袍破了，钱用完了，比喻境况困难，形容为功名奔走而未能如愿。

[词解]

这首词为赠别之作：谁还能将你留住呢？感叹人生无常，几经离合，便到了年老之时。还记得我们秉烛夜谈、闲话夜雨的情景。却不知道那只是短暂的相聚，没想到你这么快又要离去。在这深秋的季节独自上路，看滚滚长江，无边落木，大雁哀鸣的苍凉之景。黄叶遍地，秋意正浓，离愁更浓！为什么回家还要如此难过呢？怎么也比这冷烟寒月的佛寺要强得多啊。只是因为已经两鬓斑驳却仕途不济而伤心落魄。家中尚有思念你、盼望你归来的小儿女，而你却因不第而归，空自叹息。自古以来都是天妒英才，贤人大都怀才不遇！这难以平复的身世之恨，又能对谁倾诉呢？

又

寄梁汾

木落吴江[1]矣。正萧条[2]、西风南雁[3]，碧云千里。落魄江湖还载酒[4]，一种悲凉滋味。重回首、莫弹酸泪。不是天公[5]教弃置[6]，是《南华》[7]、误却方城尉[8]。飘泊处，谁相慰？

别来我亦伤孤寄[9]。更那堪(kān)、冰霜摧折，壮怀[10]都废。天远难穷劳望眼，欲上高楼还已。君莫恨、埋愁无地。

秋雨秋花关塞冷，且殷勤、好作加餐[11]计。人岂得，长无谓[12]。

［注释］

①吴江：吴淞江的别称，县名，属江苏省。梁汾要归于江南居苏州等地，故云“木落吴江”。

②萧条：寂寥冷落，草木凋零。

③南雁：南飞的大雁。

④“落魄”句：化用唐杜牧《遣怀》：“落魄江湖载酒行，楚腰纤细掌中轻。”落魄，穷困失意，为生活所迫而到处流浪。

⑤天公：此处指朝廷。天，以天拟人，故称。

⑥弃置：扔在一边，废弃。

⑦南华：《南华经》之省称，即《庄子》。

⑧方城尉：指温庭筠。温庭筠曾为方城（今河南方城）尉，世称“温方城”。

⑨孤寄：独身寄居他乡。

⑩壮怀：豪壮的胸怀。唐韩愈《送石处士赴河阳幕》诗：“风云入壮怀，泉石别幽耳。”

⑪加餐：慰劝之辞，谓多进饮食，保重身体。

⑫无谓：无所作为。化用唐李商隐《无题》：“人生岂得长无谓，怀古思乡共白头。”

［词解］

这首词以词代简表达对好友的思念，倾诉心中的不平：你那里也应该是落叶时节了吧？正是寂寞萧瑟，北雁南飞，千里碧云的深秋景色。你如今南归与当日杜牧失意扬州的悲凉景况相仿。回首往事，不要流下辛酸之泪。并非老天要将你弃置不管，是因你满腹的才华太盛而耽误了自己。如今漂泊江湖，谁能给你带来安慰呢？自从离别之后，我也孤独寂寞，寄游他乡，更加寒冷孤寂，壮志难酬。于是对你的思念更甚，望眼欲穿，无奈天高地远无法如愿。你不要愤恨难过，如果无处宣泄，那就对我倾诉

十五夜望月

人生不如意事，十之八九，仕宦不顺，友人分离，爱妻逝世，壮志难酬……种种艰难，纳兰都在短暂一生中经历过。所以见友人怀才不遇，忙劝慰友人莫等闲，失了志气，他朝也许还有出头之日。

吧。我在塞外，此处天寒地冻，你也要记得照顾好自己。人生固然失意很多，但哪能永远都无所作为呢？

又

亡妇忌日有感[1]

此恨何时已。滴空阶、寒更[2]雨歇，葬花天气[3]。三载悠悠魂梦[4]杳(yǎo)，是梦久应醒矣。料也觉、人间无味。不及夜台[5]尘土隔，冷清清、一片埋愁地。钗钿约[6]，竟抛弃。

重泉[7]若有双鱼[8]寄。好知他、年来苦乐，与谁相倚。我自终宵[9]成转侧，忍听湘弦[10]重理。待结个、他生知己。还怕两人俱薄命，再缘悭(qiān)[11]、剩月零风里。清泪尽，纸灰[12]起。

［注释］

①这首词作于康熙十九年（1680）农历五月三十日，为卢氏故去3周年忌日。

②寒更：寒夜的更点，借指寒夜。

③葬花天气：农历五月下旬，正是落花时节。

④魂梦：梦，梦魂。

⑤夜台：坟墓，亦借指阴间。南朝梁沈约《伤美人赋》："曾未申其巧笑，忽沦躯于夜台。"

⑥钗钿约："金钗""钿合"。指夫妻的盟誓。白居易《长恨歌》："惟将旧物表深情，钿合金钗寄将去。钗留一股合一扇，钗擘黄金合分钿。但令心似金钿坚，天上人间会相见。"

⑦重泉：犹黄泉、九泉，旧指死者所归。

⑧双鱼：一底一盖，把书信夹在里面的鱼形木板，常指代书信。

⑨终宵：中夜，半夜。

⑩湘弦：湘瑟，湘妃所弹之瑟，亦指代瑟。

⑪缘悭：缺少缘分。《儒林外史》第三十回："只为缘悭分浅，遇不着一个知己。"

⑫纸灰：给死者当钱用的纸烧成的灰。

[词解]

这首词为悼念亡妻之作：这满腔愁绪什么时候才能停止呢？空阶滴雨，寒夜无眠，又到了落花的季节，你的忌日也来到了。三年的魂牵梦绕，挥不去你的记忆，如果是梦的话，那早就应该醒了。想来这人间也没什么意思，不如那坟墓冷冷清清能将闲愁都埋葬。你长眠地下，原来的海誓山盟，如今全都抛弃了！那黄泉如果能通书信，也好知道这些年来的苦乐哀思与谁一起相伴度过。我深夜不寐，辗转反侧，不忍再弹那哀怨凄婉的琴弦。想要和你来生相聚，又怕我们两个人的命薄，美好的光景、美好的情缘不能长久。如今泪已流尽，但愿这纸灰飞舞捎去我对你的思念。

人间无味

才晓“鸳鸯”二字怎生书，怎知鸾飘凤泊，独剩月下孤鸿影。夜深不寐，静坐起相思，见往日你曾弹过的琴放置一边，不由心潮翻腾。

[词评]

性德《金缕曲·亡妇忌日有感》有“三载悠悠魂梦杳”句，知作于清康熙十九年（1680）五月，卢氏丧三年之际。又据“我自终宵成转侧，忍听湘弦重理”句，知是时已有续弦之议。另《虞美人》词云：“银床淅沥青梧老，屧粉秋蛩扫。采香行处蹙连钱，拾得翠翘何恨不能言。回廊一寸相思地，落月成孤倚。背灯和月就花阴，已是十年踪迹十年心。”卢氏归容若在康熙十三年（1674），既云“十年心”，词作期则在康熙二十七年（1683）。所谓“拾得翠翘何恨不能言”，盖有新人在侧，欲说不能耳。此当作于纳官氏后。十九年已有“重理”之议，取官氏或在十九、二十年间。

——赵秀亭《纳兰丛话》（续）

此词纯是一段痴情裹缠、血泪交溢的超越时空的内心独白语。时隔三载，存亡各方，但纳兰痛苦难泯。结篇处尤为伤心动魄，为“结个他生知己”的愿望也难有可能而惊悚。顾贞观曾评纳兰词“容若词一种凄惋处，令人不能卒读”（榆园本《纳兰词》），当指这一类。

——严迪昌《清词史》

这又是一阕悼亡之作。作者在卢氏夫人逝世三周年的忌日，追念亡妻，不禁悲从中来，转侧难眠。因想打破人世冥间的界限，通问近来消息，又想跨越今生来世的鸿沟，“结个他生知己”。词意悲切，而不加修饰，只如家常相对，倾诉衷肠。其一往情深、哀不自胜之处，感人至深。

——盛冬铃《纳兰性德词选》

悼亡词，要用血和泪写成，情感真挚，哀思缠绵，语言要自然朴素，不尚涂泽。说真挚，但不要庸俗，著名的元稹《遣悲怀》诗，虽真实，但夹杂一些庸俗的东西。千古的词家绝作，只有苏轼的《江城·记梦》情挚而又形象突出，双方人物活动在梦中与梦外。《饮水词》中悼亡之作较多，有人物活动，更突出的是主观抒情，极哀怨之致。这一阕可谓代表。语言方面，有些典故和代词，但比较为人们所熟知和常用，与全词无关。

——钱仲联《清词三百首》

又

未得长无谓。竟须将、银河亲挽，普天①一洗。麟(lín)阁②才教留粉本③，大笑拂衣归矣。如斯者、古今能几？有限好春无限恨，没来由、短尽英雄气。暂觅个，柔乡④避。

东君⑤轻薄知何意。尽年年、愁红惨绿⑥，添人憔悴。两鬓飘萧⑦容易白，错把韶华虚费。便决计、疏狂休悔。但有玉人⑧常照眼⑨，向名花、美酒拚沉醉。天下事，公等在。

［注释］

①普天：整个天空，遍天下。

②麟阁：麒麟阁，汉代阁名，在未央宫中。汉宣帝时曾将霍光等十一功臣画像置于阁上以表扬其功绩，封建时代多以画像置于“麒麟阁”表示卓越功勋和最高的荣誉。

③粉本：画稿，古人作画先施粉上样，然后依样落笔，故称画稿为粉本，指图画。

④柔乡：温柔乡，谓女色迷人之境。汉伶玄《赵飞燕外传》：“是夜进合德，帝大悦，以辅属体，无所不靡，谓为温柔乡。语嫕曰：‘吾老是乡矣，不能效武皇帝求白云乡也’。”

⑤东君：传说中的太阳神或司春之神。

⑥愁红惨绿：谓经风雨摧残的败花残叶。宋辛弃疾《鹧鸪天·赋牡丹》词：“愁红惨绿今宵看，却是吴宫教阵图。”

⑦飘萧：鬓发稀疏貌。

⑧玉人：指美女。

⑨照眼：耀眼，晃眼，指强光刺眼。

［词解］

这首词表达仕途失意，词风沉雄郁勃：追求的理想总是不能实现，这世事不公，确实需要挽来天河，将天空洗净，令世道清明。朝廷要重用之时，却大笑推辞，拂衣而去了。像这样的壮举，古来能有几人？美好的春光总是有限，然而遗恨却是无限的。不由得让英雄气短。于是找个温柔乡不问世事。春天总是无情无义，年年都要弄得落红满地，让人平添愁绪。人生本来苦短，却又把大好的时光都浪费了。于是下定决心，不为自己的疏狂而后悔。有佳人常伴，有美酒常醉。至于天下的事，就由你们去处理吧！

遇花倾酒莫辞频

纳兰文武兼备，怀才不遇，虽得帝王赏识，不过因绮丽文笔，满腔抱负不得施展，本欲“竟须将，银河亲挽，普天一洗”。然而事与愿违，只落得“向名花美酒拼沉醉”。

［词人逸事］

纳兰性德文武全才，天生才情出众，抱负满怀。再加上初入仕途时正遇上三藩之乱，他报效国家、青史留名的愿望被激起。然而当他请命上战场杀敌，却没有得到君、父的赞同，大有壮志难酬、前途渺茫之感。于是在《金缕曲》中他这样写道：“竟须将，银河亲挽，普天一洗。”这是何等的豪放！堪与苏东坡的“会挽雕弓如满月，西北望，射天狼”一较高下。只是这种豪气却始终没有兑现在亲历亲为的实践中。纳兰性德只有把这一气吞山河的胸怀消磨在仕途官场上，不能建功立业，只能虚度年华，人也变得惆怅消极。

摸鱼儿

午日[1]雨眺

涨痕[2]添、半篙柔绿[3]，蒲[4]梢荇[5]叶无数。台榭[6]空蒙[7]烟柳暗，白鸟[8]衔鱼欲舞。红桥路。正一派、画船箫

鼓[9]中流住。呕哑[10]柔橹[11]，又早拂新荷，沿堤忽转，冲破翠钱[12]雨。

蒹葭渚，不减潇湘深处。霏霏漠漠如雾。滴成一片鲛人[13]泪，也似汨罗投赋[14]。愁难谱。只彩线、香菰（gū）[15]脉脉成千古。伤心莫语，记那日旗亭[16]，水嬉散尽，中酒阻风去。

［注释］

①午日：五月初五日，即端阳节。

②涨痕：涨水后留下的痕迹。宋苏轼《书李世南所画秋景》诗："野水参差落涨痕，疏林欹倒出霜根。"

③柔绿：嫩绿，也指嫩绿的叶子或水色。

④蒲：蒲柳，即水杨。

登临远望

端午节正是一年中最好的时节，烟雨蒙蒙，楼台掩映，飞鸟翔集，小荷裹珠，清风送来满含湿意的荷香。凭栏远眺，河山风物尽收眼底，忽而想到当年与妻在这酒楼上流连之景，不由黯然低首。

⑤荇：多年生草本植物，叶略呈圆形，浮在水面，根生水底，夏天开黄花，全草可入药。

⑥台榭：台和榭，亦泛指楼台等建筑物。

⑦空蒙：细雨迷茫的样子。

⑧白鸟：白羽的鸟，鹤、鹭之类。

⑨箫鼓：箫与鼓，泛指乐奏。

⑩呕哑：象声词，形容声音嘈杂。

⑪柔橹：谓操橹轻摇，亦指船桨轻划之声。

⑫翠钱：新荷的雅称。

⑬鲛人：神话传说中的人鱼。典出《洞冥记》："（吠勒国人）乘象入海底取宝，宿于鲛人之舍，得泪珠，则鲛所泣之珠也，亦曰泣珠。"后谓神话传说中的鲛人流出泪珠能化作珍珠。

⑭汨罗投赋：战国时楚诗人屈原忧愤国事投汨罗江而死，后人写诗作赋投入江中，以示凭吊。

⑮香菰：此处借指粽子。

⑯旗亭：酒楼。悬旗为酒招，故称。

[词解]

这首词写端午节雨中凭眺生情：端午时节，春水涨池，水草丰茂碧绿。烟雨空蒙，楼台掩映，白鸟衔鱼起舞。桥外水路上，一派画船歌舞、桨声“呕哑”的春景图。荷叶新绿，船桨在岸边忽然转过，划破了这一池的碧绿。湖面的小岛，风情不比湘江美景逊色。细雨霏霏，如烟似雾，化为鲛人的眼泪，滴成珍珠，又仿佛是将诗赋投入汨罗江中所溅起的。而此际闲愁难以述说，只有用彩线缠裹粽子投入江中，以示这千古的脉脉哀思。记得当初我们在这端午之日的酒楼上，泼水嬉戏，酒醉兴尽而去的情景，回想起此，不由伤心满怀，只有低头不语了。

又

送座主德清蔡先生①

问人生、头白京国②，算来何事消得。不如罨(yǎn)画③清溪上，蓑笠扁舟一只。人不识。且笑煮，鲈(lú)鱼④趁着莼(chún)丝碧。无端酸鼻⑤。向歧路销魂，征轮⑥驿骑⑦，断雁西风急。

英雄辈，事业东西南北。临风因甚成泣？酬知有愿频挥手，零雨⑧凄其此日。休太息。须信道、诸公衮衮⑨皆虚掷⑩。年来踪迹。有多少雄心，几番恶梦，泪点霜华⑪织。

[注释]

①蔡先生：蔡启僔，号昆旸，字石公，浙江德清人，康熙庚戌一甲一名进士，授修撰，有《存园草》。

②京国：京城，国都。

③罨画：指罨画溪，在今浙江长兴县。

④鲈鱼：用南朝张季鹰的典故。刘义庆《世说新语·识鉴》谓：“张季鹰辟齐王东曹掾，在洛，见秋风起，因思吴中莼菜羹、鲈鱼脍，曰：‘人生贵得适意耳，何能羁宦数千里以要名爵？’遂命驾便归。俄而齐王败，时人皆谓为见机。”后以此为思乡赋归之典。

⑤酸鼻：因悲伤而鼻子发酸，眼泪欲流。

葭川独泛

纳兰一生耿直，不攀权附贵，哪怕是做皇帝侍卫，也并不刻意讨好。他结识的人大多是磊落名士，不见容于当朝，就如这蔡启，也是被贬归乡之人。纳兰不仅不避讳，反而临别赠诗，劝他抛开俗念，归隐江湖，安居适业。

⑥征轮：远行人乘的车。

⑦驿骑：骑驿马传递公文的人，或指驿马。

⑧零雨：慢而细的小雨。《诗·豳风·东山》："我来自东，零雨其蒙。"

⑨诸公衮衮：旧时称身居高位而无所作为的官僚。

⑩虚掷：白白地丢弃、扔掉。

⑪霜华：喻指白色须发。

［词解］

这首词为送别之作，慰藉的同时抒发不平：人生在世，到底有何事值得在京城里熬白了头？不如归隐江湖，知足保和，闲适自乐。事出无端，令人悲痛欲泣，在这临分别的时刻，又偏是西风凄紧，孤雁南飞。英雄之辈，无论身处天南地北都能成就事业。当此临歧分别之日，正细雨蒙蒙，唯有频频挥手以酬知己。千万不要唉声叹气，要知道那些衮衮诸公看起来虽然很得意，但其所得不过是身外浮名，虚掷岁月。世间有多少英雄人物都是经历了几番风雨，几经磨砺，尝尽辛酸的！

［词人逸事］

蔡启僔，号昆旸，字石公，德清人。幼年去京，随任吏部侍郎、东阁大学士的父亲读书。诗宗王维、孟浩然；书法颇得颜真卿真谛，凡所读书，皆小楷抄录。著作有《燕游草》《存园集》。清康熙九年（1670）进士，并钦点为状元，充任日讲官。关于蔡启僔中状元前后还有一段趣事：

康熙八年（1669），蔡启僔作为浙江湖州府举子进京会试，途经淮安府山阳县，山阳县令是他的乡试同年，他到县衙投了名刺，准备拜访，门房见他破帽旧衣，其貌不扬，但名刺上写着"举人某某"，不便梗阻，还是进去通报。山阳县令知其出身贫寒，以为是来打秋风的，在名刺上批了四个字："查明回报。"门房心领神会：县太尊不愿见，但不便直接回绝。于是他来了一番仔细盘查，恨不得把蔡某人的祖宗八代都问一遍。蔡启僔勃然大怒，拂袖而去。第二年庚戌科会试，蔡启僔大魁天下，中了状元，山阳县令这才知道得罪了贵人，赶紧修书一封，附上一份厚礼，想修弥前非。蔡启僔并不领情，在礼贴上批了二十八个字："一肩行李上长安，风雪谁怜范叔寒？寄语山阳贤令尹，查明须向榜头看。”其轻狂和才情由此可见一斑。

康熙十年（1671）辛亥纳兰性德举顺天乡试。时徐乾学与蔡启僔为主考官。康熙十一年（1672），为顺天（今北京）乡试主考官，号称“知人”，但徐、蔡二人却以“副榜未取汉军卷”而被削职。康熙十二年（1673）癸丑，这位受了不白之冤的名士被迫回归故里，作为弟子的纳兰性德填此词以示同情和宽慰。

忆桃源慢

斜倚(yǐ)熏(xūn)笼①，隔帘寒彻，彻夜寒于水。离魂②何处，一片月明千里。两地凄凉多少恨，分付药炉烟细。近来情绪③，非关病酒，如何拥鼻④长如醉。转寻思、不如睡也，看道夜深怎睡。

几年消息浮沉，把朱颜⑤顿成憔悴⑥。纸窗⑦风裂，寒到个人衾(qīn)被。篆字香消灯灺(xiè)⑧冷，忽听塞鸿嘹唳(lì)。加餐千万，寄声珍重，而今始会当时意。早催人、一更更漏⑨，残雪月华满地。

同映明月共相思

同样一片月，照见京城思妇，也照见塞上征人。遥望明月，思念千里之外的人，容颜日日惊憔悴。窗外风雨连绵，屋内只觉孤寒，相思遍地无人收。随帝王出征多时，闺中人的模样时时在脑海浮现，惜征战未曾结束，自己焦虑而不得返。

［注释］

①熏笼：一种覆盖于火炉上供熏香、烘物和取暖用的器物。

②离魂：指远游他乡的旅人或游子的思绪。

③情绪：心情，心境。

④拥鼻：掩鼻吟的省称。《晋书·谢安传》：“安本能为洛下书生咏，有鼻

疾，故其声浊，名流爱其咏而弗能及，或手掩鼻以效之。”后以此指雅音曼声吟咏。

⑤朱颜：红润美好的容颜。

⑥憔悴：黄瘦，瘦损。

⑦纸窗：糊纸的窗户。

⑧灯灺：谓灯烛将熄，灯烛余烬。

⑨更漏：古时夜间凭漏壶表示的时刻报更，所以漏壶又叫“更漏”。

[词解]

这首词为塞上思亲、念友之作：斜倚在熏笼边上，寒气透过帘子袭进来，彻夜如冰水般寒冷。远游他乡的人身在何处，只在明月千里之外。天各一方，两地相思，都交付给了这药炉细烟。近来极坏的情绪不是由于饮酒太多，又怎能暗自吟咏，仿佛酒后沉醉呢！辗转寻思还不如早早睡去，否则到了深夜更无法入睡。几年来你的消息断断续续，沉浮不定，把相思的人儿都折磨得形影消瘦了。窗外风雨声淅沥，屋内人单衾薄寒冷。篆字形的香都燃尽了，灯烛的余烬也变得凄冷了。千万要记得照顾好自己，寄去一声珍重，如今才能体会到你当时的心意。更漏一遍遍催人入睡，窗外此时已是月光遍地了。

湘灵鼓瑟

（按此调谱律不载，疑亦自度曲[1]。一本作剪梧桐）

新睡觉，听漏尽、乌啼欲晓。任百种思量，都来拥枕，薄衾(qīn)颠倒。土木形骸(hái)[2]，分甘抛掷(zhì)，只平白、占伊怀抱。听萧萧[3]、一剪梧桐[4]，此日秋声[5]重到。

若不是忧能伤人，怎青镜[6]、朱颜易老。忆少日清狂[7]，花间马上，软风斜照。端的而今，误因疏起[8]，却懊恼、殢(tì)人年少。料应他、此际闲眠，一样积愁难扫。

[注释]

①自度曲：谓在旧有曲调外，自行谱制新曲，或指在旧词调之外自己新创作的词调。

②土木形骸：形体像土木一样自然，比喻人不加修饰的本来面目。南朝宋刘义庆《世说新语·容止》：“刘伶身长六尺，貌甚丑悴，而悠悠忽忽，土木形骸。”

③萧萧：风声。

④一剪梧桐：谓梧桐叶被秋风吹落。

⑤秋声：秋日的风光景色。

⑥青镜：青铜镜。唐李峤《梅》诗：“妆面回青镜，歌尘起画梁。”

⑦清狂：放逸不羁。晋左思《魏都赋》：“仆党清狂，怵迫闽濮。”

⑧疏起：疏懒而贪睡。

［词解］

这首词以赋法铺叙，表达幽婉深意：刚刚睡醒，听到漏声断绝，乌鸦啼鸣，天快要亮了。任各种愁绪都来侵袭，只在这衾枕间颠倒辗转，挥之不去。不忸怩造作，而自甘憔悴，只是为了得到你的温暖宠爱。看那秋风将梧桐吹落，便知道秋天已经到了。如果不是忧愁伤人，那么镜子里面的容颜怎么会日渐衰老？记得当初年少轻狂，花间马上，意气风发。如今憔悴，疏懒落寞，却怪愁闷困扰耽误了大好年华，料想他此刻也与我一样闲来寂寞，愁绪难平吧！

秋风扫落叶

梦中醒来，听到乌鸦啼鸣，知道天就要放亮。懒懒的不愿起身，一任病体消沉，企盼能得到心上人的细致照料。窗外秋风起，梧桐树叶“哗哗”响，打着旋儿飘下，更愁绪难平。

大酺

寄梁汾

只一炉烟，一窗月，断送朱颜如许。韶光犹在眼，怪无端吹上，几分尘土。手捻(niǎn)残枝，沉吟往事，浑似前生无据①。鳞鸿②凭谁寄，想天涯只影，凄风苦雨。便砑(yà)损③吴绫④，啼沾蜀纸⑤，有谁同赋？

当时不是错，好花月、合受天公妒。准拟倩、春归燕子，说与从头，争教他、会人言语。万一离魂⑥遇，偏梦被、冷香萦住。刚听得、城头鼓⑦。相思何益？待把来生祝取，慧业相同一处。

［注释］

①无据：没有依据或证据，无所依凭。

②鳞鸿：鱼雁，指书信。

③砑损：指反复书写，致使吴绫也被碾压得光亮。砑，碾压，摩擦。

④吴绫：古代吴地所产的一种有纹彩的丝织品，以轻薄著称。

⑤蜀纸：犹蜀笺。叶葱奇注引《国史补》："纸则有蜀之麻面、屑末、滑石、金花、长麻、鱼子十色笺。"

⑥离魂：指远游他乡的旅人。

⑦城头鼓：战时城上传令的鼓声或报更的鼓声。

［词解］

这首词是梁汾母丧南归后，词人对其的思念之作：每日孤独地面对炉中香烟、窗前明月度过无聊的时光，送走了美好的年华。美好的春光还在眼前，却无端被蒙上了几分尘埃。手捻着凋落的花枝，思怀往日交游之事，禁受这仿佛是前生注定的别离之苦。音书杳渺，想你在天涯之外形单影只，独自承受这凄风冷雨。就算是把绫纸写遍，泪洒相思，但又能与谁人共赋呢！在花好月圆的时候，你我共度，连老天爷也生出了妒忌。会言语的燕子归来，这更惹人生起对往日的怀念。梦中与你相遇，这美梦却偏偏又如此冷清寂寞。耳畔传来城头更鼓的声音，梦醒之后再难成眠。相思之情日益增加，于是祈祷来生还能够与你相逢相知，共在一处。

［词评］

念念以来生相订交，情至此，非金石所能比坚。

——谢章铤《赌棋山庄词话》

转应曲

明月，明月。曾照个人离别。玉壶红泪①相偎，还似当年夜来。来夜，来夜，肯把清辉②重借？

［注释］

①玉壶红泪：晋王嘉《拾遗记》卷七："（魏）文帝所爱美人，姓薛名灵芸，常山人也。……时文帝选良家子女以入六宫，（谷）习以千金宝赂聘之，既得，乃以献文帝。灵芸闻别父母，嘘唏累日，泪下沾衣。至升车就路之时，以玉唾壶承泪，壶则红色。既发常山，及至京师，壶中泪凝如血。"后因以"玉壶

红泪”称美人泪。

②清辉：清澈明亮的光辉，多指日月之光。这里指月光。

［词解］

明月啊明月，你曾经照着那人的离别。如今美人流着眼泪与我相依相偎，就像当初的夜晚一样。夜啊夜，能不能将当初皎洁的月光再重新借给我，让我回到从前呢？

满宫花

盼天涯，芳讯[1]绝。莫是故情[2]全歇？朦胧寒月影微黄，情更薄于寒月。

麝(shè)烟销，兰烬(jìn)[3]灭。多少怨眉愁睫。芙蓉[4]莲子待分明，莫向暗中磨折。

［注释］

①芳讯：嘉言，对亲友音信的美称。

②故情：旧情。唐王昌龄《李四仓曹宅夜饮》诗：“霜天留饮故情欢，银烛金炉夜不寒。”

③兰烬：蜡烛的余烬。因状似兰心，故称。

④芙蓉：荷花。此句化用《乐府诗集·清商曲辞一·子夜夏歌之八》有“乘月采芙蓉，夜夜得莲子”之句。

［词解］

这首词写无可奈何的思念之情：远在天涯的人音信全无，难道是他将旧情都忘了吗？天空的寒月透出淡黄色的影子，没想到他的情意比寒月更加凉薄。炉中的香烟已经消减，蜡烛的余烬也将燃尽，只有愁苦却越来越多。芙蓉和莲子要分得清楚，就不要问暗地里经受了多少时间的折磨。

贪看月色恋旧怀

今朝月凉如水，一如旧时，与心上人月下远别。如今贪看月光，留恋那时月下相偎，凄楚难耐。

少年游

算来好景只如斯。惟许有情知。寻常[1]风月[2]，等闲谈笑，称意[3]即相宜[4]。

十年青鸟[5]音尘断，往事不胜思。一钩残照[6]，半帘飞絮，总是恼人时。

［注释］

①寻常：普通，一般。

②风月：本指清风明月，后代指男女情爱。

③称意：合乎心意。

④相宜：合适，符合。

⑤青鸟：神话传说中为西王母取食传信的神鸟。《山海经·西山经》：“又西二百二十里，曰三危之山，三青鸟居之。”郭璞注：“三青鸟主为西王母取食者，别自栖息于此山也。”汉班固《汉武故事》云：“七月七日，上于承华殿斋，正中，忽有一青鸟从西方来，集殿前。上问东方朔，朔曰：‘此西王母欲来也。’有顷，王母至，有两青鸟如乌，侠侍王母傍。”后遂以“青鸟”为信使的代称。

⑥残照：指月亮的余晖。

［词解］

这首词表达爱情失败的痛苦：算起来人间好景也不过如此，只有有情的人才能明白。普通的景色，平常的谈笑风生，只要合乎心意就是相得益彰的。十年来音书全断，往事已是不堪回首。只是那一弯残月和满眼飞絮，总是惹起人的无限惆怅。

茶瓶儿

杨花糁(sǎn)径[1]樱桃落。绿阴下、晴波[2]燕掠。好景成担阁。秋千背倚，风态[3]宛如昨[4]。

可惜春来总萧索。人瘦损[5]、纸鸢(yuān)[6]风恶。多少芳笺[7]约，青鸾(luán)[8]去也，谁与劝孤酌？

[注释]

①糁径：洒落在小路上。糁，煮熟的米粒，这里是散落的意思。

②晴波：阳光下的水波。唐杨炯《浮沤赋》："状若初莲出浦，映晴波而未开。"

③风态：犹风姿。

④宛如：好像，仿佛。

⑤瘦损：消瘦。

⑥纸鸢：风筝。

⑦芳笺：带有芳香的信笺。

⑧青鸾：青鸟或指女子。唐王昌龄《萧驸马宅花烛》诗："青鸾飞入合欢宫，紫凤衔花出禁中。"

去岁春游时

杨花满地，粉白的樱桃花悠悠飘荡，燕子自水面掠过。可惜人去凄楚，见何美景都寂寥，当初盟誓犹在耳，一切却已不再。

[词解]

这首词写离愁别怨：杨花落满了小径，樱桃花也凋谢了，燕子掠过绿荫之下的水面。这春日的美景又被相思给耽搁了。空剩下寂寞的秋千，风姿与昨天没有什么差别。可惜自从春天来后一切都寂寞萧索，形影如同风中的纸鸢般消瘦。曾经有多少的约定，都没有完成，如今人去楼空，谁来劝慰我这独酌的苦闷心情？

望江南

咏弦月

初八月①，半镜上青霄②。斜倚画阑(lán)③娇不语，暗移梅影过红桥④，裙带北风飘。

[注释]

①初八月：上弦月。农历每月的初七或初八，月亮呈月牙形，其弧在右侧。

②青霄：青天，高空。

③画阑：有画饰的栏杆。

④红桥：红色之桥。

[词解]

这首词吟咏上弦月：初八的上弦之月，犹如空中高悬半个明镜。伊人倚栏娇媚不语，默默地看着月移梅影过红桥的美景，一任凉风吹起裙带。

明月棹孤舟

海淀①

一片亭亭空凝伫(zhù)②。趁西风、《霓裳》③遍舞。白鸟④惊飞，菰(gū)蒲⑤叶乱，断续浣纱人语。

丹碧⑥驳残秋夜雨。风吹去、采菱越女⑦。辘(lù)轳⑧声断，昏鸦欲起，多少博山⑨情绪？

[注释]

①海淀：指今北京西郊之海淀镇。即纳兰家别墅自怡园，后自怡园并入圆明园之一的长春园。

②凝伫：凝望伫立，停滞不动。

③霓裳：《霓裳羽衣曲》。

④白鸟：白羽的鸟。鹤、鹭之类。

⑤菰蒲：指菰和蒲。水边多年生草本植物，地下茎白，地上茎直立，开紫红色小花。

⑥丹碧：泛指涂饰在建筑物或器物上的色彩。犹丹青，指绘画。

⑦越女：古代越国多出美女，西施尤其著名，后因以泛指越地美女。

⑧辘轳：安在井上绞起汲水斗的器具。

⑨博山：博山炉，古香炉名。因炉盖上的造型似传闻中的海中名山博山而得名。一说像华山，因秦昭王与天神博于此，故名。

南塘采莲

“采莲南塘秋，莲花过人头。低头弄莲子，莲子清如水。”月下泛舟，往昔胜景不再，风中似悠悠传来采莲女的歌声，但见荷叶凋残、白苇斜。

[词解]

这首词写海淀之景：水淀中一片亭亭玉立的荷花，西风吹来，田田摇曳，仿佛是美丽的少女跳着动人的《霓裳羽衣舞》。白鹤惊起，水草缭乱，断继续续传来浣纱人的说话声。荷花在秋风夜雨中凋残，西风吹来采菱越女的歌声。黄昏，辘轳汲水的声音已经听不到了，乌鸦飞起，博山炉余烟袅袅，如同人阑珊的情绪。

［词人逸事］

纳兰家的别墅在今北京西北郊的海淀，如今圆明园的长春园遗址曾是纳兰性德生活的地方。如今早已荒芜。而附近翠湖旁的皂甲屯则埋葬着这位多情的词人。

皂甲屯清代叫“皂荚屯”，是纳兰家在满族进关后的封地，并作为家族坟地先后埋葬了纳兰家五代二十一人，当时墓地蔚为壮观，人称“京西小十三陵”。纳兰性德去世时年仅 31 岁，也葬入这里，有 20 世纪 70 年代初出土的纳兰墓志为证。然而历史变迁，沧海桑田，如今这片土地已找不到当年墓地的丝毫遗迹了，满怀纳兰公子“风流休数鸳鸯社，只是伤心皂荚屯”的追忆却找不到可以凭吊的地方。

望海潮

宝珠洞①

汉陵②风雨，寒烟衰草，江山满目兴亡。白日空山，夜深清呗③，算来别是凄凉。往事最堪(kān)伤，想铜驼巷陌④，金谷⑤风光。几处离宫⑥，至今童子牧牛羊。

荒沙一片茫茫，有桑乾⑦一线，雪冷雕翔。一道炊烟，三分梦雨，忍看林表⑧斜阳。归雁两三行，见乱云低水，铁骑⑨荒冈。僧饭黄昏，松门⑩凉月拂衣裳。

［注释］

①宝珠洞：今北京西郊八大处之宝珠洞。是为八大处最高处。

②汉陵：此处指荒凉冷落的陵墓。

③清呗：谓佛教徒念经诵偈的声音。

④铜驼巷陌：地名，即铜驼街，在今河南洛阳故洛阳城中，以道旁曾有汉铸铜驼两尊相对而得名。为古代著名的繁华区域。

⑤金谷：古地名，在今河南洛阳西北，泛指富贵人家盛极一时但好景不长的豪华园林。

⑥离宫：古代帝王在都城之外的宫殿，也泛指皇帝出巡时的住所。

荒山冷月凄凉地

自古繁华易凋残，寒烟衰草，江山满目兴亡。当初皇家行宫，而今荒芜，只见牧童横吹牧笛放牛羊。乱坟岗中，曾是铁甲金戈之地。渐黄昏，落日斜隐，冷月松风袭来。

⑦桑乾：河名。今永定河之上游。相传每年桑葚成熟时河水干涸，故名。

⑧林表：林梢之外。

⑨铁骑：披铁甲的战马，指精锐的骑兵。

⑩松门：谓以松为门，前植松树的屋门。宋陆游《书怀绝句》之一："老僧晓出松门去，手挈军持取涧泉。"

［词解］

这首词写在宝珠洞远眺时所见的风光和当时的感怀：荒凉的坟墓历经风雨，只剩寒烟衰草一片，满目兴亡事跃然眼前。这白日下的空山，夜深后的诵经声，平添了无限凄凉。最令人伤心惆怅的是，往日的繁华早已消失殆尽，一去不返了。曾经的离宫遍生荒草，成为放牧牛羊之所。茫茫黄沙，河流一线，雪冷雕翔。一道炊烟，夜雨纷纷，一片空旷寥落，使人不忍看林外夕阳。天空鸿雁飞过一片乱云，曾经金戈铁马的战场如今成为荒冈。寺庙里的黄昏分外凄清，冷月清风，只剩下一片苍茫寂寞。

［词评］

此篇代表了纳兰词的又一风格——苍凉豪宕。

——黄天骥《纳兰性德和他的词》

［词人逸事］

纳兰性德曾随康熙幸游北京西山八大处之宝珠洞。他扈从康熙凭高远望，写下这篇《望海潮·宝珠洞》。

宝珠洞位于八大处的最高一处，站在平坡山巅宝珠洞眺远亭上，宜南向、东向眺望。南望，永定河一线缥缈如带似纱。由它千万年泛滥冲刷形成的西山洪积扇，至今在其两岸仍可见大片荒沙、累累土岗。

山下不远是八宝山、老山、田村山、石景山，两千年前的汉墓早已少为人知，山脚下元代翠微公主的陵墓湮没无寻，明代贵戚葬地已被清朝王公坟茔逐渐取代。

东南望，辽金残毁的城垣尤在，元大都址上的明清北京城紫气东来。辽宋于会城门北、紫竹院一带进行了高梁河会战，辽军铁骑的驰援，使宋军大崩溃。金兵攻陷辽幽州城，在其上建中都城。元人将金中都付之一炬后，东移城郭建大都城。历史变迁，王朝更迭，都邑兴废，引发了纳兰性德的无限感慨。

渔父

收却纶竿[1]落照红，秋风宁为[2]剪芙蓉。人淡淡，水蒙蒙，吹入芦花短笛中。

［注释］

①纶竿：钓竿。

②宁为：乃为，竟为。

［词解］

这首词写的是渔人晚归图：渔人在夕阳落照，晚霞红遍之时，收起钓竿归棹。莲花在秋风阵阵吹拂下整齐地摇曳。淡淡的人影，蒙蒙的流水，从芦花荡中传来的短笛之声，一切都那么恬淡从容。

渔夫晚归

夕阳西下，红霞漫天，鸥鹭群飞，掠过粉白莲花。有牧歌短笛从湖心传来，伴随着莲叶清香，沁人心脾。渔人收起钓竿，划着小船，从湖心悠悠荡过。

［词评］

风致殊胜。……一时胜流，咸谓此词可与张志和《渔歌子》并称不朽。

——唐圭璋《词学论丛·成容若〈渔歌子〉》

附　录

纳兰性德哀词·诔词·祭文·挽诗·挽词

张玉书《进士纳兰君哀词》（康熙刻本《通志堂集·附录》）

侍卫成容若以疾卒于位，时天子将驾銮辂，遵皇衢，历畿辅，避暑于塞外迤北之地，君之尊人相国先生方被命扈从。比君讣上闻，朝廷动色震悼，旋遣近臣致奠于几筵，而特诏相国辍行，所以降旨慰谕甚悉。呜呼哀哉，何天不吊而夺君之速也！君幼秉异姿，丰标卓跞，怀瑾握瑜，被服儒雅，年甫弱冠即以制举艺策名春宫，一时振奇。摛藻之士争颂君文，以为贾董醇深、韩欧典则兼而有之，而君色下气温，规言矩步，乍与君接者不知为荫藉高门，且以鸿文雄跨寓内也。岁丙辰以对策登上第，天子雅重君才，不欲烦以庶职，特擢宿卫给事禁中。君禀相国义方之教，衣金貂，曳赐履，入侍殿廷，出骖羽骑，一心匪懈，宿夜在公。天子察君忠勤，倚任惓切，信所谓韦氏之有元成，许国之有廷硕者矣。而君儤直稍暇，留精问学，缥缃插架，丹黄满家，其入翘材之馆而分文宴之席者，辄有人尽江萧，座皆庾鲍之目。惟君对客抽毫，停觞掷句，即新词小令亦直追渭南、稼轩之遗，宾从过而咨嗟，词宿为之叹绝，岂非天授逸才，身兼数器十乘，蔚称国宝，而千里羡为家驹者乎！夫阿偶抱微疴，浃旬增剧，年仅及壮，顿捐馆舍？呜呼痛哉！玉书备官禁林，与君时接履舄，家弟仕可自举京兆，及对大廷，皆附名君，后得称世讲。昨岁冬，君扈跸抵广陵，某适罹先人之戚，星奔南下，揖于河干，问慰而别，距今甫半载，而凶问忽至，恸可知已。礼闻朋友丧则为位而哭，余兄弟既哭君于位矣，死生契阔，无以为怀，谨寓诸不文之词，以写余二人之哀。辞曰：

我闻天道兮履顺遇丰，植仁树义兮福萃厥躬。菀枯贸理兮清浊埮瞢，俯仰抑塞兮欲诉苍穹。繄惟我君兮阀阅崇隆，贵而好修兮折节磨砻。世家侨肸兮执德弥冲，在帝左右兮翼卫瑶宫。六龙时迈兮靡御弗从，边城塞草兮铁驷雕弓。心膂是寄兮匪懈益恭，性耽图史兮退食自公。延接才俊兮扬英飞琼，槃敦主盟兮玉应金舂。繄余昆季兮行合趣同，踪迹间阔兮道义交融。衔恤南返兮时惟仲冬，迎銮江浒兮复觏光容。还辔几何兮遽遘鞠凶，哀音上彻兮诏出丹枫。芬苾是荐兮式酬乃庸，元臣恸子兮帝为心恫。倚庐邈听兮忧怀忡忡，追惟畴昔兮悲思安穷。燕云江树兮酹酒遥空，缄词千里兮陨涕秋风。

杜臻《哀词》（康熙刻本《通志堂集·附录》）

容若君以疾卒于邸第，天子闻而轸悼，赐金以敛。自公卿而下至于僚友以及韦布单寒之士，莫不嗟伤陨涕。君为长白巨族，今相国太傅公之冢子，贵矣；乃能折节读书，延引素士，为布衣交，相与砥磨千秋之业。诗词清丽，专门所不及；居家孝友，与人处，一于诚挚，振起困约，解推靡倦，以故知与不知咸以得一见君为幸，于其亡也，亦感慕有加云。君以康熙壬子举于乡，癸丑捷南宫，丙辰廷对高第，方且陟清华、领著作矣。天子以君勋戚之贤，简任心膂，欲君常在左右，遂复补珥貂贵秩，率环卫、侍禁近焉。比年以来，车驾躬诣盛京，展谒陵寝已，复避暑口北，又南巡齐鲁，登泰山，涉江淮，至于吴会，君皆从。虽都成之奉车，富平之扈跸，不能拟其亲幸。盖君忠爱恳恻结于方寸，后先疏附，恭谨罔懈，故能特荷主知，非独河东三箧阁记靡遗，出入禁闼视瞻端审而已也。忆往岁，太傅公正位秉钧，余以菲薄承乏佐铨，亡何遂婴先子之戚。太傅公笃念寮宷，锡之奠赙。惟时君实衔太傅之命，以祝临于几筵，披帷奠斝，执礼甚恭，感此隆厚，至今靡忘也。迨余赴补入都，则见君年龄益茂，宸眷益深，以轶群绝伦之才而日近至尊，亲承辟咡之诲。天子实重爱君，雅欲君习勤劳、练繁剧，然后畀以政事大用，行有日矣，而太傅公亦乐得有君以承弓冶之业，乃不图君竟奄然而长逝也。呜呼！天胡不佑善人？其能无梦，梦之叹哉？余忝旧谊，且惜君以终贾之年而早赴玉楼之召也，爰作长言以哀之，曰：

緊艮方之灵岳兮，峙概日之穹标。蟠丰镐之丕基兮，复钟萧而毓曹。诞才子之笃诚兮，珥戚里之丰貂。搴杏苑之琼葩兮，自弱冠而登朝。夫既有此华朊兮，又申之以练要。佩青萍而被宝璐兮，握荃兰而纫桂椒。袭渊云之藻采兮，揽屈贾之流飙。惟含章而不曜兮，斯履盛而无骄。辟东阁以邀宾兮，效南皮之燕友。将安吉于缁衣兮，托殷勤于佩玖。来泌水之高贤兮，致梁园之皓叟。藉坟索以穷年兮，慕伤生之屈首。忘朱门之华胄兮，期立德于不朽。惟大钧之爱物兮，神裁成于氾护。试申屠于都尉兮，习兰成于典午。荫格泽之虹旃兮，蹑钩陈之象辂。御二龙于瑶台兮，追八骏于悬圃。蒙曦景之垂晖兮，邀九天之咳唾。沐卷阿之休风兮，浥蓼萧之湛露。禀渊猷于密勿兮，庶盐梅之接武。陋汉室之韦平兮，乃遂为丁公与禽父。夫何昊天之不吊兮，悴玉树以秋霜。痛西日之难回兮，捣修夜之不阳。闻鸣驴于荒草兮，跱孤鸱于白杨。著犀尘而凭棺兮，摧瑶琴而下堂。嗟灵魂之永逝兮，般裔裔其徜徉。贯列缺而乘罔象兮，排浮云而轶猗狂。惟平生之素好兮，空踯躅而增伤。虽惋叹其何及兮，泪流裾之浪浪。

严绳孙《哀词》（康熙刻本《通志堂集·附录》）

吾友成子容若以疾卒于京邸，时余方奉假南归，病暑，淹于途次，不获一遂寝门之哭，且中情惝恍，未忍信其遽然。及还里门，有仆归自京师，骤诘其语，乃知吾友之亡信矣。呜呼哀哉！始余以文字交于容若时，容若方举礼部，为应时之文。丙辰以后，旁览百氏，习歌诗乐府。既官于朝，不能时时读书，然尝所涉览辄契古作者之意，于前人书法皆得之形体结撰之外，故不类俗学。比喜小词，每好为之，当其合作，宋诸名家不能过也。或感触风景，扈从山川，时复有作；及以相质，欣赏其长而剔抉其所短，莫不厘然各当于心焉。初容若年甚少，于世无所措意；既而论文之暇，间语天下事，无所隐讳。比岁以来，究物情之变态辄卓然有所见于其中，或经时之别，一再接其绪论，未尝使人不爽然而自失也，盖其警敏如此。使更假以年，吾安知其所极哉。夫容若为吾师相国子，师方朝夕纶扉，以身系天下之望。容若起科目，寻擢侍殿陛，益密迩天子左右，人以为贵近臣无如容若者。夫以警敏如彼而贵近若此，此其夙夜寅畏，视凡人臣之情必有百倍而不敢即安者，人不得而知也。岁四月，余以将归，入辞容若，时坐无余人，相与叙生平之聚散，究人事之终始，语有所及，怆然伤怀久之；别去又送我于路，亦终无所复语。然观其意，若有所甚不释者，颇怪前此之别未尝有是，余因自惟衰飒之年，恐一旦溘先朝露以负我良友，又念余即未遽北返，容若且从属车南幸，当相见于九峰二泉之间，是时冀衰飒者尚无恙也。呜呼！岂谓容若之强且少而先我长逝哉！向使知其如此，少迟吾行，犹得凭棺一恸，虽复老疾交迫，当不以故土之恋易此须臾矣。唐李德裕以宰相子继登台辅，深习典故，用能勋业烂焉，光于史册。容若夙奉庭训，顷且益被主知，兹其殁也，天子所以哀而恤之者皆出于异数，足知上之任用之意未有量，乃竟不得一展其才，而徒以乐府小道自托于《金荃》《兰畹》之遗，使后世缀文之士抚卷而三叹也。呜呼，岂非家国之均痛哉！爰为文以哀之，辞曰：

仰崇山之郁葎兮，薄青云以上浮。羌置身于其巅兮，情坎壈以怀忧。蹑高步于昭昭兮，秉小心之翼翼。入余登于螭头兮，出望鸡翘以云集。谓华朊其足乐兮，夫焉察君之中情。竭悃款以展采兮，用无忝于所生。抗侧帽之高唱兮，聊以导夫郁积。假玩物以永日兮，其肯以吾心而为。役灿金题与玉躞兮，错钟彝之虫篆。曾何金石之可保兮，矧云烟之过眼。君既洞烛乎人世兮，又何怀乎故宇。眷亲闱之罔极兮，亮百生而莫补。在瞿昙之往说兮，或有托以去来。岂诚前因之不可昧兮，欻遗迹乎尘埃。嗟余生之濩落兮，蹇纡郁其谁语。托末契于忘年兮，率中怀以相许。历一纪以及兹兮，山川其犹间之。保离会于百年兮，忽中道而长辞。余不乐乎秋风兮，吹归心以南堕。纷饮泣以狐疑兮，冀道闻之未果。胡昊天之不吊兮，人琴忽其俱捐。从此望玉河之门馆兮，首燕路而不前。泣白雪于遗编兮，袭银钩于故椟。苟斯人其可作兮，何百身之莫赎。梦余登于君之堂兮，易缥缃以穗帷。飘风槭其入户兮，落叶依于重闱。惟西河之永痛兮，欲寄慰其何言。戒素车其犹未达兮，心怅结而烦冤。浮生惘其伤逝兮，顾崦嵫之已迫。指九壤以为期兮，庶永托乎晨夕。

徐倬《哀词》（康熙刻本《通志堂集·附录》）

盖闻牙期叶听，故辍响于朱弦；庄惠同心，因罢谈于清濮；闻山阳之短笛，自尔销魂；过黄公之旧庐，能无流涕？况夫英年飞鹏，才子修文，人之云亡，情何能已！同年容若先生，望推尹陟，世系韦平，手弄金环，天生夙慧，庭罗宝树，品越恒流。揖客而早对杨梅，把酒而立成鹦鹉，读书则五行俱下，挥毫则万斛惊飞。先超紫燕之群，真无空阔；继啖红绫之饼，独擅风流。因豹尾之须才，特留禁籞；为虎贲之得士，竟夺花砖。身惹御香在杨柳春旗之内；时承天语当落英芝盖之前。才挽雕弓，吟猿落雁；便提湘管，垂露悬针。洞野钧天，尽助雄文之丽；甘泉卤簿，胥收掌故之中。而且陆贾赐佗，相如谕蜀，驰驱不惮乎万里，要荒特重其片言。此殆吉甫再来，文武有兼收之用；曹公复出，书猎有迭举之能者也。若夫高怀天授，逸韵生成，产金张许史之家；偏亲韦布，擅卢骆王杨之制。还喜香奁，绝妙好辞，双鬟按拍；流传乐府，孺子知名。辋水营丘，看烟云之过眼，明窗棐几，存丘壑于此中，云情半寄酒边，霞想直驰天外。至于缠绵友谊，悱恻朋情，入座尽是王褒清言，无非支许。红荷香里，常留砚北之人；渌水亭间，竟作道南之宅。张琪死日，妻子惟托朱晖；刘尹端居，风月专思元度。是又伐木陈诗，以后谷风，兴刺以来，未有方兹古道俪厥久要者矣。奈何桂蠹兰萎，人亡琴在；露未零而陨叶，壶方漏而闻钟；玉树一枝长埋黄土，龙文三尺竟跃沧波；续断无弱水之胶，回生乏祖洲之草；九重且兴不慭之叹，中郎行书有道之碑，岂止师友朋徒寝门聚哭已哉。倬热不随人，傲常弃世，贫虽见怜于鲍叔，懒斯自绝于山涛，刺在袖而莫投，足望门而屡却，词惭《兰畹》聊寄相思，约在竹林将期款曲，感恩之义未报于生前，知己之言忽传于身后，用抒情愫，敬述哀辞：

望崆峒之戴斗兮，惊芒角之臭煤。仰文昌之黯澹兮，失云汉之昭回。命天孙使持节兮，敕鸠鸟为行媒。召才人于金阙兮，摅菁藻于瑶台。玉楼岧其耸峙兮，阊阖诜而荡开。霓旌纷以往来兮，苍虬肃驾于兰陔。遂御风以上征兮，已越身于尘埃。云容容而在下兮，山隐隐而驱雷。疑天子之好奇兮，欲与圣主而争才。舍阆苑之松乔兮，攫金马之邹枚。落灵芝于初旭兮，枯芳兰于始。收麒麟于房驷兮，留朽骨于燕台。瞻银潢之奕奕兮，乘箕尾而徘徊。惟龙文在终古兮，时照耀于帝魁。庶真爽之不昧兮，永鉴格于岑苔。

翁叔元《哀词》（康熙刻本《通志堂集·附录》）

康熙二十四年（1685）五月晦己丑，我容若年世兄先生捐馆舍，叔元往哭于其第；既殡，往哭于其位次；越三日，再往阖人辞焉；又十日，偕同馆之士五人旅拜于几筵，哭如初；又八日，以天子命出殡于郊外，又往送之郊。呜呼，容若其自是长与余别矣！余与君定交自壬子同举京兆始也。方是时，君未弱冠，遵庭训闭户读诵，不妄交人，故同举之士百二十有六人，相与契合者数人而已。明年成进士，余落第，君时过从，执手相慰藉，欲延余共晨夕，余时应蔡氏之聘，不果就。是岁冬，谓余曰："子久客不一归省坟墓，知子以贫故艰于行，吾为子治行。"于是余作客十五年，至是始得归拜先人丘垅，僦数椽，居妻子，君之赐也。迨余丙辰幸登第，留都门，往来逾密，君益肆力于诗歌、古文辞，时出以相示，邀余和，余愧不能也。亡何，君入为侍卫，旦夕丞弼，出入起居多在上侧，以是相见稀少，然时时读君诗及所与友朋往还笔墨，知君兴益豪，风流俊迈，追古作者，非复往时之所造矣。退朝之暇，婆娑古人之法书、名画，焚香评赏，翛然自得，真草书与晋唐人相上下，淋漓泼墨，极飞动之致，视富贵名誉泊如也。属四海荡定，兵戈偃息，圣天子勤学好古，早朝晏罢，我师相国赞理密勿，谋谟庙堂，泽润生民，功在竹帛。君荫藉高华，海内有承平王孙之目，而其所处乃如幽人名士，其高致雅量不可及如此。呜呼，如君者何以死也！岂天地菁华之气发越既至而随以尽耶？抑欲脱去尘网而与造物者游耶？不然则志有所未尽，展才有所不得施乃遗恨而入地耶？呜呼，容若何以死也？余无文，不能状君之生平以传于后，于辆车之出也，姑为相挽之词以饯之，其词曰：

地纮顿兮天网张，虞门辟兮红云光。策紫骝兮宴曲江，有才子兮美清扬。扶云汉兮扶天章，给笔札兮侍帝旁。从羽猎兮赋长杨，捧日毂兮指扶桑。视寝膳兮中书堂，比苏颋兮在有唐。善书法兮继锺王，罗锦绣兮为心肠。探二酉兮贮书仓，奴风骚兮仆齐梁。三峡流兮词源长，染柔翰兮飞羽觞。骨香艳兮格老苍，彼辛苏兮面目伧。敦气谊兮重伦常，附谱牒兮共门墙。念师恩兮意彷徨，灯夜露兮马早霜。茹荼蓼兮形神伤，夺劳臣兮修文郎。排云雾兮叫帝阊，亘斗极兮吐角芒。目耿耿兮泪承眶，惟在三兮死不忘。如斯人兮今则亡，仰视天兮徒茫茫。焚兰蕙兮铩凤皇，修胡彭兮短胡殇。呜呼哀哉兮帝命孔彰，辍朝震悼兮黄鸟三良。老亲断肠兮血染绣裳，麻衣如雪兮幼子扶床。英灵被发兮下大荒，丹旐飞飞兮返北邙。白杨萧萧兮松风悲凉，陈芜词兮奠椒浆。身骑箕尾兮八表翱翔。默佑皇图兮姬历永昌。

吴兆宜《哀词》（康熙刻本《通志堂集·附录》）

呜呼哀哉！茫茫苍昊，八舍陨贤人之星；浩浩皇舆，千牛摧智氏之石。台倾稷下，寒士之广厦无依；弦绝匣中，素交之知音奚托？楚老致芳兰之泣，哲人滋坏木之悲。呜呼哀哉！公之殁也，较之荀令则之拥旄，已三周星次；比潘安仁之斑鬓，尚一欠瓜期；而桐君之药录靡徵，孤城之相术罔验；尔其穷泉斯闭，有去无归；长夜云遥，终古莫晓。睹生存之华屋，悲零落于山丘；嵇叔夜之闲庭，衰杨徒在；王子猷之旧径，种竹空存；东门旷达之怀，竟抱招魂之痛；西汉翘材之所，翻为思子之宫。呜呼哀哉！宜兄兆骞少与梁汾友善，公耽志友朋，娱情竹素，以梁汾言怜骞才而拯之。王孙甲第，穷鸟入怀；公子华池，涸鱼出水。于是徒中安国，死灰复燃，绝域班超，皓首生入；廿年沙漠，雪窖而冰天，三载宾筵，锦衣而鼎食；侵晨弄墨，笔彩潜飞，半夜弹棋，灯花碎落；解骖赎石父之罪而岂徒哉，设醴尊穆生之贤良有以也。呜呼！生平素昧，激发初由，一言意气，相孚风期，永堪千古：父生而母鞠，惟公得成之焉；马角而乌头，非公孰急之焉？既而苏韶入梦，温序思归，牖北只鸡，怅回车之三步；日南送雁，载燋麦之一舟，夫皆我公之赐也欤。呜呼！其好义也如彼，其深仁也如此，固宜五福备至，三寿作朋也。而乃宿草未生，撤琴斯及；床惊斗蚁，灾降乃肱乃股之臣；室进巢鸮，祸钟允文允武之佐。呜呼哀哉！公出入侍从则羽猎陪游，师旅劬劳则兰池奏对；闺门肃穆，表万石之淳风，著作裔皇，垂千秋之鸿业。是以绩列太常之纪，名传史馆之文；七日歌虞，文士上中郎铭勒之制；百年诔行，公卿进兰成碑版之词，兆宜则何敢知焉？不才如宜，复蒙公置之宾馆，华山五千，终缺公恩之重；溟池九万，莫逾公泽之深。敬述哀辞，聊当痛哭云尔：

蔚矣成公，人伦之宗。摛华帝室，博济人穷。词藻翩翩，并驱牧马。雅尚孤标，阮嵇上下。兄骞塞表，二十三年。胥靡蒙脱，尽室南旋。管宁归魏，郭隗在燕。匪朝伊夕，谈论经史。花间草堂，击钵倾水。岁月不居，忽焉三祀。骞死公哭，云遇梁溪。金缕一章，声与泣随。我誓返子，实由此词。相去半载，公遽长逝。玉树言埋，人琴交瘁。呜呼我公，而竟死焉。天高地厚，公恩莫加。山颓木坏，我痛无涯。侍医视疾，大官致吊。眇焉燕雀，胡然啁噍。追念哲人，饮恨吞声。如真可赎，人百其身。

董讷《诔词》（康熙刻本《通志堂集·附录》）

呜呼！自古名才秉英杰之姿，擅文章之誉，有盛名于时者，每为造物所忌，故干将多缺折而山栎享修龄，茫茫天道不可问也。居恒读书，废卷浩叹，亦以兹为遗恨焉。侍卫容若公为吾师相夫子冢嗣，二十年前，余在编翰受知夫子，夫子以余为迂疏，不惟不过督，且从而礼貌之，敦吐握之风，宽简澹之士。时公方成童舞象，固已嵚崎不群，相与纵谈汉魏，不以东海之士为孤僻而略之也。数载之间，沉酣六艺，囊括百家，汲古博综，下帷不辍，兼之一日数行，聪敏绝世，凡诸天文象纬，舆地山川，宝笈琅函，虫鱼草木，靡不穷搜，广采考核精详，遂以子丑联镳为名进士。余方与同馆诸公抃手庆快，为玉堂得人贺，已而天子以侍卫禁严之地需才品卓荦之员，特简吾公秩居首列，盖谓扈从跸警，疏附后先，非此莫胜其任也。而公亦克殚棐忱，格鬼神而矢天日，每銮旂攸向，无不在帝左右，迄今将十余载矣。凌晨则佩剑趋蹡，逮夕则焚膏披咏，曾无倦色；而临池泼墨，对客挥毫，顷刻数纸，追米蔡词，抗苏黄诗，则拾遗王孟之间，罔不各臻其妙。著作弘多，鸡林争售，匪独海内时髦脍炙齿颊而已。呜呼惜哉！忆余往昔立雪程门，宫墙数仞，夫子以经纬之才，首陟兵枢，再登冢宰，既而四宇肃清，百僚矜式，金瓯协吉，仰赞一人，调燮阴阳，赓飏典诰，虽心力俱瘁而天下称诚和焉。至于鲤庭禀训，诗礼承家，诲之以谦冲，励之以勤敏，公亦孝友惟谨，率履罔愆，且更罗致才俊之儒，与之濯磨讨究，皆啧啧推公以为英迈绝伦不可及也。呜呼惜哉！今夏杪，奄以小疾，遽狭飞仙入芙蓉之城，赋玉楼之句，闻讣惊恸，莫知所云，天道茫茫，诚不可问矣。将陈絮酒申厥触些，而夫子峻拒。敬述谫陋之词，写之卷轴，莫罄招魂之泪，灵其鉴旃，爰附之诔而哭之曰：

呜呼！公之舍余，遽云逝矣；哲人其萎，梁木其坏矣；当兹之世，不复觏斯人矣。犹忆曩岁交公之始，器宇嶙峋，胸罗经史，伟构如椽，眼光透纸，文逼先秦，墨花散绮，磊落雄奇，推倒一世，折节读书，虚怀下士，尊卣鼎彝，青帘乌几，入雅出风，得其遗旨，耻蹈齐梁，直追正始。公之为学，务求其实，极深研几，芸缃秘帙，拔萃之姿，掞天之笔，踌躇满志，淋漓而出，丰沛诸贤，罕见其匹。帝顷北巡，卜期朔日，交龙和鸾，方推扈跸，何期曦驭，蒙汜奄即，遽作修文，永辞金阙，举朝公卿，佥为呜咽，帝亦俯悼，叹惋不辍。维余夫子，元嗣云亡，西河抱痛，凄焉以怆，泉台寂寂，漆灯未荒。余也与公，交情最久，世讲之谊，如足如手，惊闻皋呼，擗膺疾首，慰我夫子，语难以口，云軿载驾，泪滴絮酒，在天之灵，其亦知否？

严绳孙、秦松龄《祭文》（康熙刻本《通志堂集·附录》）

嗟乎我兄，高阀钟英，神皋毓秀，风格鸿骞，才华虎绣，早擢巍科，在帝左右。主眷正渥，士论方崇，共期柄用，接迹元功。何为遘疾，遽及于凶。呜呼伤哉！兄之文学，江河屈注，对策万言，不袭常故。玉溪玮词，金荃丽句，寄托所之，前贤却步。兄之力学，强诵博闻，网罗故实，穿穴典坟，巾箱细字，玉轴高文，随身砚匣，到处香芸。兄之书法，神姿秀整，文敏法华，隐居内景，心慕手追，别出锋颖。兄于朋友，非世间情，人或谓狂，兄爱其真；人或谓冷，兄赏其清。兄处贵盛，门庭简饬，辨色趋朝，日暮下直，一二故人，明灯散帙，徵逐者流，见而走匿。嗟余两人，先后缔交，绳孙客燕，辱兄相招，下榻高斋，情同漆胶，迨今十年，不忘久要。松龄客楚，惠问良厚，谓严君言，子才可取，虽未识面，与子为友，无何相见，遂同故旧。去年冬暮，今岁春残，绳也奉假，龄则去官，握手言别，此别最难，后会何期，当筵鲜欢。别来无几，思我实深，两奉兄书，见兄素心，尺书在怀，重比南金，含情未答，闻兄讣音。初得凶问，谓传者妄，讵此哲人，忽至沦丧，亲故贻书，知兄病状，云无所苦，笑谈属纩。兄来有因，兄去有向，莲花西土，玉楼天上。嗟余两人，徒怀旧恩，山堂为位，聊赋招魂。木叶夜落，空庭昼昏，追数平昔，忆兄绪言，十忘八九，取意所存。兄善倚声，世称绝唱，周柳香柔，辛苏激亢。每言诗词，同古所尚，古诗长短，即词之创，南唐北宋，波澜特壮，亦犹诗律，至唐而畅。屈为诗余，斯论未当。昨年扈从，兄到吴门，归与吾言，里俗何喧，前人所夸，举不足论，吾意有适，扁舟水村，又到君里，山中汲泉，落盏冰洁，下咽玑圆，地脉灵秀，应生高贤，若云临生，庶几似焉。嗟乎吾兄，意趣莫俦，文章山水，乃志所留，今我哭兄，烟水孤舟，兄灵不亡，当与我游，二泉清冷，不改其流，痛兄不饮，长卧荒丘。《侧帽》《饮水》，兄集我收，歌兄新词，兄尚知不？呜乎哀哉！人孰无死，兄年太少，以才以德，俱宜寿考。兄少尚亡，况余辈老，及其未死，莫负良友，传兄文章，图兄不朽。寝门未哭，执绋谁某，重趼不能，一介何有？悲恸陈词，歆此絮酒。

徐乾学《祭文》（康熙刻本《通志堂集·附录》）

呜呼！造物之桢，扶舆之灵，胚胎前光，间气笃生，孰夭其年，不究其用，宣圣有言，夫人为恸。呜呼容若，思皇亦世，洼水丹山，难方所自，孝友之性，允也天至，才舞象勺，已通六艺，往年锁院，吾徒相继，秋赋献书，春卿擢桂，佥谓之子，宜都诜第，事有不然，殆难意计，金张珥貂，简在惟帝。呜呼容若，出入承恩，帷幄骖骓，左右至尊，远猷秘议，外庭罕闻，以其余闲，工为诗文，凡诸翰墨，靡不究论，师资之义，契话殷勤，古风云邈，子也实敦，子之求友，苎缟弗谖，于子乎馆，如归永叹，崔驷将老，生入玉门，丧纪孤稚，还复恤存。呜呼此道，于今难言，海内相期，韦平重代，帝心所属，公望斯在，子之不禄，吁咄可怪，七日不汗，悠悠茫昧，此日几筵，前日嘉会，百年之身，罔不敝坏，宜贞而脆，问天莫对，适然者命，已知犹慨。呜呼容若，顿隔重泉，遗言靡私，益钦子贤，圣情震悼，中使来宣，子之严亲，痛毒涕涟，朋游惘惘，回肠内煎，虽未识子，如久周旋，子之诗文，清新鲜妍，花间草堂，尤多可传，都为一集，使就雕镌，吾徒之责，子无懵焉，尊酒平生，穗帐何悬，一歌哀些，泪洒终篇。尚飨。

韩菼《祭文》（康熙刻本《通志堂集·附录》）

呜呼！玉美易埋，兰生早凋，香熏辄烬，膏明忽销，洵美惟君，韵绝神超，濯濯尘壒，亭亭孤标，掉首阶缘，凌云独豪，千秋亦足，奈何一朝，瑶琴弦断，雅曲寂寥，仿佛平生，魂兮可招。自君之生，相君有子，长白松花，祥灵所启，慧过童乌，清逾叔宝，门是乌衣，业唯青史，联翩中隽，一鸣千里。丹墀大对，直言亹亹，如谊如蒉，古人所踸，一时汗颜，屈于及第，方倚鹦鹉，而冠鵕䴊，文通武达，雅志差池，拓弓霹雳，带剑辟鹈，宿庐余暇，肆为歌诗，兰畹金荃，妙绝一时，美人缱绻，香草旖旎，昨蒙召试，彩笔惊飞，墨落犹湿，溘焉长辞。呜呼痛哉！人恶俊异，世疵文雅，造物好恶，得无同者，叹君孤诣，于世少可，谁其知之，调高谐寡，羽林十二，尺五魁三，闲时逸兴，剩水残山，麟趾袅蹄，翡翠琅玕，偏其探讨，孔鼎汤盘，流水游龙，过从朝夕，独共风雨，骚人羁客，胁肩语耳，翕热趋走，独出肺肝，端士益友，以兹济美，足媲伊巫，悄悄心劳，皇告仆夫，伫日丝纶，同称苏许，往往篇章，抑塞无语，人间敝屣，修促何求。君亲罔极，中道曷酬，知含而视，恨不少留，无穷忠爱，零落山丘，菼忝同师，东海之门，古有四友，攸兼于君，后先御侮，风义具存，菼最拙愚，亦蒙齿论，恸哭何及，收拾遗文，琳琅千万，摄取六丁。呜呼！一时作者，他年外孙，芙蓉城主，楞伽山人。尚飨。

朱彝尊《祭文》（康熙刻本《通志堂集·附录》）

呜呼！曩岁癸丑，我客潞河，君年最少，登进士科，伐木求友，心期切磋，投我素书，懿好实多，改岁月正，积雪初霁，紃履布衣，访君于第，君时欢剧，款以酒剂，命我题扇，炙砚而睇，是时多暇，暇辄填词，我按乐章，缀以歌诗，剪绡补衲，他人则嗤，君为绝倒，百讨诵之。迨我通籍，簪笔朵殿，君侍羽林，鲛函雉扇，或从豫游，或陪曲宴，虽则同朝，无几相见。我官既谪，我性转迁，老雪添鬌，新霜在须，君见而愕，谓我太臞，执手相勖，易忧以愉，言不在多，感心倾耳，自我交君，今逾一纪，领契披襟，敷文析理，若苔在岑，若兰在沚。君于儒术，繁学博通，文咏书法，靡不有工。康里巎巎，孛术鲁翀，泊萨都剌，未知孰雄？君之勇略，侍帝左右，骑则而筞云，射则必碎柳，出师绝漠，不惮虎口。乃眷帝心，倚比良厚，当其奋武，不知善文，及为文词，不知能军。允矣君子，才实逸群，随陆绛灌，异于前闻。和气婉容，承颜以孝，友于兄弟，古昔是效。谦谦者守，温温者貌，逆之勿恚，顺之无傲。《花间》《草堂》，渌水之亭，有文有史，有图有经，炎炎者进，或键而扃，缝掖之来，君眼则青。浮醪于觚，盛仓以笔，夜合惺忪，花散签帙，连吟比调，曾未旬日，诗朋尚在，忽焉辍瑟，彝尊月朔，谓君尚生，问疾而至，入巷心怦，复者在屋，升自东荣，魂招不来，踯躅屏营，寝门既哭，容车将骋，大泉一枚，蠋烛一挺，侑以荒词，泣下如绠，灵兮有知，痛无不省。尚飨。

翁叔元、曹禾、乔莱、胡士著、蔡升元《祭文》（康熙刻本《通志堂集·附录》）

呜呼！琢火之喻，曩哲之所，感怀逝川之伤，前人于焉永叹，又况处为家宝，出作国桢，誉望斯归，朝野共仰者乎？先生履孝资忠，怀文抱质，早年座上，倚琼林之一枝，弱岁毫端，吐琅玕之六寸。三条桦烛，彪炳国华，五韵金茎，咨嗟时匠，领南宫之风月，搜东观之图书，会简庸亲，入侍帷幄，遂阶才地，直上云霄，适当半千之期，正预一双之选，攀龙鳞而排阊阖，横豹尾而护星辰，柳侍书之春衣，多吟苑里，冯东阳之瑞锦，半赐禁中，寄股肱耳目之司，负文采风流之望，盖自覆量尺寸，精讨锱铢，溯学海之源流，践词场之奥窔，裴称武库，纵横于五兵，李号书楼，网罗于百氏，而又性成好士，生本怜才，值国家无事之时，正海宇承平之日，邺中上客争游宴于南皮，江左人文尽流连于西邸，鸾回鹊顾，惊犀管之遥分，雾结烟霏，看蛮笺之竞擘，每当早莺初雁，残月晓风，一闻白雪之音，抗乎青云之上，至于行成楷模，身为羽仪，绵邈清标，每符乎简册，中和至性，不假于弦韦，余事逮夫多能，一时传为博物，校雠金石，褚河南之辨古书，刻画丹青，王右丞之根夙世，美难称述，词绝名言，职继丝纶，方待韦平之拜，事留台阁，仍看燕许之封，何期君子之惟宜，翻讶哲人之不禄，崔歧叔之好学，空有五千，刘真长之无年，才逾三十，数至于此，伤如之何，驻白马而风哀，望素旗而雨泣，尊前共坐，谁复类于中郎，地下论交，必追思于武子，肃将薄奠，唯冀来歆。

王鸿绪、翁叔元、徐倬、韩菼、李国亮、蒋兴芑、高琯《祭文》（康熙刻本《通志堂集·附录》）

呜呼！吾侪同年几人，盖十二三年来离合聚散，亦间会哭于寝门，不图今日而来会哭君，呜呼！三十拥旄立年，公辅君之人，地宜其尔也，吾不知星岳之降精英于斯人者，何意竟乃玉折而芝焚？元恺则辛阳才子，忠孝则金张奕世，君为相国之家嗣，名王之贵胄，乃与吾侪著麻衣，将脂炬，入锁院以自致于青云，穷经论史，研京炼都，旁及于书法绘事皆臻其绝，而殆庶之哲，见微藏密，深衷远识，无所不到，而尤笃于君亲人弟，见其爱贤好士，致海内之笔精墨妙，对床风雨，竟夕忘疲，而不知夫相于之雅，相别数稔，相隔数千里而不替其相存人弟，见夫延陵之入关，高邮之去国，交期生死可以愧谷风之所刺而不知夫虚怀契托，早已闻其声而交以神，而吾侪之所尤叹仰者敦在三之节备，四友之谊，盖后先御侮于吾师之门，因推以及于吾侪也，不以其迹之数与疏而为故为新。呜呼！君之信于朋友如是也，天下后世亦可即是而知其为子与臣，然则君之存殁所系者其重矣，而岂止于一身，君之疾既亟，有问疾者语不及他，赋诗言志，惟匡济之殷殷，君之自许者固已感会于至尊，向者将老其才以大用也，而岂意夫昔人之言而不可信者。仁者寿，恭则寿之云。惟君入侍帷幄，出参扈从，从容秘议云霄之上，苍生有阴受其福而不知者，又宜其余祉之未有艾也，而与善之理难问之于上帝之九阍。至尊以君之病使院医数辈守视，令日以其病之增减报，既而为处方药赐之，而君已不能下咽矣。闻讣震悼，中使携潼酪致奠，恩数优渥。相国以中年哭壮子不胜惨恻，见者为之流涕潺湲，而海内风雅之士尤咨嗟懊丧，痛珠盘玉敦之失主盟。呜呼！吾侪同年之情所可得尽者，惟有生刍之束，哀些之陈，而言之无次，不足以当君之一顾，殊有负于安仁之作诔，宋玉之招魂。尚飨。

姜宸英《祭文》（康熙刻本《通志堂集·附录》）

呜呼！国之璠玙，家之骐骥。曷不少延，而厄其至。自兄之死，无知不知，而骤闻之，鲜不涕洟。况我于兄，其能不悲？我始见兄，岁在癸丑，时才弱冠，叩无不有，马赋董策，弹丸脱手，拔帜南宫，掩芒北斗。兄一见我，怪我落落，转亦以此，赏我标格。人事多乖，分袂南还，旋复合并，于午未间。我蹶而穷，百忧萃止，是时归兄，馆我萧寺。人之狺狺，笑侮多方，兄不谓然，待我弥庄，俯循弱植，恃兄而强。继余忧归，涕泣洏洏，所以賻赙，怜余不子，非直兄然。太傅则尔，趋庭之言，今犹在耳，何图白首，复遄斯行？削牍怀椠，著作之庭，梵筵栖止，其室不远，纵谈晨夕，枕席书卷。余来京师，刺字漫灭，举头触讳，动足遭跌，见辄怡然，忘其颠蹶，数兄知我，其端非一。我常箕踞，对客欠伸，兄不余傲，知我任真。我时漫骂，无问高爵，兄不余狂，知余疾恶。激昂论事，眼瞪舌挢，兄为抵掌，助之叫号。有时对酒，雪涕悲歌，谓余失志，孤愤则那。彼何人斯，实应且憎，余色拒之，兄门固扃。充兄之志，期于古人，非貌其形，真肖其神，在贵不骄，处富能贫，宜其胸中，无所厌欣，忽然而天，岂亦有云。病之畴昔，信促余往，商略文选，感怀凄怆，梁吴与顾，三子实来，夜合之诗，分咏同裁，诗墨未干，花犹烂开，七日之间，玉折兰摧。呜呼已矣，宛其死矣，我将安适？行倚徙矣。世无兄者，谁则容我？为去为留，无一而可。兄今不幸，所欠耆年。其不亡者，乐府百篇。诗词蕴藉，书体精研。吾党诠次，以待劂镌。生而克才，为天子使。殁而名垂，以百世俟。茫茫大造，几人如此？魂之有知，永以无伤。嗟二三子，是亦难忘。

顾贞观《祭文》（康熙刻本《通志堂集·附录》）

呜呼吾哥！其敬我也，不啻如兄；而爱我也，不啻如弟。而今舍我去耶？吾哥此去，长往何日？重逢何处？不招我一别，订我一晤耶？且擗且号，且疑且愕。日晻晻而遽沉，天苍苍而忽暮，肠惨惨而欲裂，目昏昏而如瞀。其去耶？其未去耶？去不去尚在梦中，而吾两人俱未寤耶？吾哥去，而堂上之两亲何以为怀？膝前之弱子何以为怙？辇下之亲知僚友何以相资益？海内之文人才子，或幸而遇，或不遇而失路无门者，又何以得相援而相煦也。欲状告吾哥之生平，既声泪俱发，而不忍为追。惟欲述吾两人之交情，更声泪俱竭，而莫能为覼缕。盖屈指丙辰以迄今，兹十年之中，聚而散，散而复聚，无一日不相忆，无一事不相体，无一念不相注。第举其大者言之：吾母太孺人之丧，三千里奔讣，而吾哥助之以麦舟。吾友吴兆骞之厄，二十年求救，而吾哥返之于戍所。每戆言之数进，在总角之交，尚且触忌于转喉，而吾哥必曲为容纳。洎谗口之见攻，虽毛里之戚，未免致疑于投杼，而吾哥必阴为调护。此其知我之独深，亦为我之最苦。岂兄弟之不如友生，至今日而竟非虚语。又若尔汝形忘，晨夕心数。语惟文史，不及世务。或子衾而我复，或我觞而子举。君赏余《弹指》之词，我服君《饮水》之句。歌与哭总不能自言，而旁观者更莫解其何故。又若风期激发，慷慨披露。重以久要，申其积素。吾哥既引我为一人，我亦望吾哥于千古。他日执令嗣之手，而谓余曰：此长兄之犹子；复执余之手，谓令嗣曰：此孺子之伯父也。呜呼！此意敢以冥冥而相负耶！总之吾哥胸中，浩浩落落，其于世味也甚淡，直视勋名如糟粕，势利如尘埃。其于道谊也甚真，特以风雅为性命，朋友为肺腑。人见其掇科名，擅文誉；少长华阀，出入禁御；无俟从容政事之堂，翱翔著作之署；固已气振夫寒儒，抑且身膺夫异数矣。而安知吾哥所欲试之才，百不一展；所欲建之业，百不一副；所欲遂之愿，百不一酬；所欲言之情，百不一吐。实造物之靳乎斯人，而并无由毕达之于君父者也。犹忆吾哥见赠之词，有曰："一日心期千劫在，后身缘、恐结他生里。"又曰："惟愿把来生祝取慧业，同生一处。"呜呼！又岂偶然之言，而他人所得预者耶？吾哥示疾前一日，集南北之名流，咏中庭之双树。余诗最后出，读之铿然，喜见眉宇，若惟恐不肖观之落人后者。已矣！伯牙之琴，盖自是终身不复鼓矣。何身可赎？何天可吁？音容僾然，泣涕如澍。再世天亲，誓言心许。魂兮归来，鉴此悰悽。

梁佩兰《祭文》（康熙刻本《通志堂集·附录》）

呜呼！我离京师，距今四年。此来见公，欢倍于前。留我朱邸，以风以雅。更筑闲馆，渌水之下。仲夏五月，朱荷绕门。西山飞来，青翠满轩。我念室家，南北万里。不能即归，暂焉依止。公为相慰，至于再三。谓我明春，同出江南。公昨乞假，恩许休沐。静披图史，闲聆丝竹。顷复入侍，上临乾清。谕以奏赋，振笔立成。上嘉曰才，惟尔进士。金钟大镛，庙堂之器。四方名士，鳞集一时。埙篪迭唱，公为总持。良宵皓月，更赋夜合。或陈素纸，或倚木榻。陶觞抒咏，其乐洋洋。讵传公来，颠倒在床。始犹狐疑，少焉而信。已而奄然，天不可问。呜呼！公生相门，官列貂珰。当世通显，谁与比量。才合文武，实天赋畀。不尽其用，亦因时尔。万仞壁立，以置其身。大块囊括，不遗一尘。其志广渊，其气磅礴。自树丰骨，有廉有锷。与人相接，琅然玉琴。洎乎论交，断然坚金。不尚贵游，而好蓬荜。微言彻心，长啸抚膝。英爽俊健，朋辈无前。霜落之林，苍鹰摩天。黄金如土，惟义是赴。见才必怜，见贤必慕。生平至性，结于君亲。举以待人，无事不真。所为诗词，绪幽以远。落叶哀蝉，动人凄怨。呜呼！四时之气，秋为最悲。公本春人，而多秋思。大化冥冥，默运终始。公之不长，谅或此理。天耶人耶？是耶非耶？在朝在野，何人不嗟？斯文之哀，吾道之丧，公既如此，吾属何望？呜呼！天有倾回，地有缺陷。草木黄萎，金是销烂。阴阳阖辟，出入之门。鬼神往来，生死之根。譬之冰雪，其初为水。水固非一，冰雪非二。当其为水，居然峨峨。当其为雪，色映玉珂。返乎其初，冰亦无有。谓之太虚，谁测先后？公在世间，其心皭然。兹抗云表，谅鉴余言。尚飨。

徐元文《挽诗》（康熙刻本《通志堂集·附录》）

有仪者鸾，何翮斯颓？有祥者麟，何角斯摧？
兰芝晨陨，楸槚暮开。万化奄尽，怆矣其哀。

又

之子国彦，夙章芳问。请叶虎闱，礼举义振。
展策璇墀，金相玉润。心乎爱矣，古训用竞。

又

帝曰尔才，简卫左右。入侍细旃，出奉车后。
信著阙廷，才轶伦耦。退沐有时，念结师友。

又

子之亲师，服善不卷。子之求友，照古有烂。
寒暑则移，金石无变。非俗是循，繄义是恋。

又

灼其春华，讵曰非实。殷其朊仕，讵曰非啬。
奋于高阀，儒素是饬。言有慨慷，情无矫饰。

又

子兮能孝，乃弃晨昏。子兮能忠，不究君恩。
飘零翰简，寂寞琴尊。陈迹终往，朗誉长存。

又

玉树土埋，昔贤所痛。曾是斯人，而能不恸？
黯然风回，悲哉日雺。欲歌难终，惟情之壅。

彭孙胙《挽诗》（康熙刻本《通志堂集·附录》）

茂陵遗草尚如新，寂寞空堂撤瑟辰。
花拂茵帘偏易萎，玉埋丘陇竟何因？
郑庄驿舍生秋草，荀令香炉浥暗尘。
多少龙门旧宾从，筵前渍酒各沾巾。

严我斯《挽诗》（康熙刻本《通志堂集·附录》）

经年出入傍宸居，潇洒襟期物外疏。
马踏花香金蟮杂，砚承仙露玉蟾蜍。
趋朝秘殿垂清佩，退直闲窗看道书。
叹息文园多病后，祗今谁似汉相如？

又

小筑花间旧草堂，芙蓉为帐墨为庄。
交游座上多缝掖，检点诗篇爱晚唐。
缑领吹笙人独往，山阳闻笛自神伤。
可怜尘世元如梦，好辗飙轮出大荒。

又

花落空阶月到轩，每从佳日忆西园。
种来仙草难蠲忿，烧尽名香不返魂。
赋鹏可堪悲贾傅，买丝真欲绣平原。
悬知慧业生天上，人世蜉蝣且莫论。

又

通志堂前胜事多，好春时节一曾过。
兴来欲跨仙人鲤，客到还携道士鹅。
感旧故交惟有泪，伤心市上不闻歌。
池塘一带频回首，秋雨潇潇落芰荷。

孙在丰《挽诗》（康熙刻本《通志堂集·附录》）

最忆东堂日，芙蓉镜有君。绛纱吾岂敢，玄草尔多闻。
抗节凌千古，登坛树一军。犹余十年梦，风雨泣斯文。

又

落落君怀抱，交情澹始真。世人成卤莽，吾道历荆榛。
自觉盟心在，谁论会面频。三年两见汝，今日黯伤神。

王又旦《挽诗》（康熙刻本《通志堂集·附录》）

家承公辅贵，班列近臣高。闲气标千古，清声彻九皋。
玉楼飞藻缋，仙药奏云璈。何遽观齐物，丁年自解弢。

又

于今推大雅，能不念修文。泛爱无遗物，高怀自轶群。
绿尊空玉露，缥帙散香云。竟掩宣尼袂，伤心处处闻。

又

宇宙堪长啸，雄才更有谁。星精原久照，石火欻相移。
甲第荣三策，勋名迈二师。独来宾馆客，想像动馀悲。

又

夙昔频相许，神交托此心。春风迷紫陌，夜月杳青岑。
旧榻琴声冷，新松剑气阴。凄凉蒿里饯，援笔有哀吟。

乔莱《挽诗》（康熙刻本《通志堂集·附录》）

每插金貂谒紫宸，十年帷幄最亲臣。
只今三殿星班里，无复朱衣上直人。

又

弯弓下笔事难兼，天授奇才赋予偏。
七萃横行霄汉路，承恩独自奏甘泉。

又

遗文金石半销亡，好古冥搜雅擅场。
他日若为人物志，好将名姓继前杨。

又

文采风流剧梦思，寂寥吟院冷书池。
时无晕碧裁红手，一曲犹传乐府词。

又

时开宾馆倒芳尊，爱士情同挟纩温。
华屋山丘三叹息，不堪骑马过州门。

又

长埋玉树嗟何及，遽掩金刀痛莫追。
一恸寝门人歇绝，山阳诗酒更何时？

秦松龄《挽诗》（康熙刻本《通志堂集·附录》）

卧病空山暑未阑，奉君书札劝加餐。
含情欲报闻君死，尺素重开雪涕看。

又

争说新恩宠赉频，八年宿卫一亲臣。
朋游聚散寻常事，端为朝廷惜此人。

又

家世由来近斗魁，螭头橐笔羡多才。
春风马上诗成早，知是甘泉侍宴回。

又

乌丝阑纸薄如罗，破体书成小令多。
南国空传红豆曲，画堂谁赋雪儿歌？

又

奉使龙沙路几千，归来身在属车边。
平堤夜试桃花马，明日君王幸玉泉。

又

容易秋笳绝塞回，千金不惜为怜才。
可怜季子前年死，墓上今谁挂剑来？
去年扈从到吴门，只爱扁舟泊水村。
今日哭君何处是，枫桥秋雨又黄昏。

又

渌水亭幽选地偏，稻香荷气扑尊前。
夜阑怕犯金吾禁，几度同君对榻眠。

又

顾生老友客平原，姜子相知比弟昆。
自怜白发江湖外，不得同渠哭寝门。

又

黄菊还开旧日丛，花间难与故人同。
秋灯共下伤心泪，只有桐江一钓翁。

徐秉义《挽诗》（康熙刻本《通志堂集·附录》）

珥貂随彩仗，簪笔侍长杨。盛业须钟鼎，升朝倚栋梁。
临池追小晋，掞藻逼中唐。箕尾身骑去，名留天壤长。

又

好文常下士，别馆傍平津。囊著千秋业，尊开四座春。
斑衣娱尚父，彩笔骇词臣。扈从曾相遇，谁知永诀人。

又

音容殊未杳，万古隔同游。浩气还阊阖，悲思动冕旒。
玉珂槐里月，素绋槿原秋。欲报心知意，河源作泪流。

朱彝尊《挽诗》（康熙刻本《通志堂集·附录》）

骤听黄鸡唱，惊随白马来。百年嗟辍瑟，五夜尚衔杯。
泉下知安往？人间信可哀。退朝怜相国，封箧忍重开！

又

通籍题毡笔，承恩换鹖冠。射乌连矢发，走马万夫看。
禁直昏钟入，廊餐午箭残。伤心倚闾望，东第少归鞍。

又

出塞同都护，论功过贰师。华堂属纩日，绝域受降时。
凄恻传天语，艰难定月支。敛魂犹未散，消息九京知。

又

屈指论交地，星终十二年。斯人不可作，知己更谁怜？
翠渐深门柳，红仍腻渚莲。旧游存没半，凄断小亭前。

又

主客披图得，云烟过眼谙。吟花成绝笔，听雨罢深谭。
画里韶颜在，尊前丽语耽。凭将肠断句，流转到江南。

又

别悔从前易，途伤此日穷。回肠歌哭外，搔首寂寥中。
迹埽孤生竹，枝摧半死桐。自今观物化，不诋释门空。

姜宸英《挽诗》（康熙刻本《通志堂集·附录》）

去去终难问，人间有逝波。未酬前夕话，已失醉中歌。
万事一朝尽，千秋遗恨多。平生知己意，惟有泪悬河。

又

自遣秦和至，方知二竖牵。禁方亲赐与，天语更缠绵。
祇欲酬明义，何关恃少年？他时无限恨，凄恻少人传。

又

侍从张安世，名家晏小山。承恩惟宿卫，适意在花间。
客至同开卷，朝回只闭关。心期如有托，寂寞去尘寰。

又

意气嗟如昨，亭台本自幽。非无感慨士，不少老苍流。
坐对殊方哭，生悬万古愁。竹林哀自响，为尔起悲秋。

又

奉使属当年，提戈绝域边。射生供宿膳，凿地出山泉。
宛马终来汉，星槎直到天。俄闻中使告，惨澹素帷前。

董闾《挽诗》（康熙刻本《通志堂集·附录》）

所思人已往，怅望逐流波。略结生前识，空悲死后歌。
报君明义重，爱士感恩多。应有枯鱼泪，相过也泣河。

又

曲径风悲竹，高门云过山。修文入天上，慧业出人间。
尘满书连幌，琴虚月映关。惟馀乐府意，潇洒寄区寰。

梁佩兰《挽诗》（康熙刻本《通志堂集·附录》）

侍卫身名贵，朝端礼数优。鹖冠随豹尾，鸡舌傍螭头。
气足雄三辅，人言似列侯。还闻奏词赋，官欲上瀛洲。

又

宴会犹前日，韶华已早朝。忍留丞相府，不见侍臣貂。
风雅真沦丧，乾坤半寂寥。戟门丹旐影，一片冷萧萧。

又

少小矜才思，同时叹绝伦。五云瞻日月，三策对天人。
掣笔香垂露，看花鸟弄春。于今那得见，天上作星辰。

又

几榻交新网，图书黯旧纱。尚巢红幕燕，谁护锦堂花？
亲泪深沾血，皇恩特祭茶。北城当日暮，凄切更闻笳。

又

仗节唆龙日，关前柳正黄。去驰千里马，行逐羸六王。
沙碛围毡帐，山川画虎囊。功成人不见，地下报君王。

又

不死灵娥药，无人奉一盘。竟骑蝴蝶去，谁作马蹄看？
绣服蒙金骨，银灯照玉棺。素车千万乘，殡日送雕鞍。

又

佛说楞伽好，年来自署名。几曾忘夙慧？早已悟他生。
舍利浮金掌，毗耶出化城。赏吟风月在，一碧万峰明。

又

日有贫交在，缘君昔共亲。尊前兰渚客，花下藕溪人。
检集缮千遍，登山哭万巡。不堪肠断处，坟种白杨新。

又

轩冕曾无意，逢人说马曹。太行知势险，北斗按心高。
笔墨留缣素，云霄想羽毛。精灵如不散，一为降旌旄。

又

岭外遗书札，论交阅有年。极知余薜荔，相劝客幽燕。
气谊无千古，胸怀实大贤。岂期观物化，新冢象祁连。

又

《饮水》题诗卷，行边展画图。一为云雨散，几处友朋孤。
泪作天河落，心将塞草枯。平生无此哭，不是为穷途。

又

生死原无著，枯荣却自分。楼台看落日，车盖叹浮云。
鸟影当前过，钟声昨夜闻。芙蓉朝萎谢，零露更纷纷。

徐釚《挽诗》（康熙刻本《通志堂集·附录》）

共羡金安上，韶年拜奉车。如何奇木对，翻作《茂陵书》。
诗思花铃寂，君恩药裹余。应知谢太傅，不忍顾阶除。

又

新原俄宿草，笳韵咽槐风。犀尘沉泉壤，金貂感侍中。
剑莲秋匣断，香穗晚篝空。愁杀登床日，冰丝暗绿桐。

徐嘉炎《挽诗》（康熙刻本《通志堂集·附录》）

剑花沈处笔花枯，白玉楼成事有无。
妖梦琅邪亡长豫，伤心郫县育童乌。
频年宿卫天关迥，万里驱驰绝塞孤。
风雨奉车谁得似？秦松鲁桧昨秋途。

又

《兰畹》《金荃》早擅场，曾开银榜舞霓裳。
篇章好续《尊前集》，丹药难逢肘后方。
可有甜波来白海，空传鲛泪泣黄肠。
堪嗟北斗阑干候，结束飞尘入建章。

又

萧齐天际想真人，形影曾忘赠答频。
每读新词标《侧帽》，惊闻遗讣忽沾巾。
孤鸾舞罢方缠恨，别鹤弦摧更怆神。
玉树临风埋著土，不堪蒿里独生春。

又

《乐府》《花间》著作林，南朝宫体识余音。
玉笙吹彻含愁句，锦瑟传将惜别心。
三变遗声销柳七，九原同调得陈琳谓迦陵。
填词妙手今岑寂，中散当年痛抚琴。

周清原《挽诗》（康熙刻本《通志堂集·附录》）

嘉树生朝阳陆机，式瞻在国桢任昉。
上凌青云霓司马彪，承露概太清曹植。
何意回飙举曹植，恍惚似朝荣鲍昭。
落英陨林趾潘岳，黄鸟为悲鸣陆机。
杳杳落日晚鲍昭，昭昭素月明王粲。
有怀谁能已颜延年，寤言涕交缨陆云。

又

眷言怀君子谢灵运，凄怆伤我心阮籍。
弱冠参多士鲍昭，邦彦应运兴陆机。
既通金闺籍谢朓，怀抱观古今谢灵运。
诗书敦夙好陶潜，翰墨久谣吟王僧达。
蔚若朝霞烂陆机，清如玉壶冰鲍昭。
形影忽不见曹植，思君徽与音阮籍。

又

世胄蹑高位左思，十载朝云陛谢朓。
托身承华侧陆机，列侍紫宫里左思。
夕息旋直庐陆机，晨趋朝建礼沈约。
延纳厕群英谢灵运，贤达不可纪谢灵运。
舒文广国华颜延年，清机发妙理曹摅。
赋诗连篇章刘桢，遗音犹在耳潘岳。

又

振衣独长想陆机，徙倚怀感伤十九首。
翰墨有余迹潘岳，茵帱张故房潘岳。
宾友仰徽容陆机，清埃播无疆谢瞻。
千载垂令名江淹，一绝如流光傅咸。
碧树先秋落江淹，零泪沾衣裳谢灵运。
惨怆发哀吟张绪，长叹不成章谢灵运。

李澄中《挽诗》（康熙刻本《通志堂集·附录》）

素旐青门去，良朋白马来。修文终地下，射虎果雄才。
寂寂归幽室，冥冥闭夜台。平生游览处，触境总堪哀。

又

应待螭头笔，翻依豹尾旗。枫宸名久著，薤露世堪悲。
山雨侵灵几，秋风冷穗帷。格心怜属国，温语九泉知。

徐树谷《挽诗》（康熙刻本《通志堂集·附录》）

终贾龄方茂，文星遽掩芒。凤怜毛忽陨，麟惜趾偏伤。
扈辇恩何渥，传经泽未忘。如今穗帷处，前夜读书堂。

又

花满春江曲，凌云遇最先。清词繁玉露，彩笔丽金荃。
磨盾才原敏，临池法更妍。斯人今不起，大雅复谁传?

又

器本青云秀，情逾白玉温。嗜书留秘帐，执礼到夷门。
瞑带辞亲泪，行迷恋阙魂。袛余芳宴地，冷月下西园。

又

每出平津馆，常来杜曲车。论心双迹外，投分十年初。
宁忍闻邻笛，空怜检箧书。迢迢天上路，望绝玉楼居。

徐炯《挽诗》（康熙刻本《通志堂集·附录》）

惨澹郊原色，槐风咽暮笳。土中埋玉树，天上别灵槎。
古道通门旧，高文举世夸。言寻读书处，涕泪洒青霞。

又

昌寓曾骖乘，申屠试蹶张。应知从细柳，时复献长杨。
万里金骒袅，三河绣裲裆。韝鞬留白羽，还忆落双鸧。

又

市骏能怜骨，雕龙解作鳞。临邛邀倦客，堂皇脱羁臣。
梦断香莲幕，心摧宿草轮。平原如可绣，花簇赵州春。

又

龙蠖三台札，繁华四姓侯。城南推韦杜，江左擅风流。
竟谢乌皮几，空怀紫绮裘。芙蓉城畔路，应与曼卿游。

王九龄《挽诗》（康熙刻本《通志堂集·附录》）

射策当年上驳娑，久瞻才望郁嵯峨。
文章梦吐扬雄凤，挥洒书笼逸少鹅。
流水朱弦能和寡，倾身白屋感恩多。
长埋玉树真堪恨，叹息惟应唤奈何。

陆肯堂《挽诗》（康熙刻本《通志堂集·附录》）

相国生才子，传家实象贤。盛名嗟殁后，余事忆从前。
凤穴千寻起，龙门百尺悬。致身由甲第，掞藻正丁年。
赤管辉煌日，青云指顾边。既来香案吏，应作玉堂仙。
命岂文章厄，官仍禁近联。独蒙恩眷注，常与帝周旋。
暂出烦骖乘，归来侍御筵。风前看侧帽，花外听鸣鞭。
单骑巡边去，双旌报命还。乞降言果验，劳使旨曾宣。
世尽夸腾踔，公犹感伏跧。读书弥折节，下士或随肩。
东阁时方启，西园客屡延。岁输千匹绢，月奉一囊钱。
有誉皆邀赏，无才不受怜。例从《文选》起，语自《衍波传》。
手著都成集，分雠每绝编。时时开玉笥，一一志《金荃》。
真觉才难尽，从知嗜独专。门风资济美，物望倚陶甄。
荣悴宁关数，苍茫欲问天。百身余悼惋，一病竟沉绵。
私痛惊飞鹏，余哀咽乱蝉。风流今已矣，勋业卜终焉。
泽被皇仁厚，天教至性全。治丧优诏许，宅兆故侯迁。
落日山阳笛，秋风中散弦。执鞭空有愿，接席永无缘。
脉脉愁孤剑，沉沉奈九泉。异时看史策，画像在凌烟。

吴自肃《挽诗》（康熙刻本《通志堂集·附录》）

不尽酬知意，兰阶脉脉通。联床思夜雨，怀刺忆春风。
忽促斯人驾，应怜吾道穷。伤心歌楚些，无处问苍穹。

又

人方推国士，天竟妒奇才。遗稿留神护，招魂动鬼哀。
花间堂尚在，枕畔梦还来。珍重西河泪，无劳洒夜台。

邹显吉《挽诗》（康熙刻本《通志堂集·附录》）

风雅应千载，知交仅儿人。一编遗《侧帽》，再读倍沾巾。
投分忘车笠，伤心慰贱贫。从兹兰蕙气，香散不堪纫。

又

不觉横门里，飘零泪暗倾。死难忘帝眷，生不愧朋情。
晓箭听青琐，寒宵话白萍。回思当日事，怅望暮云横。

杨辉《挽诗》（康熙刻本《通志堂集·附录》）

忽得骑虬信，怆然欲断魂。盛名犹在世，大雅竟谁论？
风雨怀前哲，存亡感旧恩。天心不可问，清泪泣黄昏。

吴雯《挽诗》（康熙刻本《通志堂集·附录》）

频年京洛感衣尘，本自横汾旧隐沦。
忽以海南题柱客，浪传河上纬萧人。
感因道德交方古，气为文章意益真。
许尔千秋是知己，伤心便作九原身。

又

片语端能订久要，合欢花下和吹箫。
琴尊笑语违三日，裙屐风流隔六朝。
岂敢再过丞相府，惟应常梦侍中貂。
夜台先有阿蒙在，且省茫茫怨寂寥。

又

早年声誉重瑶林，中岁承恩紫禁深。
安世诗书尊扆跸，元成阀阅竞冠簪。
文章颇压当时望，事业终悬薄海心。
哀乐随人从不敢，为君特地一沾襟。

又

十载曾闻幼妇辞，愿将银管写乌丝。
愁当鹦鹉争传处，痛在玲珑再唱时。
旧谱漫教虫网遍，闲情空有笛人知。
从今锦字休零落，一认弓衣也泪垂。

邵锦标《挽诗》（康熙刻本《通志堂集·附录》）

棨戟仍排户，图书已锁门。凄凉看白旐，容易哭黄昏。
高垅栽新柏，前山出断猿。巫阳不可问，何处欲招魂？

刘雷恒《挽诗》(康熙刻本《通志堂集·附录》)

修短偏难问碧虚，哀音忽寄北来书。
清门有种承台席，仙牒无情泣奉车。

又

辇路相逢眼倍青，寒庐抱影叹伶仃。
客愁日暮迷云树，不道秋风堕岁星。

又

赠言挥手托风轮，怀袖相依便面亲。
难禁秋来开什袭，墨痕黯澹泪痕新。

又

唾珠咳玉积千函，《侧帽》新词恣美谈。
若鉴幽思悬冀北，夜台须唱望江南。

宋大业《挽诗》(康熙刻本《通志堂集·附录》)

英贤分岳秀，才子禀星精。尺五家声远，奎三气象横。
文章推小许，经术重元成。射策登先甲，摛华擅两京。
银钩书劲美，铜钵句铿锵。好学心逾切，㧑谦志不盈。
八叉新咏就，三影丽词清。下士常延誉，怜才有鉴衡。
解衣欣赠苎，置腹感推诚。公望谐时论，畴咨系圣情。
方看朝旭曜，俄叹夕阳倾。玉树埋何痛，金徽黯不鸣。
人间逝水急，天上赋楼迎。雨冷书销蠹，魂迷梦泣琼。
孤寒摧广厦，寰宇失连城。世讲关情重，衔哀荐一觥。

蔡升元《满江红》(康熙刻本《通志堂集·附录》)

年少翩翩，早曾到、曲江筵上。春堤畔，金鞭玉勒，桃花初涨。射策旧看飞上苑，承恩特赐趋仙仗。记星班、常在御屏风，香烟傍。供奉曲，清平唱；校猎赋，长杨壮。羡风流文采，雕翎虎帐。骖乘却陪梁父禅，乘槎直溯天河浪。叹从今、三殿少朱衣，空惆怅。

又

珠履三千，浑不数、雕龙绣虎。曾几日，分题刻烛，移商换羽。一片玉河桥畔水，数声金井梧桐雨。最凄清、闻笛向山阳，人何处？座上士，松枝尘；尊中酒，花间度。剩荒烟蔓草，销魂难赋。渌水亭边宾从散，乌衣巷口衰杨舞。纵蛮笺、十样写新词，何情绪？

又

跃马弯弓，偏彩笔、能工绮语。都付与，雪儿檀拍，异才天赋。坐上朱弦清悄韵，曲中红豆相思句。正柔肠、谱到断肠词，春无主。山月暗，乌啼曙；银烛灺，风吹露。叹晨曦易夕，人琴已去。燕子楼头红粉泪，杜鹃声里黄昏雨。只兔葵、一片对刘郎，悲前度。

沈朝初《满江红》（康熙刻本《通志堂集·附录》）

搔首青天，问底事、偏嫌才子？休比似，彩云易散，琉璃多脆。璞玉浑金人卓荦，裁云缝月词清丽。想岁星、不耐住黄尘，人间世。斑虬管，文鸾翳；蓉城主，璚楼记。逐群仙上下，大荒游戏。哀笛斜阳愁客听，孤琴流水为君碎。忍埋将、瑶树向青山，情何已？

又

兰锜家声，传朱户、荣同伊陟。记早岁，五云胪唱，郗林射策。凤诏挥毫螭陛下，龙津侍宴鸡翘侧。掌期门、三十侍中郎，承恩泽。桃花骑，蜃珂勒；莲花锷，鲛鱼室。羡禁中颇牧，烽消沙碛。玉塞功名追定远，金城方略思充国。待他年、铁面画麒麟，生颜色。

又

内殿春晴，给笔札、金门奏赋。凌云气，至尊亲赏，文场独步。紫凤天吴光璀璨，珊瑚宝树枝回互。问年来、待诏满公车，谁堪伍？颂酒德，歌琴绪；冠柳集，生花句。更墨池笔冢，跳龙卧虎。岂羡毫从江令足，还期衮待樊侯补。任苍生、望绝士林悲，摧天柱。

又

骏马台边，更别筑、翘林高馆。勤吐握，孔融坐上，宾朋常满。寄远争投青玉案，分题竞涤红丝砚。算兰亭、梓泽旧风流，今从见。南皮会，西园宴；张融尘，袁宏扇。笑臣饥索米，几同游衍。鱼鸟无依山海竭，芝兰空叹泉台掩。筮巫咸、楚些漫招魂，归来晚。

高裔《江城子》（康熙刻本《通志堂集·附录》）

日餐沆瀣饮金茎，擅科名上蓬瀛。却为多才侍从拥霓旌。桂殿芝房曾出入，俄不见，总伤情。羲和飞辔几时停。夜台扃，杳冥冥。忆昔边疆万里请长缨。待到归降人已殁，宣诏谕，九泉听。

华鲲《满江红》（康熙刻本《通志堂集·附录》）

生死悲欢，总莫向、先生浪语。只应是，禅关悟错，未圆初地。宿世多闲余慧业，回光一念谐尘趋。问匆匆、三十一年中，声何誉？完业果，王侯第；偿情债，君亲谊。也随他功名诗酒，等闲游戏。著处因缘都舍却，本来面目今犹记。认茅庵、未冷旧蒲团，还归去。

俞兆曾《洞仙歌》（康熙刻本《通志堂集·附录》）

灵祇何意，送谪仙归去？寻遍蓬莱旧时侣。叹飘遥，高举后，假翼难登，凝云散，何自要回天路。

依然阑槛外，柳碧花香，帘锁清阴镇如许。问新来倚床选梦，《侧帽》徵歌，凄凉付、一霎西窗风雨。已璧毁柯摧涕沾襟，忍想到山前白杨零语。

又

英英灼灼，羡敷华摛藻，珥笔登朝德星耀。记蕊宫，珠榜列，林店沾红，吟情在，暖日浓烟芳草。

君恩称异数，珍重还留，御案边傍把书校。算随他闲依玉署，卧老花砖，何如是、侍从长杨春晓。每抵得东华曙光寒，对落月疏星句成清悄。

纳兰性德词集评

容若读书机速过人，辄能举其要。诗有开元丰格。作长短句，跌宕流连以写其所难言。有集名《侧帽》、《饮水》者，皆词也。(韩慕庐)

——冯金伯《词苑萃编》卷八(见《词话从编》第二册)

容若自幼聪敏，读书过目不忘，善为诗，尤工于词。好观北宋之作，不喜南渡诸家，而清新秀隽，自然超逸。海内名人为词者，皆归之。(徐健庵)

——同上

容若词，一种凄惋处，令人不能卒读，人言愁我始欲愁。(顾梁汾)

——同上

《饮水词》，哀感顽艳，得南唐二主之遗。(陈其年)

——同上

《侧帽词》，有西郊冯氏园看海棠《浣溪沙》云:“谁道飘零不可怜。旧游时节好花天。断肠人去自今年。一片晕红疑著雨，晚风吹掠鬓云偏。倩魂消尽夕阳前。”盖忆香严词有感作也。王伊斋以为柔情一缕，能令九转肠回，虽山抹微云君，不能道也。(《词苑丛谈》)

——同上

余寄吴汉槎宁古塔以词代书云:“季子平安否。便归来、生平万事，那堪回首。行路悠悠谁慰藉，母老家贫子幼。记不起、从前杯酒。魑魅搏人应见惯，总输他、覆雨翻云手。冰与雪，周旋久。泪痕莫滴牛衣透。数天涯、依然骨肉，几家能彀。比似红颜多薄命，更不如今还有。只绝塞、苦寒难受。廿载包胥承一诺，盼乌头马角终相救。置此札，兄怀袖。”“我亦飘零久。十年来、深恩负尽，死生师友。宿昔齐名非忝窃，只看杜陵穷瘦。曾不减、夜郎僝僽。薄命长辞知己别，问人间、到此凄凉否。千万恨，为兄剖。兄生辛未吾丁丑。共些时、冰霜摧折，早衰蒲柳。词赋从今须少作，留取心魂相守。但愿得、河清人寿。归日急缮行戍稿，把空名、料理传身后。言不尽，观顿首。”二词成容若见之，为泣下数行曰:“河阳生别之诗，山阳死友之传，得此而三。此事三千六百日中，弟当以身任之，不俟兄再嘱也。”余曰:“人寿几何，请以五载为期。”恳之太傅，亦蒙见许。而汉槎果以辛酉入关矣。

附书志感，兼志痛云。(《弹指词》)

——冯金伯《词苑萃编》卷十八（见《词话丛编》第三册）

金粟顾梁汾舍人，风神俊朗，大似过江人物。无锡严荪友诗："曈曈晓日凤城开，才是仙郎下直回。绛蜡未消封诏罢，满身清露落宫槐。"其标格如许。画《侧帽投壶图》，长白成容若题《贺新凉》一阕于上，词旨嵚崎磊落，不啻坡老、稼轩。都下竞相传写，于是教坊歌曲间，无不知有《侧帽词》者。(《词苑丛谈》)

——同上

纳兰性德《金缕曲》词云："德也狂生耳。偶然间、缁尘京国，乌衣门第。有酒惟浇赵州土，谁会成生此意？不信道，竟逢知己。痛饮狂歌俱未老，向樽前、拭尽英雄泪。君不见，月如水。与君此夜须沉醉。且由他、蛾眉谣诼，古今同忌。身世悠悠何足问，冷笑置之而已。寻思起、从头翻悔。一日心期千劫在，身后缘、恐结他生里。然诺重，君须记。"岁丙辰，容若年二十有二，乃一见即恨识予之晚。阅数日，填此曲，为予题照，极感其意，而私讶他生再结语殊不祥，何意竟为乙丑五月之谶也。伤哉。(《弹指词》)

——同上

国朝词人辈出，然工为南唐五季语者，无若纳兰相国明珠子容若侍卫。所著《饮水词》，于迦陵小长芦二家外，别立一帜。其古今体诗亦温雅。本名成德，乾隆中奉旨改性德。登康熙十二年（1673）进士。时相国方贵盛，顾以侍卫用，趋走螭头豹尾间，年未四十，遽亡。后相国被弹罢黜，侍卫之墓木拱矣。往见蒋氏《词选》录吴兴女史沈御蝉宛《选梦词》，谓是侍卫妾。其《菩萨蛮》云："雁书蝶梦都成杳。云窗月户人声悄。记得画楼东。归骢系月中。醒来灯未灭。心事和谁说。只有旧罗裳。偷沾泪两行。"闺中有此姬人，乃诗词中无一语述及，味词意，颇怨抑也。

——丁绍仪《听秋声馆词话》卷十七（见《词话丛编》第三册）

纳兰容若（成德）深于情者也。固不必刻画《花间》，俎豆《兰畹》，而一声《河满》，辄令人怅惘欲涕。情致与弹指最近，故两人遂成莫逆。读两家短调，觉阮亭脱胎温、李，犹费拟议。其中赠寄梁汾《贺新凉》《大酺》诸阕，念念以来生相订交，情至此，非金石所能比坚。仆亡友侯官张任如（仁恬），才高命薄，死之日，仆挽之云："本是肺腑交，已矣，似此人间谁识我。可怜肝肠断，嗟乎，从今地下始逢君。"戊申，仆寓居宁德，寒食怀人，凄怆欲绝，填《百字令》云："春光似箭，看莺娇蝶懒，清明又到。梨树阴阴闻故鬼，如诉如啼如祷。南国家山，杜鹃滴血，绿遍王孙草。满城苦雨，柳条檐际飞扫。却忆张籍当时，酒边戏语，百样添烦恼。寒食西风吹点泪，此际才为情好。一别六年，夜台无雁，幽信何从讨。孤游已屡，个人曾否知道。”盖仆曾与君泛论交际，君笑曰：“清明肯流几点泪，方见好也。”心怪其语不祥，越一年，而君竟殁。今读容若“后生缘恐结他生里”句，山阳闻笛，愈增腹痛矣。

汉槎梁汾友耳，容若感梁汾词，谋赎汉槎归，曰：“三千六百日中，吾必有以报梁汾。”厥后卒能不食其言，遂有“绝塞生还吴季子，算眼前此外皆闲事”句。嗟乎，今之人，总角之友，长大忘之。贫贱之友，富贵忘之。相勖以道义，而相失以世情，相怜以文章，而相妒以功利。吾友吾且负之矣，能爱友之友如容若哉。容若尝曰：“花间之词如古玉器，贵重而不适用。宋词适用而少贵重。李后主兼有其美，更饶烟水迷离之致。”又曰：“词虽苏辛并称，而辛实胜苏，苏诗伤学，词伤才。”（渌水亭杂识）此真不随人道黑白者。集中警句，美不胜收，略举一二，以与解人共赏：“语密翻教醉浅。心事眼波难定。”（如梦令）“花骨冷宜香。远梦轻无力。总是别时情，那得分明语。判得最长宵，数尽厌厌雨。”（生查子）“一种蛾眉，下弦不似初弦好。”（点绛唇·感旧）“逗雨疏花浓淡改，关心芳字浅深难。”（浣溪沙）“妆罢只思眠，江南四月天。”“人在玉楼中，楼高四面风。”“休近小阑干，夕阳无限山。”“只是去年秋，如何泪欲流。”（菩萨蛮）“雨歇春寒燕子家。桃花羞作无情死，感激东风。吹落娇红。飞入闲窗伴懊侬。冷逼毡帷火不红。不辨花丛那辨香。”（采桑子）“萧萧落木不胜秋，莫回首、斜阳下。”（一络索）“天将妍暖护双栖。”（山花子）“惜花人共残阳薄。春欲尽，纤腰如削。新月才堪照独愁，却又照梨花落。”（拨香灰）“天将愁味酿多情。”（鹧鸪天）“不恨天涯行役苦。只恨西风，吹梦成今古。”（蝶恋花）“谁翻乐府凄凉曲，风也萧萧。雨也萧萧。瘦尽灯花又一宵。不知何事萦怀抱，醒也无聊。醉也无聊。梦也何曾到谢桥。”（采桑子）容若词有《饮水》《侧帽》两种，其刻本有《通志堂集》、顾梁汾合刻两种。后袁兰村（通）复梓《饮水词》，附小仓山房合刻中。而最备者，莫如镇洋汪仲安（元治）之《纳兰词》，凡五卷三百二十三阕，比之袁本多百余阕，可谓搜罗无遗憾矣。然其中颇有失考。毛稚黄尝有自度曲名《拨香灰》，其句法字数与《忆王孙》俱同，但平仄稍异，容若《渌水亭春望》即填此调，因其中有“飏一缕秋千索”句，故自名《秋千索》。《琵琶仙》系白石自度腔，容若中秋阕即填此调，因第六句比原作少一字，原作载《词律》第十六卷一百字类，仲安皆以为谱律不载，疑其为自度曲，非也。仲安刻是书竟，曾填《齐天乐》一阕，镌板分同人索和，真好事者。词云：“骖鸾返驾人天杳，伤心尚留兰畹。艳思攒花，哀音咽笛，当日更番肠断。乌丝漫展。认蠹粉芸烟，旧痕凄惋。拥鼻微吟，怎禁清泪暗承眼。终惭替人过许，只为藁落甚，重为排卷。白氎晨书，青灯夜校，忍记三生幽怨。蓉城梦远。倘梦可相逢，此情深浅。传遍词坛，有愁应共浣。”仲安填词有纳兰再世之目，替人句谓此也。

余德水（金）云：容若，大学士明珠子，十七为诸生，十八举乡试，十九成进士，（康熙癸丑）二十二授侍卫，拥书万卷，萧然自娱，人不知为宰相子也。《熙朝新语》丁药园云：容若填词，多于马上尊前得之。吴园次序《饮水词》末云：非慧男子不能善愁，唯古诗人乃云可怨，公言性吾独言情，多读书必先读曲。嗟乎，若容若者，所谓翩翩浊世佳公子矣。亡友芑川最爱此词，尝手录数十阕，并以《百字令》题其后。有云："为甚麟阁佳儿，虎门贵客，遁入愁城里。此事不关穷达也，生就肝肠尔尔。"既教谕台阳，携以渡海，辛亥台乱，勤劳殁王事，其棺附舟南下，中途遇盗，遗稿秘钞，俱付之洪涛巨浸中，悲夫！芑川又素爱李后主，每读其词，辄太息。尝与余立题分咏，余颇訾南唐之失政，芑川见之，愠曰："若此多情人，岂可不从末减乎。"乃以自填《黄金缕》示予曰："重瞳又见江南李。垓下悲歌，变出柔肠里。懊恼小楼风又起。天涯何处黄花水。撮襟题遍澄心纸。好个翰林，可惜为天子。流水落花春去矣。断肠犹说鸳鸯寺。"组织往事，意在言表，真咏古之妙则，甚愧余之褊且腐也，牵连书之，以俟后之续《词苑丛谈》者。容若所著，又有《大易集成粹言》八十卷、《陈氏礼记集说补正》三十八卷、《通志堂集》二十卷。

容若妇沈宛，字御蝉，浙江乌程人，著有《选梦词》。述庵《词综》不及选。《菩萨蛮》云："雁书蝶梦皆成杳。月户云窗人悄悄。记得画楼东。归骢系月中。醒来灯未灭。心事和谁说。只有旧罗裳。偷沾泪两行。"丰神不减夫婿，奉倩神伤，亦固其所。检集中悼亡之作，不下十数首，其《沁园春》自序云：丁巳重阳前三日，梦亡妇淡妆素服，执手呜咽，语多不复能记，但临别有云："衔恨愿为天上月，年年犹得向君圆。"觉后感赋长调："瞬息浮生，薄命如斯，低回怎忘。自那番摧折，无衫不泪，几年恩爱，有梦何妨。最苦啼鹃，频催别鹄，赢得更阑哭一场。遗容在，只灵飙一转，未许端详。　重寻碧落茫茫。料短发、朝来定有霜。信人间天上，尘缘未断，春花秋月，触绪堪伤。欲结绸缪，翻伤漂泊，两处鸳鸯各自凉。真无奈，把声声檐雨，谱入愁乡。"容若颇多自度曲，《玉连环影》三十一字、《落花时》五十二字、《添字采桑子》五十字，与《促拍采桑子》字同句异，《秋水》一百一字、《青衫湿遍》一百二十二字，一曰《青衫湿》，《湘灵鼓瑟》一百三十二字，一曰《翦字梧桐》是也。若《踏莎美人》六丨二字、《翦湘云》八十八字，则梁汾所度，取而填者。容若所与游皆知名士。震泽赵函曰："惠山之阴，有贯华阁者，在群松乱石间，远绝尘轨。容若扈从南来时，尝与迦陵、梁汾、荪友信宿其处，旧藏容若绘像及所书阁额，近毁于火，甚可惜也。"（纳兰词序）而稗官《红楼梦》一书，或传为容若而作，虽无左证，然相其情事，颇相类也。若随园以为记曹通政，殆不然欤。

——谢章铤《赌棋山庄词话》卷七（见《词话从编》第四册）

国初诸老之词，论不胜论。而最著者，除吴、王、朱、陈之外，莫如棠村。秋岳、南溪、珂雪、蕺香、华峰、饮水、羡门、秋水、符曾、分虎、晋贤、覃九、蘅圃、松坪、西堂、莘野、紫纶、奕山诸家，分道扬镳，各树一帜。而饮水、羡门、符曾、分虎，尤为杰出。

——陈廷焯《词坛丛话》（见《词话从编》第四册）

容若《饮水词》，在国初亦推作手，较《东白堂词》（佟世南撰）似更闲雅。然意境不深厚，措词亦浅显。余所赏者，惟《临江仙·寒柳》第一阕，及《天仙子·渌水亭秋夜》、《酒泉子》（谢却荼蘼）一篇，三篇耳，余俱平衍。又《菩萨蛮》云："杨柳乍如丝。故园春尽时。"亦凄惋，亦闲丽，颇似飞卿语，惜通篇不称。又《太常引》云："梦也不分明。又何必催教梦醒。"亦颇凄警，然意境已落第二乘。

——陈廷焯《白雨斋词话》（见《词话从编》第四册）

容若《饮水词》，才力不足。合者得五代人凄惋之意。余最爱其《临江仙·寒柳》云："疏疏一树五更寒。爱他明月好，憔悴也相关。"言中有物，几令人感激涕零。容若词亦以此篇为压卷。

——同上

有明以来，词家断推湘真第一，饮水次之。其年、竹垞、樊榭、频伽，尚非上乘。

——谭献《复堂词话》（见《词话从编》第四册）

戴园独居，诵本朝人词，悄然于钱葆馚、沈遹声，以为犹有黍离之伤也。蒋京少选《瑶华集》，兼及云间三子。周稚圭有言："成容若、欧、晏之流，未足以当李重光。"然则重光后身，惟卧子足以当之。

——同上

文字无大小，必有正变，必有家数。《水云楼词》（珂谨按：即蒋春霖著），固清商变徵之声，而流别甚正，家数颇大，与成容若、项莲生二百年中，分鼎三足。……三家是词人之词。

——同上

依声之学，国朝为盛，竹垞、其年、容若鼎足词坛。陈天才艳发，辞风横溢。朱严密精审，造诣高秀。容若《饮水》一卷，《侧帽》数章，为词家正声。散璧零玑，字字可宝。杨蓉裳称其骚情古调，侠肠俊骨，隐隐奕奕，流露于毫楮间。玉津少年所为《铁笛词》一卷，刻羽调商，每逢凄风暗雨、凉月三星，曼声长吟，时恨不与容若同时耳。

——胡薇元《岁寒居词话》（见《词话丛编》第五册）

性容若填词诗云："诗亡词乃盛，比兴此焉托。往往欢娱工，不如忧患作。冬郎一生极憔悴。判与三闾共醒醉。美人香草可怜春，凤蜡红巾无限泪。芒鞋心事杜陵知，只今惟赏杜陵诗。古人且失风人旨，何怪俗眼轻填词。词源远过诗律近，拟古乐府特加润。不见句读参差三百篇，已自换头兼转韵。”愚按：容若词与顾梁汾唱和最多，“往往欢娱工，不如忧患作”两语，则容若自道甘苦之言。然容若词幽怨凄黯，其年词高阔雄健，犹之晋侯不能乘郑马，赵将不能用楚兵，两家诣力，固判然若别也。

——张德瀛《词征》（见《词话丛编》第五册）

容若《太常引》词云：“梦也不分明，又何必催教梦醒。”竹坨《沁园春》词云：“沉吟久，怕重来不见，见又魂消。”二词缠绵往复，郭子玄何必减庾子嵩。

——同上

“明月照积雪”“大江流日夜”“中天悬明月”“黄河落日圆”，此种境界，可谓千古壮观。求之于词，唯纳兰容若塞上之作，如《长相思》之“夜深千帐灯”、《如梦令》之“万帐穹庐人醉，星影摇摇欲坠”，差近之。

——王国维《人间词话》（见《词话丛编》第五册）

纳兰容若以自然之眼观物，以自然之舌言情。此由初入中原，未染汉人风气，故能真切如此。北宋以来，一人而已。

——同上

纳兰容若为国初第一词手。其饮水诗《填词》古体云：“诗亡词乃盛，比兴此焉托。往往欢娱工，不如忧患作。冬郎一生极憔悴，判与三闾共醒醉。美人香草可怜春，凤蜡红巾无限泪。芒鞋心事杜陵知，祗今惟赏杜陵诗。古人且失风人旨，何怪俗眼轻填词。词源远过诗律近，拟古乐府特加润。不见句读参差三百篇，已自换头兼转韵。”容若承平少年，乌衣公子，天分绝高，适承元明词敝，甚欲推尊斯道，一洗雕虫篆刻之讥。独惜享年不永，力量未充，未能胜起衰之任。其所为词，纯任性灵，纤尘不染，甘受和，白受采，进于沉着浑至何难矣。慨自容若而后，数十年间，词格愈趋愈下。东南操觚之士，往往高语清空，而所得者薄。力求新艳，而其病也尖。微特距两宋若霄壤，甚且为元明之罪人。筝琶竞其繁响，兰荃为之不芳，岂容若所及料者哉。

——况周颐《蕙风词话》卷五（见《词话丛编》第五册）

容若与顾梁汾交谊甚深，词亦齐名，而梁汾稍不逮容若，论者曰失之脆。

——同上

《饮水词》有云："吹花嚼蕊弄冰弦。"又云："乌丝阑纸娇红篆。"容若短调，轻清婉丽，诚如其自道所云。其慢词如《风流子·秋郊即事》云："平原草枯矣。重阳后、黄叶树骚骚。记玉勒青丝，落花时节，曾逢拾翠，忽听吹箫。今来是，烧痕残碧尽，霜影乱红凋。秋水映空，寒烟如织，皂雕飞处，天惨云高。人生须行乐，君知否，容易两鬓萧萧。自与东君作别，刬地无聊。算功名何许，此身博得，短衣射虎，沽酒西郊。便向夕阳影里，倚马挥毫。"意境虽不甚深，风骨渐能骞举，视短调为有进，更进，庶几沉着矣。歇拍"便向夕阳"云云，嫌平易无远致。

——同上

"如鱼饮水，冷暖自知。"道明禅师答庐行者语，见《五灯会元》。纳兰容若诗词命名本此。

——同上

梁汾营救汉槎事，词家纪载綦详。惟《梁溪诗钞·小传》注："兆骞既入关，过纳兰成德所，见斋壁大书：'顾梁汾为吴汉槎屈膝处'，不禁大恸。"云云，此说他书未载。昔人交谊之重如此。又《宜兴志·侨寓传》："梁汾尝访陈其年于邑中，泊舟蛟桥下。吟词至得意处，狂喜，失足堕河。一时传为佳话。"说亦仅见，亟附著之。

——同上

《香海棠馆词话》及《薇省词钞》梁汾小传后，载顾、成交谊綦详。阅武进汤曾辂先生（大奎、贞愍之祖。）《炙砚琐谈》一段甚新，为他书所未载，亟录如左。"纳兰成德侍中与顾梁汾交最密。尝填《贺新凉》词为梁汾题照，有云：'一日心期千劫在，后身缘、恐结他生里。然诺重，君须记。'梁汾答词亦有'托结来生休悔'之语。侍中殁后，梁汾旋亦归里。一夕，梦侍中至，曰：'文章知己，念不去怀。泡影石光，愿寻息壤。'是夜，其嗣君举一子。梁汾就视之，面目一如侍中，知为后身无疑也，心窃喜甚。弥月后，复梦侍中别去。醒起，急询之，已卒矣。先是侍中有小像留梁汾处，梁汾因隐寓其事，题诗空方。一时名流，多有和作。像今存惠山草庵贯华阁。云自在龛藏《天香满院图》，容若三十二岁像也。朱邸峥嵘，红阑录曲，老桂十数株，柯叶作深黛色，花绽如黄雪。容若青袍络缇，伫立如有所忆，貌清癯特甚。禹鸿胪之鼎笔。"

——同上

容若《梦江南》云："新来好，唱得虎头词。一片冷香惟有梦，十分清瘦更无诗。标格早梅知。"即以梁汾咏梅句喻梁汾词。赏会若斯，岂易得之并世。

——况周颐《蕙风词话》续编卷一（见《词话丛编》第五册）

寒酸语，不可作，即愁苦之音，亦以华贵出之，饮水词人，所以为重光后身也。

——《蕙风词话附录·夏敬观〈蕙风词话诠评〉》（见《词话丛编》第五册）

作词至于成就，良非易言。即成就之中，亦犹有辨。其或绝少襟抱，无当高格，而又自满足，不善变。不知门径之非，何论堂奥。然而从事于斯，历年多，功候到，成就其所成就，不得谓非专家。凡成就者，非必较优于未成就者。若纳兰容若，未成就者也，年龄限之矣。若厉太鸿，何止成就而已，且浙派之先河矣。

绝少襟抱，无当高格，又自满足，不善变，不知门径之非，乾嘉时此类词甚多。盖乾嘉人学乾嘉词者，不得谓之有成就，尤不得谓之专家，况氏持论过恕。其下以纳兰容若、厉太鸿为喻，则又太刻。浙派词宗姜、张，学姜、张亦自有门径，自有堂奥，姜、张之格，亦不得谓非高格，不过与周、吴宗派异，其堂奥之大小不同耳。

——同上

纳兰小令，丰神迥绝，学后主未能至，清丽芊绵似易安而已。悼亡诸作，脍炙人口。尤工写塞外荒寒之景，殆扈从时所身历，故言之亲切如此。其慢词则凡近拖沓，远不如其小令，岂词才所限欤。

——蔡嵩云《柯亭词论》（见《词话丛编》第五册）

纳兰眷一女，绝色也，有婚姻之约，旋此女入宫，顿成陌路。容若愁思郁结，誓必一见，了此宿因。会遭国丧，喇嘛每日应入宫唪经，容若贿通喇嘛，披袈裟，居然入宫，果得一见彼姝，而宫禁森严，竟如汉武帝重见李夫人故事，始终无由通一词，怅然而去。

——蒋瑞藻《小说考证》引《海沤闲话》

清初词家，尤以纳兰成德为最胜。……集中令词妙制极多，而慢词则非擅，偶学苏辛，未脱形迹。周之琦云："容若长调多不协律，小令则格高韵远，极缠绵婉约之致，能使残唐坠绪绝而复续，第其品格，殆叔原、方回之亚。"

——王易《词曲史》

人谓其出于《花间》及小山、稼轩，乃仅以词学之渊源与功力言之，至其不朽处，固不在于此也。梁佩兰祭先生文曰："黄金如土，惟义是赴。见才必怜，见贤必慕。生平至性，固结于君亲，举以待人，无事不真。"夫梁氏可谓知先生者矣。先生之待人也以真，其所为词，亦正得一真字，此其所以冠一代排余子也。同时之以词名家者如朱彝尊、陈维崧辈，非皆不工，只是欠一真切耳。

——张任政《纳兰性德年谱·自序》

先生笃友谊，生平挚友如严绳孙、顾贞观、朱彝尊、姜宸英辈，初皆不过布衣，而先生固已早登科第，虚己纳交，竭至诚，倾肺腑。又凡士之走京师，侘傺而失路者，必亲访慰藉；及邀寓其家，每不忍辞去，间有经时之别，书札、诗、词之寄甚频。……惟时朝野满汉种族之见甚深，而先生友俱江南人，且皆坎坷失意之士，惟先生能知之，复同情之，而交谊益以笃。

——同上

《饮水词》“西郊冯氏园看海棠，因忆香严词有感”。《浣溪沙》一阕，有“旧游时节好花天，断肠人去自今年”之句。按龚芝麓有《香严斋所著词》曰：香严词龚尝有《蓦山溪》“重来门巷，尽日飞红雨”二句，为当时所传诵。观容若此词，似不胜重来之感。云忆《香严词》未知何指，《通志堂集》原本复将此删去，王伊斋谓为“柔情一缕，能令九转肠回，虽山抹微云君，不能道也。”

——张任政《纳兰性德年谱·丛录》

《采桑子》云：“谢家庭院残更立，燕宿雕梁，月度银墙，不辨花丛那辨香。此情已自成追忆，零落鸳鸯，雨歇微凉，十一年前梦一场。”后之读此词者，无不疑及与悼亡有关，并引以推证其悼亡年月。余近读梁汾《弹指词》有和前韵一首，词云：“分明抹丽开时候，琴静东厢，天样红墙，只隔花枝不隔香。檀痕约枕双心字，睡损鸳鸯，孤负新凉，淡月疏棂梦一场。”观上二首，咏事则一，句意又多相似，如谓容若词为悼亡妻作，则闺阁中事，岂梁汾所得言之。

——同上

陈其年《湖海楼词》卷一有《点绛唇》和成容若韵。卷十九《金缕曲》赠成容若，词云：“丹凤城南路，看纷纷崔庐门第，邹枚诗赋。独炙鹅笙潜趁拍，花下酒边闲谱。已吟到最销魂处。不值一钱张三影，尽旁人拍手揶揄汝。何至作，温韦语。

总然不信填词误。忆平生几枝红豆，江南春暮。昨夜知音才握手，笛里飘零曾诉。长太息钟期难遇。斜插侍中貂更好，箭骨鸣从猎回中去。堂堂甚，为君舞。”

——同上

吴天章《莲洋集》卷十一《题楞伽出塞图》五古云：“出关塞草白，立马心独伤。秋风吹雁影，天际正茫茫。岂念衣裳薄，还惊鬓发苍。金闺千里月，中夜拂流黄。”按容若号楞伽山人。又观其送顾梁汾诗云：“故人零落怅何之，犹把楞伽幼妇词。”是必指容若矣。《饮水词》有“自题小照”《太常引》二阕，第一首上半截云：“西风乍起峭寒生，惊雁避移营，千里暮云平。休回首，长亭短亭。”似出塞之音也。

——同上

渌水亭与唐实君话旧："镜里清光落槛前，水风凉逼鹭鸶肩。菰蒲放鸭空滩雨，杨柳骑牛隔浦烟。双眼乍开疑入画，一樽相属话归田。江湖词客今星散，冷落池亭近十年。"（查慎行《敬业堂集》）

——同上

吴天章送顾梁汾南归云："谷帘泉好曾参谒，夜合花开罢赋诗。金马才名狂客散，斜川风景酒人知。"盖伤乙丑五月事也。(《莲洋集》卷十一）

——同上

顾梁汾登黄鹤楼赋《大江东去》末云："等闲孤负第三层上风月。"附注云："呜呼！容若已矣！余何忍复拈长短句乎？是日狂醉，忆桑榆墅有三层小楼，容若与余乘月去梯，中夜对谈处也。因寓此调，落句及之。"(《弹指词》卷下）

——同上

姜西溟跋《同集书》后：往年容若招余与荪友、梁汾集《花间》《草堂》，剧论文史，摩娑书画云云。而梁汾晚年于端文公祠后，构室三楹，南窗对惠山，颜曰"花间草堂"，其惓惓于者尤如此。（毛际可《安序堂文钞》卷一四《花间草堂记》）

——同上

姜西溟跋《同集书》后："往年容若招予往龙华僧舍，日与荪友、梁汾诸子集《花间》《草堂》，剧论文史，摩挲书画，于时禹子尚基亦间来同此风味也。自后改葺《通志堂》，数人者复晨夕相对，几案陈设，尤极精丽，而主人不可复作矣。荪友已前出国门，梁汾羁栖荒寓，行一年所，今亦将妻子归矣。落魂而留者，惟予与尚基耳。阅荪友、容若此书，不胜聚散存殁之感！而予于容若之死，尤多慨心者，不独以区区朋游之好而已也。此殆有难为不知者言者。若余书偶然涉笔，不知尚基何缘收此，然亦足以见姓名于其间，志一时之胜概云尔。"（四库本《湛园未定稿》卷八）

——同上

余旧有《菊庄词》为吴孝廉汉槎在宁古塔寄至朝鲜，有东国会宁都护府记官仇元吉题余词云："中朝买得菊庄词，读罢烟霞照海湄。北宋风流何处是，一声铁笛起相思。”故王阮亭先生有“新传春雪咏，蛮缴织弓衣”之句。益都相国冯公有“记载三长衿虎观，风流一调动鸡林”之句。皆一时实录也。同时有以成容若《侧帽词》、顾梁汾《弹指词》寄朝鲜者，朝鲜人有“谁料晓风残月后，而今重见柳屯田”句，惜全首不传。（徐釚《词苑丛谈》卷五）阮葵生《茶余客话》所载有吴汉槎戍宁古塔，行笥携《菊庄》《侧帽》《弹指》三词之语。按汉槎出塞，容若年仅五岁，安有携其《侧帽词》之理！徐釚《词苑丛谈》则云：有以成容若《侧帽词》、顾贞观《弹指词》寄朝鲜。则非汉槎携去明矣。《茶余客话》又云：“有朝鲜使臣仇元吉、徐良畸以一饼金购去。”《词苑丛谈》则云：“寄至朝鲜”，此篇系徐氏记载本人事实，当无不确，特录之以正阮氏之误。

——同上

“尝读吕汲公杜诗年谱，首开元辛巳，年已三十，盖晚成者也。李长吉未及三十，已应玉楼之召，若比少陵，则毕生无一诗矣。然破锦囊中，石破天惊，卒于少陵同寿，千百年大名之垂，彭殇一也。犹昙之花，刹那一现。灵椿之树，八千岁为春秋。岂计修短哉。”此成容若书《昌谷集》后语也。容若较昌谷多四岁耳。其《侧帽》《饮水》之篇，在当时已有“井水吃处，无不争唱”。今又百六七十年，倚声家直耸为李煜后一人，虽阳春、小山不能到，其书昌谷殆若自道，岂非谶哉。咸丰己未，腊月读此集一过，漫书其后，邵亭眲叟。（北京图书馆藏莫友芝旧藏《通志堂集》）

——同上

陈聂恒《栩园词弁》录顾梁汾书云：“国初辇毂诸公，尊前酒边，借长短句以吐其胸中。始而微有寄托，久则务为谐畅。香严、仙圃领袖一时。惟时戴笠故交，担簦才子，并与游宴之席，各传唱和之篇。而吴越操觚家，闻风竞起，选者作者，妍媸杂陈。渔洋之数载广陵，实为斯道总持。二三同学，功亦难泯。最后吾友容若，其门第才华，直越晏小山而上之。欲尽海内词人，毕出其奇。远方骎骎，颇有应者。而天夺之年，未几辄风流云散。渔洋复位高望众，绝口不谈。于是向之言词者，悉去而言诗古文辞。回视《花间》《草堂》，顿如雕虫之见耻于壮夫哉。虽云盛极必衰，风会使然，然亦颇怪习俗移人，凉燠之态，侵淫而入于风雅，可为太息。”

——同上

丁药园澎曰：“容若填词，有《饮水》《侧帽》二本，大约于尊前马上得之。读之如名葩美锦，郁然而新。又如太液波澄，明星皎洁。宋初周待制领大晟乐府，比切声调十二律，柳屯田增至二百余阕，然亦有昧于音节，如苏长公，犹不免铁绰板之讥。今容若以侍卫能文，少年科第，间为诗余，其工于律吕如此，惜乎不能永年，悲夫！”

——同上

聂晋人曰：“容若为相国才子，少工填词，香艳中更觉清新，婉丽处又极俊逸，真所谓笔花四照，一字动移不得者也。惜乎早赴修文，所谓‘天雨粟，鬼夜哭’果有之耶。”

——同上

容若构一曲房，属藕渔书额曰“鸳鸯社”。顾梁汾有《桃源忆故人》词云：“千金一刻三春夜，转眼水流花谢。已觉都成梦话，只是伤心也。分明有恨如何写，判得今生暂舍。还拟他生重借，领袖鸳鸯社。”玩此词语气，当作于容若去世之后。(《弹指词》卷下)

——同上

忍草庵旧藏纳兰容若遗像，并所书贯华阁额，重九后二日，偕钟士奇访之，额与像俱已毁弃。慨然题壁：“中酒才过裂叶风，寻秋乱踏四山空。贯华阁子梦边鹿，饮水词人天外鸿。变灭浮岚攒紫翠，萧森老树碎青红。销魂绝代佳公子，侧帽风流想象中。”(赵函《乐潜堂集》卷一)

——同上

边袖石《十汉海诗》五绝句录三：“平泉花木翠回环，相国楼台占此间。二百年来人事改，夕阳青映隔城山。”“饮水新词制最工，乌丝格调宛相同。笛床琴荐清歌夕，犹有平原结客风。”“鸡头池涸谁能记，渌水亭荒不可寻。小立平桥一惆怅，西风凉透白鸥心。”(《健修堂集》卷十一)

——同上

纳兰容若工书，妙得拨镫法，临摹飞动。晚乃笃志于经史，且欲窥性命之旨(《八旗文经》)。其书法摹褚河南临本《禊帖》，间出入《黄庭内景经》(《儋园集》)。所与游皆一时名士，尝集宋元以来说经之书，刻为《通志堂经解》。精鉴藏、善书、能诗、尤工于词。(《昭代名人尺牍小传》曼殊震钧《国朝书人辑略》卷二)

——同上

梁任公《渌水亭杂识跋》：“容若小词，直追李主。其刻《通志堂经解》为经学家津逮。其纪地胜，摭史实，多有佳趣。偶评政俗人物，见地超绝。诗文评益精到，盖有所自得也。卷末论释老，可谓明通。其言曰：‘一家人相聚，只说得一家话，自许英杰，不自知孤陋也。’可谓僧儒辟异端者当头一棒。翩翩一浊世公子，有此器识，且出自满洲，岂不异哉。使永其年，恐清儒皆须让此君出一头地也。戊午八月病中读竟记。”（《饮冰室文集》卷七十七）

——同上

纳兰性德词集序跋汇编

徐乾学《通志堂集序》(康熙刻本《通志堂集》卷首)

往者，容若病且殆，邀余诀别，泣而言曰:“性德承先生之教，思钻研古人文字，以有成就，今已矣。生平诗文本不多，随手挥写，辄复散佚，不甚存录。辱先生不鄙弃，执经左右，十有四年。先生语以读书之要，及经史诸子百家源流，如行者之得路。然性喜作诗余，禁之难止。今方欲从事古文，不幸遘疾短命，长负明诲，殁有余恨。”余闻其言而痛之，自始卒以及殡阼，临其丧哭之必恸。其葬也，余既为之志，又铭其隧道之石，余甚悲。容若以豪迈挺特之才，勤勤学问。生长华阀，澹于荣利。自癸丑五月始逢，三、六、九日黎明骑马过余邸舍，讲论书史，日暮乃去，至人为侍卫而止。其识见高卓、思致英敏，天假之年，所建树必远且大。而甫及三十，奄忽辞世，使千古而下，与颜子渊、贾太傅并称。岂为忝长一日者有祝予之悲，海内士大夫无不闻而流涕，何其酷也。余里居杜门，检其诗词、古文遗稿，太傅公所手授者，及友人秦对岩、顾梁汾所藏，并经解小序，合而梓之，以存梗概，为《通志堂集》。碑志、哀挽之作，附于卷后。呜呼！容若之遗文止此，其必传于后，无疑矣。记其撤瑟之言，宛如昨日。为和泪书而序之。重光协洽之岁，无锡友人健庵徐乾学书。

严绳孙《成容若遗稿序》(康熙刻本《通志堂集》卷首)

始余与成子容若定交，成子年未二十。见其才思敏异，世未有过之者也。使成子得中寿，且迟为天子贵近臣，而举其所得之岁月，肆力于六经诸史百家之言，久之，浩瀚磅礴，以发为诗歌、古文词，吾不知所诣极矣。今也不然。追溯前游，十余年耳。而此十余年之中，始则有事廷对所习者，规摹先进为殿陛敷陈之言。及官侍从，值上巡幸，时时在钩陈豹尾之间。无事则平旦而入，日晡未退以为常。且观其意，惴惴有临履之忧，视凡为近臣者有甚焉。盖其得从容于学问之日，固已少矣。吾不知成子何以能成就其才若此。抑尝计之，夫成子虽处贵盛，闲庭萧寂。外之无扫门望尘之谒，内之无裙屐丝管、呼卢秉烛之游。每夙夜寒暑、休沐定省。片晷之暇，游情艺林。而有能撷其英华，匠心独至，宜其无所不工也。至于乐府小词，以为近骚人之遗，尤尝好为之。故当其合作，飘忽要眇，虽列之《花间》《草堂》，左清真而右屯田，亦足以自名其家矣。嗟呼！天之生才，而或夺之年，如贾傅之奇气卓识，度越今古无论。其次文章之士，若唐王勃之流，藻艳飙驰，一往辄尽。故裴行俭之论，有以卜其所止。今成子之作，非无长才。而蕴藉流逸，根乎情性。所谓人所应有，己不必有；人所应无，己不必无。虽使益充其所至，犹疑非世之所共识赏，而造物厄之何耶！虽然，修短天也。夫士亦欲其言之传耳。今健庵先生已缀辑其遗文而刻之，盖不徒笃死生之谊也，后世必更有知成子者矣。独是余与成子周旋久。于先生之命序是编，其能不泫然而废读乎。康熙三十年（1691）秋九月，无锡严绳孙题。

张纯修序《饮水诗词集》（康熙三十年张纯修刻本）

余既裒容若诗词付之梓人，刻既成，谨泚笔而为之序曰：嗟乎！谓造物者而有意于容若也，不应夺之如此之速；谓造物者而无意于容若也，不应畀之如此其厚。岂一人之身，故有可解不可解者耶。容若与余为异姓昆弟，其生平有死生之友曰顾梁汾。梁汾尝言：人生百年一弹指顷，富贵草头露耳。容若当思所以不朽，吾亦甚思所以不朽。容若者，夫立德非旦暮间事，立功又未可预必无已。试立言乎。而言之仅仅以诗词见者，非容若意也，并非梁汾意也。语云：非穷愁不能著书。古之人欲成一家之言，网罗编葺，动需岁月。今容若之才，得于天者，非不最优。而有章服束其体，有职守以劳其生，复不少假之年，俾得殚其力以从事于儒生之所为。噫嘻！岂真以畀之者夺之，而其所不可解者，即其所可解者耶。梁汾从京师南来，每与余酒阑灯灺，追数往事，辄相顾太息，或泣下不可止。忆容若素矜慎，不轻为文章，极留意经学，而所为经解、诸序，从未出以相示。此卷得之梁汾手授，其诗之超逸，词之隽婉，世共知之。而其所以为诗词者，依然容若自言：如鱼饮水，冷暖自知而已。区区痛惜之私，欲不言不忍。姑述其大略如是云。时康熙辛未（1691）仲秋，古燕张纯修书于广陵署之语石轩。

顾贞观《纳兰词·原序》（道光十二年汪元治结铁网斋刻本）

非文人不能多情，非才子不能善怨。骚雅之作，怨而能善，惟其情之所钟为独多也。容若天资超逸，翛然尘外。所为乐府小令，婉丽清凄，使读者哀乐不知所主，如听中宵梵呗，先凄惋而后喜悦。定其前身，此岂寻常文人所得到者。昔汾水秋雁之篇，三郎击节，谓巨山为才子。红豆相思，岂必生南国哉。荪友谓余，盍取其词尽付剞劂。因与吴君薗次共为订定，俾流传于世云。同学顾贞观识。时康熙戊午（1678）又三月上巳，书于吴趋客舍。

吴绮《纳兰词·原序》（道光十二年汪元治结铁网斋刻本）

一编《侧帽》，旗亭竞拜双鬟；千里交襟，乐府唯推只手。吟哦送日，已教刻遍琅玕；把玩忘年，行且装之玳瑁矣。迩因梁汾顾子，高怀远询停云；再得容若成君，新制仍名《饮水》。披函昼读，吐异气于龙宾；和墨晨书，缀灵葩于虎仆。香非兰茝，经三日而难名；色似蒲桃，杂五纹而奚辨。汉宫金粉，不增飞燕之妍；洛水烟波，难写惊鸿之丽。盖进而益密，冷暖只在自知；而闻者咸嘘，哀乐浑忘所主。谁能为是，辄唤奈何。则以成子姿本神仙，虽无妨于富贵；而身游廊庙，恒自托于江湖。故语必超超，言皆奕奕。水非可画，得字成澜；花本无言，闻声若笑。时时夜月，镜照眼而益以照心；处处斜阳，帘隔形而不能隔影。才由骨俊，疑前身或是青莲；思自胎深，想竟体俱成红豆也。嗟乎！非慧男子，不能善愁；唯古诗人，乃云可怨。公言性吾独言情，多读书必先读曲。江南肠断之句，解唱者唯贺方回；堂东弹泪之诗，能言者必李商隐耳。茴次吴绮序于林蕙堂。

杨芳灿序《纳兰词·原序》（道光十二年汪元治结铁网斋刻本）

倚声之学，唯国朝为盛。文人才子，磊落间起。词坛月旦，咸推朱陈二家为最。同时能与之角立者，其为成容若先生乎。陈词天才艳发，辞锋横溢，盖出入北宋欧苏诸大家。朱词高秀超诣，绮密精严，则又与南宋白石诸家为近。而先生之词，则真花间也。今所传湖海楼词多至千八百阕，曝书亭词亦不下六百余阕。先生所著饮水词，仅百余阕耳。然《花间》逸格，原以少许胜人多许。《握兰》一卷，《阳春》数章，散翠零玑，均可宝也。先生貂珥朱轮，生长华朊。其词则哀怨骚屑，类憔悴失职者之所为。盖其三生慧业，不耐浮生。寄思无端，抑郁不释。韵澹疑仙，思幽近鬼。年之不永，即兆于斯。尝谓桃叶、团扇，艳而不悲；防露、桑间悲而不雅。词殆兼之，洵极诣矣。或者谓高门贵胄，未必真嗜风雅；或当时贡谀者代为操觚耳。今其词具在，骚情古调，侠肠俊骨，隐隐奕奕，流露于毫楮间。斯岂他人所能摹拟乎？且先生所与交游，皆词场名宿，刻羽调商，人人有集，亦正少此一种笔墨也。嗟乎！蛾眉谣诼，没世犹然。真赏难逢，为可累息。余向欲与朱陈二家词合先生所著为三家词选，顾力有未暇，先手钞此本藏之箧笥。凄风暗雨，凉月三星，曼声长吟，辄复魂销心死。声音感人，一至此乎！先生有知，其以余为隔世之知己否也。时嘉庆丁巳（1797）夏五，梁溪杨芳灿蓉裳氏序。

周僖序《纳兰词》（道光十二年汪元治结铁网斋刻本卷首）

汪子珊渔辑纳兰氏词竟，问序于余。余受而读之曰：异哉！汪子之用心也。《纳兰词》其必传于后无疑，不待言。窃怪诸君子先后所刊，无汇具全者，何也？尝论文章一道，其可致不朽者，求诸己而已。而亦不能无待于后贤。古人著述，散佚多矣。不得有心人爱护之，则等诸飘风过耳，草木华落已尔。即有爱护之者，出之鼠啮丛残，存什一于千百。取太山一石，酌海水一杯，而曰太山与海之奇观在是，吾不信也。幸矣，搜罗勤矣，或闻见有限，未竟厥美，读者犹有遗憾。宋人乐府，如石帚、玉田最为卓卓，得陶南村手录本而所作始备。吾不知南村得善本而录之邪！抑亦搜罗之不遗余力，始编此集邪！今珊渔于《饮水》《侧帽》诸刊外，汇诸家所录，分体编辑，美矣备矣，读者无遗憾矣。珊渔方偕其兄子泉辑娄东词派，断章残简，靡不兼收，以继静厓宫庶诗派之选。盖好古而笃，且以显微阐幽为己任。异哉！汪子之用心也，如谓珊渔词骚情雅骨，悱恻芬芳，仿佛纳兰氏，以似己者而好之，则又浅之乎言珊渔矣。是为序。道光壬辰（1832）三月下浣，同里周僖属于吴门寓斋。

赵函序《纳兰词》（道光十二年汪元治结铁网斋刻本卷首）

诗之为道，非具湛深通博之学，雄骏绝特之才，不足以神明其事。词则不然，发乎性情，合乎骚雅，刻画乎律吕分寸，一毫矜才使气不得。故有诗才凌轹一代，而词则瞠乎莫陟藩篱者。山谷、放翁且贻口实，况其下此者乎。国朝诗人而兼擅倚声者，首推竹垞、迦陵，后此则樊榭而已。然读三家之词，终觉才情横溢，般演太多，与黄叔旸质实清空之论，往往不洽。盖其胸中积轴，未尽陶熔，借词发挥，唯恐不极其致，可以为词家大观，其实非词家正轨也。纳兰容若以承平贵胄，与国初诸老角逐词场。所传《通志堂集》二十卷，其板久毁，不可得见。而词则卓然冠乎诸公之上，非其学胜也，其天趣胜也。向所见者，唯《侧帽词》刊本并与顾梁汾合刻本。既在京师，见钞本《饮水》《侧帽》两种，共三百余阕，惜冗次不及借钞。吾友袁兰村，近有刊本二百余阕，亦非其全。娄东汪君珊渔精于倚声，落笔辄似纳兰氏，不独肖其口吻，抑且得其性情。以所辑容若词二百七十余阕示余，可谓搜录无遗矣。珊渔拟付重刊，且属鄙人为之序。余以未得纳兰氏碑板事实，迟迟报命。闻吴门彭桐桥家藏有《通志堂集》，亟往借观。桐桥告余曰：唏！是书藏余家数十载，无有顾而问者。昨娄东友人寓书来索是集，今吾子又借观，岂此书将复显于是耶。因出其书，流览一过。余心知珊渔之先购是书，欣幸无极，故向桐桥争购之，而桐桥以有成约，坚靳弗与，一噱而罢。按集中所刻词四卷，共三百四阕，首尾完善，盖至是始得全豹焉。其所著诗赋、经解、杂识皆可观，然不逮词远甚。因寓书珊渔，校勘原本全刻之。纳兰氏生前得梁汾辈为之羽翼，身后得珊渔辈为之表章，斯人一生幽怨芳芬之致，可以不泯人间矣。余尝登惠山之阴，有贯华阁者，在群松乱石间，远绝尘轨。容若扈从南来时，尝与迦陵、梁汾、荪友信宿其处。旧藏容若绘像及所书观华阁额，近毁于火，为可惜也。因序其词，并记于此。以为异日词家掌故云。道光壬辰（1832）长夏，震泽赵函序于娜如山馆。

汪元浩跋《纳兰词》（道光十二年结铁网斋刻本卷首）

余自束发，稍解四声，即好倚声之学。小令好南唐主，慢词好玉田生。以能移我情，不知其一往而深也。国初才人辈出，秀水以高逸胜，阳羡以豪宕胜，均出入南北两宋词。同时纳兰容若先生则独为南唐主、玉田生嗣响。徐、韩两尚书碑、志，称先生有文武才，所著恒于射飞逐走之暇得之。《四库全书》收有合订删补《大易集成粹言》八十卷，《陈氏礼记集说补正》三十八卷。诗余特余事耳。已超人古作者之室如此。顾易礼二编，未见刊本。即诗古文亦流传者少。所共知者词，而有罕睹其全，读者恨之。余弟仲安，从王丈少仙假得先生《侧帽词》。好之笃，故其笔墨间有近之者。曾质之赵丈艮甫，丈赏为纳兰再世，仲安未敢当也。余因谓之曰：古人于所好，得似者而喜矣，况其真乎？纳兰词之散见于他选者，诚搜而辑之，以子之好，公之海内，吾知海内必争先睹为快。仲安乃因顾梁汾原辑本及杨蓉裳抄本、袁兰村刊本、《昭代词选》、《名家词钞》、《词汇》、《词综》、《词雅》、《草堂嗣响》、《亦园词选》等书，汇钞得二百七十余阕。其前后之次，则按体编之，字句异同，悉加注明，并采词评、词话录于卷首。夫纳兰氏异时必有全集汇刊，并朱陈二集以传。兹特嘉仲安搜罗之勤，付诸剞劂，以公同好，且望海内得见其全者补所未备焉。道光壬辰（1832）夏六月上浣，汪元浩跋于梦云馆。

汪元治后跋《纳兰词》（道光十二年结铁网斋刻本卷首）

元治辑《纳兰词》四卷，伯兄跋之详矣。剞劂告竣，将次印刷，复于吴门彭丈桐桥处得《通志堂全集》，共二十卷。内词四卷，计三百四阕。参互详考，所遗有四十六阕，爰即补刊于后编，为五卷。而元治所辑，亦有一十九阕为全集所未载，殆当时失传故耳。今汇得三百二十三阕，可称大备，无遗憾矣。复跋数语，以致深幸云。道光壬辰（1832）秋七月既望，汪元治书于结铁网斋。

张祥河序《饮水词》（道光二十五年张祥河刻本）

《国朝诗别裁集》载：容若辽阳人，康熙癸丑进士，丙辰殿试，官侍卫，著有《通志堂集》。其诗登五首，而全集罕见。是集饮水诗词，锡山顾贞观阅定，古燕张纯修序而行之。盖两公与容若交最深，故思所以不朽。容若者，考别裁所登拟《卢子谅时兴》、山海关《柳枝词》，俱是集所未录，则知是集亦选存之。余在桂林，则闻大中丞稚圭先生绪论及词学，推容若为南唐后主真派，令曲胜于漫序。出是云得之京师厂肆，惜其后阙页。余极请刊布以广其传，先生颔之。窃思容若为大学士明公之子，天姿慧悟，清澈灵府，年少通籍，不永其年。所作善言情，又好言愁，其缠绵悱恻之概，时动简外，谓非得风人之旨，而为骚雅之遗哉。道光乙巳（1845）夏五月既望，华亭张祥河。

金梁外史识《饮水词》（道光二十六年金梁外史选刻本）

曩在京师，与友人论词，或言纳兰容若，南唐李重光后身也。余谓重光天籁也，恐非人力所及。然填词家自南宋以来，专工慢词，不复措意令曲。其作令曲仍与慢词音节无异，盖《花间》遗响久成《广陵散》矣。容若长调多不协律，小调则格高韵远，极缠绵婉约之致，能使南唐坠绪绝而复续。第其品格，殆叔原、方回之亚乎。原集刻板久失，余购诸厂肆，凡诗二卷，词三卷，藏箧中三十余年。张诗舲方伯见而好之，为重刊以广其传。余惟容若诗不如词，慢不如令，因复精择百余阕，乞陈桂舫孝廉写而锓诸木。其音律舛误，词近浅率者，概弗登庶。《饮水》一编，无瑕可摘，且俾后之学者不惑于歧趋，寄正诗龄，或当即可。道光丙午（1846）初，金梁外史识。

李慈铭手跋《纳兰词》卷三（北京图书馆善本特藏室藏汪刻本）

辛酉二月十八夜，从鹳缘太史借读一过。容若词长调不如中令，中令不如小令，右三卷已足尽其长矣。讽咏之次，使人意消。是夜月色大佳，花影交舞。矮窗红苣，殊增春事之艳，正侧帽生所谓“那能闲过好时光”者也。莼客并记。（图章“绛趺阁主”）

李慈铭手跋《纳兰词》卷五（北京图书馆善本特藏室藏汪刻本）

庚申之冬，毗陵吕庭芷太史以《纳兰词》属点定一过。太史深于词，所作，上者逼清真、玉田；次亦不失为梦窗、草窗。顾殷殷问道于聋瞽，亦昔人夷光之妍，鉴景盐嫫者。容若词天赋灵秀，神仙中之子晋。生长绮胄，性情又足以相副。□视得十斛麦，抱床头人者，自判境诣。仆于乙卯秋日，曾写选一小帙。今者取者多清空婉约近于子野、永叔之作，以视曩选颇有不同，足征去取之难矣。还质太史以为何如？辛酉二月二十一日，霞川花隐李慈铭跋。（图章“慈铭”“霞川花隐”）

……为累，工善愁□不特增伉俪之重。其于知交若华峰、西溟……亦多顿……（残）

李慈铭读书记（《越缦堂读书记》下册）

容若为纳兰太傅明珠之子，少年侍卫禁廷，好学能文，与国初诸名士相角逐，著有《通志堂集》二十卷，多说经之书，而词特传，华峰顾贞观首刻之，其后杨蓉裳又为续刊，所谓《饮水》《侧帽》□□□恒不得见，所见者《昭代词选》及《词综》所载数阕耳，幽情侧艳，心焉系之。去年秋季贶（周星贻）自禾中归，以全帙示余，盖娄东汪氏所刻本，共三百二十三阕，殆搜辑无遗矣。今摘其尤者于此。（按：日记中共摘录六十阕）余尝论作词之道，固另有一种婉丽软媚之致，必性情近者始足语此，然亦须书卷富才力厚，草堂骫骳，元明浅陋，岂彼之人皆性情拙欤！国朝谭词推朱、陈两家。伽陵病在熟，竹垞病在陈，顾伽陵胜于竹垞者，笔意灵也。余子不足数。求于伽陵鼎峙者，其容若及金风亭长乎！

余于词非当家，所作者真诗余耳。然于此中颇有微悟，盖必若近若远，忽去忽来，如蛱蝶穿花，深深款款。又须于无情无绪中，令人十步九回，如佛言食蜜中边皆甜。（按：此处眉批有后记——予尔时实能辨他人之工拙，而未能辨己所作之工拙，盖所悟者在下笔之先，而思力俱未至也。自记。）古来得此旨者，南唐二主、六一、安陆、淮海、小山及李易安《漱玉词》耳。屯田近俗，稼轩近霸，而两家佳处，均契渊微。本朝董文友小令最佳，惜不见其集。次则厉樊榭，真宋人滴髓，而太近白石、草窗，《兰荃》遗韵，敻乎邈矣！纳兰词在当日为伽陵□□□□□徐菊庄、吴菌次辈皆推许之，今则鲜有举其姓氏者。其词弦弦掩抑，令人不欢，洵有如顾梁汾所谓非文人不能多情，非才子不能善怨者，然根柢太浅，每露底蕴，长调犹时若不醇，此不读书之故。徐健庵、韩慕庐作容若墓志，言其所作多于扈跸侍猎时得之，容或然也。余尝见其所著《渌水亭杂识》，固不见佳，而词独哀怨骚屑。以承平贵公子，而憔悴忧伤，常若不可终日，虽性情有独至，亦年命不永之征也。

大约词与诗之别，诗必意余于言，词则言余于意，往往申衍□□□□□□以盛气包举之，词则不得游移一字，故异曲同工。词之小令，犹诗中五绝七绝，须天机凑泊，不著一字；以字句新隽见奇者，次也。或以小令为易工，是犹作七绝者，但观摹晚唐、南宋诸家，而不知有龙标、太白也。长调须流宕而不剽，雄厚而不竞。清真未免剽，稼轩未免竞，东坡则或上类于诗，或下流于曲，故足以鼓吹骚雅者鲜已。《伽陵词》如丝竹迭奏广场繁响中时作渊渊金石声，《纳兰词》如寡妇夜哭，缠绵幽咽，不能终听。近来汴人周誉芬《东鸥词》则如儿女子花前月下，喁喁私语，温丽芗泽，故虽未能尽两家之长，而实为两家所未有也。余词非叔子所服，照尝自谓如松竹间语，清婉无响，（按，此处有眉批：此实未见得，尔时所作，殊鲜悟人处，自记。）不肯一语同《东鸥》，而心实喜之。或有讥其不醇者，虽未必知言，然能再加洗伐，则五代、两宋无人矣。因论容若词及之。咸丰乙卯（1855）九月初十日。

终日无事，去年定子太史以成容若《纳兰词》属评点，久庋不还，今日既暇，因为加墨一过。容若词，天分殊胜而学力甚歉。予于乙卯秋曾选其佳者录之，时于此事犹未深入，故别择尚疏。其词长调殊鲜合作，小令、中令多得钟隐、淮海之悟。如“寄语酿花风日好，绿窗来与上琴弦”“记得别伊时，桃花柳万丝”“妆罢只思眠，江南四月天”“刚与病相宜，锁窗重绣衣”“没个音书，尽日东风上绿除”“风也萧萧，雨也萧萧，瘦尽灯花又一宵”“月上桃花，雨歇春寒燕子家”“被酒莫惊春睡重，赌书消得泼茶香，当时只道是寻常”“烟丝欲袅，露光凝泫，春在桃花”“满地梨花似去年，却多了廉纤雨”“五月江南麦已稀，黄梅时节雨霏微，闲看燕子双雏飞”“一般心事，两样愁情，犹记碧桃影里誓三生”“画船人似月，细雨落杨花”“帘影谁摇，燕蹴风丝上柳条”“甚日还来，同领略夜雨空阶滋味”“一钩残照，半帘微絮，总是恼人时”皆清灵婉约，诵之使人意也消。故所作不及伽陵、竹垞之半，才力亦相去远甚，而讫今谈艺家与朱、陈并称，繇其独契性灵，冥臻上乘，亦非二家所能及也。此本为道光丁酉岁镇洋汪元治所刻，合《饮水》《侧帽》二集，又搜其遗剩，共得三百二十三阕，所作大约已备。惜校雠不精，又指其《琵琶仙》《秋水》等调为自度曲，盖全不知此事者矣。咸丰辛酉（1861）二月十八日。

图书在版编目(CIP)数据

图解纳兰词／纳兰性德著,崇贤书院释译. —合肥:黄山书社,2015.11

(经典传家系列丛书)

ISBN 978-7-5461-5321-6

Ⅰ.①图… Ⅱ.①纳… ②崇… Ⅲ.①词(文学)-作品集-中国-清代 Ⅳ.①I222.849

中国版本图书馆 CIP 数据核字(2015)第 292219 号

总 策 划　李　克
选题策划　汤吟菲　白剑峰
编辑统筹　刘　春
责任编辑　程　景
装帧设计　未　氓
责任印制　戚　帅
出版发行　时代出版传媒股份有限公司(http://www.press-mart.com)
　　　　　黄山书社(http://www.hspress.cn)
地址邮编　合肥市政务文化新区翡翠路 1118 号出版传媒广场 7 层　230071
印　　刷　安徽新华印刷股份有限公司
版　　次　2016 年 3 月第 1 版
印　　次　2019 年 6 月第 3 次印刷
开　　本　700mm×1000mm　1/16
字　　数　370 千
印　　张　23.5
书　　号　ISBN 978-7-5461-5321-6
定　　价　28.80 元

服务热线　0551-63533706

销售热线　0551-63533761

官方直营书店(http://hsssbook.taobao.com)